献给梅丽尔·韦恩·罗伯茨。

太空科幻版福尔摩斯侦探小说

JACK GLASS

THE STORY OF A MURDERER (GOLDEN AGE)

玻璃杀手·杰克

【英】亚当·罗伯茨 Adam Roberts 著
王小亮 译

重庆出版集团 重庆出版社

图书在版编目（CIP）数据

玻璃杀手·杰克/〔英〕亚当·罗伯茨著；王小亮译. —重庆：重庆出版社，2014.8（书名原文：Jack Glass）
ISBN 978-7-229-08615-2

Ⅰ. ①玻…　Ⅱ. ①罗…　②王…　Ⅲ. ①长篇小说—英国—现代
Ⅳ. ①I561.45

中国版本图书馆 CIP 数据核字（2014）第 198714 号
版贸核渝字（2013）第 317 号

玻璃杀手·杰克
BOLI SHASHOU · JIEKE
〔英〕亚当·罗伯茨　著　王小亮　译

出 版 人：罗小卫
责任编辑：张立武
责任校对：刘小燕
装帧设计：申中飞

重庆出版集团
重 庆 出 版 社　**出版**

重庆市南岸区南滨路 162 号一幢　邮政编码：400061　http://www.cqph.com
重庆出版集团艺术设计有限公司制版
自贡兴华印务有限公司印刷
重庆出版集团图书发行有限公司发行
E-MAIL:fxchu@cqph.com　电话：023-61520646
全国新华书店经销

开本：880mm × 1 230mm　1/32　印张：11.75　字数：274 千
2015 年 1 月第 1 版　2015 年 1 月第 1 次印刷
ISBN 978-7-229-08615-2
定价：31.00 元

如有印装质量问题，请向本集团图书发行有限公司调换：023-61520678

译者序

生于1965年的亚当·罗伯茨(Adam Roberts)是一位科幻小说作家兼评论家,同时也是一位学者、剑桥大学博士和伦敦大学在任的英国文学教授。作为一名科幻小说作家,罗伯茨曾三次获得阿瑟·C.克拉克奖的提名(Arthur C. Clarke Award,作品分别为2001的“*Salt*”,2007年的“*Gradisil*”和2010年的“*Yellow Blue Tibia*”)。除科幻小说外,他的作品还包括科幻理论著作《科幻小说史》(“*The History of Science Fiction*”,中文版已于2010年由北京大学出版社出版)与“*Science Fiction: the New Critical Idiom*”。而且,他还运行着至少三个独立的评论博客,发表过一系列研究科幻小说与19世纪英国诗文的学术论文,可谓著述丰硕,学术功底深厚。

也许正是这种“高端大气上档次”的学术背景,让他的这部“*Jack Glass*”也带上了浓厚的学院派气息。“让黄金时代的科幻小说与黄金时代的侦探小说碰撞会发生什么?”这就是亚当·罗伯茨创作这部作品的初衷。尽管主要创作科幻小说,但他对侦探小说的元素也是青眼有加。他在书中坦承,自己这部作品的写作方式正是受到了玛格瑞·艾林罕(Margery Allingham)、奈欧·马许(Ngaio Marsh)、多萝西·L.塞耶斯(Dorothy L. Sayers)以及迈克尔·英尼斯(Michael Innes)等侦探小说名家的影响。可以说,“*Jack Glass*”也算是他的一部“跨界尝试之作”。

“*Jack Glass*”的故事发生在作者设定的未来世界,因为社会性质的飞跃，那个世界中罪与罚、权力与自由的定义都已经发生了巨大的变化，为整个故事蒙上了一层科幻色彩。尽管一开篇亚当·罗伯茨就交代了凶手其人，但在那三个相互独立而又相互联系的犯罪故事中，凶手的作案手法还是会让我们大吃一惊。暴雪山庄、密室杀人、封闭空间中的犯罪情景，亚当·罗伯茨将这些黄金时代侦探小说中的元素与黄金时代科幻小说所特有的意象结合在了一起，整个故事结构巧妙，阅读过程中也有很多的“意想不到”在等着我们。

“*Jack Glass*”2012 年一经出版就获得了当年的英国科幻奖(BSFA Award)最佳长篇小说奖与次年的约翰·坎贝尔纪念奖(John W. Campbell Memorial Award)最佳科幻小说奖，同时还入围了 The Kitschies 奖的最佳小说 Red Tentacle Award。作为译者，能将这么一部有趣味、有新意的作品介绍给中文读者是件非常荣幸的事。由于作者在构建这个世界的时候并没有对其中的政治、经济、文化、科技进行专门的阐述，而是将所有的一切都融入到故事的推进中自然而然地展开，因此对于其中的许多设定，只能在反复揣摩上下文的过程中进行推断猜测，尽量力求贴切地译出来，但错漏肯定还是在所难免的，还希望各位读者多多包涵。总之，希望这部“*Jack Glass*”能给各位的阅读经验带来一些不一样的感受。

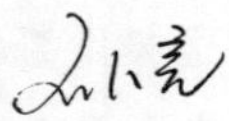

2014 年 4 月 22 日

自 序

各位亲爱的读者，在此，我要像《福尔摩斯》里的华生医生那样为您呈上这个故事。这个故事牵涉到我们这个时代最大的谜团。当然，我所说的就是所谓麦考利“发现”的那个超光速旅行的秘密，以及由这一发现所引发的一系列谋杀事件。毕竟——超光速啊——我们都知道，那是不可能的。所有人都清楚，物理法则不容许任何物体的速度超过光速。但我们的故事还是发生了。而且，这个故事也与我所知道的世间最伟大的头脑有关——那就是著名的，也可以说是“臭名昭著”的杰克·格拉斯。独一无二的杰克·格拉斯——集侦探、教父、守护者、“杀人犯”于一身，他对于“谋杀”具有非凡的洞察力，因为“谋杀”正是他的专长。因此，我要用谋杀谜案的形式来讲述这个故事，确切地说（无论如何我们都必须要确切），是三个相互联系的谋杀谜案。

不过各位亲爱的读者，从一开始我就打算公平对待各位，不然就不能算是真正的华生医生了。那么就让我告诉你们一切吧，从头讲起，从我们的故事开始前讲起。

这三个谜案，一个是监狱故事，一个是普通的“谁是凶手”型的推理故事，还有一个是密室奇案。我不能保证讲述的顺序就一定是这样；但对于各位读者来说，按图索骥分门别类应该不是什么难事。除非你认为每个故事都符合以上三个条件，否则我就无能为力了。

三个故事中的凶手都是同一个人——当然,正是我们的杰克·格拉斯——还能是谁呢?还有比他更为出名的"杀人犯"吗?

这样够公平了吧,但愿你们满意。

你们的任务就是阅读这几个故事,解开谜团,确认凶手。尽管我已经告诉了你们答案,但你们肯定还是会大吃一惊。如果每个故事的结局没有让你们大吃一惊,那我就失败了。

而我不喜欢失败。

目录

第1部
匣中物

"嘿,莉兹！匣子里装的是什么?"

"是我那仅有的一点自我怀疑。"

——莉兹·菲尔《烟》

这艘运囚飞船名叫流放者号,这个名字和它的颜色一点儿关系都没有①。

这是流放者号的第六次任务,和之前的五次一样,第一项都是卸货。剩下的七名囚犯还被拘禁着,等候在监室中。每当他们咳嗽或是拿脚后跟敲击复合金属墙面的时候都会有叮当的回声传来,真难想象在离开弗洛拉8号的时候这狭小的空间里居然塞进了四十多名囚犯。这么小的地方怎么看都容不下这么多人。

远处传来一阵轰鸣,令人不寒而栗。

"刚才的动静是他们在卸载聚变电池。"戈迪厄斯说,"我听说,只要能让那东西短路,就可以炸掉整颗小行星,只是个传说而已,按照那种说法,爆炸产生的尘埃层会迅速扩展,然后……"

"闭嘴。"劳恩开口道。

但戈迪厄斯停不下来。他目睹了其他囚犯被毫不客气地扔下飞船,分批次扔进自己监牢中的情景。现在,终于该轮到他自己了,他的神经紧张得不得了,"知道太空是什么吗？就是一条大沟,一条几百万英里宽,无法跨越的大沟。我们再也回不了家了。十一年？我们是不可能撑过去的。就算因为什么狗屎运活了下来,到时候我们也都已经疯了,不会想要回去了。"

劳恩又重复了一遍刚才的话,这次的语气更为凶狠一些。

"看!"戈迪厄斯说,运囚飞船正在将货物扔进峡谷:一台圆柱

① 流放者(marooner)的词根maroon也有栗色的意思。

状的净化器,可以制造氧气;一根灯柱,还有一小包孢子。最后,终于轮到了最重要的部分——三部捆在一起的挖掘机。货物的动量,牛顿力学的作用力与反作用力,让流放者号的复合金属结构像个共鸣腔一样震动了起来——轰、轰、咣——舱外,货包一个接一个地飞向裂隙,撞在崖壁上,挤进狭小的空间,整个过程一点噪声都没有。但这七名囚犯是在飞船内,能够听到所有活动的声响。这是他们第六次听到这种声音了:他们都知道接下来会发生什么,每个人都难掩心头的忧虑。他们可以听到装卸工的声音,船体结构吸收了装卸工叫嚷的内容,只留下如音乐般富有节奏的低吟。“干活会很苦的。”戈迪厄斯说,“挖呀挖,不仅仅是挖,还有建筑设计——最大限度的利用……最大限度的利用……不过更难的应该是找到一起活下去的法子,不把其他人干掉。”

“我现在就想把你干掉。”达维德说,“要是你再不闭嘴的话。”他们所有人都被固定在墙上,整面墙壁都在嗡嗡作响,隐约中还有其他一些不可名状的噪声。

这七个人的刑罚相同:流放于名为拉米306的小行星上的峡谷中,这个小小世界的宽度不过两百米。所谓的峡谷也只不过是这块石头表面上一条月牙形的沟壑,一次远古撞击的产物(显然如此)。那次撞击改变了拉米的外貌,将外部物质扭曲、击碎、折叠在了一起,留下了一个狭长的口袋形洞穴:大约十五米长,最深处也不过深入这个小小世界十米,没有一个地方的宽度超过一米。流放者号将所有相关的设备都扔进了这条不规则形的缝隙,只剩最后两道工序。飞船伸出泡沫软管,沿着整条缝隙边沿喷涂着密封胶,先是一侧,然后另一侧。密封胶刚一暴露在外部的真空中就凝固了。

七个人都知道该轮到他们了。劳恩开口说:“听着,各位。我们要齐心协力,这样生存下来的机会才会更大。不要相互争斗,不要恐慌——我们得先弄好照明,然后是净化器……”

弹射程序打断了他的话。整个拘禁室颤动了一下,接着摇晃了起来,里面的七个人心情复杂——期待中夹杂着恐惧——七颗心都在剧烈地跳动。有些人已经做好了准备,有些人则因为太过惊慌而手忙脚乱。但该来的总会来,不管他们有没有准备好。

拘禁室内,一扇舱门被打开,固定他们七人的栅栏也缩回到墙内。七个人按顺序走进舱门:戈迪厄斯的体重顶得上普通人的三倍,是个皮球状的男人;莫紧闭着眼睛,嘴巴抿成了一条线;达维德咆哮了一声;劳恩一脸的镇静,至少看上去很镇静;马利特惊惶失措;E-d-C挥舞着结实的拳头,好像要狠揍空气一顿;跟在队伍最后的,是所有人中最弱的贾克,他没有腿,看起来就像个白痴一样毫无表情,仿佛对周围的一切浑然不觉。

接着,他们就被吸入了漆黑的微重力空间,在弹性材料制成的冰冷软管内像弹球一样一路跌跌撞撞地冲了下去。

周围一片漆黑,而且非常非常的冷。下落的过程中,贾克非常明智地双手抱头,不过快到管口的时候,他把胳膊伸到了前面。撞击的声音很响,而且也很疼。他在岩壁上弹了起来,降低了速度。赤裸的肌肤碰触在赤裸的小行星上,那接触充满了神秘的宗教意味:自从这颗未经打磨的球体在尘与冰中诞生以来,这还是第一次有人触摸到它。当然,这里并没有把手,贾克的手指擦过岩面,但怎么也无法让自己停下来。他没有腿,做起这些来自然比别人更困难。峡洞里气流涌动,贾克被喷射得到处乱撞,只觉得天旋地转,真的是天旋地转;周围一片漆黑,他全身疼痛,耳朵轰鸣不止。贾克向后倒去,撞在了某个坚硬的表面上,然后又被弹了起来。

情况就是这样:流放者号将峡洞内充满了空气,气压只比海平面上高一点点。现在,飞船正在做最后的密封工作。前六次作业中进行这个程序时贾克都在拘禁室,所以很清楚飞船正在做什么——通过软管将密封用黏性物质一圈圈地喷射在(正在缩小的)注满空气的洞穴洞口。之前,他们七个人都被固定在同一个拘禁室。流放者号颠簸升空、不断加速,直到燃料舱脱离,飞船调整好航向。飞船里挤满了囚犯,第一次作业时拘禁室里有三十五人;接下来是二十八人、二十一人、十四人,以及最后剩下的他们。现在,流放者号的拘禁室空空如也。随着颠簸颤动逐渐减轻,密封工作也接近尾声,飞船即将掉头返回弗洛拉 8 号星球。

今后的十一年,都不会再有飞船飞这条航线。

等到飞船回来时,只会有两种情况:他们还活着,工程已经结束;或者他们已经死了,工程没有完工。也许这七名囚犯(或者他们当中还存活的部分)会将小行星的内部改造成一系列可居住的空间——也许他们会挖出一间巨大的居住室,将改造好的聚变电池像太阳一样放在屋子的中间;也许他们会凿出一系列蜂巢似的舱室;也许他们只是凿出一系列纠结在一起的隧道。

如果他们——或他们当中的一些人——到时候还活着,公司就会来回收他们。绝大多数情况下,在公司的人到来的时候,幸存者们都会感激涕零,争先恐后地爬上监狱船。少数情况下,幸存者们已经野化,他们会四散奔逃,躲开负责回收的工作人员,甚至不惜一战。不过在这种不常发生的情况中,他们也是不可能留下来的;因为对于公司来说,这些石头都是宝贵的资源。派支登陆队,在上面凿些窗户,然后扔到一个比较合适的轨道上,卖掉。这可是货真价实的地产。至于那些囚犯?都会被释放,送回乌兰诺夫治下的自由世界。

自由。

不过你得先在刑期中存活下来。也就是说,你得把冰冻的小行星上接近表面的一片比一间屋子大不了多少的有氧空间变成能够让七个人共同生活十年以上的生态环境。只能自力更生,使用尽可能少的装备物资,没有外人的帮助指导。因为公司向来都只关心利润,对物资供应能省则省。这确实是个简洁的商业模式,甚至可以说是雅致(这个词在商业领域已经用滥了)。从事这项工作的公司有四家,囚犯们工作的第一家公司就是其中之一,不过名字并不是最重要的。这家公司总是能以最低的人均单价赢得使用囚犯的合同,从中榨取最大化的利益。

这个世界就是这样运作的,一直如此。

当然,这并不是七名囚犯关心的问题。他们可说是命悬一线,压倒一切的最迫切事项就是如何生存下来。不断有响声传来,伴随着刺鼻的火药味,沙子溅到了贾克的脸上。贾克咳嗽了起来,周围一片漆黑。在这一片骚动中,他唯一能想到的就是:这里有多大?不大。空气能够让七个人呼吸多久?没多久。

黑暗的嘈杂声中隐约传来一个急促的呼叫声,"灯,快开灯,我们快完蛋了!"

贾克又撞到了墙上,接着又被弹了出去,脑袋撞得生疼。他伸出双臂,用尽全力撑住两侧的岩壁,终于让自己静止了下来。他不住地眨着眼,不停地咳嗽。周围伸手不见五指,徒手按在岩石上感觉真是冷极了。

"快找灯!"那人再次叫道,他的声音听起来有些失真,"不然……"

灯亮了。伴随着微黄的光芒,狭窄空间内的烟尘反射出道道光束。贾克觉得光线很晃眼,也有可能是烟尘的原因。

贾克又眨了眨眼,他能隐约看清其他囚犯的剪影,有些人已经停了下来,有些人还在身边翻滚。抓住灯柱打开开关的是达维德,贾克看到他很巧妙地把灯柱嵌入了两道岩壁的夹角处,紧抓着灯柱在翻转的气流中保持平衡。这里的空间确实不太大。上下两道凹凸不平的灰黑色岩面在不远处交汇在一起,形成了一个楔形的空间。之前还是开口的地方现在已经变成了红褐色胶质物织成的天花板,组成天花板的纤维束还在微微晃动。贾克和其他人心里想的都是同样的事:我们得在这儿活十一年,手里的设备只是花几千信用点就能在随便哪个超市买到的玩意儿,却得靠那些廉价东西让七个人存活至少四千天。看起来基本上没什么可能。当然,贾克和其他那些囚犯都知道,还是有很多囚犯都做到了——事实上,公司的商业模式能够成立也完全仰赖于此。不过,这种商业模式也提前将一定比例的囚犯的死亡计算在了里面;因为几乎在所有情况下,他们都能够找回他们所提供的设备,而且即使囚犯死了,乌兰诺夫警察当局按人头付给他们的费用也足以负担运输费和其他杂费。当然,如果他们活了下来,并将小行星改造成了可出售的地产项目,那公司就能从中大赚一笔。不过并没有什么因素能够促使他们提供额外的帮助。对于贾克来说,他关心的问题是:他们将以怎样的精神状态活下去,如果他们确实活了下来的话?不过比起迫在眉睫的死亡,这个问题还不算迫切。

这是贾克有生以来第一次脱离生物数据接口(bId),他已经记不清那几个数字了——一共有多少名囚犯死于刑期内;其中有多少是七人全灭;在全灭的案例中,又有多少发生在刑期开始的最初几个小时。

所有人都在考虑着这个问题。在所能想象的最恶劣的环境中生存十一年,所能依靠的只有自己手头的那一点资源,完全没有外部支援可以指望。被方圆几百万英里的真空隔绝于人类社会之外的石头监狱。十一年!他们唯一的希望就是在这十一年里坚持下去,并在心中祈求公司在十一年后没有忘记他们,还在继续做着交易,还有动力来回收这个中空的石球。

贾克更害怕十一年刑期终结后的时光,而不是刑期本身。当然,这一点他谁都没告诉。

“快！快点儿！”达维德含混不清地叫道，他的嘴里满是沙土，“快找净化器！”

还有一些人因为之前的气流在空中横冲直撞，接着灯柱的光亮，他们纷纷利用墙壁或峡洞一头的夹角降低了速度。不一会儿，还在空中翻滚的就只剩下流放者号投入峡洞的器械了。尽管器材还在飞来飞去，不时地刮起岩壁上的碎屑，但借着光线很容易分清哪个是哪个：最大的是聚变电池，正在岩壁间笨重地弹来弹去；还有个稍小点的东西，其实是三个捆在一起的东西——三部挖掘机——不规则的形状和整个包裹的体积让它卡在了墙角。剩下的东西就都很小了，即使是个小孩子也能把它们都藏到衣服里。树干状的净化器、孢子，还有一盒密封的（兰姆巴斯[①]牌）饼干，这几样东西都还在狭小的幽闭空间内来回弹跳。

贾克用脏兮兮的手擦了擦脸，其实脸也并没有因此而干净多少。在他的左边，体形巨大如圆球状的戈迪厄斯正卡在两堵墙之间的夹角，挥动着双手，全身的脂肪如水波般荡漾。

这地方真是冷死了。

贾克看到其他五个人都在右边。马利特在净化器从身边飘过时伸手抓了一把。他的指尖在半空中擦过翻滚的净化器，就在他准备再次伸手紧紧抓住那设备的时候，劳恩双腿一蹬，从远处飞了过来，一把将净化器揽入了怀中。

“嘿！”马利特用粗哑的嗓音叫道，“我就快抓住了！”

事实上，刚才的动作对劳恩很不利，他迅速撞到了另一面岩壁上，同时只能把脖子扭到一个很难受的角度，好避免撞碎脑袋。他从墙上弹了起来，抱着净化器来回翻滚。最后，劳恩终于将脚后跟

① Lembas，《魔戒》中精灵族烤的薄粗面饼，味道很好，吃上一块儿可以维持一天的体力，而且储藏很久也不会坏。

踩进了岩缝里，设法让自己停了下来。不过他已经达到了目的：拿到了净化器。

“听我说！”劳恩叫道，“听我说！ 接下来的几个小时是最危险的，走错一步我们就必死无疑——我们可绝不能内斗。”

“把那破净化器打开。”马利特恶狠狠地说，“少废话！”

“这可不是废话。”E－d－C 叫道，“他是要竞选公职呢！”

有人在喝倒彩，有人在呻吟，也许是咳嗽。劳恩的声音穿过尘土飞扬的半空，“我可没说我要当头儿。”尽管这确实就是他之前那些话表示的意思，“我没有命令任何人。不过我们要是窝里斗的话，那还不如干脆把这个净化器折断的好——几个小时就能一了百了，干净利落，省得还要痛苦煎熬十来年。”

“我要把你的头拧下来。”达维德吼道，不过他并没有付诸实施，毕竟，他还抓着灯柱呢。

“把净化器打开！”莫说，“开关打开。”

“等一下。”劳恩举起一只手，“我们还不知道这机器的用法。”

“有什么好知道的？”马利特拍打着冰冷的双腿，“净化器就是净化器……”

“我们出不起错。”劳恩边说边颠来倒去地查看着那设备，“一点小错就能害死我们所有人。”不过机器上并没有说明，而且看这架势，它也撑不了多久。

于是，他打开了净化器。净化器一点声音也没有，但是其中一个圆孔旁的灰尘已经慢慢打着转被吸了进去。

“为什么不让每人负责一样东西？”戈迪厄斯说，“这样就每个人都各有优势了，是吧？”

所有人都不约而同地扭头看着裂隙的远端。光线很强，在岩壁上投下了长而扭曲的黑影。“你刚才说什么，肥仔？”马利特叫道。

“我只是建议。”戈迪厄斯的声音因为动摇而有些颤抖，“呃——你们看，我们有七个人。这里有聚变电池，有净化器、有灯柱，还有，呃，孢子，嗯，呃，饼干——这就已经五样了。我们可以平分……”

“哦？你想要饼干吗？”E－d－C 叫道，尘土让他剧烈咳嗽起来，“在孢子长出来之前，那些饼干就是我们唯一的口粮。你把它们都吃了我们怎么办？”

“我们可以吃他。”莫咧着大嘴说，“靠他应该能让我们活挺长时间。而且对这边这位只能算半个人的伙计来说——”他指了指贾克，“我猜你吃得应该没有正常人多？”

“嘿，可别误会。我不想要饼干。”戈迪厄斯叫道，尽管冷得要死，但他还是出了一身汗，“我不是那个意思！我是说——对，我是想吃饼干，但是，嗯。食物应该平分。当然。不过你们看，我不介意，我猜没腿先生也不介意。为什么你们五个不把五样东西平分一下？然后你们就可以，就可以……”

劳恩用严厉而又温和的声音打断了他，“胖小子，你最好还是把自己的意见埋在心底吧。为了活下去我们现在可有很多事要做。”他依次看了看剩下的四个人——达维德、莫、马利特和E－d－C，“我认识你，艾诺米－杜－康考德[1]，你也认识我。我知道你很强壮，也很有毅力。你应该也知道，我是同样的人。我不打算指挥你——我也不打算指挥任何人。”他的怀里抱着净化器，灰尘在他的肩头绕成了一根尘柱。“这一点我可以保证。”他说。

“是么？”马利特叫道，他的声音里充满了讽刺。

“我是说，等我们都安顿好后，等空气、水、食物都搞定之后，我们应该挖七个独立的房间，一人一间。这样就不用互相看不顺眼

① E－d－C 的全名。

了。到时候谁都可以用自己喜欢的方式消磨时间。不过在此之前……”

达维德显然是想到了一个实际问题，“把灯柱分成七份之后，怎么可能还有足够的光培养孢子？”

“它们长得起来。”马利特说，“只不过会很慢很慢，而且长得很小。不过你说得对，不要拆分灯柱的话胜算还大一点。或者只分成两段。”

“会有时间讨论这些的。”劳恩说，“不过不是现在！现在有更要紧的事情要考虑！”

贾克察看了一下四周的空间，这根本用不了多少时间。“我们可以开扇窗户。”他说。

这是其他人头一次听到他发表意见，自从登上飞船以来，他一直都很安静。听到他的声音，所有人都扭过头看着他，“你说……你刚才说什么，没腿仔？”

“我们应该开扇窗户。”贾克重复道，“让阳光照进来。我知道这里离太阳很远，不过我们还是能够得到一定程度的……”

莫笑了起来，那如犬吠般尖利而又恶狠狠的笑声迅速变成了一阵咳嗽。劳恩淡淡地说：“行啊，半人。就由你来做。你来变个魔法窗安到石墙上去。”

不知为何，贾克固执己见道，“这些石头里肯定含有硅酸盐。用聚变电池应该不会很难，熔化掉……”

“说到这个！”E－d－C 插话道，“我都快冻死了。”说着，他就动作笨拙地朝卡着聚变电池的墙角爬了过去。劳恩一直盯着 E－d－C，但并没有出言阻止。毕竟，他的手里还有净化器。

E－d－C 的大手抓住了聚变电池，在微重力状态下很容易把这个大家伙拿起来。他在控制键盘上按了几下，聚变电池开始输出热量。其他人争先恐后地朝他这边飞奔了过来。这里实在是太冷了;尽管聚变电池发出的热量微乎其微,但却聊胜于无。

只有劳恩没有动。“别把自己搞得太舒服了。”他叫道,“在把自己弄得像壁炉旁边的猫一样慵懒之前我们得先找到水。没有冰,出不了几天我们就都完蛋了。”

另外四名强壮男性都没有理会他。戈迪厄斯微微呻吟了一声,他正试图从卡住自己的墙角里爬出来。贾克用手爬到了大胖子身旁,他将残缺的双腿顶在岩石上,伸出一只胳膊拽了拽戈迪厄斯,“卡得还挺紧的嘛。”

“在这么黑的地方被弹来弹去。”戈迪厄斯一边挣扎一边说,“砰的一声,我就被卡在这儿了,就好像……好像……啊”他终于挣脱了出来。

他们把各种零碎物品都集中在夹角处,好不让那些东西到处乱飘。达维德在接近峡洞中间的地方将灯柱卡在了两道岩峰间。然后,几个人就开始着手拆卸提供给他们的三部挖掘机。净化器能让空气清新,但没有水他们活不了多久。也就是说,他们必须要开始挖掘,直到挖到冰为止。

“要是什么都找不到呢?”戈迪厄斯问。这个问题的答案他其实很清楚,其他人也很清楚;但这并没能阻止他大声地问出这个问题。

“我们都会死的。”贾克回答道。“要是能找到一些,但是不够我们用十一年呢?”戈迪厄斯继续追问,“要是冰块不够七个人用十一年呢? 那怎么办?”

没有人愿意回答他的问题。

E-d-C 取出了第一部挖掘机,检查了一下,“这里有矿工吗?”他问。

净化器已经去除了空气中的部分灰尘;气流也稳定了下

来——沿着岩壁流向净化器，再从另一侧流出。他能够通过咳嗽来清除绝大部分的沙土，还能滋润嘴唇。“我和一个月球矿工约会过。”莫说，“她就像个战斗机器人一样，是块硬骨头。”

“那么她有没有跟你分享过她的智慧呢?”E－d－C问。

“没有。”

“那就把嘴闭紧，蠢货。”E－d－C狠狠地说。

莫瞪了他一眼。劳恩赶忙开口，试图化解敌意，“刑期届满后——”他宣布道，“我们都会成为专业矿工的。”说着，他取出第二部挖掘机，看了看。“只不过是解决一系列问题而已。”他说。

即使有聚变电池发热，这里还是很冷。每说一个字，劳恩的嘴边都升起阵阵白气。“仅此而已。如果我们一个接一个地解决这些问题，齐心协力，那么我们就能熬过去。只不过是一系列问题而已——都解决之后，只要在这里熬时间就好了。”

都解决之后，贾克想，就要靠毅力了。

“反正我不是专家。”E－d－C说，“不过这玩意儿貌似是实用型的，老得要死，还是二手货，这点我还看得出来。”

“你真厉害。”达维德说，尽管他的语调中一点儿称赞的成分都没有。

“十一年。”戈迪厄斯忽然说，不知道他是在接哪句话。

“肯定有软管的。”马利特用几种语言重复着这个词，边说边到处翻找，“这个?”他指了指那捆黑色的管子，直径有成人的手腕那么粗。一共三根软管，都捆在一起，正好每部挖掘机一根。

他们取出其中一根，找到了形状跟钢笔尖一样的尖端。“我们三个人一组。”劳恩说，“E－d－C和达维德第一班。大家轮班，直到找到冰块。”

达维德正拿着第三部挖掘机，查看着控制键盘，他抬起头，面向劳恩。“听起来像是——”他说，“你在给我下命令。”

这句话与话中蕴含的语气让所有人都安静了下来。所有人都看着劳恩。

“你不愿意的话,达维德——”劳恩用审慎的语调低声说,“那也没关系。不过要是找不到水,我们就都得死。”

“我愿意试试!”说着,戈迪厄斯伸出手,等达维德把挖掘机递过来。

达维德什么也没说,而是展开自己的那根废料管,将接口连接到了挖掘机后面的卡槽上。

E-d-C已经连接好了他的软管,“那么,废料怎么办?”他问,“通过岩石排出去,还是通过他们封洞顶的那玩意儿排出去?”

马利特正好在天花板附近,他伸手用拳头戳了戳那人工材料,然后就抱住膝盖缩成了一团。即使在峡洞的另一侧,贾克也能看到他在剧烈颤抖。在零重力环境下,肌肉的颤动让他在位置上有些微微晃动,就好像被碰来碰去、做布朗运动的粒子。

“那个密封胶——”E-d-C说,“至少我们知道它不太厚。”他两腿一蹬,带着挖掘机跳了起来。接近天花板时,他将软管的尖端对准人工屋顶,打开了机器。

贾克不知道自己在盼望什么——巨响?激光?还是其他什么。但尖端只是钻入了材料。软管钻入了一两米,然后就停住了。

“我在石头上试试。”说着,劳恩抓住岩壁,将自己推到了峡洞的另一头,然后把自己的废料管尖端顶在了墙上。这一次的噪声更大:有点像咖啡研磨机。软管尖端钻入岩石的速度也慢得多,一米、两米、三米,拖入了三米长的软管后,机器才停了下来。

达维德在岩石上挑了个位置,他的软管只进入岩石不到两米。

“我们就不能……那个词叫什么来着?”马利特说,很显然,他很不高兴自己没有拿到挖掘机,“探矿棒?”

“探矿棒?”劳恩反问。

“你就打算这么瞎挖吗？那只能靠运气。万一你选的那个方向上没有冰呢？”

“那么——”劳恩说，“我们就换个方向，我们会一直挖，直到找到冰。”他盯着自己的机器说。

机器的声音不是太大，但也不太好忍，而且他们无处可逃。劳恩、E－d－C和达维德分头行动，不是横着挖就是绕着圈子挖。前面两个人踩着两面岩壁好固定自己，达维德则踩着天花板的边缘。不过工程的进度很慢，而且其他四名囚犯除了干看着外完全无所事事。聚变电池散发着微弱的热量，尽管周围的空气并没有被加热多少，但莫、马利特和贾克还是聚集了过去。戈迪厄斯实在是太胖，只能在空间允许的情况下尽可能地靠近。“聚变电池为什么不能再热点儿？”莫问道，“它的能量足够把整颗小行星都炸成灰，我是说，如果一下子都释放掉的话。可为什么他们把最大热量输出界限设定得这么低？”

“你以为呢？”马利特狠狠地说，“他们都是虐待狂，低级官僚主义虐待狂。”

“我觉得——”贾克插话道，他把重音放在了“我”字上，整句话一直保持着唱歌般的语调，“他们应该有更实际的理由。现在很冷，会冷一段时间。不过总有一天，我们的主要问题会变成需要想办法把多余的热量排放出去。”

“闭嘴，没腿仔。”马利特说。贾克别过脸，笑了笑。

嗞嗞，嗞嗞，嗞嗞，挖掘还在继续。

“我渴了。”戈迪厄斯终于忍不住了，“公司那帮家伙，在装备中加上几百升的水会死人吗？会吗？会让他们那金贵的支出明细表上多几个零吗？”他继续抱怨着。

他的性格就是这样，不知道什么是适可而止，贾克暗自想道。

灰褐色的岩面上出现了一个个的坑。空气中充满了尘土和岩石的碎块,无烟火药的气味刺激着贾克的鼻子,非常难受。

“那样顶多也就是把死期推迟一点而已。”贾克说,“他们又不能提供我们十一年的给养。不管怎么说,我们都还是得自力更生,所以还是在有那个动力时就开始的好。”

“可是……”戈迪厄斯用拳头按着圆滚滚的肚子,没有继续说下去。

“听起来好像你跟他们是一伙儿的。”莫评论道,“选择这种立场可很挑衅。”

“我再说一遍,没腿仔。”马利特说,“最后一次警告,把你脑袋上的那个洞塞紧。”

贾克看了看马利特。马利特再没说什么。

“十一年啊。”戈迪厄斯说,“我们连一年都坚持不了。不出一周,我们就都会被渴死的。这块破石头里没有水。应该通过一项法律。乌兰诺夫法系的法律应该强迫公司对监狱小行星先进行调查……”他的声音低了下去。

周围一片安静,几个人都闷闷不乐。贾克看了看那三个负责挖掘的人。达维德干得最起劲,全身肌肉隆起,挖掘机的掘进口紧紧地顶在岩石上。这么使劲能有什么不一样的效果吗?贾克不禁想道,机器的处理能力应该只和自身性能有关,使劲压在石头上还是简单地放在石头上应该没什么区别。不过,达维德是个没有耐心的家伙。他的一举一动已经很明显地显示出了这一点。他应该学学培养耐性,贾克想,不然在这儿是坚持不了多久的。劳恩更讲究方法一些,他用钻头绕着圈挖,不一会儿就挖出了一个直径一米多的坑。E-d-C则夸张得多,他的姿势就好像拿着把扫帚一样,左一下右一下,刮出了一道槽子。虽然在微重力状态下没什么重量,但考虑到挖掘机那巨大的质量,这么来回连续运动也还是很需要体力的。不知道还有多久他才会累趴下。贾克想道。E-d-C和劳恩过一会儿就会停下来检查一下他们挖出的洞,同时也检查一下机器,但达维德中间从来不停。

时间在一分一秒地过去,没有人知道到底过去了多久。贾克无聊地回忆起了上学的日子。我们的祖先们是怎么测量时间的呢?(他本来想的是:穴居人是如何测量时间的呢?不过后来又觉得,这个念头对于他现在所处的境况来说实在是太过讽刺了些。)水钟、摆钟,这两种玩意儿都得依靠重力才能工作。在这种没有重力的环境中,要靠什么来测量时间呢?日晷?这里没有阳光。不过这并不重要,时间也不重要。只有毅力才是最重要的。

达维德汗流浃背,尽管这里冷得要死。

贾克看着空中的尘土,尘土缓缓下落,划过一道美丽的曲线,缓缓向净化器的进气口流去。戈迪厄斯顺着他的视线看了看。"我知道你在想什么。"他说。

"是吗?"

"你在想:要是净化器的能源芯片坏了该怎么办?"事实上,贾克并没有那么想,但他没有说出口。"嗯。"戈迪厄斯继续道,"我也在想这个。没有净化器,我们用不了多久就会窒息而死。不过,你看,如果那种情况真的发生,我们可以把机器链接到聚变电池上。"说话时,他的语气中充满了发现新大陆般的得意。贾克没有说话,只是继续看着那尘土浮动的轨迹。

时间还在一分一秒地流逝。终于,达维德松开了挖掘机,"换人来吧。"他喘息道,"我得歇歇。"

"你太用力了。"劳恩评论道,他的挖掘机还在继续工作,"你得稍微放松点儿。"

"每天两个半小时。"达维德反驳道,"至少两个半小时——至少。否则,你的肌肉就会退化。到时候就会变得和那个没腿仔一样。”他朝贾克那边点了下头，然后两脚一蹬朝放饼干的地方飞了过去。劳恩立刻明白了他的目的。“等一下！”他关掉了挖掘机。

“要么让我吃饼干——”达维德威胁道，“要么我就把你吃了，生吃，劳恩。”

“所有人一起吃，每个人都吃相同的量。”劳恩针锋相对，“这样才能避免分裂。内讧就等于自掘坟墓。再说饼干本来就吃不了多久，得留到真正饿的时候。”

“我真的很饿。”达维德叫道，“没看到我干了多少活儿吗？”

贾克观察着劳恩的脸，劳恩正在思量着下一步的策略——退让还是坚持。显然，劳恩觉得退让解决不了问题，“那样的话，每人发一块兰姆巴斯。所有人——每人一块。”

达维德吼了一声，但没有再提出抗议。E－d－C也关掉了挖掘机，七个人聚集在食物旁，达维德亲自分发补给——每人一块饼干。“没腿仔吃不了一整块。”他说。马利特笑了起来。

“我愿意只吃半块。”贾克温顺地说。

但劳恩打断了他，“给他和其他人一样的分量，达维德。”

每个人的饼干都没吃多少。没有水，这顿饭实在是难咽，更别提他们的嘴里还全都是沙子。贾克吃了几口，把剩下的先收了起来。达维德走到洞穴的另一头，面朝岩石蜷缩在缝隙中睡觉去了。他应该是没有睡着——他抖得很厉害，很难想象在那种状态下能休息好。不过达维德还是摆出了一副睡觉的样子，也可以说是“闲人勿扰”的样子。所有人对此也心领神会。

“继续吧。”劳恩说，“我们需要水。”戈迪厄斯再次提议自己接手，不过马利特抢先夺过了空闲的挖掘机。嗞嗞，嗞嗞，嗞嗞……

他们又干了很长时间。洞穴内相对较高的气压让空气感觉很干，再加上飞扬的尘土，所有人都觉得非常非常的渴。“他们就不能事先留一桶水吗?”达维德低吼道。

“净化器好像能产生一点水。”贾克说,“通过化学反应从CO_2中去除碳……”

“等我把你的舌头拔掉你就会安静了。”马利特咆哮道。

贾克笑了笑,什么也没说。

洞穴里很冷,冷得让人无法描述,他们所有人都没有体验过这种冷。达维德一直在用粗哑的嗓音反复咕哝——人类居然能在这么冷的地方活着不死真是奇怪。他们身上穿的都还是被捕时的衣服——单衣、单裤、便鞋。没有一个人穿着适合寒冷天气的服装。他们呼出的气都结成了白雾;雾一结冰,眼睫毛就冻到了一起。干活的人稍好一点;有些人则模仿达维德进行运动,使劲跑上一堵墙,再从另一头跑下来。其余时间,他们都挤在一起,愁容满面,相互取暖。

洞穴里简直冷得让人无法忍受,但干渴更让人难以抵挡。干燥的空气和钻探工作让他们的嘴唇都干裂了。他们舌头干硬、嘴唇肿胀,嘴唇上还沾满了尘土。他们的肌肉疼痛,不是因为操作机器,而是因为一直在发抖。七个人总是在斗嘴,有时候还会爆发一下,但每个人都没有精力深究。岩石在钻机掘进口的作用下艰难地碎成了一个个碎块。他们时不时地停下活计,检查碎块,看看里面有没有冰,但目光所及之处,看得到的只有石块。

“只有几天。”劳恩说,“没有水,我们只能坚持几天。考虑到这里的低温,我们可能连几天都坚持不了。”

不过贾克之前说得对——净化器会去除空气中的二氧化碳,副产品之一就是从圆柱体一侧的一个小孔中流出的一道细细的水流。那点水,连润润舌头都不够,更别说供七个劳累的人饮用了。正因如此,七人之间的潜在张力升高到了一个非常危险的水平。

劳恩宣布,七个人必须轮流使用这点流水;尽管马利特大声质疑他宣布这项决定的权利，但所有人对这项安排都没有提出异议。没有其他的法子可想。达维德第一个，接着是劳恩，但过了好几个小时，小孔里的水才又溢出来一小股。每轮一个人，整个团体的敌对气氛就又提高了一分。

情况恶化得比贾克预料的还要快，E－d－C 扔下挖掘机飞向净化器。看到他越飞越近，马利特说："下一个是我，你得轮在我后面。"

E－d－C 看都没看他一眼就叫道，"有种你来呀，我撕掉你的下巴。"

说着，他用双手抱起失重的净化器，将那个大家伙上的小孔对准自己的嘴。马利特立刻冲了过来，他双腿在墙上一蹬，狠狠地撞在了 E－d－C 的身上。两个人在空中打着转，净化器也脱手飞了出去。周围的空间实在是太小了，根本不够他们开打。E－d－C 的脊椎骨咣当一声撞在了岩壁上。马利特迅速出拳，像个把对手逼到墙角的拳击手一样一拳又一拳地打在 E－d－C 的肋骨和肚子上。贾克看到他的右手中握着一块石头。

不过劳恩的反应更快。他迅速从后方架住马利特，并大声叫达维德帮忙。不一会儿，两个人就把挣扎不已的马利特架到了一边。作为回敬，马利特握着石头的拳头一拳打在了达维德的脑侧，而这一点儿也没能让他的心情变得好一些。不过 E－d－C 迅速冲了过来，三个人开始一起对付马利特。

惩罚行动没有持续多久。不一会儿，马利特就被揍得蜷缩成了一团，在半空中一边打转一边咳嗽发抖。他就像是一个人肉纺锤，从嘴里流出的红色细珠组成条条细线围绕在他的身边。E－d－C把净化器排水口处积攒的那一点水全都灌进了自己嘴里。贾克看着他，感觉自己的嘴更干了。

他们继续挖掘。马利特闷闷不乐地蹲在墙角，不过等到劳恩轻轻踢了他一下,告诉他又轮到他开工的时候,他还是照做了。

他们顶着干渴和寒冷又干了几个小时。“我从没感觉这么绝望过。”莫对所有人说。刚刚结束这一轮挖掘的莫紧挨着聚变电池缩成了一团。“在这里真是没办法睡觉啊。根本不可能。”正说着,他就昏睡了过去,劳恩起身把他拽到了远离风口的地方。

戈迪厄斯说:“我们都会死的。”

“头疼死了,我都想用挖掘机把自己的脑袋钻开。”E-d-C低吼道。

除了继续奋战外,他们没有其他任何事情可做。整个洞穴都带上了一丝迷幻的色彩。深褐色的岩壁,灯柱发出的光芒在飞扬的尘土中投下一道道宽窄不一的光带。忽然间,贾克觉得岩壁上似乎沁出了水。他把脸贴在岩壁上,却发现上面只有一层干燥而冰冷的尘土。他的嗓子眼里都是灰尘。整个时空结构似乎都在颤动。匣子关得不够紧,还有声音泄漏出来。贾克听着那声音,又想要忽略,没有什么区别。都无所谓了,自己就快要死了,他们都是。

挖掘工作还在继续,贾克用牙齿都能感觉到,似乎有些小人正被困在他的牙缝间,用微型挖掘机清理着那微小的空间。他的神经都跟着哼唱了起来。轮到他操作机器时,他将挖掘机顶在石头上,缓慢而痛苦地进行着挖掘。

每个人的嘴唇都和岩壁是一个颜色。

“等一下。”劳恩叫道,“等一下。”他的手正指在自己挖掘机的前方,脖子上的皮肤都微微颤动了起来。贾克不由得想道,要是我现在过去打开他那台机器的开关,挖掘机会把他的手和整条胳膊都吃掉,这样他就死了。当然,他并没有实际行动。他感觉头晕、恶心、难受,昏昏欲睡、浮想联翩,想吐,口干,干,干……

劳恩拿起一个什么东西放在胸前。那东西看起来就像是块煤。“冰。”他惊喜地说道。

劳恩挖到了一条冰缝——几十亿年前，在这块石头形成的时候，不知是被引力牵引，还是因为随机的碰撞，有颗彗星的彗核被埋到了里面——远古之水，比地球上的海洋还要古老，比《创世纪》中的上帝还要久远——冰冻的万物之源。

他们从岩壁中挖出了足够每个人食用的冰。吮吸这些冰块的过程一点也不愉快，冰块中的杂质充满了火药的味道，不过——忽略掉冰冷和由此而引发的战栗，那就是水，流进肚子里的水。冰水唤起了他们那被遗忘在内心深处的饥饿，七个人都忽然想起了之前的饼干。贾克决定，最好还是把饼干渣和地上的碎冰混合到一起，一同嚼碎吞下去。

他们吃了又喝，所有人都被冻得战栗不止。几个小时的时间里，没有一个人继续挖掘。所有人都挤在一起围坐在聚变电池旁，打着盹儿，或只是静静地坐着。他们实在是太累了，连庆祝的力气都没有。

没过多久，劳恩就给其他人鼓起了劲儿。“饼干很快就会吃光的。”他强迫自己用不住颤抖的嘴唇发出清晰的声音，“我们已经有冰了，应该开始种孢子，那东西是不会一夜之间长出来的。”所有人都慢腾腾地行动了起来，他们把冰块聚集到一起，安放在灯柱附近。微重力条件增加了这项工作的难度，直到最后达维德提出建议，在灯柱周围挖条沟，把冰块填进去。

这又花去了他们几个小时的时间，等到壕沟完工后，却没有足够的冰填。于是劳恩又回到之前挖掘的地方，把那条缝隙挖得更大些，好让他们把大块的冰刨进沟槽。每个人的手指都冻得发紫。E-d-C拆开了一个装孢子的封套——他们的装备里只有三个——然后把里面的东西倒在冰上。

“现在就等着吧。”他边说边把双手夹在腋下，想要暖和暖和。

“不对。”劳恩说，“现在，我们要继续挖。”

这里没有日夜的区别。灯柱一直都亮着。E－d－C在天花板上刮了些记号——后来他发现在岩面上做这种记号完全没有意义——因为在未来的几年内周围的岩石都会被他们给挖掉。他用自己的睡眠作为计数的标准，从睡醒到下一次睡醒基本上就算做是一天。贾克觉得，E－d－C似乎是个很爱打盹的人；就是那种两天能睡十次，每次时间都很短，而且还很容易被一点点惊扰给弄醒的人。不过他什么也没说。这也不算什么事儿，对他们所有人来说，长时间的睡眠几乎都是不可能的，因为这里实在是太冷了。尽管他们会累得昏睡过去，但过不了多久就会被一阵战栗给惊醒。

没过多久，E－d－C就放弃记录时间的念头了。

饼干都吃完了，但菌块还没有由黑变绿。达维德吃了一口黑浆，结果又全吐了出来。“是不是一股鱼子酱味儿啊？”劳恩嘲笑道，“耐心点儿，小伙子们！我们需要的是绿色的部分，只有绿色的菌块才有我们所需的营养。要不了多久了！”

所有人都饿着。不过至少现在有水了，净化器小孔中流出的水，再加上他们从裂隙里发现的那些。

达维德放弃了他的健身计划，只是因为没那个劲儿做这些事。

洞穴里还是冷得要死。他们一直开着聚变电池，将发热功率调到最大；但公司已经事先对最大输出作了限制，尽管有那有限的一点热量，但周围冰冷的岩石还是迅速冷却了空气。“除非把这整块石头加热，否则洞里空气的温度根本升不上去。”莫大声叫道。戈迪厄斯又唠叨了起来，说什么岩石导热性不好，他们不需要加热整块石头；只要把周围的岩石加热，就能让他们不再那么冷。其他人立刻对他叫了起来，马利特干脆抓起一块石头狠狠地砸在了他的头上。石头在戈迪厄斯的头上砸出了一个菱形的口子，鲜血喷涌而出。贾克被惹火了。“你干什么!”他叫道。“嘿!”其他人觉得眼前的这一切很有趣,因为他们都没见过没腿仔发飙。戈迪厄斯脸色苍白,一言不发。贾克转向大个子,用衣服的一角按住他的伤口,直到止住血为止。

“我觉得比起肥仔来,你的反应好像更大啊,没腿仔。”马利特嘲笑道,“你是不是爱上这小胖子了?”

“他只不过是在解释给这里加热的问题。”贾克回答,“打伤他根本没道理。”

其他人又取笑了几句,然后就都觉得没意思了。

他们都不明白情况,贾克想。聚变电池确实在慢慢加热四周暴露在空气中的岩石。但每一天,他们都将被加热了的岩石挖掘掉,喷出到外层空间。换句话说,是他们自己在不经意间造成了周围环境的寒冷。不过,除了忍受之外,他们对此没有任何办法。

他们又挨了好几天的饿,而且没有采取任何措施控制自己的脾气。不过最终,这一天,有一批菌块变绿了。

第一餐总是意义非凡。吃的时候,所有人都产生了一种惺惺相惜的感觉。第一批菌块的数量很多,足够每个人都吃个够。那东西的味道尝起来就像——呃,只是让他们能够离饥饿远一些而已。因为饿了几天而萎缩的胃迅速被填满;吃饱后,每个人都在想方设法采取措施保暖。时不时地会有人去净化器那里接一捧水珠。“我们能修改孢子吗?”达维德问,过了一会儿,他又补充道,“把它们调整一下,让它们生产酒精?”

没有人回答,只有戈迪厄斯怯生生地看看这个,又看看那个,好像随时准备被人训斥,“理论上是可行的。不过我敢打赌,他们给我们的孢子肯定都做了基因标记,那方面的修正肯定已经都被限制了。”

“听起来像是他们的作风。”E－d－C心平气和地附和道,“倒不是因为会给他们造成什么麻烦。他们才不在乎我们在这里怎么消磨时光呢。醉生梦死十一年——还是强制保持清醒——对他们来说没啥分别。他们这么做只是因为这样更残忍,仅此而已。”

“不是因为残忍,我是这么觉得。”贾克说,“他们是要做生意的,又不是要当虐待狂。”

马利特冷笑了两声,好像是在说——有区别吗?

E-d-C吼了一声,“你又替他们说话。”

不过贾克还是继续说了下去:“这一切都不是偶然的,没有一样是无心之举。他们这么对待成千上万的囚犯。也许有几十万。他们已经这么干了几十年,完全形成了一种范式。他们这么做是为了榨取最大的生产率——从我们身上榨取血汗。这样才能确保小行星在预定的时间内被彻底挖掘。”

“我们费尽力气,到头来却让他们拿去,卖个大价钱,听着真让人想把这破石头搞烂。”莫说,“哪怕是给他们下个绊子也好。”

“贾克说得对。”之前说的话没被否定(当然,主要是因为没有再被揍)让戈迪厄斯鼓起了勇气,“给他们的石头捣乱只会破坏我们的生存环境,受害的还是我们自己,我们绝不能那么做。他们已经把我们给钉死了。”

“不过——”莫绷紧了身子,声音也压了下来,“还是有法子可以……比方说,等到刑期快结束的时候,挖些会危及石头完整性的隧道什么的。当然要不会立刻威胁到我们自身的那种,只要能让公司卖不出好价钱就行。”看到没人说话,莫又补充道,“比如,在接近表面的地方挖好些竖井,或者——”不过他立刻又笑了起来:“不行的!确实什么都做不了。废料管只有那么长,挖到哪儿都得带着!尽管他们是混蛋,但不得不说,他们都是些聪明的混蛋!”

“什么都做不了吗?我不喜欢这个想法。”达维德恶狠狠地说。

“得了吧。”莫边叫边推了达维德一把,他离达维德很近,“别做无谓的反抗了。到头来只会让自己死无全尸而已。十一年也没多长。我们现在有食物了,只要忙活起来,挖掘啊什么的,还没回过味儿来呢你就又自由了。”

达维德摇了摇头,“你想认输的话随便。我可不想承认他们把我给打败了。肯定有逃离这个监狱的法子。”

“比如?”劳恩问。

所有人都看着达维德,他的脸红了起来,深色的皮肤变成了花岗岩似的红褐色。“一群蠢货。”他扭头看着岩壁说,“你们都是。”

“挖到外面去。”E-d-C笑道,“深吸一口气,然后跳出去?这样如何?”这话并不是很好笑,但马利特和莫还是笑了起来。两秒钟后,戈迪厄斯也笑了起来。

“狠狠地深吸一口气?”E-d-C继续道,“一下子跳回地球?”

“享受一下重新进入大气层的摩擦热。”马利特接着说,“好好暖和一下。”所有人都打了个寒颤。

达维德终于受不了刺激说了起来,“对,没有飞船是出不去。”他说,“可谁说来这里的第一艘飞船就一定是公司的?”

“这么说你要招艘飞船过来?”劳恩问,他的声音低沉,很是严肃,“你在什么地方藏了个发报机吗?”

达维德恶狠狠地瞪了他一眼,“就算来的第一艘飞船就是公司的回收船——”他顿了顿,“就算我们必须要等十一年——为什么我们就一定得乖乖上船回弗洛拉8号?啊?为什么不能把船抢过来?”

“抢过来……怎么抢?”劳恩一副真心想要一探究竟的表情。

“石头里有金属。”达维德说,他又把头扭到了一边,“肯定有。干吗不把金属提取出来,做成武器?等到公司的人来接我们的时候——轰隆!一举拿下他们和他们的飞船。”

没有人接他的话,过了一会儿,劳恩才说,“确实算是个计划。”

他承认道,“不过至少有三个问题。我们要怎么把矿石变成金属?冶炼吗?”

“冶炼。”达维德重复道,也许是在附和劳恩,也许只是下意识地在重复劳恩的问题。

“我们不是一直在奇怪为什么聚变电池的发热极限设得这么低吗?比起现在这样,要是能更好地加热这地方,我们不是会舒服得多吗?嗯,也许这才是公司把极限值设得这么低的原因。如果给我们不受限制的热能,我们肯定就会去做这些:冶炼、铸剑,给回收队的船员造成大麻烦。”他摇了摇头,胡须上的灰尘缓缓从脸颊上飞落,“在这一点上他们又比我们先了一步。”

“肯定能想出法子。”达维德坚持道。

贾克插了进来,“金属也许超出了我们的能力范围,玻璃怎么样?”

“哈!”E-d-C叫道,“又来?还对你的窗户念念不忘吗,没腿仔?”

“只不过是我在挖掘的时候注意到的。”贾克说,“我在硅酸盐里挖掘的时候,发现有些小玻璃珠,也许是因为摩擦力而产生的,我猜。也许,我们能想个办法……”

“知道天才和聪明人的区别吗,没腿仔?”达维德插话道,“也许你是头一种,但很显然不是第二种。好好想想。碎玻璃珠能有什么用?没有加热金属所需的热量,又哪来的热量来熔化玻璃?而且就算我们造个窗户——又怎么样才能安装到小行星上?你说说,到底要怎样才能在不损失空气的情况下凿出窗框来?就算可以,假如我们用沙子造了一块一米宽的玻璃,那玩意儿里面的杂质肯定多得不得了,稍稍遇到碰撞就会变形开裂。简直就是自杀窗。”

贾克什么也没说。其他人也一言不发。

“你们瞧——”莫忽然开口说。他用脏兮兮的手指捋了捋胡须,他的络腮胡弯弯曲曲的,看起来就好像根本没有长在脸上一样,“我们还没聊过大家是怎么进来的呢。”

“你是说整个过程吗?”E－d－C 问。

“不是。”莫说,“我的意思是——各位到底是因为什么原因,才被判十一年的。我的想法是:应该都不是谋杀,不然不会判得这么……”他看了看周围那冰冷的封闭空间,“……轻。那么,到底是什么呢?”

“我敢说我能猜到。”达维德说。

所有人的视线都集中在了他的身上,“那你猜猜看。”劳恩说,“猜吧。”

“嗯,哦。”达维德思忖道,“是这样,你和 E－d－C 互相认识。我们到这里的第一天你就说了。所以我猜,你俩应该是属于同一犯罪团体,也就是说,团伙犯罪,这就让人想到了乌兰诺夫政权所谓的非法运输罪,当然也有可能是非法入侵、贩卖违禁品、走私、偷渡、抢夺。到底是哪种呢?”

E－d－C 点了点头,“差不多就是这类吧。”他的语调让人有些捉摸不透,“确实,我认识劳恩,但不太熟。”他补充道,“只不过是有过一次业务联系而已。”

“再说说没腿仔。”达维德看了看贾克,“通过观察一个人对什么感兴趣,确实能了解到很多情况。对于你来说,就是给这个地方安窗户。是不是?你想看到外面的情况,近乎痴迷。这能告诉我们什么?嗯,结合你不适合暴力犯罪的事实——”达维德指了指贾克盆骨下方本该是腿的地方,“这让我相信,你应该是个政治犯。梦想家,理想主义者,一个不满乌兰诺夫统治的家伙。我说得对不对?”

“不适合暴力犯罪。”贾克若有所思地重复道,“这取决于你怎样定义暴力吧?”

“当然,当然。”达维德不屑地敷衍道,“所有的压迫本质上都是暴力的,这我们都同意。不动产是暴力的,贸易也是暴力的。我敢肯定你有能力从事各种革命活动——比方说植入危险软件,扰乱会计和投标程序,引发大规模暴力事件之类的。当然可以。不过,一看到马利特,我就知道他有能力用刀撕烂一个人的喉咙;再看看你,我觉得你没有这个能力。”为了表明他比贾克更具身体侵略性,达维德摆出一副如同豺狼般的狞笑,俯视着贾克,“别不好意思,政治犯没什么不好,只要别忘了自己在食物链中的地位就成。”他又转向马利特和莫,“至于你们俩——”他说,“抱歉,我觉得你们俩还没到犯罪首脑的水平。最多也就是雇来的打手、马仔、跑腿的喽啰一类。”

“滚一边儿去!”莫叫道。

“这样就只剩下我们的胖子了。你是个例外,对不对,戈迪厄斯?例外中的例外。你到底做了什么才落得个和这帮乌合之众一样的下场,我的伙计?”

戈迪厄斯的脸一下子变得和番茄一样红,一直红到了胖嘟嘟的下巴和脖子上。他额头上那个钻石型的伤口已经愈合,只不过颜色还是比周围的肤色深,随着脸色变红,疤痕也变得更显眼了,“你不会想知道的。”他咕哝道。

“我们当然想知道了。”达维德笑道,“不是吗?”

“我是蒙冤入狱的。”他说,“我只是按照宗教信仰的要求做了而已。”

“啊哈!”莫叫了起来,“你是个宗教狂?你干什么了,小胖子?”

不过戈迪厄斯已经将自己的内心封闭了起来。尽管那四个壮汉(只有劳恩除外)费了好大的功夫戏弄刺激他,但他就是无动于衷,任何言辞都不能引起他的反应。他抱着胳膊,转过肥胖的身躯面朝着墙。贾克看着他,知道这是什么意思——陷入深暗的冥想,躲进门上写满记忆的暗室。不一会儿,那几个人就厌倦了。吃饱喝足后,他们都摆出了自己最舒服的姿势,尽可能靠近地飘浮在空中相互取暖。不一会儿,所有人就都睡着了。

只有贾克又醒了好长时间,脑子里一直在想玻璃的事。

他们又花了好几天时间——或者说类似于好几天的时间,毕竟这里没有昼夜交替——才让菌块按照合适的速度生长了起来。一开始,作物的生长并不同步。有些天能吃的东西太多,有些天又一点绿色的东西都没有,所有人只能挨饿。经过一次又一次的尝试,他们终于能够每天都吃上东西了,尽管还不能让每个人都不饿肚子。习惯之后他们也没有喜欢上这东西。无论是口感还是味道,都像糨糊一样。

他们决定扩大种植区。贾克和戈迪厄斯花了几个小时挖出一条沟,并微调灯柱好让光线能够照射到。沟底铺上浸过水的抹布,放上石屑,抹上一层用指甲从变绿的菌块底下刮出来的孢子。所有人都觉得,随着生长环境的改善,菌块不但长得更快,味道似乎也没以前那么恶心了。但这东西很难称得上是食物,似乎永远也无法彻底缓解饥饿感。那东西只是黏在胃里;然后不那么令人满意地从消化道的另一头排出去。当然,在这种封闭空间里,那也是个问题。他们讨论过如何处理排泄物。把破布浸在尿里,可以让菌块长得更好;不过他们想了半天也没想出来粪便能有什么用处。尽管人人都认为粪便对菌块的生长会有作用,但菌块本身似乎并不这么想——不管是在裸露的岩石上,还是在冻成冰坨的粪块上,长势都没有什么区别。所以两天后,E-d-C就和贾克一起挖了个深洞,专门用来处理这类废物。

除此之外,他们的主要工作就是挖掘。随着居住空间的扩大,他们开始使用聚变电池破坏冰块中的水来释放氧气——事实上，公司愿意花大价钱提供聚变电池的主要目的就在于此，加热倒是其次。净化器可以清洁空气，但新的空间需要额外的空气来填充。电池的效率很高，裂隙中的冰块似乎也很充足，足够同时提供饮用水和新的空气。半个音阶、一个音阶，他们的声调听起来越来越高。有些人的声音听起来比另一些人更搞笑，当然，都是因为氢气的缘故。劳恩对火越来越担心：万一挖掘机在铁矿石上撞击出火花之类的东西怎么办？他的担忧迅速传染了其他人。不过随着时间一天天过去，空气中的氢气含量逐渐稳定了下来。看起来他们的净化器也是经过定制的，除了一般的空气净化功能外也能去除空气中的氢气，让氢与碳结合。没事儿的时候，他们经常讨论这项功能的原理。一种可能是合成甲烷——当然甲烷同样也是易燃气体。没人能说得清空气闻起来是不是比以前更糟了。“显然现在已经很难闻了。”这是达维德的看法，“还能再糟到哪儿去。”也许氢离子被合成到了更复杂的烃链上。不过净化器的滤网确实是需要时不时地清理一下。他们决定轮流值日，清理净化器管道里残余的黑色粉末，清理工作要在挖掘机旁边做，好让清理出来的废物能通过挖掘机的废料管排到外面去。“我们的命就靠这机器了。”戈迪厄斯说，语气一反常态地严峻。

他额头上的疤看起来就像一块嵌在肉里未经打磨的红宝石。

拉米306上的生活陷入了日常。一切都很平淡：生理不适（主要是冷）和单调，不过还算可以忍受。他们有食物，有水，还有可以消磨时间的工作。他们还都活着。人际分层迅速出现。处在顶端的是几个占据优势的雄性：劳恩、达维德和E-d-C，后两位不承认劳恩具有任何“领导人”的权威，却也不对其发出直接挑战。接下来是莫和马利特。最后，处在底层的，就是戈迪厄斯和没有腿的贾克。这种层级结构最明显地体现在团体中关于性的话题上。戈迪厄斯的地位最低，对他来说很不幸的是，除了贾克外，所有人都在用各种方式羞辱他的身体。一开始，他还哭哭啼啼地控诉别人这么残忍地对待他的身体，求他们不要接近他。一段时间后，他似乎就习惯了，用一种郁郁不乐的方式接受了下来。其他人经常把他当作性话题的谈论对象，他们嘲笑他那肥胖的身材，其间还夹杂着一丝赞赏——至少那多出来的肉让他的女性气质更加明显，至少是从某些特定的角度来看。对于贾克，他们的态度则更多的是不屑：所有人都同意，他是个残废，一个令人生厌的家伙。也就是说，大家都不理会他，任由他自生自灭。不过他们五个都坚持认为，应该有不同的方式让贾克来取悦他们。面对这些侮辱，贾克似乎非常淡泊，但他们也很难搞清贾克真实的想法。他从来都不是个轻易外露的人。

某种程度上而言，莫和马利特的日子更难过。有时候，他们会被当作事实上的优势雄性，五个男人一起开玩笑逗乐。有时候，毫无预兆地，处在顶端的三个人又会把莫和马利特当成下等人，几乎和戈迪厄斯与贾克处在一级。主要是被当作异性来羞辱的问题，比起身体不适来，心理伤害倒是更大些。没过多久，莫受到的损害就超过了马利特。莫发觉自己受到了特别关照，每次达维德找茬时，都会特别挑选他。每次之后，莫都会用各种不可预料的方式对贾克或者（更多的时候是）戈迪厄斯狠发一顿火。

不过，这个团队的这类活动并不很频繁，持续的时间也不长。环境太过开放，太缺水，也太冷了。这类恶性娱乐活动，在发生的时候，更像是一个快速而残酷的发泄过程。

对于贾克来说，这只不过是在无止境的寒冷、不令人满意的食物与单调乏味的生活之上又增加了一个令人不愉快的因素而已。他并没有太过在意。但他清楚地看到，这一切正在渐渐破坏戈迪厄斯内心的平静。他曾劝大胖子，“别老纠结于这些。”戈迪厄斯则用怒视作为回应。贾克还以为他又要扭过头去生闷气了。结果，眼泪却从他的眼睛里流了出来。“我受不了了！还有什么可想的？又冷又饿，那些禽兽还那么残忍！还有什么好想的？”

此时正轮到马利特、莫和达维德挖掘；他们七个人已经完全习惯了机器挖掘岩石的噪声，那声音就像耳朵中血管的搏动声一样，只是在背景中嗡嗡作响。

贾克不知道该说些什么，“想想这石头以外的事吧。”他建议道。

“怎么想？未来远得遥不可及！而过去呢——哦！过去！”

“知道过去与现在的交点在哪里吗？”贾克问。

“哪里？”

“在心里，只在心里，只有那里。不然的话，过去就比最远的星系还远了。我们打心底里都知道，因为我们都明白，过去不可更改，有时候这让我们挺伤心的。”他注视着戈迪厄斯，想要解读戈迪厄斯的情绪，但大个子不愿直视他的眼睛。“但我们不应该感到悲伤，过去与现在之间那条不可逾越的鸿沟还有个名字——自由。阻挡我们的只有我们自己的心智。”

“自由。”戈迪厄斯说，“哦，你是在讽刺吗！看看这地方！根本没有自由！”

“哦。总是有办法的。”贾克说。说话间，他忽然觉得心脏在胸口狂跳了起来，简直像是要从嗓子眼儿里跳出来。心脏的颤动让他一下子汗流浃背。说太多了吗？不过戈迪厄斯因为自己的心事而将这些话朝另一个方向引申了过去。“我杀了我父亲。”他说。

贾克花了点时间平复心情，然后问，“这就是你被关进来的原因？”

戈迪厄斯从没有像现在这样郁郁寡欢过，他点了点头，下巴上的肉还在微微晃动。

“谋杀判十一年?”贾克说,“似乎很……轻。”

“有减刑的。”戈迪厄斯咕哝道。

“谋杀罪减刑?”

戈迪厄斯吸了口气,全身一阵战栗,似乎是要咳嗽。最后他终于开口道,“我来自金星向阳面的一个定居点。”他说,“一千多人,居住在一个封闭的半球体里,所有人都拥有共同的宗教信仰。不管你信不信,当然你是肯定不会信的——考虑到我现在的悲惨境地——在我们的社区,我是个非常重要的人物。我是神之子,是圆满。”他又抽泣了起来,肌肉的颤抖让他的身体整个颤动了起来,并在空中转动着。“我就是Sun(太阳)!”他的声音中充满怨念,也许他说的是“我就是Son(儿子)”? 贾克分不清楚[①]。这时他忽然想道,也许这种双关正是宗教意味所在。“在我记事之前,他们就在供养我。尽管全能的宇宙神已经将他的意志注入了各种球体:恒星、行星,甚至是小小的微行星,比如囚禁我们的这个愚昧无知的小世界。我们崇敬宇宙神,我们……”说着,眼泪又冒了出来,他又低声呜咽了起来。

过了一会儿,贾克问:“杀掉你的父亲是……宗教仪式的一部分?”

“献祭。”戈迪厄斯捂着脸呜咽道。

“你父亲是自愿献祭的?”

“当然是! 这可是无上的荣耀……没有比这更高的荣耀了。等到轮到我的时候,我会接受自己的命运……”他又哭泣了起来,“哦,现在再也轮不到我了!”

“看来乌兰诺夫执法者和你们的想法不一样。”贾克说,“可怜人。不! 可怜……神,应该是吧? 你的人民是什么反应呢? 如今他

---

① 太阳(Sun)与儿子(Son)的发音是相同的。

们的神被囚禁在监狱里了。”

“会众们还有我妹妹。”戈迪厄斯说，“她远没有我这么‘圆满’，不过至少她也是神圣家族的。”

“有没有可能——”贾克的声音中带上了一丝算计，“你的人民会不会想办法把你弄出去？比如贿赂公司，搞清楚我们在哪儿？派船来接你？”为了救自己的神还有什么不能干的？他想，也许和这家伙交朋友不但是件好事，也是件有利可图的事——作为朋友，他的人民来救他时自己也许能跟着一起走。不过戈迪厄斯回答道，“我已经不是神了。我曾经是，但现在不是了。对天体教的信徒们来说我已经什么都不是了。就好像我已经死了。再说他们肯定也没办法得知我现在所处的位置，而且他们连试都不会试一下。招惹乌兰诺夫家族吗？那样整个定居点都会处在危险之中。随便一艘巡洋舰就能从十万点外一炮炸烂他们的穹顶。”他摇了摇那颗大头，“明白我的问题了吗？说什么我的过去——除了流放外我还有什么值得记住的？至于未来，又有什么可期盼的？——就算假设，我在十一年的刑期中，在这个地狱般的地方活了下来，我也再没法回去了。我已经没地方可回了。我曾经是神，去神格化不会让你变成人……只会让你一文不值。”他又哭了起来。

发觉无法通过戈迪厄斯而获救，贾克不禁失望了起来，失望的程度让他自己都感到吃惊。也许，他的意志力已经不如以前那么坚强了。他挠了挠腿部残余的部分，忽然想起的事情让他不由得大笑了起来。

“你居然在笑。”戈迪厄斯失望地说，不过至少这让他不哭了。

“抱歉。我没忍住。这里的所有人都是因为各式各样的罪名进来的，他们都以为你像只小猫一样于人畜无害。可你实际上是杀人犯！你才是那种真正实施过暴力的人！他们一点儿都不知道。”

“别告诉他们。”戈迪厄斯惊恐地乞求道。

“当然不会了。”贾克说，“你和我——我们俩是一起的，对不对？我只是觉得很有趣。其他人不知道的事总会让我发笑；尤其是在事情明明摆在他们眼前他们却不自知的时候。”

*我们俩是一起的，对不对？*这句简单的共同声明立刻让可怜的戈迪厄斯情绪爆发。他揉了揉眼睛，笑着点了点头，“你干了什么呢？”他用偷偷摸摸的声音问，“你是怎么沦落到这儿的呢？懂我的意思吧？”

“我吗？”贾克又笑了起来，“你的意思是——我是为什么被判刑的吧？呃，罪状上认定的那些事我并没有做。”

“我就知道！”戈迪厄斯倒抽了一口凉气，“和我一样——你也是无辜的，被冤枉的！”

“不。”贾克用不咸不淡的语气说，“我不是这个意思。我确实有罪，这点毫无疑问。只不过对于他们审判我的那个事由，我是无罪的。而且……”他考虑了一下，觉得只有告诉这个大个子所有事实才算公平：“十一年流放。对我来说却是这样的困境：刑期未满之前，乌兰诺夫肯定会发觉我真正犯了什么罪。而对那项罪名的惩罚……怎么说呢，肯定比流放小行星十一年要重得多。”戈迪厄斯瞪大了眼睛。“所以说，我现在面对着一个困境。”贾克说，“虽然谈不上喜欢现在的处境，但现实再严酷，也比公司的飞船来接我们后将会发生的事情强。我对之后的事可没什么期待。”

“你打算怎么办？”戈迪厄斯低声问。

“我？”贾克打量着戈迪厄斯，不知道是自己说得太多了，还是透露出的信息刚好够将他俩作为难兄难弟联系在一起，“我还是做玻璃吧。”

戈迪厄斯眨了眨眼，然后笑了起来。他忽然抱住贾克，“你和你的窗户！”他兴高采烈地叫道，“可别忘了你的窗户，贾克！不要停止梦想！”

从戈迪厄斯的怀里挣脱出来后，贾克说：“嗯，对。窗户是个有用的东西。再小的窗户，也能让你……看到外面的世界。”

他们经常会讨论面临的形势，一遍一遍地讨论个没完，但事实上却没有什么值得讨论的。所有人都想要保留隐私。所以唯一可行的行动就是挖掘一系列单独的仓室，用隧道相互连接起来。这是他们目前最迫切需要去做的工作。“先挖七个仓室。”劳恩说，“每人一个，然后加热每个仓室里的空气，这样就会让石头也暖起来，我们不把那些热石头挖掉，而是让它们充当隔热层，这样我们就会感觉舒服一些。”

“正合我意。”达维德说。

贾克觉得，领头的三个应该会先给自己挖洞，他们应该也会容许莫和马利特给自己挖洞；不过在他和戈迪厄斯有自己的洞之前，很可能会有其他安排打乱他们的计划。不过十一年的时间足够长。贾克觉得，他还是有机会给自己挖个舒适的小洞的。

与此同时，他也在收集玻璃。每当挖掘到富含硅酸盐的区域时，挖掘机掘进口都会出现许多小玻璃珠一样的东西。每次，贾克都会关掉废料管，花时间把这类东西从挖掘机产生的碎块中挑拣出来。这些东西都不大，差不多十个才能顶上一块指甲盖——但都是货真价实的玻璃。

他做了个实验——挖一个浅坑，将尽可能多的小玻璃珠堆积在坑内，然后把挖掘机的掘进口对在上面。试了几次之后，挖掘机就将那些小玻璃珠融合成了一块形状不规则的玻璃。他捡起那块玻璃，放在掌心。

达维德见状嘲笑道，“还窗户呢！那玩意儿连片单片眼镜都不够！”

“万事开头难嘛。”贾克微微一笑，说。

“别管什么玻璃了。”他的回答让达维德有些不高兴，“赶紧挖。我还想要我的私人房间呢。听到没？”

“自己挖去。”贾克边说边将那块玻璃装进了衣服口袋里。

“你说什么？”达维德叫道。

“我自己正要去挖你的洞呢。”贾克澄清道，“我说的就是这个意思。马上就开工。”他打开废料管，又在岩石上挖掘了起来。

轮班结束后，贾克吃了点菌块，喝了些净化器小孔上的水，然后掏出那块玻璃仔细察看起来。玻璃的表面并不透明，上面凹凸不平就像变形虫一样。贾克拿起一块石头，开始打磨起了玻璃的外表，他的动作速率有条不紊，这也让他一点点地暖和起来。不过其他人只是不断地在嘲笑他。

“嘿！你干什么呢？”

“擦什么呐，没腿仔？”

贾克笑着摇了摇头。“到底是什么？”E-d-C 追问道。

“是他的玻璃块。”戈迪厄斯热切地说，“嘿。你是在打磨玻璃吗？”

“那就是你的窗户吗，小残废？”马利特很不友好地嘲笑道，“刚够蟑螂用吧？”

“我猜他是要做显微镜吧。”莫说，“然后呢？有了显微镜你要——怎么样？给自己检查缺腿吗？”所有人都笑了起来。

贾克还在继续打磨。过了一会儿，达维德问：“说起来，你的腿是怎么没了的？我亲爱的贾克兄弟？”

“说来话长。”贾克说。

“哦。”马利特说，“你觉得我们没有足够的时间听你讲故事吗？”他干笑了两声，“讲吧，小残废。”

贾克停下了手头的活儿。所有人的目光都落在了他的身上。“哦，马利特。”他说，“事实是，我当时正在玩你的老娘，结果她老人家太过兴奋，用粗壮的大腿把我的两条腿都给夹掉了。”

马利特捏紧了拳头，似乎是要冲上来揍贾克的样子；忽然，所有人都大笑了起来，怒火也渐渐隐没在了马利特的目光深处。

不久之后，轮到莫、马利特和劳恩挖掘的时候，戈迪厄斯过来问道，“你到底是怎么失去双腿的呢，朋友？”

“其实说来并不长，也不无聊。”贾克说，“不过我还是不想说。”

“哦。”戈迪厄斯失望地说，“我觉得你很勇敢，那样反驳马利特。他的灵魂很暴力。我父亲以前常说，成为神的好处之一就是你能看清人们的灵魂，看清维系他们精神的核心，并预测他们的善恶。马利特的灵魂很暴力，我是这么认为的。”

“你认为？”贾克干巴巴地问。

“嗯！对！”戈迪厄斯用天真的语调说，“达维德——”他看了看四周，放低了嗓音，“达维德也很易怒，但那是平常程度的愤怒。马利特不一样。他很残忍。他无聊的时候喜欢拿石块使劲砸我。他喜欢出其不意直接打我的脸。我觉得他想把我的一只眼睛弄瞎。我觉得，要是成功打瞎我的眼睛，他一定会高兴得大笑起来！”戈迪厄斯打了个寒战，他的体形已经不像以前那么庞大了，餐食只有菌块，再加上艰苦的挖掘工作，让他一下子瘦了下来，皮肤整个皱巴巴地耷拉在身上，就像一层帐幔。

“我们最好还是盯着他点儿。”贾克说。

“我们俩一起，朋友！”戈迪厄斯带着一丝哽咽说。

时间一天一天地过去，贾克注意着他们所有人。毫无疑问，马利特确实性情残忍；不过贾克认为，达维德的威胁更为现实而迫切，因为他的挫折感在不断地加强他的愤怒。尽管高强度的劳动经常让他疲惫得发不起火，但谁也不知道这种情况还能维持多久。

劳恩和E-d-C都在忙着强化自己在团队中的地位,没有多少精力来迫害戈迪厄斯和贾克。不,莫和马利特才是最现实的威胁。贾克可以明显地看出,尽管生存下去需要他们持续付出大量的劳动,但这并不足以消磨掉他们的不满。他们无聊、愤懑,尽管大多数时候都听从领头三人的指示,但贾克知道,寻求发泄对他们来说只是时间的问题。总有一天他们会将怒火发泄在戈迪厄斯或者他的身上。往轻里说,痛苦在所难免;往重里说,很有可能会有致命的后果。

十一年,他绝对撑不过去。戈迪厄斯也不行。他们必须逃出去。至少,他必须要逃出去。

与此同时,领头的三人与处于次级的两人将大量的精力都花到了地位争夺战上。"我才是乌兰诺夫家族的头号眼中钉。"达维德宣称,"知道是谁逮捕我的吗?是巴勒杜克本人!亲自出马!"贾克的注意力被吸引了过去,"你有那么重要吗?"马利特酸酸地说,"需要乌兰诺夫顶级警探亲自出马。"

"是巴——勒——杜——克!"达维德重复道。

"我可一个字都不相信。"E-d-C说,"我猜,逮住你的应该是个低级别的警察,就和我们其他人的情况一样。"

"哼,那只是你的看法!"达维德说,"是巴勒杜克,大名鼎鼎的巴勒杜克亲手抓捕的我。我给乌兰诺夫家族造成了几十亿信用点的损失。我可是太阳系政权的头号敌人。"

"很久以前的时候——"马利特说,"他们会把妄想狂都关进精神病院,而不是扔进这种劳改监狱!不过我还是要告诉你们;实实在在的事实,不是达维德那种吹嘘之辞。他们还拍了一部关于我的电影呢!我就是杰西·詹姆斯的原型,在几百个殖民地里都很有名。"

"夸大其词。"达维德说。

劳恩忍着没有吹嘘自己,其他人则完全沉溺其中。这天,孩童般天真的戈迪厄斯也忍不住加入了进来。为了讨好劳恩,他对劳恩说出了自己的秘密:他在自己的家乡被当作神。这完全是个错误。劳恩立刻将他的话告诉了所有人,戈迪厄斯整个缩成了一团,慢慢在空中打着转。E-d-C、马利特和莫都在大声地嘲笑他,他的皮肤因为尴尬而变得通红。“这么说你就是教士口中所谓的神啊!”“嘿,神,为什么不来个奇迹,把我们都从这里弄出去!来啊——带我们出去啊?带我们去……去个暖和的地方。”“你的魔力啊——”莫讽刺道,语气仿佛是在阐释一个重要的神学问题:“只有在我们把他钉到十字架上之后才会生效。我们把他折磨死,然后他复活,等到那之后,他就能施行奇迹了。”

“你们根本不懂天体教的教理。”戈迪厄斯大叫道,完全忘记了该有的谨慎,“我不是精神之神,奥姆尼[①]才是——我是物质之神,以球状的肉体示人,哦。”他更正道,“我曾经是,曾经是。不过现在我什么都不是了。”他又哭了起来,眼泪如银色的小球一般浮现在他的眼角,然后又纷纷飘了出去,“我现在什么都不是了,比无名小卒还要卑微。”他哭道,“我的一切都失去了!你们还是杀了我吧,让我少受些苦!”

“吵死了!”E-d-C吼道,他们俩距离很近。E-d-C一脚踢到了戈迪厄斯那皮肤松弛的肚腩上。大个子像头受了惊的母牛一样捂着肚子哀号了起来。他弯着腰,一路打着滚儿飘了出去,撞在了另一头的岩壁上。贾克谨慎地看着眼前发生的一切。所有人都在大笑,被那一脚的反作用力弹回来的E-d-C笑得尤其厉害;劳恩和莫也在笑,但笑得最厉害的却是马利特。看起来,最接近崩溃的就是他了,贾克暗想。

① Omni,意为“全能”。

不是他，就是达维德，这一点贾克很确定。

“巴勒杜克，巴勒杜克。”E－d－C胡乱地哼唱着歌。“抓我们，抓我们，除了神的孩子——被犹大出卖。”

劳动还是谁都逃脱不了的。其他人挖掘的时候，贾克就打磨他的玻璃块。这项工作的进展很慢，已经过去好几天了，仍然是一无所获：为了磨平一个小突起，贾克使的劲大了些，结果整块玻璃一下子碎成了三块。贾克做了个深呼吸，然后将碎块拼到一起，又加了些碎石块，等到轮到他挖掘的时候，他花了点时间将碎块按在挖掘机上，好让碎块重新聚成一个整体。达维德看到了他的所作所为，不一会儿，所有人——包括戈迪厄斯在内——都聚集在了他的身边，嘲笑起了他那自找的永不可能完成的任务。但贾克一点反应也没有，完全没有要对抗的意思。最终，所有人都因为觉得没意思而散开了。经过一番努力，他终于造出了一块更大、更扁平的玻璃。

结束他的那一轮挖掘后，贾克又打磨起了玻璃块。

“你那只能算打发时间。”达维德冷冷地说。

“是在打发时间。”贾克同意道，“不过我觉得，时间无论如何都是会过去的，不管我做什么。”

工作还在继续。三部挖掘机同时作业，每部挖一个仓室。劳恩那天运气很好，又挖到了一条冰裂隙，比第一次发现的还大。他关掉废料口，用挖掘机挖了好些块出来。其他人都停下了手上的活计（如果真在干什么的话），纷纷拿起冰块察看，然后又递了回去。“我们可以培养更多美味的菌块了！”达维德叫道，“还有人能比我更觉得喜悦吗？”

“你的声音真让人恶心。”马利特说。说着，他环顾四周，好澄清自己不是想要和达维德打架。“你们所有人的声音都让我恶心。”他补充道。

“哦。”劳恩说，“我们有十一年时间呢。你最好还是早点习惯。”

“怎么可能还有十一年?”马利特吼道，“我们肯定已经过了一年了!”

这确实是个问题。他们要如何计算时间呢，尤其是这么长的时间? 有那个必要坚持吗? 劳恩不再往外拽冰块了，所有能够到的冰都已经被弄了出来。剩下的岩石悬在半道，很容易用挖掘机凿碎。这一天似乎很有成果，狭小的生存空间确确实实地增大了不少，所以每个人都停下了工作，吃了些菌块，喝了点水，躺在岩壁或者天花板上。“冰块比岩石容易挖。”达维德说，语气好像是在阐述一条深刻的哲理，“多几条那种冰隙，我们很快就会人人有房住了。”

E－d－C放了个屁，所有人都大叫了起来，假装抗议，大声咒骂他的行为。

“知道吗?”莫说，“我感觉好像热了点儿。”

“没区别。”马利特打了个寒战。不过这确实是事实——空气已经不像一开始那么寒冷了。“我们应该记住之前的寒冷。”劳恩说，“过不了多久，这里就会热起来，到时候我们的麻烦就是怎样散热了。等到那时候，我们会怀念现在的日子的。”

“热死总比冻死强。”莫严肃地说。

未来的某一天他们也许会怀念现在的日子——他们也许还有未来——这种想法将所有人当作一个整体，让他们都安静了下来。“肯定有办法处理多余的热量的。”E－d－C说，“活下来的囚犯有几千人呢。大多数都活了下来，我猜。他们想出了办法，我们也会想出来的。这块石头给我们出的难题没有一样是我们解决不了的。”

贾克一言不发。

马利特说起了他在地球上的日子。那时候，他是一个富人的行李员。“那可是完全重力。”他说，“当然，确实很累，就像他们说的一样。即使睡觉的时候重力也在，很容易让人感觉到累，永远也睡不好。可是上帝那玩意儿塑造肌肉简直绝了！只不过是提行李而已，都还不是特别大包的，就那样我的肌肉块还都起来了。”他秀了下手臂上的肌肉。“现在已经没那么壮实了。”他叹了口气，承认道。

戈迪厄斯放了个屁。“嘿！”达维德大叫了起来；随着恶臭在本已十分难闻的空气中扩散，所有人都哀嚎咒骂了起来。戈迪厄斯傻笑了起来。“抱歉，各位。”他说，但并没有停止傻笑。伴随着笑声，戈迪厄斯全身褶皱的皮肤都扇动了起来，就像强风中翻卷的旗帜一样。他的笑声越来越癫狂，根本停不下来，“抱歉！抱歉！”

马利特脚下一蹬，朝戈迪厄斯飞了过去。他一巴掌扇在戈迪厄斯的脸上，伴随着湿布打在河边石头上一般的声音，戈迪厄斯的脑袋一下子扭到了右侧，但笑声还是没有停止。马利特挥手握拳，一拳狠狠地打在了戈迪厄斯的脸颊上。笑声终于停止了，取而代之的是球棒击中球的声音——屠夫的短棍击中肉体的声音。马利特的手臂不断挥舞：一拳，又一拳，每一拳都打在脸上。戈迪厄斯大声尖叫，不断挣扎着想要躲避；他挥舞着双臂，想要推开马利特。又是一声响，这一拳打在了眼睛上。伴随着一声巨响，马利特的拳头终于不敌戈迪厄斯的额骨。他这才松开手，飘回来处理手上的伤。“你把我的手弄伤了！”他咆哮道，“你把我的关节弄坏了，你个屎包！”

戈迪厄斯像个胎儿般蜷缩着身子飘浮在空中抽泣着，庞大的身躯缓缓旋转。零重力让黏糊糊的血液形成了一道细流环绕在他的身旁，看起来非常奇怪。

“你没事吧，小神灵？”劳恩问。但戈迪厄斯没有回答。

马利特回到新挖出的冰块漂浮的地方，想要把冰块敷在红肿的关节上，“你们都闻到了吧？”他泛泛地问道。“我们都得把那玩意儿吸进去？没门。至少我不行。”

贾克来到戈迪厄斯跟前，想要安慰这个大个子一下。他花了好大的功夫才让戈迪厄斯把手从脸上拿了下来。戈迪厄斯的脸被打得很惨，鼻子上挂着乌黑的血迹，左眼肿胀得根本睁不开。脸上的伤很多，指关节形状的瘀痕已经出现苍白的脸颊上。贾克拿了些新挖出的冰让戈迪厄斯含上，好减轻口腔内的肿胀，然后帮他擦掉血块。“也没那么糟。”他说，“不过你的眼睛可能得过几天才能睁开。”

“劳恩为什么不阻止他？”戈迪厄斯含混不清地抽泣着，他的嘴里塞满了冰块，“马利特一直在打我，为什么劳恩不干预？不阻止他？”

“他为什么要冒险惹恼马利特呢？为你吗？不值得。相反——”贾克说，“他宁愿马利特把火儿都撒到你身上，而不是——撒到他身上。”

生气的表情浮现在戈迪厄斯那肿得不成样子的脸上，“他不是头儿吗？头儿就应该有头儿的样子。”

“我看你还没搞清楚这里的权力运作方式，对这些人来说，手段……”贾克说，“总之，我觉得还好，你的鼻子没断。”

不知为何，听到这话的戈迪厄斯又哭了起来。“呃……”贾克有些不知所措地说，“再来点儿冰吧。”

“我们活不下去了，你和我！”戈迪厄斯边哭边说，“他们现在看我不顺眼，明天就是你了。每次他们心里不爽，都会拿我们俩出气。我们会被打死的。真的会被打死的。最惨的是——我们什么办法都没有！”

“我们可以离开这块石头。”贾克压低声音说。他回头看了看。

身后的三个洞里,挖掘机的声音又响了起来。达维德、E-d-C和莫又开始了挖掘;劳恩在看着他们,马利特在处理自己手上的伤。

“不可能的。”戈迪厄斯呜咽道。但他用完好的那只眼睛瞥了贾克一眼,“是吗?”

“你说呢,好小子。”贾克回答。

“你在计划什么事情是吧。是什么?你打算怎么做?”

“首先——”贾克用戈迪厄斯的衣服擦了擦手上的血,“我要把我的玻璃造好。”

“那个很关键吗?”戈迪厄斯用指尖小心翼翼地抚摩着脸上的伤痕,不由得畏缩了一下,“就这些?可你的窗户只能有手掌那么大——也许更小——那能有什么用?”

“没什么用。”贾克说,“什么用都没有。”

就在他准备转身离开时,戈迪厄斯一把抓住了他的胳膊,“带我一起走。”

贾克又看了看马利特,然后回头看着大个子。

“我不会告诉别人的!”戈迪厄斯说,“我发誓!不告诉他们。再说了,我也没办法告诉他们你的计划,因为我也不知道你在计划什么。我只知道你在计划。等到实行的时候,不管是什么时候。等到……”鼻血流到了嗓子里,让他咳嗽了起来。他咽了一下,“等到你开始干的时候,我要和你一起。如果不行,我就会死在这儿。其他人就让他们服刑去,他们是不会想念我们的。”

“他们会把自己折腾死的。”贾克说。

戈迪厄斯笑了起来,但这笑声又变成了一阵咳嗽。“你看——”他平顺了一下呼吸,“确实,我不再是神了,但我的人民都很富有——他们的税率是22%!乌兰诺夫把他们都划到了特别缴税那一档里!帮助我,对你将会很有利。而且——而且——反正我在这儿只有死的份儿。”戈迪厄斯摇晃着伤痕累累的脑袋,“不过你打算怎么办？你的计划是什么啊？为什么需要窗户？”

贾克看着他,“我想要——”他用清晰而低沉的语调说,“看到外面。”

“你要叫艘船过来。”戈迪厄斯用男孩儿般兴奋的声音说。他举起一只手,“没事的！我不会告诉他们的！你看,我都不知道你具体要怎么做！外面没有船,而且纽扣那么大的窗户也没办法让你——算了,别介意。我不需要知道你的方法。我只想知道你愿不愿意带上我。”

贾克直视着戈迪厄斯的眼睛。

“贾克。”戈迪厄斯轻声乞求道,“看看马利特是怎么对我的！毫无缘由！他们都是暴力狂,杀人犯。我们不是——我被流放到这里是因为我的信仰,你则是因为政治。我们俩不一样。可这些人就像——老虎。我们不能在这里待太久,想活下去就不行。”

“老虎。”贾克若有所思,好像这个词让他想起了什么。不过他很快就回过神来,说,“你得再来点儿冰了。”

“这冰里全是土。”戈迪厄斯闷闷不乐地说。他又放低了声音,“答应带我走吧！求你了！求你了！我的人民会让你富有的！答应带我一起走吧！答应吧！”

贾克伸出大拇指,轻轻地按在戈迪厄斯伤痕累累的嘴唇上,“我答应。”他说,“我会带你一起走。”他的声音里似乎带着一丝柔情,也许确实是温柔吧。

每当没人注意他的时候,贾克都会偷偷地用心处理那块玻璃,不过大家都挤在一起,这种机会实在是难得。他的动作十分小心,避免让玻璃块碎掉。这个活儿花费了他很多的时间。

第一间仓室完工了。大家基本上都同意,最好是用这台挖掘机挖一条深入小行星内部的走廊,新的仓室可以都连接在这条轴线上。所以高强度的劳动还是得继续下去。

贾克也在轮班挖掘新的通道。轮班结束后,全身湿透的贾克飘向净化器。“该你了。”他喘着气对马利特说。

“我的手还在酸痛呢,该死的小胖神。”马利特说,“你再干一轮。”

贾克实在是太累了,除了睡觉外什么都不想干。他走到净化器旁,什么也没说;只是疲惫地摇了摇头。就在他弯腰将嘴伸向小孔的时候,一个什么东西猛地从后面击中了他的脑袋。他的嘴磕在净化器上,门牙像开关一样折了回来。一声巨响在他的脑中响起,他抬起头,眼前的景象因为愤怒而变得一片血红。他环顾四周,嘴里和脑后都疼得要死。所有人都在笑,尽管血管的搏动声减弱了那笑声,但他还是能听到。是马利特用一块大石头打中了他的后脑。冲击力让他的嘴撞到了净化器上。他伸手摸了摸后脑,头发都被血弄得黏湿黏湿的。他又看了看其他人,在灯柱幽幽的光线下,所有人的脸都像魔鬼一样,像落日一样红。他深吸了一口气——现在?

然后,做了一次深呼吸。不行,不行,不行。

眼前的红色渐渐褪去,听到的声音也慢慢回归正常。他深吸了一口气,然后又呼了出去。

“看你的表情!”马利特大笑道,似乎十分满意自己刚才的作为,“你真该自己看看。”

贾克把头扭到左侧,舔了舔前门牙;牙齿弯曲的角度至少比正常多了四十五度;牙龈也疼得要死。右侧——那块石头还飘在空中,打着转儿缓缓运行在反弹回去的轨道上;石块的大小和贾克的脑袋差不多。

“没事儿的,没腿仔。”马利特说,“你看,我觉得有点冷,所以下一轮还是我干吧，让你休息。不，应该是让我暖和起来。”他走到刚刚开工的通道口，一边笑着一边开始了挖掘。

贾克观察着每个人的脸。劳恩、E－d－C和莫一脸的无聊；他们的注意力已经转移到了其他事情上。不过达维德还在笑，右侧远处的戈迪厄斯也在笑——在他那张伤痕累累的脸所能允许的范围内：看起来似笑非笑，十分诡异。看到贾克的目光，那似是而非的笑容立刻消失了。

贾克非常想喝水，想得不得了。他得赶紧把嘴里的血腥味冲洗掉。他没用净化器的出水口，而是拿起一块冰，穿过弯曲的门牙塞进了嘴里。他用手指摸了摸头骨上的伤，感觉后脑勺疼得厉害。伤口似乎不太深，但摸上去感觉非常的不真实；就好像进入了一个非常廉价的虚拟现实实景一样——他来到岩壁边，将鞋后跟卡在缝隙里，连他自己都感到有些惊讶——自己竟然立刻就睡着了。

每次一睡醒，贾克都会仔细检查周围的环境，就好像这里会发生很大的变化一样。当然，什么变化也没有：石头还是那样的石头，一片黑褐色；嘴里也还是那种铁锈般的味道；灯柱的光芒还是那么的昏暗，菌块的味道也还是那么令人倒胃口。

又有两间仓室挖好了，三台挖掘机都投入了挖掘中央通道的工程。他们的目标是把通道挖得尽可能的宽，深入一二十米后再加入新的仓室。当然，住进最先完工的三个仓室的就是劳恩、达维德和E－d－C；尽管贾克很高兴原来的洞穴不那么拥挤了——真奇怪，少了三个人，原先那狭小的洞穴似乎一下子变得空旷了——但其他人却没那么满意。“二十米隧道？”莫叫道，“我想要个房间，现在就要！三台挖掘机一起挖掘，一会儿就能挖出来。”

“我可排在你前面哦。”马利特摩拳擦掌道。

“女士们要吵架待会儿再吵。”达维德说，“给你们挖洞之前我们得先挖通道。”

“那也不用二十米啊!”

“不。”劳恩说,“对我们来说正合适。”

所以接下来的工作就是挖通道。戈迪厄斯脸上的伤痕消退了些,变成了黄褐色,肿胀的眼睛也慢慢恢复了正常。不过马利特没事儿的时候还是很喜欢虐待他,时不时地扇两耳光、捏几把、打两拳。一天,他宣布,他已经决定要增加菌块的种植量,戈迪厄斯的外套将会是理想的种植介质。一开始,胖子还以为这是个玩笑,但他很快就发现,马利特是认真的。

“行啊。”达维德同意道,“干吗不呢?”

“我会冻死的!”戈迪厄斯叫道。

“哦,现在已经比我们刚到的时候暖和多了。”马利特说。这倒是事实,尽管上升的这一点点温度并没有改变这里冰柜般寒冷的现状。独立的仓室更舒服些:三个领头的家伙会轮流把聚变电池拿到他们的仓室里,在睡觉的时候加热用:小空间更容易加热,尤其是墙壁暖起来了之后。现在,聚变电池正放在主洞穴里,只不过是因为莫和马利特一直在大声抱怨。“得了吧。”马利特恶狠狠地笑道,“把衣服脱掉!我可是在帮你的忙——你变瘦了,我的孩子。我会多种点菌块,这样你才能多吃点儿,多长点肉。”

其他人都笑了起来,戈迪厄斯看看这个,再看看那个,脸上恐惧的表情越来越深。接着,他犯了个错误。“劳恩。”他直接乞求道,“别让他们这么做……”

“你为什么要求他?”马利特叫道,“你应该求我,蠢货!”他边叫边骑在戈迪厄斯的身上,扇他耳光——这次没用拳头。接着,马利特开始撕扯戈迪厄斯肥胖身躯上的衣服。“脱掉!脱下来!”他边撕边叫。受害人呜咽着放弃了抵抗,不一会儿,就只能捂着赤裸的身体瑟瑟发抖了。“我会被冻死的!”他哭诉道,“我说的是真的啊——真会被冻死的！”

“这一身膘？”马利特边说边用石块将衣服固定到灯柱旁边的岩壁上，“你光着身子都比我们其他人穿着衣服暖和呢。”

“你不是神吗？”莫说，“显个灵让自己暖和一下呗。”

莫和达维德帮马利特把水洒在布料上，然后撒上黑色的孢子。完工后，马利特露出了一副十分满意的表情。

随着挖掘工作的继续推进，E－d－C挖到了宝——一块埋在岩石中的金属。那东西像外太空一样黑，比周围的岩石密度要大得多。“陨铁！”E－d－C自豪地叫道，“真正的金属！之前还说什么我们应该自己冶炼，完全没有必要嘛！这里就有一块嵌在陨石里的早期太阳系遗迹！”

“我们还得想想利用它的方法。”劳恩说，“这东西可比石头硬。”

所有人都暂时放下了挖掘工作，聚集到一起，纷纷提出自己的意见。达维德尝试把挖掘机的掘进口搭在金属块上，希望掘进口的摩擦力会将金属加热，使其变软；结果金属块只是被切成了两块。所有人都发出一声惊呼，就好像一个复杂的精密设备被弄坏了一样。然后，在莫的建议之下，他们把金属块固定在了聚变电池的加热板上。金属块慢慢热了起来，但距离变软还差得很远。接着就是关于是否可以锻造的无休无止的辩论。达维德的想法是，把金属块按在岩壁上，拿净化器当铁匠的锤子；但其他人都觉得，这是个吓人的主意。“要是把净化器弄坏了我们连几个小时都活不了。”劳恩说。对于使用聚变电池的主意也有类似的反对意见。大家将金属块固定到岩壁上，轮流用自己所能找到的密度最大的岩石使劲砸，但没有一次尝试成功。

不过，铁块仍然是个宝贝。E－d－C收起了较大的那块，较小的那块归劳恩所有。

几天后，在莫、马利特和劳恩挖掘，E－d－C 和达维德睡觉的时候，戈迪厄斯找到了贾克，“我一直在想你的计划。”他低声说，语气里充满了兴奋。贾克刚要开口，他就抢白道，“我知道！我知道！我是不会告诉他们的。我知道你的计划和你的那个窗户有关。”他指了指贾克衣服上鼓起来的地方，贾克的玻璃块就装在那里，“我觉得我想明白了。你要把玻璃弄透明，安在小行星的一侧。后来我想，应该不是那样；玻璃太小了，作为窗户往外看根本不够。接着我就想，OK，按逻辑考虑，你这么做不是为了看外面。所以我又想了想，接着我就明白了。”戈迪厄斯抱着膀子，不住地摩擦着，“你看，我是这么想的，如果不是用来往外看的，那就是为了让别人往里看。我说得对不对？当然，我不是说把眼睛凑到钥匙孔上那种。我的意思是……如果我驾驶飞船，寻找我的伙伴没腿的贾克居住的小行星……我知道他在某一颗小行星里，但这里有几百万颗！我要怎样才能知道贾克在哪颗里呢？嗯——也许就是有微弱的光线从里面散发出来的那颗？”

他脸上的笑容让贾克不由得心生怜悯。

“听起来可行性不高，戈迪厄斯。”贾克尽量用轻柔的语气回答，“我们的灯柱光线那么昏暗，玻璃窗只有巴掌般大小，要想看到从小行星里面发出的光线，你得距离那颗小行星非常近才行。而且很多有人居住的小行星上都有亮光，亮度跟这个也差不了多少。再说了，我要怎么样才能在不流失空气的情况下给这个地方安上窗户呢？”

“哦，细节问题我还没有全想明白呢。”戈迪厄斯急切地说，“但大方向我想对了，是不是？”

“你就没有考虑过——”贾克委婉地暗示道，“我做这块玻璃只是为了让自己有事可干，不让在这里服刑的几千天变得太无聊吗?”

“哦,我觉得可不止消磨时间这么简单。”戈迪厄斯的心里十分确定,就好像抓住了最后一根救命稻草。贾克很清楚他的状态。“这肯定是你计划的一部分。你是海盗吗?有没有手下?”

“这不是我的计划。”贾克有些遗憾地说,“而且我也只是一个人。”

这个回答让戈迪厄斯又丧失了一些信心,但他还是说:“记住你的承诺,你要带我一起走。”

“放心吧,戈迪厄斯。”贾克说,“我不会扔下你的。”

他被困在匣子里——石头做的匣子,在距离太阳几亿英里的轨道上运行。运行轨道近似于圆形。他被困在匣子里,没有外界的帮助,和他一起困在匣子里的人随时都可能把他杀掉——只是为了消磨时光。

随着清醒时间的挖掘工作变得越来越日常化,无聊成为了一个越来越显著的问题。“我都有点——”一天,E-d-C说,“都有点想念我们刚到这里的头几天了,只是有一点。”

“你疯了吗?”达维德说,他正在整理自己的胡子,把胡须一根一根地捋直。弄完后,他从头再来,将胡须又编织成一根根的小辫子,“你不记得那时候有多冷了吗?我可不愿意再经历那种寒冷了,只要我还活着就不想。”

“这倒是实话,被‘著名的巴勒杜克’逮捕的这位先生。不过至少那时候我们都很忙。”E-d-C说,“确实很冷,那是事实。但我们都有事情要忙,至少我很少注意到冷——因为我在忙着想办法活下来。”

“比起又忙又……冷来——”达维德说,“我倒宁愿暖和加无聊。”

拉米306里的温度已经显著升高了。当然还没有到让人感觉很舒服的程度;而且主洞穴的温度明显比领头的三个人所住的仓室要冷。不过就连主洞穴的温度比起以前来也好忍受多了。当然,上身赤裸的戈迪厄斯一直在喊自己很冷。确实,他抖得就像个帕金森病患者一样。时不时地,马利特还会吼两声,“你很冷吗?我马上就会温暖你的,神之子!”说完,他就会骑到戈迪厄斯的身上,又是扇又是打。每到这种时候——这种情况经常发生——受害者都会尖叫着缩成一团,尽可能地缩成一个球。通常,马利特很快就会厌倦,转身离开。

对于贾克来说倒是没有什么无聊的问题。他总是在观察,观察。他被困在匣子里,但他本身也像个匣子。他的心里又藏着什么?你知,我知。但就算如此,微弱的自我怀疑之声也会偶尔泛滥一下。

*这个匣子出不去,这一点可以肯定。怎样才能逃出去呢?*这个问题让他不断地重新评估周围的形势,但这也只是让他能够考虑未来的种种可能而已。如果逃出了这个匣子——假设。但假设只是一种可能性,是不确定的,因此也就有了——怀疑。只有一点是确定的,那就是他的怀疑。他隐藏自我的匣子就建筑在这种材料之上。

“你真觉得他们会回来?”一天,莫问。正巧三个领头的这时候都在挖掘。其他四个人无所事事地飘浮在主洞穴里。

“当然了。”贾克说,“十一年?也没那么长。从大的方面来看的话。”

“不过他们干吗要费这个心呢?”

“因为——”马利特插了进来,很显然是被这个问题给惹恼了,“他们需要收回投资。就是这样,明白吗?不是什么惩罚。他们也没兴趣改造我们。太空中的一切花费都很昂贵,每个人的定量都很少。他们花钱把我们送到这儿,花钱配置给我们的那些恶心得要死的设备——三台挖掘机、净化器,还有小包的孢子。这些可都是信用点,全都是——信用点,信用点,信用点——他们得靠利润赚回那些钱。通过把这块石头变成可销售的地产,我们会给他们带来利润。仅此而已。就是这样。"每说一句话,他的火气就上升一分。

"当然了。"莫说,"在未来的某个时候他们是会回来回收拉米306的——连上推进器,把它送到一个更适合销售的轨道。当然。但为什么一定要等到第十一年?"

"那是我们的刑期。"戈迪厄斯结结巴巴地说。寒战也影响了他的语言能力,从他嘴里冒出来的每一个词都是结巴而模糊的。"他们一定会回来——在我们刑期届满的时候,那时候我们就算偿还完对太阳系社会的债了。"

"神谕啊。"马利特叫道,一块石头又从他手里朝戈迪厄斯飞了过去。

"不过公司的主要利润并不是来自于房地产销售。"贾克说,"按照一定的收费标准接收执法部门送来的囚犯,按照法律判处的刑期处理囚犯,这才是他们的主要收入来源。"

"那是自然。不过收入单一的公司是不可能长久的。他们得多元化经营,尽可能削减开支才会有利润。至于我们的刑期?如果他们在刑期结束的时候来,那他们就得准备一艘大船,把我们关进拘禁室,给我们准备水和食物,带我们回弗洛拉8号,处理我们——这可都是钱。"莫说,"要是十五年之后再来呢?或者一百年。"

"那样投资周期就长了。"贾克说。

"那些公司都是放长线钓大鱼的!"莫说,"这就是我的意思。如果他们二十五年后再来,我们早就都死了。除了抛尸太空外他们什么都不用做。对他们来说成本会低得多。低成本就意味着高收益。”

“想想尸体腐烂的味道!”戈迪厄斯睁大了眼睛,“那太可怕了!”

“省不了多少。”贾克说,“根本不值得,还有相关的花费。事实上,我觉得那样花费会更多。”

“为什么这么想,没腿仔?”莫追问道。

“主要是延迟带来的损失。”贾克说,“地产推迟上市一年,他们就会有一年的损失。我敢打赌,人工智能经济师连十一年都不愿意等——我是说,要不是因为他们和乌兰诺夫签订的合同上规定的时间就是这么长的话。我敢说他们肯定愿意让我们尽快掏空岩石。当然,他们不能这么做。但我认为他们宁愿时间更短些。而且如果让我们死在这儿还有相关的费用要支付。我们死了,尸体会腐烂,他们还要清洁整个内部。我猜那整个的花费比送我们回弗洛拉 8 号要高得多。”

“对。”笑容浮现在戈迪厄斯发颤的脸上,“明白了吗? 他们一定会来接我们的。”

“你真以为尸体会在这么冷的地方腐烂吗?”莫反驳道,“我敢说我们会保存完好的,这里冷得像冰箱一样。”

“再过两年。”贾克说,“聚变电池的热量,再加上我们的体温,更别提真空的隔热性能有多好——再过两年,这里就会像桑拿浴室一样热。到时候我们的主要问题将会是如何散热。我们会不断挖掘,只为挖出更冷的石头降低气温。等到整块石头都掏空,我们就不得不思考如何释放多余的热量了。”

“啊。”莫走到聚变电池旁,拍了一把,“你得先假设这玩意儿会一直热下去。”

“聚变电池能连续工作几十年。”马利特绷着脸说,好像是对这种技术的持久性很不爽一样，“灯柱会亮几十年。净化器至少也有那么久。”

“聚变电池大体上来说——确实如此。它们会持续提供能量几十年。但我们不知道那东西里面是什么，对吧？它的最高温度被限定死了，是不是？当然了。”

“你到底想说什么？”马利特恶狠狠地说。戈迪厄斯一边咕哝一边打着寒战，很显然并没有意识到自己发出了声音。

“知道我会怎么办吗？”莫说，“如果我是公司的老板？头几个月，当然了，没有热量我们肯定会死——当然会。但要是那玩意儿里面有计时器呢？那玩意儿要是恒温器呢？等到室温达到一定值的时候——零度，比如说——然后机器就会自动关闭。”

所有人都在思考这种可能性。“那也太变态了。”戈迪厄斯颤颤巍巍地说。“你以为他们不变态吗？这么想吧，这里没有冷到会冻死我们，但也没有热到让我们觉得很爽。尽管真空隔热，但热辐射还是会让我们失去热量。而且，这块石头的大部分地方比冰块还要冰，而我们每天都在深入到更冰冷的地方，这就足够抵消我们身体散发的热量了。要是我们永远都暖和不起来呢？要是，相反的，我们会越来越冷呢？我们一直干活，因为只有这一个方法能让我们感觉暖和些。但温度越来越低，过不了多久我们就都冻死了。到时候公司再派艘船来；人工智能都算计好了，时间可以精确到小时。他们打开这个破地方，唯一需要做的就是处理我们被冰冻封存的尸首，甚至都不用扔到外面去！也许他们会把尸体磨碎，在上面种西红柿！我不知道。我的意思——这样不会更经济吗？”

“十一年。”戈迪厄斯说。这次他没有笑，“这是我们的刑期。是依法判定的。要是……那是违法的。”

“如果我们在刑期中死亡。”马利特恶狠狠地说，“从法律上讲，公司也不用负责。活下去，得靠我们自己。”

“他们不会那么做的。”戈迪厄斯暗自喃喃道，“莫说的那些，他们不会的。”

“我还是觉得那样的花费更大。”贾克说，“别的不说，被当局发现然后罚款的威胁总是存在的。公司憎恨危险。危险的代价是很高的。”

“知道我在戈壁学什么吗？”莫伸展开双臂，“经济学。知道我学到了什么吗？宇宙中只有三种东西——原料、能源、劳动力。现在，能源是很贵的。对，已经比化学燃料时代便宜多了，但还是很费钱。原料也很贵，比以前贵多了。原料很丰富，但只存在于太空中，而在太空中采集原材料的成本是非常非常高的。能量是稀缺的，原料是昂贵的，稀缺就意味着代价巨大。唯一不稀缺的？那就是劳动力了。人总是在不断地造人。越穷生得越多。这简直就是自然界的反常定理。真的，应该反过来才对；越富有的人才应该生得越多。但现实不是这样。地球上的能源已经耗尽了，至于能量也好不了多少。因为它所谓的‘大气层’隔绝了太阳绝大部分的能量，它所谓的引力又会极大地降低聚变电池的效率。但地球上人口众多。简直就是个造人大工厂。经济学定律是这样的：稀缺意味着高价值，大量意味着便宜——供求原理。先生们，还有神之子，这就是我们生活的世界——原料昂贵，能源昂贵，只有人不贵。对于公司来说，这个石头匣子的价值要高于任何数目的人的生命。”

长篇大论让莫的嗓子都哑了。他飘到净化器旁，在出水孔上喝了一口。

“那可真是……”贾克字斟句酌，不确定莫现在的情绪怎样，“……真是太虚无主义了吧？”

“你以为呢?”莫叫道,“我生长的社会信奉滴下式经济学[1]。我是在地球上长大的,不是在某个劣化的简陋的塑料泡泡里。不,我是在西非一座带城墙的城市里长大的。神之子,和我比起来你的生活简直是太容易了。经济运行规律就是我们那个世界的牛顿定律。我的先辈们研究经济学,崇拜经济学。知道为什么吗?”

“因为他们相信经济学能够解释整个宇宙。”马利特用内行人的口气说。

“那个当然也是。”莫同意道,“当然。但你们知道吗,伙计们?还有其他原因。因为他们相信经济学使人类在宇宙中心占据了特殊的地位。我们以前一直认为地球是宇宙的中心,也就是说我们是特别的,后来科学告诉我们,我们在边儿上。然后我们又以为太阳是中心,直到科学告诉我们这也是错的。我们一直以为上帝按照自己的形象创造了我们,也就是说我们是特别的,后来科学告诉我们,我们进化成这个样子只是因为它适应稀树草原生活。这就是科学:它总是告诉我们,仔细看看,你们一点也不特别。可经济学呢?经济学也是科学。但它怎么说?去问我的先辈们。他们会告诉你,经济学说——世间存在能量和原料;但没有我们,能量只是随机的,原料也不会变化。是劳动力让这个世界变得鲜活无比。只有我们才能让经济学变成现实。正是这一点让我们特别。”

“不错的论点。”劳恩公允地赞道。

“我也这么觉得。人都容易相信自己从小学习的东西。但我后来去了戈壁,去学习。当然是学经济学;在大学里我也学不进去其他什么东西。我主修的是混沌交易学,以及金钱的本质。不过我也选修了经济史。这门课的目的就是要告诉我们,古代的经济

---

① (trickle - down economics),主张将政府财政津贴交由大企业,然后陆续流入小企业和消费者,先富带动后富,从而促进经济增长。

体制那么低效,就是因为那时候的人不懂他们所要操纵的社会体制的特性。但在我身上它没有达到目的。相反,这门课开阔了我的眼界,让我失去了信仰——不是对经济学的信仰。这一点是不会改变的。我失去的是'经济学让人类特殊'的信仰。因为我突然发现,经济学把价值摆在了特别的地位,而价值和人是不一样的。一段时间内,在地球发展的早期,这两样是重合的。但现在就不是了。自从我们耗光地球上的原材料后就不是了,自从我们跨入太空后就不是了。听听,地球上的经济学家们过去常说,送人进入太空永远都是低性价比的。他们居然那么说!半个世纪以来,地球上的政府花费了几十亿信用点,用化学爆炸的能量发射机器人进入太空。啊哈,那样的性价比就高了吗?现在机器人也挺贵的,但那时候更贵。而人呢,很便宜,而且会越来越便宜。他们会一直繁殖,也就是说相对价值会越来越低。我们总是那个最便宜的选项,总是那个最便宜的选项。每一代人的绝对价值都比上一代低。所以我退了学,开始了犯罪生涯。我的先辈们和我断绝了关系。知道吗?我觉得这样不是真的公平。毕竟,我只不过是按照他们的指引前进而已。我开始从唯一丰富的资源里赚取利润。我加入了走私团伙,纯粹是为了乐子和利润,整整十年——直到被乌兰诺夫抓住为止。"

莫把想说的话都说完了,转身到岩壁边睡起了觉。"说得好像他是大哲学家一样。"达维德咕哝道,"可我才是被伟大的巴勒杜克亲自逮捕的呢。"其他人都懒得嘲笑他这种病态的执迷。周围安静了下来。

马利特也有消磨时间的办法——扔石头打主洞穴对面岩壁上的一个突起,二十次中有十九次他都能打中,但他还是一次又一次地练习。喀哒、喀哒、喀哒,就像永不停止的水滴声一样听起来让人发狂。但贾克并没有说什么,因为不论他用什么方式,马利特的火气都会转而发到他身上。所以他只能尽可能地忽略这种声音。喀哒、喀哒、喀哒……

戈迪厄斯飘到了贾克的身旁。“我好冷。”他说，“把你的外套给我吧。”

“你穿不合身。”贾克说。他只是在陈述事实而已。

“我好冷。有总比没有强。我会被冻死的！这种寒冷不是人能忍受得了的。我们是朋友。求你了，贾克！咱们分享一下吧——我是这个意思。让我穿上，等我暖和些了再还给你。”

“不。”贾克说。

戈迪厄斯的大脸一颤，然后扭曲成了一团，就像一个快要放声大哭的孩子。但眼泪并没有出来。相反，他皱起了眉头，恶狠狠地瞪着眼睛，尽情地释放起了愤怒，“是！”他尖叫道，“是！是！是！”他的手卡在贾克的脖子上，两臂松弛的皮肤拍打着贾克的肩膀。

突如其来的变故让贾克措手不及。戈迪厄斯的体重比他要重得多，两个人狠狠地撞在了墙上。贾克感到一阵疼痛，被掐住的脖子也有种很不舒服的感觉。

他的意识退到了深处，好远离自己的痛苦。退到哪儿呢？很难说。也许要退到匣子里。可是这么做，匣子就得是完整的，没有开封过的。那儿——在遥远的轨道上——比木星还远的黑暗中，是他的心脏，尽管跳得实在是有点快。这样不好。刺痛感不断刺激着他脖子上的皮肤，感觉好像随时都会撕裂，会流出血来，这样也不好。

他告诉自己要镇静下来。大脑还在这里，在头骨组成的匣子里，右手边有块石头，他感觉到石头没有连在岩壁上，边缘很锋利。他伸手去抓石头，就差一点点，抓了个空。他又伸手去抓，先用指尖拨近了一些，然后一把抓住。

情况很微妙。当然，他需要最大限度地减少物理伤害，尤其是不想造成严重的割伤或破损。但他必须要采取行动。

这可不容易。

他尽力平复心情。

他的眼睛在这儿,那个接收光子并将图像轰击在视网膜上通过视神经传入大脑的器官。那是他头骨匣子上的两个孔。他让自己进入眼睛,看到戈迪厄斯那因愤怒而扭曲的脸近在眼前。戈迪厄斯额头上菱形的伤疤散发着红光,就像另一只愤怒的眼睛,一只连接灵魂深处的眼睛。很奇怪,贾克自己的视像扭曲了起来,中央是一个椭圆形的亮斑,四周都暗了下来。他忽然意识到,自己的眼睛一定是鼓了出来,而且他也没有呼吸。根本没办法呼吸,所以他也就不再考虑这个问题。得想想怎样用好手中的这块石头。

各种选项出现在他的眼前。反复击打身体或者脖子或者脸。这样肯定能让戈迪厄斯停止攻击,但却会造成开放性伤口。打他的后脑,厚厚的头发会降低冲击力;这样皮肤可能也不会破损,但不能保证让戈迪厄斯停手,只剩一个选项了。

他的视野进一步萎缩,窒息的抽噎声传来,就在附近,是他自己。贾克考虑了一下击打的轨迹,尽力感觉着手中岩石锋利的边缘。他抬起了手。

贾克使劲把石头砸在戈迪厄斯的眼睛上。

戈迪厄斯大叫一声松开了卡住贾克脖子的手。某种程度而言,这是最艰难的时刻,空气急速冲入气管,心脏狂跳,生理机能的变化差点将贾克拖出了冷静的空间。但他尽量控制住了自己,不要失控,如果要最大程度地减少物理伤害的话。

靠着内心的坚定,他才勉强撑了下来。他用左手托住戈迪厄斯的后脑,右手用尽全力将岩石戳进戈迪厄斯的眼球。戈迪厄斯的尖叫声升了一个半音阶,他的双手抓着自己的脸,想要把岩石扔开。

可以了。贾克松开手，沿着岩壁滑到一边，意识重新完全回到自己的身体。感觉并不是太好：喉咙火辣辣的疼，混合着被捏碎了的感觉。一种不同的疼痛感还在不断敲打他的脑袋侧面。他不断地干呕着，难以抑制地咳嗽，眼中充满泪水。他蜷缩起身子，等待难受的感觉消退。随着最难受的阶段逐渐过去，贾克这才意识到挖掘早就停止了，马利特也早就不扔石头了。周围唯一的声音就是戈迪厄斯的尖叫声。不，还有一个声音，好像下雨一样。他睁开眼睛，其他五个人都飘浮在四周，鼓着掌——是这个声音。“好样的，没腿仔。”马利特挂着大大的笑脸，“我一开始还以为你在这儿就是个消耗品。不过你表现出了……”他挥动着右手，就像一个古代的朝臣在念公文一样，“……值得称道的智谋。”

“真有意思。”达维德附和道，“也许我们应该来个对战常规赛。活跃下气氛。”

E－d－C笑了起来：“就像古希腊角斗士一样！”

“是罗马。”劳恩说。

“随便了！反正就是打发时间。”

贾克做了几个深呼吸，以便缓解肺部的灼烧感。他顺着岩壁飘到了戈迪厄斯旁边，大个子用双手捂着脸，尖叫声已经小了些。贾克拍了拍他的肩膀，戈迪厄斯畏缩了一下。“让我看看你的眼睛。”贾克说。

“对不起，对不起。”戈迪厄斯尖叫了起来。

“没事了，小戈。”贾克边说边轻轻地将那两只大手挪开，“让我看看伤得重不重。”

“我不知道我这是怎么了！对不起——你是我唯一的朋友！对不起！”

“没事了，没事了。”贾克说。戈迪厄斯闭上了完好的那只眼睛，他的另一只眼睛完全是一团血肉模糊。

“到净化器那边吧。”贾克说，“我给你洗洗。”

“我只不过是太冷了——那么久——太冷了……”戈迪厄斯让贾克带着他来到净化器旁，只在贾克将小水珠搽在他的伤口上时畏缩了一下。其他人都在一旁围观。

“亲他一口呗。”马利特调侃道，“亲一口就好了。”他尖利地笑了起来。

贾克抬头看了一眼。他现在担心的是，自己造成的损伤可能不仅仅是在眼球上；周围的皮肤也许也受损了，脸颊和眉头好像也有划伤。他担心的不是伤口——小伤疤很快就会好。但这里的环境不健康；很难保持卫生，到处都是垃圾和废物，空中飘浮着各种小东西，很容易感染。一旦感染，谁知道会发生什么——有可能会化脓，整个伤口都会溃烂。戈迪厄斯也许会痛苦地死去，这可不是贾克希望看到的结果。前额上的伤口已经够糟的了，还好愈合得还不错。也许这次他就不会这么幸运了。

贾克翻开戈迪厄斯的眼皮，戈迪厄斯呜咽了一声，但很快就忍住了。他放下眼睑，又冲洗了一会儿。“别碰。”他对戈迪厄斯说，“让它慢慢愈合。过一两天就不会疼了。”

戈迪厄斯的情绪已经由愤怒循环到了怨恨和哀愁。“我的眼睛！”他哭号道，“你把我的眼睛弄瞎了！”

“你还有一只的嘛。”E－d－C说，“知足吧，爱哭鬼。”说完，五个人都大笑了起来，莫干脆用娇滴滴的高音模仿了起来，“我的眼睛！哦哦哦我的眼睛！”

“根本没必要弄瞎我。”戈迪厄斯大哭了起来，“你都干了什么？在这儿我永远都不会有人造眼了！”

另外五个人笑得更欢乐了。

“我以为你是我朋友！”戈迪厄斯哭叫道，“为什么要弄瞎我！”

“因为你想要掐死我。”贾克轻声说。

戈迪厄斯一时还接受不了这种打击,大哭了起来。“我还以为一只眼睛会少哭一半呢。”马利特说,“可你们听听他!”就像在看喜剧表演一样,其他人又笑了起来。不过这次笑声比之前小多了。E－d－C、劳恩和达维德又飘到中央通道那里开始了挖掘。戈迪厄斯蜷缩成一团,抱头痛哭。莫转身回去睡觉了,马利特又回到了墙边,继续自己扔石头的游戏。

贾克回到角落,拿出那块玻璃,继续画着圈打磨了起来,这能让他平静下来。他一边打磨一边细细体味着自己的感觉——喉咙很疼,呼吸的时候气管有种粗粝的摩擦感。这种感觉并不舒服,但慢慢会好的。

他的眼前还有星星在飘浮,某种程度而言,这更令人担忧。

不久之后,三个领头的从通道里走了出来,一身尘土,气喘吁吁。该轮到戈迪厄斯了。尽管贾克感觉还很虚弱,全身疼痛而且不太情愿,但他还是帮神之子顶了这一班。他担心的是挖掘机溅出的碎末可能会溅入戈迪厄斯的眼睛,引发感染的话,那将会是致命的——这里可没有什么医疗设施。

所以,贾克替他干了这一轮。通道已经有十五米长了,深入小行星的中心。马利特单方面决定,隧道已经够长了,于是用挖掘机在一侧挖起了自己的仓室。莫紧随其后。贾克看不出自己有什么理由不照做。目前而言,他们干什么都是在一起,大家真的需要一些私人的空间和时间,不然所有人都会崩溃的。三台挖掘机缓缓地开掘,逐渐挖掘出三个仓室的雏形。如果有六个房间,戈迪厄斯留在主洞穴就行了。

这些都无所谓。每个仓室都是匣子里的匣子。匣子里又有什么呢?

是语声。还在里面。

过了很长时间,贾克结束了这一轮的工作,他回到角落,准备睡觉,正在这时,戈迪厄斯走了过来。该轮到他了。虽然又是抱怨又是推脱,但这次确实没有人会再帮他顶班了。进入通道前,他来到贾克身旁,受伤的脑袋靠近贾克,“对不起,真的对不起。”他可怜兮兮地说,“真是一团糟。我不该那么干的。活该眼睛被你挖掉。”

“没事的。”贾克对他说,摇尾乞怜的戈迪厄斯让他有些尴尬,“不过我真的非常累了,经过了这么多事,我得休息一下了。”

“我只是想告诉你,我很抱歉!活该眼睛被你挖掉!我的行为太可恶了!你能原谅我攻击了你吗?你是我在这个地狱里唯一的朋友了!你能……”

“得了吧,神之子。”劳恩在隧道里叫道,“开工了。马上过来。”

“可以吗?”戈迪厄斯放低声音,可怜地祈求道,“你还愿意带我一起走吗?在你离开的时候?”

“我已经答应你了,不是吗?”贾克回答。

“只不过——我真不该掐你的脖子。真是太对不起了。你没有……没有改主意吧?”

“等到我离开的时候——”贾克闭上了眼睛,说,“我是不会抛下你不管的,小戈。”

大个子感动得又哭了起来,但流出的是欢喜的眼泪,而且只有一只眼睛,“谢谢,我的朋友。我不会忘记的。这是我俩的秘密。我们是一起的,不能互相争斗。”

“快过来,神之子!”E-d-C咆哮道,“不然我把你另一只眼睛也挖出来。”

戈迪厄斯去隧道里了。睡眠如洪水般迅速淹没了贾克的意识,就像洗温泉浴一般。就在他将要完全陷入睡眠的时候,一只手抓住了他的胳膊。

贾克费了好大劲儿才睁开眼睛。眼前是马利特那张笑嘻嘻的脸。

“你想干吗，马利特？想按摩肩吗？我太累了，让我先睡一觉，到时候我会给你更多服务的。”

“我听见你跟神之子说的话了。”马利特说。

贾克消化着听到的话，思考着各种可能性，考虑该怎么回答。“耳朵眼里那么多毛，能听到什么可真是稀奇。说真的，那里面看上去就跟牙刷一样。”不过他说话的语气很轻快，似乎是在试探。

“哈。”马利特有些不快地说，“我听到的够多了。那小子觉得你能离开这个石头匣子？”

“他是这么认为的。”贾克小心谨慎地回答。

“他的脑子不好使，意志软弱，也算不上聪明。我们怎么能有办法离开这儿？”

“没什么办法。”贾克同意道。

“除非有人来接我们。而只有公司知道我们在这儿。”

“只有他们。”贾克点了点头说。这确实是事实。

“不过他们十几年内是不会回来的，对不对？”

“对。”

马利特靠近了一些，他的呼吸里是一股硫黄与腐烂的味道，“那么我们的神之子为什么会有不同意见呢？你跟他说什么了？”

“我什么也没跟他说。”贾克小心地挑选着词语，“不过他的理智也就剩指甲盖那么大点儿了，如果他以为我有什么魔法能从这个匣子里逃出去的话——呃，我当然不会直接反驳他了。就让他这么希望着吧。”

“希望会变大。”马利特说，“扼杀在摇篮里会伤到他。等长成了再消灭他就完蛋了。”说完，马利特就飘走了。

贾克又闭上了眼睛。没有什么事能阻止他陷入昏睡，不过就在他的意识逐渐消融之时，马利特低沉而凶恶的声音传了过来，感觉距离好像非常遥远:“我在盯着你呢,没腿仔,我会好好盯着你的。”

时间一天天过去,他们一直在挖掘,很快,三个仓室就完工了。三个领头的商量了一下,决定隧道再向前延伸五米,然后挖一个大厅。“我们可以把灯柱分成两部分,有两个独立的照明空间。种植两倍的菌块!”劳恩说。贾克不想用显而易见的事实反驳他——光量降低一半,孢子的生长速度也会减半。说起来,再挖一个大厅只是消磨时光的好方法而已。

戈迪厄斯的眼睛也长好了,只能说差不多吧。没有感染,不过据他本人说,受伤处的上下眼皮“像抹了胶水一样粘到了一起”。贾克想要弄明白,到底是真的粘到一起了,还是戈迪厄斯不愿意睁开。但他还没想出进行检查的好方法。

所以,他还是先把精力都放在了自己的玻璃块上。就快要完工了,接下来要做的就是:再做第二块。时不时地,他在挖掘时会遇到一些小玻璃碴。都不是什么大块的东西,他也不打算再弄一块大的。但对有些种类的碎片他很在意:两块棕绿色的新月形碎片(刮掉碎石渣打磨好后),一根微型剑状的碎片,或者说是鸡尾酒调酒搅棒状的;几片字母 D 型的小片,就像尼安德特人喜欢的饰品的形状一样。

差不多要准备好了。

就在这时,所有人忽然接连遇到了两个严重问题——第一个问题他们其实早就有隐约的意识,但那突如其来的震撼还是让所有人都陷入了绝境。越来越多的事实让他们意识到,这里的气压在逐渐降低,尽管速度非常慢。尽管这已经足够令人担忧,但更让人吃惊的却是,这里的空气质量正变得越来越不利于健康。只要稍一活动,所有人都气喘吁吁。他们检查了净化器,工作完全正常；当然了，净化器只会不断循环原来的空气，而挖掘工作让这里的空间越来越大。他们需要更多的冰，好制造更多氧气。但剩余的供饮用的冰已经不多了。

“把现有的都拿去。”达维德怒气冲冲地说，与其说是发怒，倒不如说是在掩饰自己的焦虑。对他来说，在这里慢慢窒息要比渴死更可怕。

贾克想。“那我们喝什么？”

劳恩反问，“喝尿吗？不，我们得挖更多的冰出来。”

最后的结果是，他们比预计的更早开挖第二大厅，因为需要用挖掘机横向挖掘拓宽范围好寻找冰缝。

这就带来了另一个问题——之前连接在挖掘机后方的废料管都已经快被拉直了。新的挖掘方向只会把废料管绷得更紧。这倒也没什么，E－d－C 把废料管从岩壁里拔出来的时候，洞口自动就封上了。他们看了看锥形的凹坑，看起来废料管具有用碎片封闭洞口的功能。无论如何，这都表明废料管很容易重新安置。E－d－C 将废料管口对准隧道内的岩壁；不到一个半小时，废料管就自己挖到了外面。他们用第二部挖掘机如法炮制，问题出在了第三部挖掘机上，这部挖掘机的废料管是从流放者号一开始在洞穴口喷涂的密封胶上穿出去的。事实证明，当时那么做真是个坏主意。废料管拔出来的时候，洞口并没有被密封上，空气迅速从洞穴中涌了出去，沙沙的响声听起来极其恐怖。

劳恩、达维德和马利特一脸惊恐。莫语无伦次地大叫了起来。洞穴里所有的东西都被朝漏气的地方吸了过去。

就连贾克也发觉自己很难控制自己的生理反应（心跳加快、肾上腺素水平升高）并保持镇静了。不过他还是想方设法平复心情，找了块形状相仿的石头堵在了洞上。泄露的速度变慢了，但并没有完全停下来，空气还是在源源不断地从石头与密封胶间的缝隙泄露出去。于是，他去储存排泄物的坑洞里找了块污物，掺上净化器小孔中流出的水，做了些黏土，封住了石块和天花板密封胶之间的缝隙。

泄露被堵住了。“所有人——”贾克喘了口气，“所有人都不许敲这块石头。”

不过他们的情况并没有得到改善。这里的气压比之前更低了，所有人都觉得呼吸比以前还要困难。就连最简单的活动也让人感觉气喘吁吁筋疲力尽。不过对于戈迪厄斯和贾克来说，这却带来了一个意想不到的好处——所有领头的和第二级的家伙们都没有行凶的力气了。如果找不到冰，他们所有人都活不了多久，就这么简单。

于是，尽管筋疲力尽效率低下，所有人都还在继续挖掘；即使仍在操作机器，他们也会毫无征兆地睡过去了。

时间一天天过去。

达维德经常会气冲冲地指责 E－d－C 那给所有人都带来麻烦的决定，“你怎么会以为密封胶适合插废料管呢？”他说，“那玩意儿明明是专为岩石设计的。”

“闭嘴。”E－d－C 狠狠地说。

“你丫闭嘴！你个蠢货差点把我们所有人都憋死！”

E－d－C 怒吼一声，从半空中抓起一块石头，作势要扔。达维德明显地畏缩了一下，但并没有认输。“有种你就来啊！”他叫道。

E－d－C 怒目圆睁，脖子上青筋暴露，石头随时都有可能出手。

“嘿！”劳恩叫了一声。

两个人都扭过头。

“算了吧，艾诺米。”劳恩一字一顿地说。

所有人的视线都在劳恩与 E－d－C 间来回穿梭。“我问过你们。”E－d－C争辩道，“我问过你们所有人。我说，要不要试试？所有人都说试吧。你们都说了。”

“是所有人都没说不要。”达维德说，“这可不一样。”

E－d－C睁大了眼睛瞪着达维德，就好像是在看一个叛徒，“臭小子你有什么资格责备我？”他抬起握着石头的手，作势要扔。

“算了吧。”劳恩一字一顿，每个字的发音清晰无比。

E－d－C扭头看着劳恩，面部表情一下子松懈了下来。没有一个人会认错他眼中那受伤的神情。

劳恩直视着E－d－C的眼睛，目光平静。

贾克看得兴味盎然。

“算了。”劳恩又说道。

E－d－C松开手，石头重新飘浮在了半空中。“知名捕手巴勒杜克从来都没有遇见过你。”说完，他就一把推开自己，一身疲惫地飘进了通道。不一会儿，挖掘机的声音就又响了起来。

贾克继续打磨自己的玻璃块。整个形状差不多已经出来了。尽管边缘还有些粗糙，但这都不重要。他抬起头，马利特正和达维德聊得火热。眼前的景象让贾克吃了一惊：达维德正好和他飘浮在同一水平面上。而马利特则翻转了一百八十度，嘴搭在达维德的耳边。这种奇怪的方向搭配，再加上时不时传来的模糊语声，给整个画面配上了一种魔鬼般的邪恶气质。也许是因为缺氧的缘故，一切似乎都有些模糊而闪动，整个气氛更有些像地狱了。

日子还在继续。深色的岩壁变得更暗了，完全是烧焦的黑色，它们曾经燃烧过、灿烂过，光芒闪耀过。那是宇宙本原的颜色。整个宇宙已经在大爆炸的光芒中闪耀了数万亿年，如今这种光芒正存在于燃烧后所剩的焦炭中。

贾克的匣盖嘎嘎作响，凸了起来。

除了盼望早日找到水外，他们什么也做不了，不然只有死路一条。贾克考虑了一下，比起死来，还有更糟糕的情况。当然，也有更好的情况。

他把玻璃块塞进衣服。如果不能尽快找到冰块，一切就都无所谓了，到时候就没有什么有所谓的，也再也不会有"有所谓"的东西了。这想法还真是一了百了。这念头对他的心情基本没有什么影响，要说影响也还是有一点的，在他心灵的深处。不过他想，至少还是先把窗户弄完，他的小窗户，迷你窗户。

墙上那个临时的密封物谁都可以一把扯掉，只不过是石头加粪便和成的泥而已。简简单单一个动作，所有人都必死无疑。

贾克打起了盹儿，陷入了一个不连贯的梦中。一些乌兰诺夫的代理人正在做着清醒的梦，在梦中解决问题，揭示奥秘，揭穿阴谋，揭露犯罪。这种梦的清晰度远远超过了贾克的梦。

莫摇醒了他：轮到他挖掘了。贾克感觉自己的大脑好像都变成了高压的岩浆，头骨根本容纳不下。头痛欲裂，这种感觉很不舒服，又让人无可奈何。他没办法让自己与这种难受的感觉分开——对于其他更常规的疼痛他就能这么做。他将注意力从肌肉和神经上移开，但疲倦与疼痛还在。那难受的感觉已经将他的灵魂染成了一片灰。

什么都没有，只有干石头。进展缓慢。贾克关掉废料管，用掘进口翻动了下岩石，然后开始筛选废渣。黑色的易碎焦炭、冰冷坚硬的火成岩，还有硅酸盐，但是没有冰。贾克转过身，打开废料管，继续在这一片工作，吸走碎石，并尽量去除灰尘。

他陷入了半睡半醒的状态，但还在挖掘机旁，劳恩愤怒的拳头和巴掌让他清醒了过来，"没腿仔！没腿仔！睁眼！"

他挖到了冰，但废料管正在将冰块吸入外太空。

接下来的一个小时，感觉都好像陷在一片痛苦的迷雾中。他们用三部挖掘机一起挖开了裂缝，切割出冰块——里面满满的全是蓝黑色的冰；然后将冰块抬到净化器旁，放进去。冰啊！终于有了！机载聚变电池开始工作，水被缓缓分解，氧气水平渐渐上升，过了好久，那种难受的感觉才从贾克身上退去。

再加水。

好长一段时间，除了吮吸新挖出的冰块，啃食菌块外，所有人都什么也不做。新发现的宝藏让所有人紧绷的心情都放松下来。

领头的几个在自己的仓室中休憩，其他人都飘浮在主洞穴中。所有人都有房间了，除了戈迪厄斯，但那些仓室都很阴冷，而且待在里面孤零零的，他们宁愿飘浮在一起。戈迪厄斯瞪着一只烂眼，他的嘴唇似乎已经永久性地变成了蓝色，不住地颤抖似乎也变成了他日常行为的一个组成部分。此时的他正在默默地对自己念叨着什么，一遍又一遍。

马利特正把脑袋探进达维德的仓室，低声说着什么。想必是在煽动造反，不过贾克实在是太累了，根本没有心思关心这些。

尘土和碎块飘浮在空中，无处不在，然后慢慢地因为拉米306的自转而绕成螺旋状。他们的这个世界，这个监狱，不断地在太空中转动着，仿佛永远不眠不休。

打盹，干活，打盹，干活，这就是贾克的生活。

匣子又被封了起来。仿佛那封印是由超凡之力所为，凡人根本无法解除。只有内部时不时地传出一些几不可闻的噪声，证明那里确实还有东西。

嗞嗞，嗞嗞。

他摸出怀里的玻璃块，又干了起来，不断地打磨。眼看就快完成了，但他干得很慢，完全没有着急的意思。接近完工的时候也是最容易产生失望情绪的时候。这是宇宙的原理。黑、灰、蓝、紫……

“没腿仔!”马利特叫道。他已经飘浮到贾克跟前,散发着腐臭的嘴近在眼前。只是因为太疲惫了,贾克才没有被吓得叫出声。“马利特。”他用嘶哑的声音说。

“你的窗户完工了呀?”

贾克看着另一个人,差点就说了出来——你就像扇窗户——意图也太明显了。但贾克并不确定马利特到底知道了多少。“什么?”

“我一直都想问你,好长时间了。”马利特说,他的脑袋没动,身体又靠近了贾克一些,“你的腿是怎么没的呢? 还是生下来就这样?”

贾克用拇指使劲按了按下巴,他急中生智,作好了准备。“其中一条腿是。”他回答。

当然,马利特真正感兴趣的并不是这个。“你加工玻璃的时候E-d-C一直在监视你。监视! 他跟我说,等你一完工他就抢走。为什么呢,我问,不过这不重要。他想要那玩意儿,不为什么。就是想要而已,他就是个恶霸。”

贾克抬起头,“你有什么想法吗?”

马利特眼光一闪,看了看左右。“你看——”他说,“现在的情况和以前不一样了。我们差点都憋死! E-d-C是个麻烦,伙计。你肯定也看到了。这可关系到我们的生存。达维德很理解这一点。告诉你我的意见吧。我觉得你脑子很好使,应该也能明白。”

“也就是说,要我的支持和效忠——对你,马利特? 那回报呢?”

马利特发青的嘴唇咧出一阵阴森的笑,“直入主题啊,没腿仔? 这很好,我喜欢。好,那就直入主题。达维德和莫还有我一边。你也看到劳恩对他那所谓的副手是怎么个样子了。E-d-C已经被孤立了,板上钉钉。至于你的回报? 你在我们这个小监狱里的待遇会得到改善。在这个小世界里上升一级。”马利特眼光闪动，又看看左右。

贾克差点笑了出来：和其他人一样，他也会做算术。不过这也不太重要。

“怎么办？”贾克问，“E－d－C可是个大块头，很强壮。用石头打？你可能一下子干不掉他。”

“我有比石头更硬的东西。”马利特边说边露出一个不赞成的笑，“那个不用你担心。我不是要你——弄脏手。我只要你的支持。还有……跟他聊聊。达维德不愿意去，他又不信任莫和我。去和他聊聊，分散注意力。”

贾克忍不住想笑，“然后呢？”

“到时候你就知道了。”

“戈迪厄斯呢？”

这一点，很显然并没有在马利特的考虑范围之内。他看了看胖子，回过头，“他又怎么了？”

“你不觉得……”贾克说，但马利特截住了话头。

“他哪边都不是，就他？”

“他快疯了。”贾克说，“他的脑子——你也看到他那个样子了，一遍一遍地自言自语。”

马利特嘴角微扬，轻蔑地说，“那又怎么样？”

“无法预计他会怎么做。毕竟，他可是因为杀人被判刑的。他之前就杀过人。要是他又动手了呢？被暴力给吓出点毛病什么的？”

马利特缓缓地点了点头，“你觉得他会吓出毛病？你比我了解他。好吧，好吧。我让达维德盯着他点儿。好啦！你看！三个臭皮匠，顶个诸葛亮，是不是，是不是啊？”

“当然。”贾克说。也许是因为氧气含量升高了吧，他感觉灵魂里的紧张与痛苦又有些要溢出来了。

贾克观察着,惊讶于 E-d-C 居然还没有发觉马利特和达维德在密谋什么,他们那夸张的举动简直是再明显不过了。也许是因为空气还很稀薄吧,也许是因为 E-d-C 已经经过了转折点,在潜意识的层面上已经放弃了。所有人都害怕自己会放弃。贾克就无法忍受在这个石头匣子里待十一年。他已经忍不了多久了。这没什么关系,又很有关系;很重要,又不重要。

最后,都不用贾克主动找机会和 E-d-C 答茬,E-d-C 自己就送上了门。也许他确实感觉到了有事情正在发生,只不过不知道到底是什么事而已。

“我刚才在跟劳恩聊。”这天他忽然对贾克说,“我们没说到一起。他说,因为你的体内血液更少——因为没有腿——所以你会感觉更冷,因为是温暖的血液让我们觉得暖和的嘛。不过我说不对;因为你不需要温暖那么多肢体,我是说腿,不像我们其他人那样。你觉得哪个对?”

“我没办法和其他人的经验比较。”贾克回答,“所以我不知道。”

E-d-C 点点头,似乎认为这回答很明智。但他的注意力并不在此。过了一会儿,他说,“看起来新的冰隙能供给我们未来几年的水源。真真正正的几年!刚才跟莫聊的时候,我告诉他说:‘你真以为公司会不事先调查一下就把我们流放到一个石头匣子里吗?他们肯定调查过,好确保这地方能让我们生存下去。’他说他不相信那些人。可他们又不是变态!也许他们是残忍,对。没人性,也对。但他们又不是白痴。现在我们挖到这条冰裂隙了,有充足的水源、空气和食物,足够我们活上好多年。这样我们就可以集中精力把这里弄得更舒适了。我说得对不对?每人一间!暖暖和和的!”

“当然。”贾克三心二意地说。

“我可不是想掩饰我们之前遭受的痛苦。我也没少受罪！之前确实很苦，对不对？”

“这一点我不得不同意。”贾克说。

E－d－C舔了舔牙齿，“我们只有一次机会，要知道。”

在他的身后，贾克看到，马利特正把手伸进衣服。“一次机会？”他重复道。

“良好的秩序。这是我们唯一的机会。如果我们控制住自己的脾气，保持秩序，那么我们就能坚持下去——坚持十一年，作为有尊严的自由人体面地回去。一旦陷入无政府状态，不出一周我们就都会死光。像野兽一样死去，还是像人一样活下去？这还需要选吗？”

“像野兽一样死去。”贾克重复道，“还是？”他的视线不住地瞟向主洞穴另一头马利特飘浮的地方。马利特已经把手从衣服里拿了出来，手里什么也没有。就好像刚才只是挠了挠痒痒。但事实上并不是。贾克知道，他的怀里揣着一根陨铁棍。他已经在心理上准备好了。他查看了每个人的位置。达维德正在通道里挖掘，里面还有劳恩和莫。需要招呼他的盟友吗？等到这轮挖掘结束？他的脸就像屏幕一样，所有的心思都投射在了上面，所有人都看得到。

就现在？

贾克收回视线，看着E－d－C的眼睛。他听着E－d－C说话，脑子里想的却一直是：眼球很脆弱，头盖骨很容易砸开。血会从身体里喷出来。“当然了。”他说。

“要不要听听我是怎么进来的。”

“好啊。”

“我杀了个人。”

“真的?”贾克问。

“哦,我知道你在想什么——这其中肯定有缘由,不然他们不会只把我关十一年。对,确实是有原因的。不过——你知道我以前是干吗的吗?”

“干吗?”他又看了看E-d-C的身后。马利特又把手放进了衣服里,眯起了眼睛。贾克看得出来,马利特的呼吸更急促了。通道的另一头,挖掘机挖掘冰裂隙的轰鸣声不时传来。

冷,冷,冷。

“你还记得劳恩说过他以前就认识我吧——知道他是怎么认识的我吗?”

“不知道。”贾克说。

“我以前在希维斯,而且也不是什么没档次的小混混。我是个民兵军官。很多年前,乌兰诺夫家族夺权后,他们并没有怎么变动希维斯的政权结构。当然,顶层人物肯定是换了;再加上几条新规矩。不过基本上,一切都和以前没什么两样。而且我还是军官!告诉你这些是为了让你明白,让你明白,我可是很了解小团体政治的。带领团队,激发他们的动力,让他们遵守纪律,我对这一套可很有经验。我很明白,如果没有良好的秩序,我们什么也干不成。”

贾克点了点头。E-d-C身后,马利特正要从衣服里掏出乌黑的铁棍。但他忽然停下了动作,不知道是因为真实的还是想象出来的危险,他似乎被忽然吓了一跳,夹着铁棍匆匆离开了。

他们都疯了,贾克想道。偏执、愤怒、自怜、痛苦,又对其他人充满敌意。

“我的其中一项职责,就是处刑。”E-d-C说,“我不喜欢干那事儿;但总得有人去做。听从命令,这就是我的生活。曾经有个军校生,殴打了一名高级军官,因为军官上了他的姑娘,或是调戏了之类的事儿,这个不重要。总之,那个军校生没有权利攻击军官。

无论因为什么，下级军官都不能揍上级！他们一起去喝酒。学员把中尉灌醉，然后用钨晶石打断了他的腿。军官悔恨得很——你想得到吗？说什么自己不该去追别人的女人。但这也不重要了。学员必须受到惩罚。他自己也很理解；他知道规矩。这就是我要说的意思！我们不需要喜欢彼此，也不需要喜欢这里的情况。但我们必须得忍受，也就是说，我们得定个规矩。劳恩就很清楚，达维德也明白，尽管他脾气实在坏得很。但至少他明白。马利特——就是个麻烦了。"

"嗯……"贾克说，"你还没说你是怎么进来的呢。"

E－d－C微微一笑，"我处决了那个学员。"他说，"他袭击了上级，打断了他的腿！规矩很清楚，所以我就执行了规定，他被处决了。后来他们才发现，他之前已经向希维斯当局申请离职了。通知被垃圾邮件给拖延了。可我不知道！我怎么可能知道？这个理由救不了我。是我杀了他，是我把他当成了受民兵法管辖的客体。结果却是，在我处决他的时候，他已经不是民兵了，只是个普通公民。我提出申诉，说我并不知情。法庭说会考虑我的抗辩，但结果已经造成了，我杀了个平民，所以我就到这儿了。"

挖掘机的噪声一个接一个地停了下来。不一会儿，达维德、莫和劳恩都走了出来。这时，贾克想，该是时候了。

"贾克。"E－d－C说，"我想你应该听清楚我说的话了吧？对不对？之前我已经在后面和戈迪厄斯聊过了，他说你是因为政治原因被判刑的。当然，我们也是这么认为的。对不对？总之——我只想说，我理解那种想要推翻乌兰诺夫的冲动。我当然理解！对于推翻权威的冲动我一向是很尊重的。我想说的是，别在这里这么干。明白？现在不行。我知道马利特在到处煽风点火，但你得听我的。活下去，然后回到体制内，到时候再把你那套政治，呃，理念什么的搬出来——明白？"

“回到体制内。”贾克重复道，“我也这么希望。”

E-d-C 准备说点鼓励的话，不过他忽然意识到贾克一直在看他的身后，而不是在看他。他转过身，劳恩已经从通道里走了出来，达维德站在他的身后。E-d-C 直视着马利特，马利特的手还放在衣服里，整个人像个雕像一样，一动不动。

贾克掂量着现实的情况，他用双手抓住两侧的岩壁，把自己朝角落里拉近了一些。

时间似乎顿了一下，然后才又继续流逝下去。

达维德首先采取行动。马利特浑身一僵的时候他就注意到了，更别提那一脸惊恐的表情。达维德的脸上混合着愤怒和无奈，他大叫一声，在这个封闭空间内听起来如同野牛的嚎叫。达维德的半个身子还隐没在通道中，正好遮住了手中的铁棍。但此时此刻，铁棍已经咣的一声砸在了劳恩的后脑上。

E-d-C 大叫一声“不!”迅速冲了过去。劳恩的脑袋已经被砸了，整个身子飞到了远处的墙边。就在 E-d-C 冲向劳恩的当口，达维德又举起手中乌黑的金属棍挥了出去。就算是职业棒球选手也无法把棍子挥得更狠。铁棍正砸在 E-d-C 的前额上，将他的脑袋猛地砸了回去，一道鲜血飞溅当空，在空中留下一串大小不一的血珠。惯性让 E-d-C 的身子继续向前，撞上了达维德，两个人一起翻滚到了墙边。

伴随着一声黑猩猩般的尖叫，马利特飞奔到劳恩的旁边，用他的铁棍迅速在劳恩身上击打了起来，不是打在脑侧，就是打在脑后。

“马利特!”达维德叫道，“够了!”

马利特一下子停止了攻击，就像开始时一样突然。贾克瞥了一眼他的脸，马上又将视线移开。马利特那狂喜的脸上布满了无数的小红点。

政变迅速完成，所有人都一言不发。戈迪厄斯不再嘟囔，而是大张着嘴盯着那两具飘浮的尸体：鲜血正不断地从伤口涌出。事实上，伴随着监狱的自转，飞舞的血珠组成的丝线正在渐渐扭曲，组成越来越复杂的螺旋形图案。

刚结束时，达维德和马利特挥舞着手中的铁棍，莫则在欢呼鼓掌，只有戈迪厄斯和贾克沉默不语。

终于，达维德开始发表讲话："重——生。"说完，他又大叫了一声："复兴！从今往后，情况会越来越好的！没有人选过劳恩当头！没人投过他的票！他是暴君，恶霸。今天是我们所有人共同努力的结果。"

不过，这并不是事实。随着血液中肾上腺素水平的回落，两个杀手又乖张暴戾了起来。"你们两个！"马利特命令戈迪厄斯和贾克，"把这一坨都清理了！"一开始，戈迪厄斯并没有什么反应，不过看到马利特挥舞着棍子奔了过来，胖大个儿立刻尖叫着跑到了一边。

"我说了，把这一坨清理掉。"马利特叫道。急于证明自己没有在新政权建立时站错队的莫立刻对马利特的权威表示了支持："你们俩，快照做，小心我打断你们的骨头！"

"你觉得我们应该怎么清理？"贾克用尽可能温和的语气问。马利特从空中抓起一块小石头，朝贾克的脑袋扔了过去。穿过一路上飘浮的各种障碍物让石头的速度慢了下来，贾克躲到了一边。

"把他们的衣服脱掉。"达维德用低沉的语调说，"用衣服把空中飘的这些玩意儿吸掉——然后用碎冰把墙擦干净。"

贾克和戈迪厄斯照做了。"哦，美丽新世界。"戈迪厄斯一边干一边轻声嘟囔。这么半天，这还是贾克听他说出的第一句话。"下一个就该轮到我们了。"戈迪厄斯对贾克说，"不会太久的。"

确实不会太久了，贾克想。

戈迪厄斯先脱下了E－d－C的衣服——这件衣服上的血相对少一些，他把衣服像披肩一样披在了自己身上——上次穿上衣对他来说已经是很久以前的事了。然后，他和贾克一起脱下E－d－C的裤子和劳恩的衣裤。戈迪厄斯抓住劳恩的尸体，贾克抓住E－d－C的，将尸体塞进走廊里的一间仓室。尽管浪费了一间房间，但总比和两具死尸住在一起强。

回来时，两个人身上都沾满了血，不过其他三个人也没什么差别——在这种密闭空间里要想躲开那些飘浮物简直不可能。

扫除空中的血滴是件非常棘手的事，擦洗墙壁也不容易。费了好大劲儿，他们才清理掉了空中的部分污物，两个人回到通道，将血乎乎的衣物扔进了那间仓室，和尸体堆在了一起。

主洞穴内，达维德和马利特似乎还在消化自己取得的胜利。"这块破石头，养活五个人会比养活七个容易得多。"莫说，"我可不敢说七个人能在这儿活十一年。"当然，这不是真话，但没有人反驳。"这个，这可是一劳永逸地解决问题的好法子。"他说。

"肯定没有以前那么挤了。"马利特说。

不过这也不是事实。尽管少了两个人，但感觉上却更拥挤了。穿过通道时很难不想到，左侧的仓室内还塞着两具尸体。尸体笼罩的范围比活人更大，但没有人能对此做点什么。更糟糕的是，残酷暴力的幽灵已经被召唤到了现实当中，这让所有人都觉得很不舒服。

接下来的几天，达维德命令戈迪厄斯和贾克说，应该由他们俩去做所有的挖掘工作，因为他和他的两个朋友已经厌倦了挖掘。但没过多久，他就反悔了。事实上，挖掘工作尽管很累，但至少能够消磨时间。不出两天时间，就又改成了所有人轮流挖掘，和以前一样。

达维德也没收了贾克的玻璃块。“我应该获得一枚勋章。”他说，“这个就权且当作是了。”贾克一点也没有反抗就举手投降了。反正也没多重要。“你永远也不可能把它安在窗户上的，哈哈。”马利特叫道，“你也不会舍不得这玩意儿。反正你可以再做一块！”

贾克没有回答。他的手上并没有其他未经打磨的玻璃块；只有在之前的挖掘工作中收集的各种碎片，都被他藏在自己的体毛之中。没人注意的时候，他才会挨个儿拿出来打磨一会儿。不过不能再打磨大玻璃块对他的心情似乎也没有什么影响。

权力层的更迭似乎并没有让顶端的三个人获得多少满足。他们很少说话。冰裂隙已经挖开，菌块还在生长，现在的工作就是将三个领头人的仓室挖得更大。事实上，他们的主要任务就是——等。并没有什么事情是必须要做的。达维德更是陷入了可说是抑郁的情绪当中。

“十年后，等到回收小组来的时候，你打算怎么跟他们说？”一天，贾克问达维德。“我们会说是你们杀的他们！”在旁边听到问话的马利特叫了起来，“你和胖子！或者，——我们就说是他们俩自相残杀！谁又有证据反驳呢？”

“没人。”贾克承认道。

这次政变的一个积极后果是——尽管这并不是政变本身的目的——惊吓让戈迪厄斯的魂儿又回到了他的身体内。他不再自言自语，而且随着环境温度的缓慢上升，他颤抖的频率也降低了。他从新获得的衣服上撕了一条布下来缠在头上，遮住坏掉的那只眼睛，就像个海盗一样。而且，他也一点一点地慢慢回到了早期那种多嘴多舌的状态。

“他们都很安静。”他低声对贾克说，“知道为什么吗？他们的挫败感刚发泄掉。但后面会积攒起来的，下一次，受害人就会是——你和我。”

“很有可能。”贾克同意道。

“那你的越狱计划呢?”戈迪厄斯催促道,“还会继续吗?”

“你要是想的话就继续吧。”贾克说,声音听起来十分疲惫。

戈迪厄斯盯着贾克,想要弄明白他是不是在开玩笑。“说正经的,我可告诉你:我们必须得离开这儿。他们已经越界了！下一个轮到的就会是我们！不过你不需要你的窗户吗？那个玻璃块?”

贾克摇了摇头,“无所谓。”他说。如今,他的感觉只剩下悲哀。而悲哀,就像当初氧含量下降到危险水平时的那种可怕而难受的感觉一样,深深地笼罩了他的灵魂,让他无法自拔。

“别扯东扯西的,那块玻璃你可是抛光了很久呢!”戈迪厄斯催逼道,“是障眼法吗？那样的话倒是聪明！让他们摸不着头脑。那你的计划到底是什么？现在再不告诉我以后可就真没机会了!”

“全都是障眼法,小戈。”贾克说,“根本就没有越狱计划。从来都没有。怎么可能会有人能从这种监狱里逃出去呢？全都是为了消磨时间,直到公司派船过来,消磨掉这十年,或者公司决定的任何时间。”

戈迪厄斯盯着贾克看了好久,最后还是决定不相信他的话,“当然!”他说,“你说是就是吧。”

“我不是政治犯。”贾克说,“我知道你是这么认为的,你的结论太武断了。我从没说过我是,而且事实上我也不是。我被关在这儿是因为当局认错人了。他们现在应该已经发现了错误,迟早都会发现的。他们想要判我的那个罪名可比政治犯要严重得多。严重得多。他们来接你们的时候,就是我完蛋的时候。”

“你是无辜的吗?”戈迪厄斯喘了口气,睁大了眼睛。

“恰恰相反。”贾克说,“事实上,我犯的罪判十一年太轻了。他们会发觉我的真实身份的。等到那时候,我想他们肯定会立刻派艘船过来接我——我可丝毫都没有炫耀的意思;这只是个简单的事实而已。我不知道这对你们其他人来说会意味着什么——也许他们会把你们重新密封起来,让你们服完刑期吧。也许他们会把你们也带回去,保释,谁知道呢。恐怕我也不想关心这些;因为只要他们回来接我,不管是在不远的将来还是在刑期结束的时候,对我来说情况都会变得更糟。还不止那些——嗯,他们还有其他逮捕我的理由。把我关到这儿的时候,他们并不清楚自己手里有什么牌。所以,我才到了这儿。但下一次就不会这么幸运了。我不能让那种情况发生。"

戈迪厄斯的表情终于严肃了起来,"我真是个傻子。"他用颤抖的声音低声说,"一直以来,你一直在说你要离开。但你的意思并不是字面意义上的离开,对不对! 你所谓的离开——指的是……自杀。你要杀死自己!"

贾克看着那张松松垮垮的大脸,"根据你的说法,我们俩应该都不用操心自杀。"他说,"反正他们三个怎么也会干掉我们。"

戈迪厄斯大笑了起来,笑声停止后,他的脸上只剩下极大的悲哀,"没有发觉你的意思,我真是蠢到家了。"他哀叹道,"看来是我太想要逃离这里了,所以才什么话都愿意相信。"

贾克笑了笑,"好好忍受你的刑期吧。"他说,"公司的船会来接你走的。至少你还有那个可以指望!"

总的来说,拉米306上还是很冷的,飞溅的血液不会腐败;但聚变电池和灯柱附近就不同了,血污都结成了块,散发着恶臭。马利特命令戈迪厄斯和贾克去把那些臭烘烘的东西都清理掉,但那种气味却怎么也除不掉。

差不多是时候了,差不多是时候了,贾克已经习惯了那种"暴风雨前"的心理状态。基本上习惯了。奇怪的是,尽管这个词包含着总体了断的意思,但却似乎无法表示那种状态。

不过,确实是时候了,自然而然,不紧不慢,就像机器的零件组装完毕,就像所有的拼图都拼到了一起,揭示深奥秘密的那辉煌时刻到了。

无论如何,是时候了。

达维德与马利特还在挖掘,就在通道的另一端。莫在自己的屋子里;贾克和戈迪厄斯在主洞穴。看到探出头的莫,贾克一眼就从他的表情看出他想要找人发泄。“来吧,没腿仔。”他命令道,“我的仓室。我可不想让神之子看着。”

有个东西凝结在了贾克的精神深处,说是冒出来更确切些。就像最后一根稻草的感觉。但稻草并没有压垮什么,而是让所有零件都各就各位。毕竟,他已经等了很久了。当然,还不到十一年,但确实已经很久了。他一边跟着莫飘了过去,飘进那间石屋,一边从头发中解出一个玻璃碎片。手指间,他的头发蓬乱而充满油污,就像章鱼触手一样纠结。

匣子里有什么?

怀疑。

怀疑的另一个名字叫什么?

死亡就是它的另一个名字——是死亡给不朽而按部就班的宇宙带来了不确定性。

进入小屋后,莫说:“我会闭上眼睛,假装你是给我捶背按摩的老婆。所以别发声,不要破坏了气氛。不要让你那一嘴烂牙挡路,明白?”

“明白。”贾克说。

匣盖开得更大了,已经没有匣子了,都没有了,全都溶解在光与热中了。对于贾克来说,一切都明了了,光也是一种热。所有运动都是热的一种形式,就连无质量的质子运动也是。

经过几个月的迟钝拖延,贾克的血液又快速流动了起来。

他用左手握住莫的家伙，沿着莫的身体慢慢爬了上去，将自己的脸靠近对方的脸，他轻声说，“我的爱人。”边说边吻了起来。

莫的反应很糟，他生气地大叫道，“你干什么？”

不过贾克的吻技很好，力量很强，而且还一边强吻，一边说着情话。

贾克一把将右手握着的玻璃碎片插入莫的家伙。莫尖叫了起来，但贾克将自己的手更使劲地按在了莫那胡子拉碴的嘴上。

贾克紧紧按住莫，一直等到血流得差不多，感觉他的整个身子都软了下去，不再挣扎。整间仓室里都充满了血，贾克的身上也沾得到处都是。他从莫的衣服上撕了一片下来，缠在嘴上，好过滤浮血，不让自己被呛死。他现在感觉很热，而且意识无比的清醒。他注意了一下自己的心脏，四个部分还在规律地搏动，跳着完美的舞蹈，拍子丝毫也没有比以前更快。他集中意识，觉得可以一直这样保持下去。既不惊慌，也不得意。只有平静，平静。

贾克溜回通道，沿着岩壁飘向另一端那两个正在挖掘的人的方向。马利特在另一头，隧道的顶端，继续向前挖掘。达维德在后面加宽通道，背对着贾克。两部挖掘机的噪声，两倍的震动。贾克放在岩壁上的手都能感觉到那剧烈的震动。主洞穴内的灯光在他们身后很远的地方，只有挖掘机上的顶灯照亮了两个人面前的一小块地方。四周满是灰尘和碎片，细长而抖动的阴影从挖掘机的方向投了过来。贾克轻松地穿过那片幽暗，仿佛一切都很自然。他悄悄地冒了出来，皮肤上一片亮红，两个碎片被从后侧扎进了达维德的脖子，一个在四点钟方向，一个在八点钟方向。碎片很容易就扎了进去，尽管推送碎片的力量也割伤了贾克自己的手掌。他用湿漉漉的手将达维德的尸体拖开，抓住挖掘机。一直等到挖掘机那饥渴的大嘴开始撕裂自己的身体，马利特才意识到后面的情况不对……

完胜。

之后,贾克飘进通道,好让自己保持平静。他审视内心,心脏还在那里,跳动还像往常。一切正常。他扯掉嘴上的布条,前面到处都是血,但还可以呼吸。这时,从远处的灯光中,主洞穴的方向,传来了戈迪厄斯的声音,小心而焦虑,"伙计们?伙计们!出什么事了?我听到有人在叫。"

"没事了,戈迪厄斯。"贾克叫道,他的声音清晰而充满力量,"我马上过去。"

说完,他朝着光亮飘去。

一切都完事后,他将挖掘机带出隧道,拿到了主洞穴,开始思考必须要做的事。

最麻烦的是用血淋淋的手掌握住玻璃碎片。没有把手的刀刃很滑,很容易划破自己的手。但所有这一切都只是需要解决的问题而已,所以他又用很实用的办法解决了。骨头做把手很方便,而他的猎物们有不少骨头。

不用着急。

经过深思熟虑,他开始了有条不紊的工作。他边干边说,"这才是真理,我们的宇宙就建立在这上面。能量是有价值的,原材料是珍贵的,但人力只是需要开发而已。"这是他在服刑期间学到的真理。

然后,他开始处理双腿。当然,玻璃一会儿就钝了,必须不断地打磨。但他很有耐心,而且处理这些材料已经得心应手。

累了就睡,饿了就吃。没过多久,就完工了。

他考虑了一下下一步行动。当然,很清楚,严寒将会是个问题,但他没有足够的资源去制造产生热量的东西,所以,最好的办法就是忍耐,并且在一切变得致命前到达要去的地方。冰块应该会帮得上忙。

于是他专注于解决实际问题，在零重力条件下做一张简易帐篷和逃生飞船。

是时候出发了。

他将聚变电池像背包一样背在身后。散热口朝下，不知道这样能否帮他完成任务。

还有三件事。

他脱下每具尸体上的衣服，捆成一个背囊，把剩下的能用的冰都放了进去。没必要再挖掘新的冰块了。完工后，整个背囊都已装满。

他回到达维德的尸体旁，取回了他的玻璃块。死去的达维德丝毫没有反抗就投降了。贾克对自己的手艺很有自信，决定（仅凭手感和有限的工具）将圆形的玻璃块保存起来。这可是细活儿。终于弄好了，他将自己尽可能地洗洗干净。

基本完工。他摆好挖掘机，挖掘口安在人工密封膜上，就是那层将他们封在洞穴里的东西。感觉那都是很久很久以前的事了。

最后，他把劳恩和 E－d－C 的尸体拖出临时坟墓，扔在主洞穴。等到挖开密封胶冲进太空的时候，他们俩就会和各位前狱友一起被排进深空。等到当局的人赶来时，他们会发现整个监狱都是空的。当然，他无法消灭全部痕迹；会有很多血，墙壁上、通道里到处都是，对于警方来说检测 DNA 一点都不困难。但他需要尽可能地误导当局。

贾克全身是血，他的头发因为油脂而凝结成了一团。他想过把头发都剪掉，但玻璃刀都钝了——所有的都是——每个都破旧粗钝，无法打磨，而且他也没有时间再挖新的了，只剩唯一一把锋利的玻璃刀，以及一根铁棍，都被藏在他的新“衣服”里。最后，他准备好了。即使在微重力条件下钻进这件新衣服也是件麻烦事，还有最后的缝合工作,这又花了他不少时间,而且还要用现做的泥进行最后的密封工作。

里面很冷,本来温度就低,再加上胳膊腿里塞满了冰。但没有什么是他不能忍受的。至少,他都准备好了。他将右手塞进新袖子,打开了挖掘机。一开始什么动静也没有——外面的声音都被屏蔽了——透过那个玻璃舷窗观看外面的世界也需要一段时间来适应。就在这时,他感觉到一股拉力,各种发亮的东西都飘浮了起来,挖掘机穿过了挖出的口子,贾克也被带了出去。

他到外面了。

刚一出去,新衣服就不断膨胀了起来,就像是快要被撑破的气球。他早就预计到了这一点,尽管接缝处很有可能爆开——事情很有可能还没开始就结束——还好这一切都没有发生。衣服的里面变成了原来的两倍大,这也是件好事。不好的一点是,插在袖子里的右手已经无法操作手指或将手放到体侧了。这是个现实而迫切的问题,因为如果不能活动手臂,他就只能在空中随意飘浮,直到死亡。不过贾克随后发现,转过身子,将两只胳膊都插进右边的袖子后,他的力量就差不多可以克服高压带来的张力,移动手臂,攥紧手指了。

他在空中打着转。尽管冰套装已经很冷了,但他还是能感受到外面的严寒,那种强烈的、原始的、残酷的严寒——绝对的寒冷。死亡就是他的名字。死亡有很多名字。这种环境任何人类都无法适应,它会毫不留情地熄灭任何一点生命的火花。不过还有太阳在,硬币般大小的光点出现在他那小玻璃舷窗的右上方,匀速划过视野,消失在了左下方。经过几次努力和失败,贾克将冰塞进了聚变电池的加热口,利用产生的推力,粗略地修正着自己的翻滚。

耳边有嘶嘶声传来,也就是说,开始漏气了。贾克找到了泄漏点,并用泥密封了起来。

拉米306慢慢消失在他的视野下方。那东西看起来惊人地小,就好像被仙子施法变小了一样。不一会儿,小行星又出现在了他的视野上方,然后再一次下落,消失在底部。又加了些冰在暖风口,调整了几次聚变电池的角度,他的旋转终于不那么快了。然后,他使劲抵抗着套装的张力,一次又一次地释放气体,让自己稳定了下来。

他就这么飘浮在深空,看着天上的太阳、星星,等待着。他在发抖,但很快乐。他等待着,观察着,这两样他都很擅长。净化器在腿边嗡嗡作响,所以空气不成问题。他在大口地呼吸。

又等了几个小时,他的耐心获得了回报。他看到一丝闪光;是另一颗小行星,不知道距离这里有几百万英里。这个可以。他又给聚变电池加了点冰,开始在太空中缓缓加速。尽管一开始很慢,但速度在不断增加。那丝闪光始终都在他的视线之内,他就像个锅炉工一样,不断加料,排出气体,增加速度。没有什么能够阻止他,只要他保持住那一点点微不足道的推力。这需要一点时间,但他的时间多的是。尽管不是世界上全部的时间——这是实话——但已经足够了。足够,或者说绰绰有余!

第 2 部

超光速谋杀案

出场人物

戴安娜·阿金特、伊娃·阿金特:我们的两位女主角。

伊阿古:他们的家庭教师。

贝尔特兹、多米尼克·蒂诺、正日:戴安娜小姐与伊娃小姐的保镖。

卡娜、达奇、费伯、勒隆、曼托里尼、奥多兰杜、潘四、萨芙、孙吉、塔帕纳特、迪格里斯与其他九人:戴安娜小姐与伊娃小姐的随侍。

哈契尔珀罗警督、沙利恩副警督:调查谋杀案的当地警察。

乔德女士:乌兰诺夫家族的私人代理。

杰克·格拉斯:臭名昭著的罪犯。

1　锤杀随侍之谜

就在十六岁生日前一个月，戴安娜被卷入了一场货真价实的谋杀谜案，真是太刺激了。

当时，她和伊娃下到了考库拉，进行重力适应训练——也就是说，在生日宴会前花一个月时间重新适应地球的重力。事后，一想到那次旅行，她就会将自己的法定成年礼与仆人的神秘死亡联系在一起。待解的谜题！还有谁比她更擅长解谜呢？（没有人！她的解谜技术独一无二：直觉、人性、浑沌逻辑学——她生来就擅长这些）。伊娃告诉她要小心；说可能会有危险，最好交给当局去处理，反正就是那一类套话。但伊娃就爱大惊小怪；总之，戴安娜还是让保镖仔细检查了，也让伊阿古留下来帮她。这可是她的生日，就快到她的生日了。

向下的航程只不过又是一趟等离子舱之旅，胃肠道下坠，逐渐增加的重量感也让人恐慌。她暗自下定决心，等到再长大些，一定要乘坐小飞行舱上上下下，看舷窗外重入大气层时玻璃因摩擦而产生的炫目光芒。小飞行舱是用火箭发射到上面的，等到想下来的时候，直接再往下扔就行。一想到自由落体下落，穿过大气层组成的炙热海洋，她就有些兴奋了起来。不过现在，她乘坐的还是等离子舱，沿着电梯柱缓缓下降，就连看到对面反向上升胶囊舱的满足感她也没体会到，因为两舱交会的时候，舷窗都被白茫茫一片的云朵遮住了。

不论如何：他们降到了位于塔斯克的某个地方，然后乘坐短途飞行器经过一段乏味的航程来到岛上。差不多在两姐妹出生前，他们的两位 MOHmie 就基本掌握了考库拉的产权；而且戴安娜和伊娃经常去那里度假。与往常一样，这次也是度假休闲，当然，还要准备戴安娜的十六岁生日，但与此同时，两位 MOHmie 一直在孜孜不倦地强调重力训练的好处，好像他们都不知道一样。事实上，两位 MOHmie 不太高兴，因为两个姑娘之前都没有按照要求进行训练。“每天至少离心三小时。”他们每小时都会重复无数次，“五小时更好。不过我们怎么说好像都没用，你们连三个小时都做不到。你们的骨质会退化的！你们会变成永久性的上层人！残废！”总之就是这一类的唠叨。简直让人难以忍受。不过反正，他们得在地球重力下度过一整个月的时间了——就这样，他们一路下降：乘坐电离舱。座舱里坐着戴安娜与伊娃，以及另外十二个人，那十二个人的工作都是照顾他们。当然，戴安娜真正认识的只有那几个保镖。与保镖保持最亲密的私人关系是很正常的事：多米尼克·蒂诺还有正日（她当然都很熟），还有新来的贝尔特兹。事实上，他看上去也还不错。戴安娜也认识伊阿古，一身老式礼节和精致服装的伊阿古。不过，伊阿古可不是保镖。他干的是另外的工作；地位在仆人与真正的人之间。戴安娜会把他的名字念作伊阿果，伊娃则念伊古，而他每次都只是笑笑，从来不说哪种念法正确。也许都不对吧。还有其他几个，bId 会提醒戴安娜他们的名字：费伯、曼托里尼、奥多兰杜、潘四、萨芙、孙吉、塔帕纳特、迪格里斯，八名随侍，每个人都服用了不少的 CRF，让他们不由自主地深爱着戴安娜和伊娃，在整个风雨飘摇的体系中，这两个人就是他们的最爱。

剩下的仆人坐在第二部座舱里，即将出现的被害人也在他们中间。也就是说（事后，因为惊恐和兴奋而瑟瑟发抖的戴安娜想到）勒隆——被害人叫这个名字——在那部座舱里，和另外十一名随侍在一起，耐心地等待到达地面上的目的地。想想都觉得奇怪！他坐在座舱里不断下降，胃肠随着重力不断下坠，但其实他是在坠向自己的死亡，坠向最后的几口气。最后几小时的命，他本人却不知道！

当然，没有一个人知道将会发生什么。死亡在语法上是个很奇怪的词。你死了，他/她死了，但从没有人说“我”死了，真实情况中没有。人人都会死去，但没有人知道什么时候。

最后，座舱停在了地面上，标准重力拉扯着戴安娜的四肢、胃和胸部，压迫着她的头和脖子。此时此刻，她后悔没有做那个每天三小时的训练了；她简直就是被人一路架到（丢死人了！）短途飞行器上的，被人安放在高背座椅上，把脑袋摆好。另一方面，伊娃也好不到哪儿去。“我们本该花费五个小时……”她大口地喘着气，“……离心和真正的重力……”喘气，喘气，喘气，“还是……不一样。”喘气，停顿。

短途飞行器发出一阵嗡嗡声，像鲑鱼一样跃到空中，然后飞了起来。

重力带来的痛苦没有人可以逃避，只能忍受、习惯，并逐渐克服。但是在飞行器升空，加速度超过一个G的那短短几秒钟内，伊娃还是抑制不住地生气了起来——天哪，太难受了！随后，飞行器开始平飞，她稍稍动了动脑袋，看着舷窗外的陆地景色。眼前的景色美极了，比在轨道上看到的远景还要好看得多，鲜明得多，细节也更多！这里的天空拥有不止一种颜色，和太空中完全不同——从穹顶处的灰蓝色逐渐过渡到地平线附近的紫色……芥末色的山丘，青绿色的灌木和草丛，多边形的人类聚集地。飞行器一路向西飞过海岸线，陆地像轨道上的平板一样向后退去，除了一望无际的海面外什么也没有。海面看上去就像一块巨大的硬面固体，尽管知道组成海洋的是亿万吨的水，和盛水的巨大盆地，但她还是觉得眼前的景象超出了自己的常识。

不一会儿他们就越过了另一条海岸线，然后几乎是立刻地降落在房子旁。姑娘们被抬下飞机，架进屋里。两个人立刻就去睡觉了，重力可实在是太累人了。可就连睡觉也不是件容易的事儿，戴安娜时不时地醒来，不是因为活动胸腔呼吸太痛苦，就是因为翻个身太费劲。傍晚的时候，两个人都花了很长时间洗澡。他们在池中游弋，随侍们在池边摆满了真正的蜡烛——蜡烛！那玩意儿会渐渐变短，好像不仅仅是顺着重力的方向，也是顺着时间的方向，一路下降到古希腊之类的时光。

当然还有其他东西；但事后戴安娜什么都想不起来了。翌日的事件掩盖了其他所有事情的光芒。谋杀，这个巨大的事件，遮蔽了所有更早的记忆——这可一点都不令人惊奇，当然。想必两个姑娘应该都和他们的 MOHmie 聊过，我猜他们之后就去睡觉了。太阳肯定已经升起来了，因为太阳总是会升起来的。他们可能没有什么劲儿去娱乐。记忆的耀斑只照亮到那个下午。谋杀——可能还有革命！还有超光速。

事情的发生是这样的：

戴安娜和伊娃都在主屋，当然，她俩累得够呛，除了躺着外什么也没做。绝大多数仆人都在仆人房子里，同样累得够呛。伊娃已经睡着了，但戴安娜却怎么也睡不着，更确切地说是怎么也无法保持睡眠状态，因为单是收缩肺部呼吸都会有一种哮喘的感觉，真是难受死了。她激活墙壁，透过透明的墙壁无精打采地看了看外面的庄园。外面炎热而晴朗，典型的地中海式的一天。她在心里琢磨着事情，比如：把仆人一同带来，而不是雇用已经习惯地球重力的仆人，这么做有什么好处。当然了，本地本来就有很多仆人；没人住在庄园的时候，各项事务都是由他们负责的。不过下来不就是要带着自己在失重空间的仆人一起下来嘛，而且从失重空间下来，这事儿想想戴安娜都觉得可怕。

草坪是橄榄绿色的，被阳光晒得暖暖和和的。竖立的草叶就像男人的胡楂一样。梧桐树微微点着头，天空的颜色和质地就像蓝鸟蛋的壳一样。右边是一片橄榄园,橄榄树的绿叶在阳光下闪闪发光。戴安娜叹了口气。阳光很强烈,在地上投下道道暗紫色的阴影。看起来,地球表面上的阳光比太空中还要强,可明明太空中太阳的距离才更近。左侧那栋单层建筑就是仆人房,仆人房的房顶上铺着能够转换太阳能的黑色泥炭,里面盛开着红色和黄色的花朵。不过风景最美的地方还是在花园的尽头,那海面,那颜色!从太空中看,地中海的蓝色就是普普通通的蓝色;等到躺在真实的地中海岸边的躺椅上时,那景象可就完全不同了。从高空中看不到的景象之一,就是海洋表面泛起的波浪中那几十种深浅不等的色调——华丽至极。

海湾的对面就是蔻洛拉镇,戴安娜的两位MOHmie拥有那里55%的产权,而且,他们都完全忠于她。那里的人,他们全都很尊敬她的两位MOHmie,真的很尊敬。几百座白色的房子,看起来就像牙齿一样,占满了下巴状的海湾。戴安娜换了个位置,喘了口气。蒂诺轻轻地咳嗽了一声。他坐在角落里,大腿上放着武器,正轮到他当班。戴安娜的bId告诉她,这一班还有一个小时,下一班轮到正日。

戴安娜看着眼前的一切,在事情发生变化前,这里的一切都异常平静。她看到了事情的发生,她的生活从此也将不再相同。

她注意到一件奇怪的事,仆人们都从仆人房里跑了出来。当然,他们都和她一样,饱受地球重力的折磨;更重要的是,由于工作职责所在,他们基本上没有时间和条件进行预备训练。看来是真有什么东西吓到了他们,因为所有人都从大门跑了出来,尽管动作踉踉跄跄,就像刚生出来的牛犊一样,所有人都跑了出来。双手乱摆,双腿拒绝承担身体的重量,摔倒又爬起来。看起来真有点滑稽,但戴安娜立刻就明白了过来,这是重力的缘故。她甚至还笑了起来,不过发笑加重了胸部受到压迫的感觉,于是她又停了下来。

不过很快,她就发觉事情有些不对劲——刺耳、凄厉的尖叫声不断传来。一些仆人撕扯着头发,表情就像一张悲剧面具(她的bId举出了十几个例子,让她进行了适当的比较)。几乎隔着墙壁都能听到他们的叫声。“出什么事了?”戴安娜问。她查看了一下bId,但bId只是报告说,整栋建筑的系统报告正常。也就是说,不是房子的原因。如果不是房子,那就是——房子里的什么东西。

她让躺椅将她扶了起来。“多米尼克。”她问,“出什么事了?”

不过在她提问之前,蒂诺已经站了起来,身形微微有些不稳。“贝尔特兹已经去看了。”他说。这是实话:戴安娜透过透明的墙壁看到,贝尔特兹正有些踉跄地走上干草地,朝仆人房走去。他、正日和蒂诺三人因为职业的原因每天都会进行五六个小时重力适应训练。不过就连他们几个也发现,重回标准重力下的头几天十分令人难以适应(她的所有员工中,似乎只有伊阿古对此不以为意);不过今天的情况特殊。

戴安娜通过bId进入了安全频道,也就是说,只要其他任何人——包括她的在太空中的两位MOHmie一听到消息,她就也能同步获得消息。消息是,她的一个仆人死了。几乎同时,消息就更新了:姓名勒隆,谋杀,真真正正的谋杀。

“这个——”她喘了口气,“我可一定得看看!”

戴安娜花了几分钟时间穿上助力器,然后出门穿过草地。空气中飘浮着薰衣草的芬芳和盐水的气味。炙热的阳光像阿波罗的法杖一样敲打着地面。戴安娜步伐不稳,只能一点一点地挪动,每走一步,仆人房那开满鲜花的低矮屋顶都会更近一些,终于,她走到了仆人房的门口。一个仆人(戴安娜的bId报出了仆人的名字:迪格里斯)正仰面躺在地上大口喘气,另一个仆人(名叫萨芙)正蹲在地上哭泣。戴安娜顾不上理他们,她得进去!她要看尸体。

跟在旁边的蒂诺把手放在了她的肩膀上,“小姐。”他说,“您确定您要进去吗？您确定想要看……？”

“你开玩笑吗，多米尼克？”戴安娜回答。谋杀解谜可是她的兴趣所在！如今终于遇到了个真实案例！这怎么能错过？

绝……对……没门！

她走了进去：花了点时间适应屋里的光线，bId 投射在视网膜上的光线让人有些分神。适应好之后，大厅、中间的走廊，走廊两侧的单间都出现在了她的眼前。天花板上散发着微光，她还能闻到食物的香味：一闻就是辣乎乎的便宜货。空气中还有一丝别的气味：金属的气息，恐惧、兴奋，还有——蒂诺又碰了下她的肩膀。“让我走前面吧，小姐。”他说。戴安娜本想一把将他推到一边，自己到走廊里去，不过想想又觉得那么做太过鲁莽。她很兴奋，但并不蠢。蒂诺的眉毛耷拉成了“八”字形，撇在整张脸上。只有真正担心的时候，他才会摆出一副那种表情，看来情况真是有些不对。

他把武器举到胸前，沿走廊缓缓走了下去，戴安娜紧跟在他的身后。蒂诺一扇接一扇地检查了每扇打开的房门，每个隔间都是空的。戴安娜一直在查看 bId，但 bId 只说整栋建筑一切正常。他们走到了走廊的尽头；只剩最后一间储藏室了，尽管有助力器的帮助和兴奋感的支撑，但戴安娜已经累得不行了。不过蒂诺还是打开了门——谋杀现场就在里面。

被害人的名字叫勒隆，成年男性，来自（bId 告诉她）一个叫做西米尔的棚户区泡泡。不到一个月前才和其他七名人员一起作为家仆被招募了进来。而他现在却死了！

他躺在地上，因为无情的地心引力而压在地面上的东西上。他的胸部不再起伏，头上的皮肉崩裂到了一边，头盖骨碎裂成了好几块，血流得到处都是。最奇怪的是，所有的血都平平地扩散开来，紧贴着地面。致命伤在天灵盖附近，伤口的挤压让他的面部表情变得十分奇怪。他的两只眼睛都是睁开的，但左眼已经因为血污而变成了黑色。

真恶心。

戴安娜回过头，正日和贝尔特兹正沿着走廊摇摇晃晃地朝她走来。“小姐！小心！”伊阿古跟在他们的身后，步伐平稳，仿佛不费吹灰之力，他干什么事似乎都不费力，总是显得那么的优雅。“小姐！小姐！”

“我没事！”戴安娜回答，突如其来的打搅让她有些烦躁。他们都很爱她，这点她知道，但有时候这也是个大累赘。

“过来，赶紧回房去吧，小姐。”正日说。贝尔特兹拿着枪挨个检查着每个房间，每到一个门口，他都端起枪，指向可能的袭击者。枪筒抬起——放下，抬起——放下。“仆人们都在外面了。”戴安娜叫道，她看了看尸体，“这里没人了！你小心得有点过头了吧！”

“凶案现场可从来都不算是安全的地方，小姐。”伊阿古说。

“请务必小心，小姐！”正日说，“警察很快就会赶过来的！”

戴安娜没有理会那些关心的废话，又观察起了被害人。要是必须得描述刚一看到死尸时的瞬间反应的话——这可是她见过的第一具死尸——那她只能说：失望。不仅仅是因为尸体看上去就像个正在休息的活人（尽管头上有个坑），更是因为尸体该有的其他特质一样都看不到。她本以为会有一些更为深刻、更为不和谐的感觉；一些能真正与死亡客观对应的东西。个人的消亡，生命线那不可想象的突然终结。她甚至渴望一种观念上的冲击。倒不是说她自己想死，那是自然；只是说她期望更大的轰动、更多的震惊和刺激。可事实却不是这样，真不知道该怎么形容这个事实。她调整了一下助力器，蹲在尸体旁边，伸出右手，摸了摸尸体那毫无生气的右手，那画面就像西斯廷教堂天花板壁画上的上帝一样，毫无感觉。

伊阿古走了过来，将她扶了起来。“还是不要动他了吧，戴安娜小姐。”他说。所有的仆人中，只有他会称呼戴安娜的名字。

“我只是……”戴安娜开口道，但却发觉自己并不清楚自己是要做什么。拥有增强的智商，和整个乌兰诺夫世界最好的数据处理能力，她应该能想出来。那个“只是”应该与……某些迫近的东西有关。我们所有人都距离死亡不远，最后的时刻总会到来，那个失去一切之前的最后时刻。一定有某个东西，可以驱除灵魂中那可怕的颤抖。但戴安娜却连与之类似的东西都感觉不到。

于是，她站在那儿，站在她的家庭教师身旁，盯着地上的尸体，三个保镖将她围在中央，手中的武器指着假想中的敌人。最后，她终于决定离开这个地方，因为已经没有什么她可以做的了。

“他的肤色可真浅。”伊阿古淡淡地评论道。

这是事实：屋顶灯光的照耀下，死去的勒隆肤色介于泥褐色和黄色之间。流出的血液颜色比他的肤色要深得多。戴安娜将问题发送给她的bId，但bId并没有返回多少数据。数据的稀少只反映出一个问题，活着时的勒隆丝毫不值得被人关注。姓名，勒隆；绿带贫民，出生于一个棚户区球体（非官方名称西米尔）。官方描述如下——和数万亿体制内的贫民一样，他们依靠未经提炼的菌块和80%再生水生活。数据中有一段描述了他被阿金特家族雇用的过程，但这个条目像白开水一样无聊。由于相貌、智商、反应能力都比平均水平略高，他被一名经纪人选中，离开家乡所在的球体。辗转于多名经纪人，在各个岗位上提供了长期而优良的服务后，阿金特家族的一名事务总管注意到了他。像阿金特家族这样重要的家族总是需要好仆人的。从他的角度来看，戴安娜考虑到，这肯定就像中了头彩一样。bId注意到，伊阿古参与了审核的过程，这也是他在家族中的职责之一。对于勒隆来说呢？接下来就是来到家族的拉格朗日大宅，进行骨骼增强训练，为在1G的重力下服务做好准备，以及服用CRF等等诸如此类的事情。可他本该开始的服务期都还没有正式开始呢！戴安娜第一次正眼看他，看到的就是他的尸体！经历了那么多，终于迎来了人生的大突破，还来到了地球……结果刚一到人就被杀掉了！如果主角不是这么平淡无奇的话，故事还真有些凄美呢。至少，戴安娜想，至少在死之前，他已经踏上了地球——生活在棚户区泡泡里的那几万亿人有几个能达到这种成就？至少他已经踏上了母世界的土地。接着，戴安娜又想到：他到这儿才一天。很有可能还没有适应到能够用脚站在地上的程度。这个念头让她有些悲伤了起来。

“为什么他的肤色是那样的？”戴安娜问。

“出生在太空环境中的人需要面对比地球上更高的环境辐射。深暗肤色、色素沉着是一种常见的体质增强，从进化的角度来讲，也是一种强自然选择。”bId 引用原文。

提出一个确切的问题，生物数据接口却给你一个概括的答案。完全无用，一点儿用处也没有。

“那个应该就是凶器，我猜。”伊阿古点了下头。就在那边，现代版的赫尔克里斯之锤，一把塑钢大锤；塑钢，或者是金属的，就落在被害人的旁边。“得有很大的力气才能拿得起那东西。”这是蒂诺的意见，“就算对于适应地球重力的人来说也是。”

这道理不言自明。知道戴安娜在想什么吗？她在想：既然情况表明凶手是个力大无比的人，那么凶手事实上的体力就应该很虚弱。一个身体素质很差的家伙！这是她的第一个想法。您瞧，戴安娜是很了解谋杀谜案的。思维宫殿（Ideal Palace，IP）里的推理解谜游戏她玩过一千多个。一千多个，这是至少的！哦，她知道其中的区别——这是现实生活，那是推理谜题——她可不傻。不过她也花过差不多相同的时间来推理历史上的犯罪谜题。而不论是真实的犯罪还是虚构的谜题，意想不到都是其中的关键。

戴安娜环顾四周，观察了一下犯罪现场周围的情况。屋子里堆满了东西。锤子扔在地上,锤头上沾满了鲜血,那锤子只是一套工具中的一个,在园艺和其他一些不知道是什么的工作中使用。墙角处还有个机器人,一动不动地坐在那儿。对面的墙壁上挂着一片锁子甲式的东西,前面放着一堆塑料桶和包装盒。墙上还伸出了许多机翼状的东西,看起来很古怪,有点像太空房屋上的热辐射电池板,不过在太空中热辐射电池板是装在室外的。这玩意儿又是干什么用的? 她的左侧摆满了油漆和塑钢漆,还有一些很长的管子,以及一些鬼才知道是什么的东西。

“能当凶器用的东西太多了。”她观察道。

“尽管如此,凶手还是挑了个很重的锤子。”伊阿古说。

“或者让别人以为他挑了个很重的锤子。”戴安娜说。

“阿金特小姐。”蒂诺在她身旁催促道,“我们还是离开这里吧。我觉得这里不太好,没办法进行最大限度的安全保障。”

“当然。”戴安娜心不在焉地说,她又看了看屋里的陈设。没有其他需要看的东西了。她感觉很累,重力真是个压力巨大而又无情的东西。他们走了出来。

穿过草坪走回去又花了他们不少的时间。

回到主屋,伊娃还躺在那儿,基本上一厘米都没有挪动。戴安娜脱掉助力器,瘫倒在躺椅上,还好伊阿古用手臂轻轻地扶了她一下。她的姐姐正接入在思维宫殿里。

“伊娃!”她叫道,“伊娃!”不过她连伸手摇伊娃的劲儿都没有,更别提起来去伊娃身边了。于是,她让伊娃继续在虚拟游戏中娱乐,自己又陷入了质量不高的睡眠中。

2　警　察

伊阿古叫醒了戴安娜,“警察想向您了解一下情况,戴安娜小姐。”

戴安娜睁开眼睛，眼前是伊阿古那张满是褶子的苍老的脸。伊阿古的头发很短，腿很长，身形矫健。他正俯身看着戴安娜，但那姿势看起来更像是在鞠躬。“你很爱我，是不是，伊阿古？”

“当然了，戴安娜小姐。”

“我的意思是，不仅仅是因为服用了 CRF 的原因？”

“所有家仆都服用了 CRF，小姐。”

“但不仅仅是因为那个？”

“不仅仅是因为那个。”

“如果身体里没有 CRF，你还会像现在这样爱我吗？”

“当然会，小姐。”

戴安娜笑了笑。“你想和我进行深入交往。”她说。

伊阿古的反应完美无缺！“不是的！”他叫道，“不是那样的，戴安娜小姐！”他那大睁的双眼就像两枚硬币，里面充满了震惊和受到伤害的自尊，“我怎么会有这种念头！我对您的爱完全是柏拉图式的。”

戴安娜大笑了起来，“开个玩笑而已。”说着，她让躺椅将她立起来了一些。这还用说吗！伊阿古的年龄都快赶上她母亲了。老得一塌糊涂，老得就像古老传说中的混沌与黑夜一样。“好吧，让那些警察进来。我会回答他们的问题的。”

“需要我留下来吗？”伊阿古问。

这个问题让戴安娜有些恼火，“你觉得没有你陪护我连警察的问题都没法回答吗？快走吧，你这个又老又丑满脸褶子的老东西。”

“您的 MOH 双亲要求我在警察问话的时候在您身旁，小姐。”伊阿古一边低声说一边朝门口退去。

“我已经十六了。”戴安娜说，“我能照顾好自己。”

“快到十六了。”伊阿古说，“还有三周。”

“够年龄做政府工作了。而且还有，蒂诺也在这儿，需要提防那些看门的警察的话有他在就行，所以你还是赶紧shh——shh——shh——”戴安娜发出驱赶宠物的声音。她的家庭教师鞠了一躬，转身走出了大门。伊阿古就是这样：他干什么看起来都很容易。三名保镖为了完成任务可是天天都进行训练保持肌肉力量的。戴安娜可不相信伊阿古平时也在训练，他可是家庭教师，不是保镖。而且事实上，你也能从他嘴唇上方的汗珠看出，在这种重力下活动对他来说也是件极其痛苦的事。不过他从不抱怨；从不会提到他的不适。从一着陆开始，伊阿古就在到处走动，躯干挺直，伸展双腿，摇摆双臂，不穿助力器。他还会鞠躬，还坚持在他们都坐着的时候自己站着。这一切，从某种程度而言，很英勇。当然，戴安娜知道他的目的。他想要取悦戴安娜。别管什么CRF，他对戴安娜的爱就像任何骑士淑女的浪漫爱情故事一样真实。承认自己腿疼，肺部发烧，都是对戴安娜的辜负。

戴安娜作好了准备，两名警察走了进来：一男一女。因为地球那可怕的重力，这两个人都是一副巨魔般结实的身材。他们走到戴安娜身旁，微微点了下头。

“下午好，阿金特小姐。”那个女警察说。bId向戴安娜提供了两名警察的基本信息：哈契尔珀罗警督、沙利恩副警督，两人都来自乌兰诺夫政权认可的执法机构。戴安娜挥了挥手，抹掉了那些信息。

“我姐姐这会儿正在思维宫殿里玩得开心呢。”她告诉两位警察。两人脸上的笑容出现得稍微迟了些，说明他们要么是反应迟钝，要么是在用翻译插件。这可真不怎么样，真的。毕竟，戴安娜说的可是英语：不是波多波利语，不是缇哈利安语，也不是洋泾浜火星语。而这个小岛大部分的产权可都是归阿金特家族所有！

“啊，说起来，这不是件可怕的事吗？”她说，“一具尸体！死了个仆人!”

“很显然,被害人是被谋杀的。而且看起来是钝器击打头部致死。”男警察一字一顿地说,大概是在读眼前翻译出的拼写方式。戴安娜很不喜欢这样,太简陋了。

“我看到了。”戴安娜说,“真的是超‘恶’。”

“还不清楚凶手是谁。”女警察说,“不过肯定是那座建筑物里的另一名仆人。我们检查过房屋人工智能,谋杀发生前后没有人进出仆人房。发现尸体后,全部十九名仆人都因为惊恐而离开了房子,不过人数也都点清了,房子里没有其他人。所以凶手一定是十九名仆人之一……”

“真是无聊,说得完完全全就是你们的期望!”戴安娜插话道,“我在思维宫殿里可是破解过几百个推理谜题,我知道保持开放心态的重要性。也许凶手根本就不在那十九个人之中!”

两个警察互相看了看对方,又看了看大门。他们的尴尬激怒了戴安娜,“房屋人工智能记录被害人进入了房屋,活着的时候。由于在发现他已经死亡之前没有其他人进出,根据……”

“哦,我知道。”戴安娜忽然叫道,“我当然知道现实生活和 IP 里的虚拟故事不一样。我当然知道!现实生活推理我也很擅长。真的,我可是解开了好几百个呢。”她喘了口气,调整了一下呼吸。怎样才能向这些专业警察说明她的热情呢?“要是愿意的话我可以把我的分数发到你的 bId 上——只有个火星轨道上的姑娘分数比我略高一些,也就是说不仅找出正确的凶手,还挑出了正确的线索,弄对了时间点。不过事情是她更擅长虚构的谋杀谜题,那个可容易多了。我的意思是,编出来的一般都比真实的、历史上的谋杀案要复杂……”她喘了口气,继续道,“……不过事实是,那种复杂是可预测的。明白我的意思吧?虚拟谋杀和真实谋杀的关系就和解棋局与下棋的关系差不多。看看那些经典:坡!那个阿弥教家庭出身的叫什么的女人，迪克森·卡尔、奎因·埃勒里、杰伊·克里克还有拉贾·尼米[①]。解决这种类型的谜案，你得从最巧妙的解决方案是什么入手。不要管什么普通性，寻找不可能的独创性，那你就已经对了一半儿了。真实生活可不是那样！”戴安娜累得不行了，重力只是其中一方面原因，但她还是坚持了下去，“我推理过几百个真实的谋杀案，都是历史上发生过的。谋杀啊，绑架啊我都解决了。还有四个不一样的开膛手式的连环杀人案。唐克斯——就是那个火星上的姑娘，安娜·唐克斯·余，你还能想出比这更蠢的名字吗？——她也研究历史谜案，但只有在虚构的案件上她才有优势。明白？”

“她是——”女警察试探道，“那个著名的余家成员？”

“是，非常大的家族，可那不是重点。”戴安娜有些恼火地说，“和你们打交道的又不是她，是我。这事儿就发生在我的家门口！你们需要我的帮助来解决它！她什么忙也帮不上，但我能！”

这么一大段话把戴安娜给彻底累垮了，她瘫坐在椅子上，暗自期望那两个警察会礼貌地发表些不同意见，劝阻啊、安慰啊什么的。但那两个人却是一副很高兴的样子，“非常欢迎您的帮助，年轻的小姐。”那个男警察（沙利恩，bId提醒了她）说，“您的帮助对我们的调查来说将会是无价的。”

戴安娜吃了一惊，而且她也很累了，根本没力气再说什么，于是她只是睁大了眼睛。

周围安静得有些令人尴尬，那个女警，哈契尔珀罗警督开口道，“我想您一定能理解，阿金特小姐，我们很清楚事情的敏感性……毕竟，是派警力调查您的家族内部事务……而您的家族是那么的显赫。”

---

① 后面几个应该是作者杜撰的。

男警察补充道，“而且我们也完全明白，您的 MOH 双亲和乌兰诺夫家族——私交甚密。”

“阿金特家族在这个岛上非常……受人爱戴。”女警察说，这四个字的语气可不那么确定无疑，“而这绝不仅仅是因为您确实掌握着小镇超过 50% 的产权。”

“产权在我的两位 MOHmie 手里。”戴安娜说，“不过这也没什么区别。”如果您非要知道的话，她有点恼火；也许仅仅是因为劳累，或者是因为情况没有像她预想的那样发展吧。她希望警察同意让她帮忙，但原因应该是她在思维宫殿里的经验——而不是因为她的家族和乌兰诺夫家族过从甚密。她真正希望的是，他们先看看她的成绩统计，然后明白，从解决眼前这种犯罪的角度来说，整个太阳系内都没有人能超得过她！至少她这个年龄组里没有。也就是说，在那几十个有钱在这个世界上最昂贵的 IP 实景里（好吧，这点她承认）玩的人中，只有安娜·唐克书呆子·余勉强赶得上她。

要说她喜欢上了安娜，那绝对是个谎话，要多可笑有多可笑。谁这么说她就跟谁急。

可那帮警察却将她阿谀奉承了一番，就因为她的两位 MOHmie 是场面上的大玩家。当然，这都是事实。而且，被害人也是阿金特家的仆人；就连凶手也可能是阿金特家的仆人。这些都是她的人——不是那些警察的。

“当然，您的 MOH 双亲已经跟我们都说过了。”男警察说。女警察看了男警察一眼，低下了头。

“自然，他们已经说过了。”戴安娜重复道，语气很是酸涩。

“请您一定理解，相应的法律程序还是要走的，作为乌兰诺夫政权认可的警察，我们需要遵守与当局签订的商业合同里的条款。”女警察叽里咕噜地说道，“但我们很高兴能够有这个荣幸……

让您来指出——谁是罪犯。”

“我很累了。”戴安娜突然说，语气很是专横，“我会帮你们解决这个案子的。明天我就会询问仆人们，我的家庭教师和保镖们会帮忙。之后我们会把获得的情况告诉你们。”

两名警察鞠了一躬，走了出去。戴安娜放倒躺椅，动作僵硬地躺好，好放松脊柱。挪动身子的时候，她注意到了蒂诺的目光，蒂诺的眼睛似乎在闪光。这让她笑了起来——蒂诺也感觉到了。我自己的谋杀谜案，真是太，太，太令人兴奋了。

3　梦的效用

那天晚些时候，两个女孩儿都和他们的MOHmie进行了交谈。链接被转接了一百多次，只是为了以防万一有人偶然捕捉到信号并试图查明信号源（没有人能知道姑娘们的确切位置——危险！危险！），所以通信的质量并不怎么好。不过他们的双亲还是认得出来的：两个人挽着胳膊，飘浮在他们在太空中的一个绿色大球里。“你们一定想不到，我的MOHmie啊！”安全链接刚一接通戴安娜就叫道。

两个MOHmie的笑容一模一样，但只有MOHmie阴开口道，“我们有些想法，我亲爱的——伊阿古都跟我们说了；警察也通过官方渠道联系了我们。”

“真正的谋杀案啊！一个仆人——被谋杀了，而且没人知道是谁干的！”

“我们都听说了。我们知会了警察，告诉他们你会帮他们。”那两张笑脸看起来真是一模一样，就像一张幼儿园里的三维叠加图。

“我会解决的。”戴安娜骄傲地说，“不出——哦，一天，我就能解决，推导出个大概。一天半，我就能完全破解谜团。”

“我们毫不怀疑。”MOHmie阴说，“你会帮她吗，伊娃？”

伊娃闷闷不乐地说,“你们知道我还有博士学业要完成的。我离解决超行星的问题就差一步了。一个真正的解决方案！而且,最亲爱的 MOHmie,如果可以这么称呼的话——问题有大有小,有深有浅,你们养育我们就是为了解决问题,大小深浅总得有个排序吧?”

“啊。不过——”MOHmie 阴转身看了看 MOHmie 阳,“哪个是大问题,哪个是小问题呢？超行星爆发是大问题吗？因为它们又大又远,还是说这恰恰让它们变成了小问题?”

戴安娜立刻就听出了弦外之音,“那可是条人命啊。”她说,“大小深浅的价值判断只有人类才有。而在人类社会,人命的价值应该是最优先的。”

“你可真会说胡话,妹妹。”伊娃说,MOHmie 的偏袒让她有些恼火,“你根本不在乎这个人,不管是死的还是活的！对他你不会有任何感觉！怎么可能有感觉呢？你都没见过他。只不过是仆人中的一个而已。对你来说,这只不过是个需要解决的问题,香槟超新星的问题对我来说也是一样。”

“人命比数据更重要。”戴安娜伪善地反驳道。

“见到尸体的时候——你哭了吗?”

戴安娜恶狠狠地瞪了姐姐一眼,“别傻了。”她反驳道。两位 MOHmie 的 3D 画面微微发颤,正在两个女孩儿的面前微笑着。

“还有件事,MOHmie。”伊娃说,“这件事确实让我挺迷惑的。考虑到你们为了我俩的安全所费的这些事……”

“当然。”MOHmie 阳说,“没有什么比你们两个姑娘更宝贵了。整个家族的未来都要靠你们俩。”

伊娃微微一愣,但她还是继续道,“当然,当然,不过……考虑到这一点,有个人就在我们眼前被暴力谋杀了,真真正正的近在咫尺,你们不是更应该警觉吗？不是更应该……我不知道该怎么说——更应该把我们从这里弄出去?”

MOHmie 阳终于开口道,“弄出去? 不,不。你们需要重力,亲爱的姑娘们。”

“没有针对你们的威胁,我亲爱的姑娘们。”MOHmie 阴附和道,“所有仆人都服用了 CRF。所有条件考虑得都很周全。”

“不是一般的周全。”MOHmie 阳同意道。

“伤害你会让他们觉得还不如砍掉自己的腿! 这个不用担心。至于这起谋杀——嗯,只是个需要解决的问题而已。还有谁比你们两个更擅长解决问题呢,我亲爱的?”

“还有安娜·唐克斯·余。”伊娃低声说。通讯结束了,戴安娜也听到了这一句,但她选择置之不理。置之不理,外加嗤之以鼻。能有一半那样的机会,余都会抢破头的(真真正正的抢破头,毫无疑问)。这还真是相当的侮辱人,真的,事实上——她姐姐居然提到了那个大脸白痴。距离家族背叛罪可不远了;而且,说什么安娜·唐克斯·余的解谜能力胜过她也很让她伤心。另一方面,如果戴安娜直接反驳,或者有所反应,任何反应,伊娃都会对此大加嘲讽;说不了几句就会变成“你爱她”“你想和她结婚”之类的。和她结婚! 戴安娜都没见过她的真人。说得好像伊娃就真知道爱是——什——么——一——样! 她那个人就像彗星一样冰冷,满脑子的理性思考数据分析,简直就像个人工智能。

当然,他们俩每次都吵不了多久。两个姑娘一起祈祷,互相吻别,然后就又回到了各自的床上。

伊娃很容易睡着。两个姑娘都很能睡:入睡对她俩来说根本不是问题。(问题是重力,以及如何保持住睡眠。)如果说戴安娜没有入睡,而是在脑子里回想着今天发生的一切,那绝不是因为她太过兴奋睡不着觉。真正的理由要实在得多,她只是想要在进入梦乡前处理一下白天接收到的信息。

梦！任何人工智能都可以处理数据，得出假设的模式范例。不过，没有人工智能能够通过与混沌系统的互动凭直觉直接得出结论，也很少有人能够做到这一点。这就是伊娃和戴安娜的特殊之处。当然，这种特殊能力他们的两位 MOHmie 也有；家族的其他成员也都有，不过程度要欠缺得多——这可算作是他们家族成功的基础。阿金特家族直接为乌兰诺夫家族服务，看看这给他们带来了多少财富！说到梦——梦都是在大脑休息阶段由神经随机震荡所产生的。梦就是影像、感觉、理智与恐惧的回收循环，这没什么特别的。关键不是梦（肥料，心理震荡，在隐喻的透明浴缸中不断搅动的金属棒），而是心里的问题解决机制在梦中呈现出的东西。梦会反复测试心灵得出的结论，将适应性不良的部分丢回浴缸重新修改。梦就是解决问题的心理准备——所以我们才进化出了做梦的功能，因为解决问题的能力具有高度适应性，是进化的强势选择。梦会将个体从对一般感觉的依赖和偏见中隔离出来，引诱她遁入逻辑的轨道。梦是非常实用的。

做梦是这两个女孩子能力的中心，不是因为梦里的内容，而是因为他们解释梦境的力量。

戴安娜喜欢在沉入私人的梦想空间前先准备好思绪。她会在心里梳理白天发生的事情，重温自己听到、看到、想到的东西，以及自己对这些东西的情绪反应。自己居然感觉那么地不满，真是奇怪，是因为那尸体本身。她本以为直面死亡会让她感到一种很深的冲击力，结果她感受到的却是失望。不过也许这确实具有更深层的含义，也许那真正深处的感受确实是失望。高潮的节奏——愉悦与绝望，性与痛——这都是生命的特征。死亡只能算是一种没有什么高潮的结局而已。

都无所谓啦，反正明天自己就要开始调查自己的谋杀谜案了！毫无疑问，自己一定能解决问题，真是太太太令人兴奋了。

镇静下来后，她立刻就进入了梦乡，当然会做梦了，她总是会做梦的。

她看到了整个太阳系，那不可理解的广阔空间。居住着人类的行星；还有几亿个飘浮在太空的球体与房屋——肥皂泡一样的东西，在阳光下泛着绿色和赭石色——基本上都是塑料的，原材料由不计其数的工厂提取自硅酸盐和海藻油。这种失重房屋有几种：一部分是庄园，空间广阔，人烟稀少；更多的则是石屋，挖空的小行星和石头卫星；不过数量最多的，还是棚户区球体——廉价的气球，外壁是只有几英寸厚的透明塑料，里面挤满了穷人中最穷的部分，吃的都是他们所能弄到的任何植物长出的菌块。穿过狭窄的街道和拥挤的房屋：菌块沐浴在阳光中，几百张紧贴在墙上的脸看着你经过。其中很多人都脏兮兮的，皮肤非黑即灰，要么就还青一块紫一块，长期暴露在无情的日光辐射之下，起泡、结痂。还有……

等一下，这里有点不对劲。

戴安娜忽然想到，在梦中，她通常不会梦到这么大的场面。这更像是伊娃擅长的东西：广阔的空间，轨道力学，遥远的星空……戴安娜的梦境通常都是比较亲密的类型。可这一次，她却到了这儿，进入了整个太阳系。她低头看了看自己，很想知道为什么自己能这样飘在太空中看风景而且还不会死。随即她发现，自己的身体变成了一艘太空船；是个白色的（为什么要是白色?）小飞行舱，侧翼上铭刻着三个大字——超光速。更奇怪的是，她的飞船还扇动着翅膀、尾翼、叶片——翅膀——在太空里？叶片在失重空间完全没有用处。可那些东西都在：全套都在，都在她的飞船上。为什么？

“我这是要去哪儿?”她问自己，答案如回声般向她飘来：“到太阳里去。”飞过房屋球体，掠过数万亿的人口，她看到了太阳。太阳长了一张人脸;不过看起来一点儿也不像勒隆,那个被谋杀了的随侍。可是不知为何,戴安娜就是知道,那就是勒隆,毫无疑问。“我的飞船很结实。如果飞进太阳——”她想,“就相当于我打烂了他的头杀了他。这有关系吗?”

有关系吗?那个声音说:“碎片会飘散开来,毁灭全人类,那有关系吗?”

有关系吗?她忽然醒了过来,大口地喘着气。但她的心里却很平静;屋子也很安静。那种喘不上气的感觉是因为重力的压迫。飞行,她想,还有翅膀、尾翼、叶片。真怪。她想了想梦境,然后就又睡着了。

4　香槟超新星之谜

伊娃·阿金特比她的MOH妹妹年长五岁,两个人的性格也各不相同。不过他们的区别也不是太大,那是自然的,不然整个阿金特家族就不能称之为阿金特家族了。姑娘们生理方面的差别很小;不过心理方面,就一个像恒星,一个像黑洞了。当然,他们两个人都以信息“为生”——那就是他们的生存动力,是他们的快乐之源,是他们的兴趣所在。他们生来就是干这个的。整个阿金特家族就是靠着这种信息处理能力在体制内崛起的。自然,家族的下一代——伊娃和戴安娜——也被安排具有这种解决问题的激情。不过对于戴安娜来说,能把信息个性化的时候她的效率最高。她的解谜方式富于创造性,随心所欲,依靠直觉。伊娃则不同,人的问题引不起她的兴趣。比起智人这个物种来,数据对她的吸引力更大,更纯粹。人与人的交往,事实上,都算是政治,而政治让她觉得很无聊——倒不是说她不喜欢人。不过她能做到这一点,正是因为她一点儿感情也不投入——不,真正让她上心的那些问题都是远离(真是字面意义上的远离)人类世界的问题。

最近,她正在攻读自己的第七个博士学位。正因如此,她的大部分时间才都泡在了自己的世界里,而不是泡在现实中(在发觉自己的身体没有很好地适应可怕的重力前,就连费点劲在现实世界里她都觉得没有意义)。这将是她关于超新星的第三篇论文,在天文这个更大的领域中的第五篇,而且已经接近完成。这非常有趣!专业化人工智能的发展已经让几十年前还很难想象的超行星原始数据大规模处理成为了现实。这就给数据艺术家们提供了比以前丰富得多的解决未知天体物理学谜团的途径。

伊娃目前研究的是Ⅱ型超新星中的一种。通常,只有太阳质量九倍以上的恒星才会形成这种超新星;因为只有达到一定的临界质量,超新星才能形成。也就是说:质量较小的恒星(自然)也能形成超新星,但那种超新星的数据就是另一种类型的了。和Ⅱ型超新星相比,它们的氢氦比很不同。在之前的一个博士学位中,伊娃研究过一种能够形成Ⅱ型超新星但质量较小的恒星。现在,她正在研究一类不同的星星;那种恒星能够达到Ⅱ型超新星的亮度,但不会形成爆炸壳,而且它们的质量也小得多;比已经观察到的其他例子要小得多。截至目前,只观察到了四例——第一例是在 21 世纪初期被观测到的,起名为“香槟超新星”。很显然是以一首歌命名的(自然,那首歌最红的年代,人人都为它疯狂)。从那时起,在几万亿颗能够被观测到的恒星中,新发现的香槟型超新星只有三颗。根据观测到的量按比例推算(算法很简单),这种现象大概在宇宙的整个历史中只发生过二十几次——这就让这种“反常的高亮度”问题变得极其罕见,因而也就极其地有趣。某种机制让这些小恒星模仿超新星爆发!而伊娃决心找出这种机制。数据很多,尽管还不够提出成立度达到 90% 的理论。不过她已经有了三个理论,其中两个的成立度都已经达到了 50%,足够获得博士学位了。

伊娃并不是天生的,不过早在十六岁之前,她就获得了自己的第一个博士学位。而另一方面,戴安娜就不一样了:还有一周就是戴安娜的十六岁生日,而除了一个普通高等教育学学士学位外,她什么可炫耀的资本都没有。事实上,伊娃知道,戴安娜心无长性。她缺乏那种高水平信息处理工作所需的专注力。考虑到整个家族的显赫背景,考虑到整个家族在乌兰诺夫政权中的作用,都取决于其最优秀的信息工作,戴安娜的这种特点长远来看可能会带来问题。

长远来说,家族需要头脑更加清晰的人来继承。

对于伊娃来说,妹妹喜欢这种推理解谜类的东西是不入流、不成熟的表现。"谁是凶手?"从来都不是最大的问题——在宇宙层面上从来都不是。比如最近的这起不幸事件:十九名仆人中的一名被锤子砸死了。毫无疑问是其中一名仆人干的——没有别人进过那座建筑,除了仆人外也没有其他人从那栋建筑里跑出来。所以剩下的问题就是:到底是那十九个人中的哪一个?动机是什么?这一行为是否对伊娃或戴安娜构成了任何威胁?要是戴安娜向她征求意见,她一定会立刻回答那些问题,答案保准在公差容许的范围内,绝对让任何研究数据的人满意。可戴安娜是不会问的——因为她已经迷上破案的气息——浪漫!

抛开那些可笑的浪漫,排列一下这三个问题。第一,谁是凶手?将凶手范围缩小的十九个人,理论成立度就已经超过99.9999%了。就算只考虑岛上的人口(不过,阿金特家的人刚刚到岛上,还没接触过什么本地人,因此凶手出自这些人的可能性非常小,不过为了讨论方便起见),也就是从10 253人中挑出19个,那也超过99.998%了。伊娃博士论文的成立度从来都没有达到过这种程度!还能再奢求更多吗?整个太阳系有几万亿人,戴安娜就想把她的时间浪费到这十九个人身上?那就随她去吧。要是让伊娃负责，她就把那十九个都当成凶手——要么全部处死，要么做个技术处理，全部判长期监禁。

第二，十九个人中的那一个为什么要那么做？这个问题的统计指标就不那么好了；不过尽管伊娃只有无聊的时候才会在思维宫殿消磨一小会儿时光，但那点儿经验已经足够她将成立度提高到 85% 以上了。从历史的角度来看，人类的谋杀动机通常都可以归为三类：物质利益、私人恩怨、反社会人格。这些仆人都是家族近侍，全都经过了阿金特家族有关机构的严格审核（不然根本不可能被派到两位姑娘身边），所以伊娃觉得最后一项没什么可能。至于第一项，可能性也不大，他们都是仆人，不是公民。他们都是在轨道上的棚户区球体里长大的，就在贫民窟边缘，靠着一点菌块和廉价的净化器与聚变电池过活。我们说的可不是那种结实耐用的石头房子，用小行星开凿成的那种，只有相对富裕的人才能负担得起那种房子（至于超级富裕的人嘛，比如伊娃家，他们居住的大型多层太空合金建筑也一点儿都不便宜）。嗯，棚户区球体当初设计的时候都是临时建筑，最多也就几年的使用年限，之后太阳辐射就会逐渐破坏塑钢结构的完整性。购买的时候签发的许可证上规定使用年限不得超过三年。之后，为了避免被乌兰诺夫法系起诉，你就该买个新的。可是那些最穷的人——他们当然买不起了。所以，他们只能住在那些死亡陷阱里，一代又一代，东修西补，而那些球体里的人口也早就超出了当初的设计容量。更糟的是集群化——在球体上钻洞，用密封皮将不同的球体连接到一起，变成一个集束——一旦这么做，所有许可立刻失效，而且还有可能面临最多两年监禁的刑罚（不过又有谁会费心思纠察这种罪行呢？）。真是粗俗又可怕，完完全全地体现了人性的阴暗面。里面人挨着人，那气味、那感觉，还有那些排泄物。在那里，数据接入在通常情况下也是在公共空间进行的，所以根本不可能有什么隐私。经常会发生因为球体破裂而导致人口全灭亡的事件;最多只有个别人来得及穿上防护服,或者像老鼠一样裹上密封皮飘到邻近的球体幸存下来。但这也阻止不了他们繁衍生息,“他们”总是不停地在生。在环绕太阳的轨道上,有数十亿个这样的球体,在阳光下散发着墨绿色的光芒!数不尽的穷人。

对于这些仆人来说,当上阿金特家族两位女儿的私人随侍,已经算是飞上枝头变凤凰了。阿金特家族的制服已经让他们变得比他们以前所认识的任何人都富有了。当然,他们的社会地位还是很低,薪水微薄。但这些对他们来说已经不少了。还有什么理由要求更多吗?而且,他们的合同是全日制的,他们也根本没有什么闲暇时间可以去花掉多赚的信用点。所以,尽管伊娃不能完全排除因为物质利益而杀人的可能,但这种可能性实在是很小。有鉴于此,目前最可能的杀人动机还是私人恩怨。深入调查研究应该就能发现具体的缘由,但干吗要费那个劲儿呢?目前这个结论足够让任何一位专业信息艺术家感到满意了,至少能让研究科学的信息艺术家们满意。

最后就是第三个问题了:此次犯罪是否对两姐妹构成了现实的威胁?粗略想一下都会觉得有——有能力实施暴力谋杀的人就和两姐妹近在咫尺。但两位姑娘都有职业保镖保护;而且所有十九名疑犯都被限制了行动自由,等待进一步调查,最重要的是,两位姑娘永远也不可能成为犯罪目标。所有阿金特家族的仆人都服用了大剂量的CRF,这种物质不仅会让他们忠于阿金特家族,还会让他们对MOH家族的核心成员真真正正地表现出自我牺牲式的爱。比起伤害伊娃或者戴安娜来,让他们自断肢体的可能性倒是还更大些,真的。

在伊娃看来,两位MOHmie的反应也是个关键。如果他们真的担心这会对两位姑娘造成现实性的威胁,哪怕只有一点点,他们也会立刻将伊娃和戴安娜接回太空。可是他们不但没有那么做，而且还积极鼓励戴安娜发挥特长调查犯罪——直接在现场。很显然这宗犯罪对两位姑娘没有直接性的威胁。

倒不是说两位姑娘就可以永远高枕无忧了。相反，危险一直是伊娃和戴安娜生活的一部分。他们是阿金特家族在下一代儿女中选定的关键人物。他们的家族是五个MOH家族之一，在太阳系统治阶级中的地位仅次于乌兰诺夫家族。在他们之下，才是成千上万的公司，各种规模、各种性质、占据不同生态位的公司。他们当中的任何一个，(当然)还有另外那四个家族的任何一个人，都有伤害阿金特家族的充足理由。不过这一切都和一个仆人用锤子砸死另一个仆人毫无关系！绝大多数仆人对权力的上层结构都只有模模糊糊的认识——基本上，他们只知道乌兰诺夫家族在多年前赢得了战争，给社会带来了秩序和法律。MOH家族在顶端，在他们之下的是公司，再往下是无数的群体组织，如警察、便衣、传统基因家族、教派、帮会，再往下就是平民，数万亿的普通市民——全都一圈一圈地围绕在乌兰诺夫家族的周围，就像中世纪时围绕在上帝宝座周围的天使一样。而在平民之下的，才是次人，几万亿的渣滓。对于这种人来说，少了一个——不论是自然原因还是被锤子砸破了头颅——那都是无关紧要的事。

伊娃接入了政治数据库——这一步基本上无法避免。体制内的当前局势看起来，嗯，还是很平稳的，尽管她还是更喜欢物理学数据那种冷峻的完美。距离上次未遂政变已经过去三十年了，当时帕尔默MOH家族曾试图发动袭击篡夺乌兰诺夫家族的统治权。当然，假设存在密谋总是有益无害的。其他家族、各个公司、更低等级的组织都有可能在密谋着些什么。伊娃认为，她自己的两位MOHmie应该也在密谋，制订计划，列出可能的策略之类的。不做这些东西，那简直就是慢性自杀。尽管乌兰诺夫法系严厉禁止密谋,但乌兰诺夫家族也不会傻到认为这些事情都不存在。不过就目前来看,伊娃还没发现有什么因素会在不远的将来导致动乱或流血事件。

当然,明智的做法还是作好预防。帕尔默家族已经全军覆没;没有哪个MOH家族和公司会蠢到再次发动直接袭击。比起对阿金特家族的直接袭击来,袭击信息行业工会对乌兰诺夫家族的威胁更大——对于野心勃勃的下层组织来说,投入产出比倒也更大些。事实上,这种袭击发生的可能性正在变得越来越大。戴安娜和伊娃还没有做好接管家族大权的准备。与其等到家族完成权力交接后再发动袭击还不如趁现在动手。

嗯,电子谣言板iRumours上现在铺天盖地都是关于超光速旅行的东西。按照那些八卦人士们的说法,乌兰诺夫家族距离发现,或者说重新发现,或者说研究出(类似的词)可以进行超光速旅行的技术只有一步之遥。真是痴人说梦,这当然是不可能的。物理法则根本不会容许这种事情发生。不过仅仅是谣言就已经搅得整个数据市场翻腾不已。这就好像有人在十七世纪的荷兰股市上宣布:"明天我将掌握点石成金的技术!"仅仅一个概念就已经让市场亢奋不已,信息市场的波动性比其他市场更大。当然市场的波动并不意味着这一切就真的会变成现实。

在伊娃看来,呃,她有六个理学博士学位,即将拿到第七个。因此她很清楚,超光速旅行根本不可能,而且这种不可能明显得简直一塌糊涂。那个叫麦什么的家伙,那个据称偶然发现了打破光速壁垒的家伙——自然,他已经消失了嘛。伊娃甚至怀疑那个人到底有没有存在过。就算存在过,那他也只是个"二货"。他那所谓的"发现"就相当于是在说——我造出了永动机,或者我发明了方形的圆。伊娃根本不需要去考虑那种技术是否真的存在,但她相信肯定有人相信那种技术存在。人类中还是蠢货多,什么都肯信。

如果那种不可能存在的设备能被乌兰诺夫家族收入囊中，毫无疑问，那将意味着无尽的权力和财富。乌兰诺夫家族的权势将被巩固到无以复加的地步。他们将会控制人类的星际间迁移，因此，为了得到这种东西杀人根本不算什么，大规模屠杀也不算什么。而且，人们自然会推断，阿金特家族，这个为乌兰诺夫提供信息服务的家族，距离“发现”的距离最近。所有这一切，仅仅一个念头，就能让他们陷入巨大的危险。

不过伊娃和戴安娜都被保护得很好；他们所在的位置被严格保密，全天候保护他们的都是钱能买到的最好的保镖。整个岛上密密麻麻布满防御系统。登陆攻击的成功率低得惊人。当然，敌对的MOH家族或者公司——先假设他们知道两个姑娘所在的位置——可能会从外太空直接轰炸全岛。不过那就是战争行为了；要走到那一步可不是件容易事。暗杀的安全性倒是高得多，而且可以随时发动，不用顾忌太多。

而这一切距离一个仆人用锤子砸死另一个仆人可都有十万八千里远。只有白痴才会以为这桩肮脏的罪行能够被称为“超光速谋杀案”。

伊娃清空了脑子里所有这些想法。她又继续研究起了自己的反常超新星，将理论成立度从52%提高到了55%，然后洗了个澡，吃了点东西，又玩了半个小时象棋。接着，她又和妹妹在IP里玩了一会儿，然后两个人都和他们的两位MOHmie进行了远程通话。当然，戴安娜一直在兴奋地讲她那所谓的真实谋杀谜案，以及她将如何找出藏在那十九名仆人当中的真凶，他们的父母从头到尾都是一脸鼓励的微笑。伊娃发觉自己的怒火在隐隐上升。不过等到在凝胶床中入睡，第二天醒来后发觉重力又好忍受了一些后，她又继续作起了自己的研究。

谋杀只是件小事。刚想到这儿,乔德女士就来了。

5 乔德女士

乔德女士直接为乌兰诺夫家族工作。没有比那更高(大上)的工作了!女士亲自降落在岛上要与两位姑娘面谈的事实将伊娃对于这起案件的所有假设都扔进了焚烧炉。按照戴安娜的说法,这根本不可能是一个仆人杀了另一个那么简单——乌兰诺夫家族都亲自派人来了。

乔德女士长着一副典型的太空人的外表:修长的四肢,骨感的手腕,外加两只大手。她的眼睛很大,但也不是动漫里的那种美少女。相反,两只眼睛都是湿婆[①]那种紫黑色的,而且注视别人的目光比一般人要强烈得多。她的外表给人一种大权在握宁静祥和之感,表情平静安详,理应显得很帅气。但她的身上又有些令人说不清的东西,让她美丽中透着恐怖。每当和乔德女士对视的一刹那,伊娃都觉得自己在她的眼中看到了暴风雨般狂暴的内心。她的狂暴不是抓住人猛揍的那种,而是,怎么说呢,一种深藏在本性之中的东西,就像毒蝎子。但这个比喻也不是完全恰当,乔德女士比毒蝎子可要危险得多了!

因为经常要上上下下,巡视乌兰诺夫在各地的生意,重力对她来说已经没有什么大不了。她只花了三个小时适应——刚够伊娃、戴安娜和保镖们七扭八歪地来到主屋的正厅见她。伊阿古引着乔德女士走了进来。伊阿古走在前面,乔德女士紧随其后,在她通过的时候,大门尖叫着剧烈摇晃了起来,就好像被几个恶鬼附身了一样。

① 印度教三大神之一,毁灭之神,兼具生殖与毁灭、创造与破坏双重性格,常呈现各种奇谲怪诞的不同相貌。

“是我的疏忽！我给忘了。”乔德女士说，她的嗓音很是阴暗，脸上的表情则万分清晰地表明，她从来都不曾忘记任何事，她的本性中根本不存在所谓的“疏忽”二字。她丝毫没有卖弄，而是一副为观众着想的样子，从上衣里掏出一把枪，交给了贝尔特兹。贝尔特兹将枪收进了一个智能收纳袋。乔德女士微微一笑，退回到门外，然后又走了进来。

这一次，大门一点儿意见都没有。

她穿着助力器，但走起路来就像风一样，坐在椅子上也毫不费力。“亲爱的姑娘们，”她说，“我的雇主派我来确认一下，两位是否一切安好。”

两位姑娘都坐在椅子里没有起来（这种重力下？疯了吗？）。“我们都很好。”戴安娜说。她特意看了看伊阿古——伊阿古故意没去坐那张空着的椅子，而是站在那儿，微微靠着正日左侧的墙。伊阿古目不斜视，没有回应戴安娜的目光。

“都很好。”伊娃重复道。

乔德看了看两位姑娘，“我听说，这里发生了一桩谋杀。就在你们的产业上，距离这栋房子只有几米远的地方。这不是异乎寻常吗？”

“你不就是为这个来的吗，乔德女士？”伊娃问，“我可以向你保证，这种小事根本不用乌兰诺夫家族操心。”

“我在调查这桩犯罪呢。”戴安娜说，“当然，乌兰诺夫的法律得到了严格遵守，有两个官方认证的警察在。”她的眼前闪过几道光，是 bId 在提示她那两个人的名字，“哈契尔珀罗警督和沙利恩副警督，他们俩昨天刚来过。完全合法。”

乔德眨了下眼，闭上又睁开——只眨了一下，就好像是在吸收必要信息。“很好。自然，我的雇主们很关心二位的安危。”

“我们当时立刻就检查了所有仆人的 CRF 水平。”戴安娜毫无来由地补充了一句，"完全没问题。"

乔德看了看戴安娜，又看了看伊娃，然后笑了笑，"这么说你是想亲自调查这桩犯罪了，是吗，我亲爱的？"她问。尽管在问戴安娜，但她的眼睛却看着大窗外的花园。

"对。"戴安娜说，"我的经验很丰富，就在……"

"现实生活是不一样的，真的。"乔德女士打断了她的话，"我知道真正的犯罪调查是什么样子。"

"这桩谋杀根本不值一提。"伊娃有些急切地说，"一个仆人杀了另一个，可能是因为性嫉妒或者其他什么原因。凶手肯定是那十九名仆人当中的一个。虽然很不幸，但完全是一个密封，嗯，呃，封闭性事件。我妹妹正要找出到底是哪个仆人干的。我昨天花了点时间考虑这桩犯罪是否会对我们家族造成更大的威胁，结论是，不会。"

"而你——"乔德女士一脸和蔼的微笑，但声音却能把星星都冻成冰，"你已经取得六个博士学位了！"

"我——"伊娃一时间不知该怎么回答，"嗯，我有。"

"亲爱的姑娘们，很抱歉得由我来告诉你们，事情比你们想象的要危险得多。"

戴安娜的心猛跳了起来。乔德会留下来吗？是乌兰诺夫家派她来监督他们，刺探他们，恐吓他们的吗？这个人将玷污她的私人空间，占据她的房子。这种想法简直让人无法容忍。

"是吗？"她用尽可能天真的声音问。

"你玩过不少推理游戏，IP 里的不少类似的。"乔德对戴安娜说，说话时眼睛还是看着一边，"那么你告诉我，你听说过杰克·格拉斯吗？"

"格拉斯！当然听过了。"戴安娜说。

乔德女士嘴角一撇，微微一笑，"我一直在追踪他的线索，顺带提一句。”这句话里的信息可一点儿也不随便，但她说话的方式就好像是随口闲聊一样。

可怜而愚蠢的戴安娜立刻就上钩了，她像个粉丝一样惊叫了起来，“不是吧！真的？你说真的？真的是真的？”

“哦，我亲爱的姑娘。”乔德面无表情，眼睛看着窗外，“你可不知道。他的真人可比传说中危险多了。你猜怎么着？我们抓住他了！”

“抓住他了？”伊娃重复道。

“是逮捕了吗？”戴安娜问。

“逮捕加判刑。”

“我一点儿也不知道！”戴安娜喘息了一声，“所有常用数据点上都没有相关的消息。”

“如果你让它保持这个状态我会谢谢你的。如果消息泄露，我会追查到源头。”

“乔德女士！”戴安娜感觉自己受到了冒犯。

“当然。”乔德女士继续道，她没有停顿，也还是一副低沉平淡的语调，“你是你两位 MOHmie 的女儿，知道信息安全和保密的重要性，还有……”她抬起右手，仿佛是在体验重力。然后她又翻过手心，继续道，“与之相对应的责任和负担。”她放下手，“我觉得可以告诉你这些，私下里告诉你。我们抓住他了。当然了，他进行了伪装，并且因为一桩轻罪被判流放到一颗叫做拉米 306 的小行星上，在离这儿很远的轨道上。他本该服刑十一年的。我们花了六个月时间才意识到了我们的错误——这个时差真让人伤心。但我们还是发现了——发现了我们到底抓住了谁，我的意思是——我们抓住了他，也就是说，抓住了杰克·格拉斯本人。所以我们立刻派船前往拉米 306 去回收他。你猜我们发现了什么？”

“他死了？”伊娃问，“自杀？”

乔德女士的脑袋在脖子上平滑地转了个圈,她的眼睛直视着伊娃,“当然不是了。他没有死。不过他的狱友们都,确切地说,是线索显示,都被肢解成了——”下一个词在她嘴里终于有了些不同的声调,仿佛是在应和她内心深处的声音,“尸块。”她舔了舔嘴唇,“尸体都没了,但墙上到处都是血。”

周围一片寂静,只能听到远处田间的蝉鸣。

“是他们运气不好。”伊娃终于开口道,乔德那强烈的注视让她很不舒服。

“确实如此。”

“至少你们又抓住他了。”戴安娜说。

乔德扭过头,“我们没有。他不在。不知怎的,他又逃了,唉。”

两个女孩儿都愣住了,过了一会儿又同时脱口而出,“这怎么可能?”“他怎么做到的?”两个人都停住了。然后戴安娜又开口道,“他一开始就不在那儿,是不是?”

“这可是个密室难题。”乔德说,“他是怎样从全太阳系密闭性最好的密室里逃脱的呢?”

“肯定有人帮他。”伊娃说,“肯定有人侵入了加密数据,找到了他的服刑地点,然后派船接走了他。”

乔德微微摇了摇头,“涉事的公司用人工智能盯着所有的监狱小行星。自然,用人工智能,从远处盯着,这么做很省钱。如果有船靠近救他,他们也没办法及时作出反应阻止。但至少他们能拍下整个营救过程。拉米306的监控录像十分完整,没有剪辑,一切正常。尽管颗粒感重,分辨率低,但完整无异常。影片质量足够拍摄到小型飞船推进器或其他类型推进器的尾气。没有飞船靠近过那里。”她的视线在两姐妹间缓缓移动,“先不说这个——格拉斯的线人又如何能知道要去哪颗小行星呢?凭借你们家族在数据保护方面的专业经验,你们肯定知道,加密数据不是那么容易破解的。

而可能的地点却有几千个。不,没有人救他。”

“他从没进去过。”戴安娜说,“这就是答案——也就是说,那是个假象。肯定是个密室假象。你们——我们总是以为凶手闯入或逃出了根本不可能进出的地方。但那不是真正发生的事。”她的脸红了,“我的意思是:如果杰克·格拉斯不可能逃出那颗小行星,那么……嗯。他就没有逃过。毕竟,不可能就是不可能的意思嘛。那也就是说,他一开始就没有进去;而当局被骗了,以为他逃走了。他从来就不在那里。是其他犯人杀掉了彼此。”

乔德点了点头,“可是,我亲爱的,我们在小行星里发现了他的 DNA,和其他人的 DNA 一起。不对,他在里面。他确实在不可能进出的地方待了一段时间,然后——忽然——不知如何——魔法一般的,这个词可能比较贴切,他又消失了。Biu——远距离传输了出去。”乔德忽然笑了起来,听起来就像乌鸦叫一样。

“他肯定有船。”

“那里没有船。”

“没有人能——远距离传送。”戴安娜说,“根本就没有远距离传送那回事。那是魔术,不是科学。肯定有合理的解释。尽管我们还不知道是什么,但肯定有。”

“他没有腿。”伊娃忽然说。

“非常对!”乔德带着一丝愉悦说道,“是你的 bId 告诉你的吗,亲爱的?”

伊娃摇了摇头,“我不想接入关于他的 bId 数据。里面的东西肯定很恐怖,而我……对那种东西过敏。我只是忽然想起来了。这应该是人尽皆知的事实吧。”她看了看妹妹,“我比较喜欢研究没有生命的东西,更容易……掌握些物理、化学、动力学之类的。”

“你呢,我亲爱的?”乔德微微侧过头,像头迅猛龙一样斜眼打量着戴安娜,“你更喜欢和人有关的东西——嗯?我们听说的是,乌兰诺夫家族高层传言，做人格管理的时候，你的两位 MOHmie 对你可是寄予了厚望。解谜能力，再加上调查人的问题的能力，是不是？”

“我想我是更喜欢有生命的东西。”戴安娜小心翼翼地说，“伊娃不一样。”

“所以你才会特别迷恋推理，对吗？”

“我想是吧。”

“别紧张，我的小甜心。”乔德女士说，“乌兰诺夫家族，也就是我所代表的雇主，对于阿金特家训练下一代专业信息技能完全没有意见。不过你也不能怪我们对训练方式有好奇心吧。MOH 的导向分形和我们期望的一样明确。一个是解决硬件问题的，你，伊娃；一个是解决软件问题的，就是你。”

“他的腿是怎么没的？”伊娃问，那幅画面在她的脑海里挥之不去。

“没人知道具体原因。哦，有几个猜想。”乔德轻描淡写道，“等你神经更坚强些的时候可以接入到数据库里，具体内容你的 bld 会告诉你的。”

“这种情况在上层人里挺普遍的。”戴安娜指出。

“确实如此，软件问题专家！”乔德说，“为什么不呢？如果永远不打算下来，那么没了那玩意儿你也不会感觉有多可惜的。毕竟，失重空间里腿根本没什么用。有人甚至专门去做截肢手术——或者把腿卖掉。对于人来说，穷到一定程度，什么都可以卖。”

“他没有腿。”伊娃说，“这个事实表明他是个从来不下来的上层人。”

“算是个合理推断，我想。”乔德和蔼地说，“不过他的一些受害人确实是在重力环境中被杀掉的。要知道，他的真名也不是格拉斯。大家叫他杰克，因为，嗯，以前有个连环杀手就叫这名字。至于他的姓，呃。我们也不知道他到底姓什么。也许是普莱瑟奇。我也不知道这到底是个什么姓。知道格拉斯这个姓是怎么来的吗？”

“怎么来的？”

“这个所谓的姓来自他的——作品。他杀人的方法，他是我们的太空开膛手杰克。拉米 306 上的死者也是一样；他用磨利了的玻璃片[1]杀掉了所有人，切碎了尸体。”乔德女士直视着戴安娜。

她的黑眼睛啊。哦！看看都让人想打哆嗦，戴安娜想。接着，她又想道，也许伊娃比我还要娇气呢，不过——哦！

“据说他杀过不下一千人。”戴安娜说，这个数字让她“肃然起敬”。

“也许有一百万。”乔德说，“取决于你相信哪个版本的故事。不过有一点可以确定，他的作案率最近下降了不少。事实上，在拉米 306 上的大屠杀之前，他已经很久没杀人了！当然，他要下手也越来越难了。我们增加了他的作案难度。拉米 306 之后，我们将他的 DNA 样本发送给了体制内的每一名警察、便衣和人事审查员。那个，再加上没有腿，还有他的坏名声，足够让他与众不同了。每次新的谋杀对他来说都要冒巨大的危险。他的作案成本已经，呃，不像以前那么低了。我的看法是，如今，他要是再进行谋杀，那一定得有非常充分的原因。”

“那他呢？”戴安娜抑制不住声音当中的急切，“他又谋杀了吗？”

“我亲爱的，你以为我是为什么来的呢？”

两个姑娘都盯着她。“你的意思不是……？”伊娃说。

“这不可能。”戴安娜同时大叫道。

---

① 格拉斯（Glass）小写就是“玻璃”的意思。

两个人都不说话了。

“格拉斯先生超乎常人的特征之一就是——”乔德一脸严肃地说，“他有办法把不可能变成可能。事实就是这样，就是这样。逃离拉米306！嗯，我还在追捕他，而我有理由相信，他的眼睛已经盯上了你们两位可人儿，我亲爱的。”

“不是吧。”戴安娜说。

这话很不合时宜——不是话的内容，而是她的语气。乔德扭头看着她，黑眼珠里的目光就像扫过城镇废墟的海啸一样，能够毁灭一切活物，浇灭所有希望。“你说什么？”她用正式而冷淡的语调问。

“哦，请原谅我刚才冒犯了你。”戴安娜说，她的嘴唇上都挂上了汗珠，“不过要是我没理解错的话，你的意思是，我们的仆人是被杰克·格拉斯谋杀的。也就是说，那个臭名昭著的杰克·格拉斯在这里，杀了我们的仆人？”

“这就是我的意思。”乔德女士语调阴沉地说。

“然后——呢？他就这么消失了？”

“既然他已经不在这儿了，”乔德说，“对。显然你的安保人员已经搜过整个地产了。警察也搜查过周边的全部土地。”

“可是……为什么？”戴安娜问，“他为什么要来这儿，为什么费了那么大劲儿突破我们的安保网络，就为了杀一个仆人？为什么挑上了我们？”

“我可没说——”笑意又回到了乔德的脸上，“——他已经达到了目的。”

周围又安静了下来。

“可为什么是我们？”

“哦，我的可人儿！你姐姐的全部注意力都在特异超新星上，她不知道还情有可原！可是你？你肯定已经破译出隐藏的信息了——那个没有人公开说，平民们甚至都不知道存在，但人人都在私下里谈论的东西。”

“什么？”戴安娜因为尴尬而红了脸，“你说的是什么？”

乔德看了看守卫，说：“当然是超光速了！为了这个杀人绝对值得。有了它就意味着无尽的权力和财富。切实可用的超光速技术。”

“可是……”戴安娜又开口道，“这和我们又有什么关系？”尽管这么问，但她实际上已经知道答案了。阿金特家族的声誉就是建立在信息财富之上的，建立在他们搜寻信息的技巧之上。如果有人知道神秘新技术的线索，那也只能是他们。

“为什么并不重要，”伊娃说，她那美丽的眉毛拧成了一道折线，“我只想知道他是怎么做到的。”

“当然了，好奇的孩子，”乔德说，“比起琐碎的人的动机来，你肯定对实际的方法更感兴趣。”

“我是认真的。”伊娃说，“仆人房有完整的监控录像——整个地产都有。那段相关的时间里没有一个人进出那栋建筑。你那臭名昭著的杰克·格拉斯又是如何进入储藏室用大锤子砸碎仆人脑袋的呢？”

“这个如何可是个非常有趣的问题，是不是？”乔得说，“凶手已经确定，剩下的就是手段了。”

“别的先不说，他是怎么到岛上来的呢？他是如何闯过层层安保措施到达地球的呢？他又是如何知道我们在这儿的？”

“都是很好的问题。”乔德说。

“而且，他又是如何躲过层层监控，进入到一座封闭建筑里的呢？”

“你可能还会问：他是如何逃离拉米 306 的呢？”乔德回答，“我不知道，但他就是做到了。”

“你有什么证据能证明他杀了我们的仆人?”

“这你就得相信我了。我不能告诉你我所知道的具体细节,你们应该都理解,这里面有安保权限的问题。严格意义上来讲,我都不应该在谈话中提到那三个字。”

“超光速?”戴安娜又问,“可是为什么呢?为什么要到这儿,溜进仆人房,打碎他的脑袋?为了超光速?我不,我不明白,我就是不明白。”

乔德女士站了起来,动作很流畅,最多也就是助力器里的腿部肌肉有些微微颤抖。“这确实是个谜,这我同意。我承认,和其他人一样,这个如何对于我来说也是个很大的难题。不过你们肯定是能想明白的!毕竟,你们的两位MOHmie对你们的解谜能力都给予了最高的评价。我亲爱的,是最高的评价。”

“你是说——”伊娃追问道,“杰克·格拉斯远距离传送进了我们的房子吗?”

“远距离传送这种东西根本不存在,我亲爱的。”乔德说,“我能取回我的武器了吗?”

贝尔特兹递过智能收纳袋。

“我会让随侍为你准备一间房子的,乔德女士。”伊娃这才想起自己的热情好客之道,“你有什么特殊喜好吗——住内陆还是靠海?”

“哦,我要回去了,我亲爱的。”乔德女士看着一边说。

“哦!”伊娃感觉自己像是被扇了一耳光,“你要直接上去?”

“乌兰诺夫家的人可不喜欢等。”说完,她又转身依次看了看两位MOH姐妹,“作为数据艺术家,你们俩的前途不可限量,我对此毫不怀疑。而且你们以后也会学到,有些东西只有在现实空间中面对面才能了解,再精细的虚拟空间也达不到那种效果。”

“那么你从我们这里了解到了什么呢,乔德女士?”戴安娜鼓足勇气问。

"我了解到——"乔德女士的目光在戴安娜的身上停留了片刻，"在这两位著名的MOH姐妹里，到底哪一位更值得被关注。"

戴安娜感觉有些晕，仿佛平常的谨慎都离她而去了，"不过无论如何，乔德女士，我们得谢谢你让我们知道，我们的仆人是被杰克·格拉斯杀掉的。尽管我还是想不出他如何神奇地进入仆人房。"

"我也不清楚！"乔德女士说，"再见了，我的可人儿们。"

乔德女士刚一走，他们就命令蒂诺带人又进行了一次搜查（什么都没有发现，尽管他的人搜得十分彻底），伊娃和戴安娜又呼叫了他们的两位MOHmie，由于安全链接需要通过近千个随机选择的通路，画面非常模糊，而且颤抖不已。不过勉强还是可以看清的：两位父母，手牵着手，飘浮在空中，周围的光线很亮，色彩鲜艳。戴安娜告诉他们乔德女士来过，不过这个他们（肯定）早就知道了，而且他们对此似乎也没有多担心。

"你们俩可以解决这个可怕的谜团。"他们异口同声地说，"齐心协力，女儿们！"

"乔德女士说凶手是杰克·格拉斯。"戴安娜说。

"关于那家伙的传言很多。"MOHmie阴说，"要是听信那些传言的说法，他只有百分之十的人类成分，其他百分之九十都是半兽人！可我不相信他是超人类。他只是个人而已。就连他现在的名声也不是他本人能够承受得起的。"

"我不知道他要怎样才能做到。"

"你是个机灵的孩子，"MOHmie阳说，"你会想出来的。"

就在通话结束前，戴安娜说："乔德女士说这事和超光速有关。"不知道是不是远处明亮的天际线的缘故，这三个字似乎让两位 MOHmie 都打了个寒战。是吗？还是说这只是图像渲染的缺陷？

“很难说一个仆人对那样的东西能有多少了解。”MOHmie 阳说，“而且也不清楚这和谋杀有什么关系。”

不过她的声音听起来有些奇怪，是生气了吗？戴安娜的第七感告诉她，她问到了一件不好说的事，事情很复杂，而且所谓的不好说正是因为事情本身。

“超光速都是子虚乌有的事。”MOHmie 阴勉强咧嘴笑了笑，又补充道，“全都是胡扯，根本不存在。那是不可能的，你应该也知道，物理法则不容许那种情况出现。”

“说到法则。”MOHmie 阳说，“我们已经让你们俩都成为了乌兰诺夫的法律认可的犯罪调查员。当地警察现在必须要服从你们。”

“哦，他们已经那么做了。”戴安娜不屑地说。

“解开这个谜团！”两位 MOHmie 异口同声地说，“让我们骄傲吧，女儿们！”谈话到此结束。

两姐妹又坐了一会儿。戴安娜懒懒地又过了一遍 bId 里关于杰克・格拉斯的各种传闻。其中四分之三都是不可能的神话传说，剩下的那些接近现实生活的东西则说他是个具有暴力恐怖倾向的持不同政见者。所有容易接入较为公开的信息源中都没有他被捕、被关进小行星然后又神奇般越狱的消息。看起来，乌兰诺夫当局因为某些原因对这个消息进行了封锁处理，假设乔德女士的消息不是她为了某些理由而编造的话。戴安娜看着显示在眼前的那张杰克・格拉斯的脸，看起来就像个普通人，绝大多数杀人犯都是如此。

“我还是不明白。”伊娃说，乔德女士深邃的目光在她心中挥之不去，“为什么她要亲自下来，一路从乌兰诺夫家族那里来到这儿？

就为了见我们?”

“有些不对劲儿。”戴安娜说,“她来这里肯定不单是为了见我们。我们还没那么重要。而且我也看不出她有什么理由对那个死掉的仆人感兴趣。”

“那她就是来吓唬我们的。毕竟,比起 IP 来,面谈的威吓性要大多了。”说完她又补充道,“也就是说,她是来吓唬我们的 MOHmie 的——我们盯上你们的女儿们了,我们知道他们在哪儿,我们能抓住他们。”

此时,依靠着伊娃所缺乏的对人类本性的深刻了解(尽管伊娃年长五岁,而且有六个博士学位),戴安娜忽然明白了过来,“他们害怕了。”

“什么?”

下面的这些话说出来都和犯罪差不多,戴安娜忍不住先打量了下四周,心中难免有些焦虑。基本上可以确定,他们所处的环境能够保护他们免受乌兰诺夫的直接监控。但基本上可以确定这几个字其实并没有你所想象的那么可靠,尤其是在和体制内最高权威有关的场合。“乌兰诺夫家族害怕了——他们怕我们,怕阿金特家,怕我们 MOH 家族。”

“为什么?”

“真要我说得那么明白吗,伊娃?就是那三个字,我猜想。你以为我就很清楚吗?我才十五岁,政治权力斗争和阴谋诡计都超出了我的能力范围。不过这种情况是不会永远持续下去的。我敢跟你打赌,乌兰诺夫家对潜在的叛乱是很敏感的。他们在害怕阿金特家族要——我不知道,反正是某种事情。”

伊娃睁大了眼睛,“你觉得我们会?我们的 MOHmie,我是说?”

“我不知道,我怎么可能知道?但这就能解释为什么她非要坚持说是杰克·格拉斯杀了我们那可怜的随侍勒隆了。为什么非得是他？”

“你来解释一下？”

戴安娜将一些做过标记的数据推送到了姐姐的 IP 账号上，“你自己看吧。补充一句——这里面没有什么会吓到我娇气的 MOH 姐姐的东西，尽管那家伙确实对他的人类同伴们做过许多可怕的事。我标出了十几项，主要都是——他和革命运动的密切联系。”

“恐怖分子。”伊娃下意识地说，有点条件反射的意思。

“当然，恐怖分子，废法论者，密特拉教徒[①]，反正就是那一类的。格拉斯可以说是那些团体的标杆，或者说是精神领袖。很显然，他把他的一生都献给了推翻乌兰诺夫的事业。”

伊娃美丽的嘴唇微翘，吹出一个 C#调的口哨，“这就是乔德的意思？她大老远跑来就是为了拐弯抹角地警告我们，乌兰诺夫家怀疑我们同情废法论者？‘杰克·格拉斯是你们的凶手’……这话就是那个意思？”

“如果不是我们，那是不是我们仆人当中的某个人？”

“怎么可能？那可都是精心挑选的随侍啊！他们可是经过了——天哪，我都数不清有多少层选拔审核。那么细的审查怎么可能会漏过去？”

“确实说不通。”戴安娜同意道，“太多东西说不通了。除非——”

“除非？”

---

① 密特拉（Mithras）是一个古老的印度－伊朗神祇。这一神祇原是雅利安人万神殿里共有的崇拜对象，在伊朗－雅利安人和印度－雅利安人分化之后，开始向着不同特征发展（阿维斯陀中的密特拉和吠陀中的密多罗）。公元初的几个世纪，对密特拉的崇拜在罗马世界中风行一时，成为阿弥教的强大对手。在印度，密多罗发展出其佛教形式弥勒。

"除非我们的 MOHmie 有什么新手段,某种新的施压手段;不然乔德不会费那个心思故意假装不小心说出那三字的。"

"别瞎扯了。"伊娃说。

傍晚,两姐妹在雅室用餐,蒂诺和伊阿古在旁边一桌单独用餐。海风吹进打开的窗户,带来阵阵薰衣草的香味。外面蝉鸣阵阵,空气好像也在像海浪一样波动,说是慵懒地打着哈欠可能更确切一些。周围树影摇曳,头顶的夜空上点缀着闪亮的灯光,整体感觉动大于静。

"我和我们的 MOHmie 提到超光速的时候——"戴安娜顿了顿,又考虑了一下,"感觉就好像我是在说脏话一样。"

伊娃看了她一眼,"是吗?"

"为什么要这么保密?"戴安娜问,"如果真有人发明了超光速旅行技术——嗯,那应该全人类共同庆祝才对!那可意味着星际旅行自由啊!为什么要保密?为什么会有人为了得到它而不惜杀人?为什么提到那个的时候 MOHmie 阳会畏缩?"

"也许只是影像缺陷。"伊娃说。

"那就好比是莱特兄弟发明了飞机,然后封锁消息不让任何人知道。把知识传播出去……在公共 IP 上发布个拷贝之类的不是更合理吗?"

"根本就没有超光速技术。"伊娃说,"那玩意儿根本不存在。那种东西完全违背物理法则,全都是胡扯。"

"这不是更讽刺吗?人们为了他们以为存在的新超光速技术而杀人越货,但那种技术根本就不存在!为了个谣言而杀人。"

"任何只要受过启蒙教育的人都知道,超光速旅行根本不可能,"伊娃又说,"每个文盲阶层以外的人都知道。"

"不过肯相信这一套的人也只有文盲吧。"戴安娜若有所思道,

“也许这才是重点。如果真有超光速技术,人们就可以用这种技术来逃离体制……对不对?他们可以用这种技术来逃脱乌兰诺夫法系的统治。”

“哼,如果有能让我们长寿不老的技术的话我们还都能成为神呢。”伊娃说,“不过可惜没有。”

“你没抓住重点。重点是,这种观念可以成为一个象征,一面旗帜,一个标志,一个革命的由头。”

伊娃打了个寒战,“真希望你别再说那个词了。”

晚餐后,两人一起祈祷,互相亲吻,然后回到了各自的卧室。

6　真伪之梦

戴安娜的脑子里充满了电流运动。当然,所有人的脑子都是如此。但她的大脑活动要比普通人复杂得多。她在想:*如果有一项技术能够突破物理法则,实现超光速,那么有没有可能,在突破一项物理法则的同时也突破其他物理法则?比如说,远距离传输?*蒂诺最后一次查房的时候,戴安娜问:“多米尼克,我在这儿安全吗?”

“安全,小姐。”蒂诺回答,“我们会竭尽全力保护您的安全。”

“万一杀人犯可以直接传送进我的房间呢?”

蒂诺满脸疑惑,“可是小姐——”他说,“没有人能做到那一点的。”

“你说得对。”戴安娜说,她在凝胶床上坐起来了一些,那种感觉很爽:凝胶减轻了重力的负担:“伊阿古在外面吗?”

“当然在的,小姐。”

“让他进来,我要和他道晚安。”

蒂诺出去了,不一会儿,伊阿古走了进来。他站立在床边,一副立正的姿势。“哦,坐下吧,伊阿古。”戴安娜责备道,“你站着只是为了让我对你刮目相看而已——我可一点儿也没有。”

“我宁愿站着，小姐。”伊阿古回答。不过他的额头上已经出现了点点汗珠，腿部的肌肉也因为要保持直立而微微颤抖。

自尊，戴安娜想，就是这样。嗯：反正她也不打算坚持。

“伊——阿——古——”戴安娜慢吞吞地说，“你觉得太阳系最臭名昭著的杀手会不会凭空出现在我的卧室里把我杀掉？”

“不会。”伊阿古回答，声调刻板。

“哦，得了吧，伊阿古。你也听到乔德女士的话了。当时你也在场。”

“尽管如此，我还是不太明白那位先生应该是个怎样的人。更像是个传说，我觉得。”

戴安娜笑了笑，“你说得对，当然。这全都是政治，对不对？全都是为了在MOH家族和公司间争权夺利是吧？他们想恐吓我们，我猜。杀掉伊娃和我会损害阿金特家族，让我们的敌人受益，我想。按照同样的逻辑，恐吓我们也会产生小小的收益。可是天哪！——真想要我们死的话，直接从轨道上把整座岛炸掉不是更方便吗？”

“那样的话——”伊阿古在两腿间微微转换着重心，“就是战争行为了。”

“可要是就是想要开战呢？”戴安娜深深地滑进凝胶中，疲惫地说。这是个非常现实的问题，她想，但她已经筋疲力尽了，困倦开始占据她的身体，就连最急切的担心也无法绷紧弦。

“任何家族权势的基础都是影响力。”伊阿古说，“如果您的任何敌人或任何组织想要把您的家族从乌兰诺夫的统治体系中连根拔起，光是肉体的消灭是不够的。必须要占住你们的位置才行，也就是说他们需要你们的信息。没有这些，他们就无法加强他们的权力。”

“确实。”戴安娜说。睡意袭来，你好啊，睡意！

“这只是我的理解，小姐。”伊阿古继续道，他的语调如摇篮曲般催眠，“当然我没有多少专业知识——不过我记得，这栋房子的结构里储存了许多极其有价值的信息，毁掉它就会毁掉那些信息。”

“所以——”戴安娜并没有注意听，她的注意力早就飘到一边儿了，“派个忍者杀手潜入这里一刀戳进我的心脏，砍下伊娃的头，算不算合理的想法?”不过这几句话只能算是喃喃自语。伊阿古颤抖着双腿鞠了个很难看的躬，转身离开了房间，锁上了门。

戴安娜睡着了。

她梦到了树，一棵填满了整个太阳系的猴面包树，按照梦的逻辑，树变成了人类的活动空间，就像中世纪的教堂或者火星奥运会的运动场。树有土星的轨道那么高，万亿片树叶上的细节能够难倒任何一个希望在纸上用墨水临摹它的艺人。所有重要的人都住在树上；伟大的先民、各个 MOH 家族、公司、高管、警察、军队、工程师……所有人都很容易看到，都在树枝上，就像树上的鸟儿一样。不过在她的梦里，戴安娜又发现，每一片叶子都是一个穿着奇怪的绿色服装的人，有男有女；他们的躯干和腿上套着绿色的桶状套装，身上披着绿色的斗篷。这样的个体有数万亿个，全都紧紧地抱着自己的叶柄和枝杈。接着，戴安娜注意到有一阵大风吹来，所有人都上下翻滚摇晃，那些数不尽的体制内的贫民，人人都有被吹走的危险，所以他们才都抓得这么紧。当然，戴安娜知道，在这个梦中只能有一种风，那就是太阳风。所以，她低下头，沿着主干向下望去，大树的树根就扎在太阳上。当然了，戴安娜心想：还能有其他可能吗？太阳依然燃烧得那么灿烂，尽管上面缠绕着足有几百颗木星那么粗的树根。太阳风从脚下源源不断地吹来。就在她观察的时候，太阳的物质又发生了变化。光芒开始褪去，渐渐变成了血红色，红辣椒的颜色，熔岩的颜色。那里有人，她迎着太阳风眯起了眼睛，又看了看，看了又看。有个人在那里，体形巨大，大得不可思议。她知道那是谁。除了杰克·格拉斯本人外，不可能是其他任何人；而杰克·格拉斯正拿着一本古书，抱在胸前。杰克·格拉斯抬起头，看了看戴安娜，并径直开口向戴安娜说话，尽管戴安娜正藏在高处的树枝中。他没有喊，也没有叫，周围是真空的——但戴安娜听得非常清楚。"太阳正在变成血与玻璃混合的海洋。"他说，"这棵树的根在吸取太阳的生命。""这棵树是什么？"戴安娜叫道。但杰克·格拉斯没有回答，深红色渐渐变成了黑褐色。太阳渐渐凝固冷却，变成了海底熔岩冷却成的花岗岩的颜色。"等到太阳的生命被吸尽的时候——"杰克·格拉斯突然咆哮道，"太阳就会死，太阳就会死。现在正在死去！""树不能死。"戴安娜说，"关键信息就藏在树枝里。机密的信息就藏在树里。""太晚了。"杰克·格拉斯说。太阳变得漆黑，已经分不清哪部分是黑色的太阳，哪部分是黑色的树根；戴安娜知道，死亡正沿着树枝树干向上延伸，过不了多久，树木就会枯萎，变成铁块和烟尘。杰克·格拉斯还看得到，就站在纠结的树根之间，但他在黑色的背景上十分显眼，如同伊甸园里的上帝一般。伊娃想向下面喊话：你是谁？为什么想要杀我？她最最想要问的是：你那本是什么书？但她知道那本书的内容，写在处理漂白过的动物皮革书页上的，就是有关超光速的全部秘密。前两个问题的答案也在书里。所以，随着周围枝干上的绿叶纷纷枯萎，她转而问道："这棵树是什么？"

戴安娜忽然醒了过来，睁开了眼睛。有个人在屋里，和她在一起，但是隐形的。就在眼前的左侧，也许是右侧，一个声音低语道，"你就是那棵树。"

戴安娜尖叫了起来，挣扎着想要坐起来查看四周，但凝胶让动作变得更困难了。她命令灯亮，然后环顾四周。

屋里没有别人。

门板亮了起来，蒂诺出现在了门口（戴着兜帽，以表示谦恭），问她是否一切安好，是否需要帮助？

戴安娜的心跳得像风中的树叶。“没事。”她回答，“我没事。不过我现在明白杰克·格拉斯要怎样才能闯过这么多的安保措施溜进我的房间了，根本不需要远距离传送。”

“需要我留下来吗，小姐？”

“不用。”戴安娜说，她命令灯光关闭，再次陷回到床里，“只是个梦，只是个梦而已。”

伊娃也在做梦。

她没有立刻睡过去。吃过晚餐，做完祈祷，正日检查了她的房间，她却发觉自己并不是十分的困。这一天发生的事情可真多，也许是乔德女士的来访让她感觉不安吧，也许仅仅是因为有个问题没解决，而且缺乏解决问题所需的数据。这一点对她来说也是个困扰。死了个人倒没让她有多伤心。如果是个她认识的人，那她可能会难过；她可不是怪物，不过必须是她关心的人才行。但这只是个她完全不认识的小人物，假装一个不认识的人的死对自己在情感层面上有影响是不诚实的行为。她所不爽的是问题，那种无法解决进退维谷的感觉。这反过来又让她无法完成自己正在做的研究。

所以，她接入了自己的虚拟实景账号，玩了一个多小时，然后又研究了一会儿异常超新星。她的主要理论与泡利原理有关，她假设，在非常不可能出现，因而也就异常罕见——但不是完全不可能的物理环境下，某些微重物质在某些状态下的简并压力会引发灾难性的剪切力。她做了一会儿新列出的方程，并且借用了房屋的大量计算能力（现在是晚上，反正不用也是闲着）解了几百万个正则方程。中子去密实化的核心——先假设是这样——是一连串特定规则下的不对称化,不过她又想,标准的不对称理论处理不了她所想要解决的这么大规模的问题。她搜索了几个思辨类的网站,但没有一个有用得着的东西。直到这时她才发现——专心致力于研究的人经常会出现这种状况——她居然累了。于是她退出IP,上床睡觉。一开始,她什么也没做,只是将注意力集中在如何在重力环境下稳定呼吸上。有些事情她没注意到,没注意到什么呢?

这桩愚蠢的谋杀案里有样东西让她很在意。她不需要再接入虚拟现实;查看调入到 bId 里的数据已经够了。她迅速查看了一下相关人员的位置。刚来那天,仆人们都安顿下之后,一整天都没人进出仆人房。几名保镖还有伊阿古都是一起活动的,以便紧急的时候可以互相帮忙,而且数据历史标签显示,他们一直都在主屋。没有人走到外面去。凶手一定是仆人房里的某个仆人(按照逻辑排除的话)。没有其他解释了。就算是杰克·格拉斯也不可能穿过屋顶分子的缝隙从天而降。

乔德是在故意扰乱他们的视线,肯定是这样。就连杰克·格拉斯这个名字在她嘴里也不是专指那个正在使用这个名字的特定的人,而是用来指代那一类"危险的杀人犯",他所做的那些事可不是一个单个的人所能做得到的。

伊娃把这一切都在心里过了一遍,然后准备睡觉。一开始,睡梦还羞羞答答地不愿意到来;不过这种状态并没有持续多长时间。

她做梦了。

脑内的神经元不断发射传递着电子脉冲,就像微风扫过落满灰尘的树上的树叶。

伊娃在她的 MOHmie 的房子里,在太空中,但并不是一个人,她的 MOH 妹妹也在。妹妹的旁边还有个陌生人,是个男性。她不知道那个人的名字。"我发明了从星球表面把人转运到太空的新方法！你肯定也发现了，等离子舱笨重得很；自由落体舱又贵又危险而且浪费巨大。”

“你的新方法是什么？”伊娃想要知道。

“你觉得呢？”陌生人说。

伊娃很想知道，那个人的皮肤就是看上去的那么黑，还是因为太空中暗绿色光照的缘故。他们认识吗？她觉得自己应该认识那个人。“我觉得？天体物理可是我的专长，我有六个这方面的博士学位。”她对陌生人说。

陌生人笑了起来，“当然了，但你研究的都是远处的星星。那些本不该爆发但却爆发了的星星！我说的可是和地球关系更大的技术！”

“告诉我。”伊娃催促道。

“哦，大概相当于太空折纸吧，就是这样。如果这个地方塞进了那个地方，那么那个地方也一定塞进了这个地方。宇宙是无限大的，普通几何学在这种折叠中不适用。”

“一点都讲不通。”伊娃说。

陌生人做了个手势。伊娃看到他的手是红色的。她又仔细看了看，才发现手上的皮都没有了，就像是脱掉了手套一样，肌肉的收缩和下面的肌腱清晰可见，看上去十分光滑，还泛着血色，“穿过那扇门，我演示给你看。”

一道光芒组成的门出现在空中。伊娃一点儿也没觉得害怕，她一拉门里伸出的绳子，毫不费力地走了进去。另一头一片漆黑，还有重力，她一下子落在了平平的地面上。这是哪儿？她想，但她其实知道这里是哪儿——周围的黑暗中堆满了木材、工具和机器。这里就是随侍被杀时所在的那个储藏室——里面有人。

“谁？”她大叫道。

“勒隆。”一个声音说。伊娃下意识地想要在 bId 上查询这个名字,但这只是在梦中,她没有带bId——事实上应该说是从来都没安过bId,真奇怪。不过这也不是什么大事儿,她已经想起这个名字了。勒隆就是那个被杀的随侍。

"我看不到你。"伊娃说。

"没有人能看到死人。"勒隆回答。尽管如此,半空中还是开始浮现出一个雾蒙蒙的形象,好像是他的头部。伊娃看得清他的长相,他的脸就像天使一样发着光。

"你是怎么做到的?"伊娃问。

"你是研究星星的专家。"勒隆回答,"我不是。"

之前无法看清的那些形状在光线的照耀下渐渐显出了原形——两个园艺机器人,静静地,一动不动,在她右方隐约可见。在她看来周围全都是成堆的容器和球体,各种奇怪的形状都有。墙上镶嵌着奇怪的叶片,天花板上还安着钩子。

"我得警告你。"伊娃说,她忽然产生了一种紧迫感,想要警告勒隆危险,"有人要来杀你!你必须赶紧离开这儿!我们不知道原因,也不知道是谁干的,不过有可能是臭名昭著的杰克·格拉斯。"

勒隆摇了摇闪闪发光的头。他的光芒越来越强,阴影逐渐退后,光芒淹没了周围的一切,亮得刺眼。

"快逃!"伊娃叫道。

"我无路可逃。"勒隆说。

锤子出现在了他身后的半空中。没有任何人抓握,锤子朝他飞了过去;划过一道抛物线。伊娃只看到黑色的菱形块(黑矮星可能就是这种物质构成的)和勒隆闪光的脑袋撞在了一起。撞击力击碎了他的头盖骨,她甚至还瞥了一眼浆红色的脑内物质,还有勒隆那张扭曲怪诞的脸。压力产生了亚原子反作用力(她对其中原理的了解不亚于任何一个活人)。周围一片寂静,整颗头爆炸了,各个方向都是耀眼的白光。伊娃被刺得什么都看不见。她沐浴在光的海洋中，光芒吹拂着她的头发，如低语一般经过她的耳旁。所有一切都是白色的。

她醒了。

不知为何，她感觉到妹妹在自己的房间里也醒了。她向戴安娜的bId打了个招呼，回信立刻就传了过来。“我刚做了个梦。”她说。

“我也是。”戴安娜说，“我梦到我遇见杰克·格拉斯了。你呢？”

“我在和那个被杀的仆人说话。他的脑袋变成了超新星，就在我的面前！我几乎从来都没梦到过这种事。”伊娃说，“但这确实给了我一个确定的信念。”

“什么信念？”

“这桩谋杀——”伊娃慢慢地说，自己都觉得自己说的话很不可思议，“和我的研究有关，两者能联系到一起。”

戴安娜想了想，然后回复道，“我亲爱的姐姐，我很难看出这两者有什么共同点——一个是考库拉上仆人的脑袋被砸碎了，一个是几百万光年外的星星爆炸了——这怎么能联系到一起？”

“这是我的直觉。”伊娃说，“直觉让我不舒服，总是这样。这可不是我的方式，从来都不是。不过呢，情况就是这样，我感觉很确信。”

“晚安，亲爱的姐姐。”戴安娜通过bId说。

“晚安，亲爱的妹妹。”伊娃回答。

不过戴安娜并没有马上睡着。她的太阳穴在不住地跳动，因为兴奋。入睡前，她又接入了私人虚拟实景，这个接口可以让她访问数据域，但没有收发信息的功能。当然，这也是一种保护措施。理论上，现在任何人都不知道她和伊娃在什么地方。事实上，乔德女士的到访已经表明，乌兰诺夫家的人知道——不过就算乌兰诺夫家族什么都知道那也是很正常的。更需要关心的是其他 MOH 家族，以及各个下级组织（公司、民兵、教派）以及其他所有人。那些人不应该知道，击中阿金特家族软肋的诱惑实在是太大了。

戴安娜的 bId 是一个复杂的安全系统。但她本人要更聪明，她生来就被塑造出了在复杂系统中穿梭的能力。她能够依靠直觉穿过复杂的混沌算法，没有哪个人工智能能做到这一点。最难的不是穿过通讯屏蔽；而是在任何人都无法发觉的情况下穿过。

这花了她二十分钟的时间，仅此而已。然后，她又设了中继节点以传递信息，同时保护自己的位置信息。

安娜·唐克斯·余正在绕着火星旋转的轨道上的大宅里睡觉。消息提醒惊醒了她：安娜·唐克斯·余——戴安娜的对头，死敌，以及一生所爱。

“戴安娜！”安娜叫道，“是你吗？你这个又蠢又丑的丫头，你吵醒我了！”

“你把头发怎么了？”戴安娜回复道，“看上去好可怕，还不如都剪了呢。”

他们的通信有延时，戴安娜就和房子的人工智能下围棋打发时间。延时并没有让她觉得烦闷；相反，她发现延时在谈话中就像香料一样——没有期待的爱就不叫爱了嘛。

“你把我弄醒就是为了骚扰我吗？”安娜挥舞着双臂叫道，“这可是感情伤害——我要向乌兰诺夫治下的每所法院起诉你。”

“等我们结婚后我可会打你。”戴安娜说，“就像那种老式的配偶，用棍子抽你。”

游戏画面在视角左下方。戴安娜关闭了游戏，然后重新打开了 3D 版本的。

“你要是打我，我就杀了你。”安娜回敬道，“一定是正当防卫。”

“那我看到的最后一样东西一定是你那张蠢透了的大饼脸!”戴安娜叫道,她满心喜悦地补充道,“哦,我爱你,我爱死你了!”

情感的烈焰在等待回复的过程中渐渐熄灭,不过倒数刚一到零,火苗就又燃烧了起来。

“我也爱死你了,死戴戴。你是为了这个才呼叫我的吗?冒这么大的险!你不应该呼叫的。我可能会找出你的位置,然后把你卖给你的敌人。只不过我永远也不会那么做,因为我要是那么做了他们就会杀掉你——能杀你的人只有我。”

当然,他们是一定不可能结婚的。两个 MOH 家族是绝不会容许的。就算两家人同意,乌兰诺夫家族也会觉得体制内的信息巨头与运输巨头联姻威胁太大。安娜和戴安娜对此都很清楚;不过戴安娜知道得更多——她俩间的这种张力和热度有相当一部分是因为这一切不可能实现——她不清楚安娜对人性是否也有这么深刻的洞察力。如果把所有障碍都扫除,那么两人间的爱肯定会立刻枯萎,不过那些都不重要。

戴安娜告诉了她那个消息。“我这里有个现实版的谋杀谜案要破。”她吹嘘道。

说完,她关闭游戏,收起了棋盘,在延时中等待着安娜的反应,安娜果然没让她失望。

安娜的嘴张成了一个大大的“O”。“不可能!”她叫道,“现实版谋杀——在哪儿?你不会是想让我失去理智吧?”

“就在我家门口!我们的一个随侍,他的头盖骨都被砸碎了,死得像死星一样透。”

延时过去。

“真是太惊人了,惊人得不得了。这才是最惊人的。你解决了吗?”安娜问,“需要我帮忙吗?整个太阳系里我是最厉害的解谜高手,你知道的。”

“妄想症！”戴安娜说，“我得走了，亲爱的，我的心肝。等我解决了之后，我会把所有数据都打包发给你，当然，解答放在不同的数据包里——然后看看你的手段如何。”她的 IP 颤动了起来，这表明她构建的缓冲网络就要崩溃了。她断开了链接。

7　调查开始

第二天一早戴安娜就开始了自己的案件调查：她就是福尔摩斯，伊阿古被她指定为华生医生。“没事儿的，而且正好。”她告诉伊阿古，“你到你的 bId 上查一下，华生可比福尔摩斯老多了。”伊阿古笑了笑，眼角的皮肤都皱成了“ > < ”形。天呐，在早晨明媚的阳光，他看起来可真老。“伊娃可以当迈克罗夫特[1]，她也挺聪明的。”戴安娜补充道。

“我们要先做什么？”

“验尸，不过那个已经有人做了，结果报告就在 bId 里。你看了吗？”

“我想……”伊阿古转动着眼珠，看着眼前的文字。海面上的雾气还没有散去，不过暗绿色的树木和沙土色的田野看起来有一种超现实的鲜活感，远处白色的房子也是。“我想验尸报告应该表明，他就是死于颅脑损伤的吧。”

“他是被砸死的。他的脑袋被砸了个坑，他也就是死于那个坑，这点毫无疑问。”

他们去了犯罪现场。本来应该感觉更兴奋的，但有些东西阻碍了她的享受——事实上，不止一样东西——其中之一就是伊娃。自然他们可不是这世界上第一对爱恨交织的姐妹，但她还是忍不住想，还有三周她就要过生日了——喜欢谋杀谜案的是她——现

---

① 福尔摩斯的哥哥。

在，一个现实版的谋杀案就发生在她的门前，而你本以为伊娃会更高兴些的，尤其是昨天晚上伊娃敞开心扉向她透露了自己那个奇怪的梦之后。

可是今天一早，伊娃又是一副漠不关心的样子，自己独自在卧室用了早餐，然后就又消失在了 IP 上，搞起了她那个无聊透顶的博士学位的研究。戴安娜本不想理会，但这种事不关己的样子在她看来更像是"滚一边儿去"的表示。

当然，治疗心理不适的良药就是工作。戴安娜又查看了一遍仆人房的监控录像，再次确认谋杀发生前的七小时内没有人出入那栋建筑。自然，谋杀发生后，所有人都手忙脚乱地从大门跑了出来。这些都是负面数据。主屋的人工智能监控录像也是。录像显示，蒂诺、正日、贝尔特兹及伊阿古整段时间内都待在主屋。当然，她并没有怀疑这几个人，但正式排除他们的嫌疑（这词组真不错）总是件好事。而且自然，房屋人工智能数据里没有伊娃的信息；戴安娜本人的也没有——他们是阿金特家族的女儿，不在监控范围内。以他们的地位，这是很正常的事，而且这么做也能尽量缩减他们的数据档案。而这一切的一切都只为了一个目的，那就是保护他们俩的安全。

戴安娜知道她自己不是凶手，而且也没有什么理由怀疑伊娃。

当然还有一个问题，那就是由谁来服侍他们。如今所有十九名随侍都被限制了自由，不过他们还有蒂诺、贝尔特兹和正日，更别提坚定的老将伊阿古了——给他们准备食物、满足他们的需求绰绰有余。而且不得已的话，他们俩也可以自己着装。其他事项就只能推迟了，或者暂时不予考虑。再说了，只要戴安娜一找到真正的凶手，所有的仆人就会重获自由，到时候一切就又恢复正常了。所以！所以——

下一项需要做的事情就是查看犯罪现场，然后（她摩挲着双掌,想要更兴奋一些)询问嫌疑人。询问嫌疑人！她会像大侦探波洛那样抽丝剥茧地完成任务的。他们都会接受正当的询问。

于是,戴安娜写了一条信息,通过虚拟现实账户发送给了她的姐姐,信息只写着“做我的迈克罗夫特吧！我要解决这谋杀案(谢谢你,乔德女士),只要是你的帮助,一定会让我受益匪浅。我知道你一直在工作,一直在费尽心力想要解释清楚为什么那一小撮的星星会爆发,所以我就不请你去调查犯罪现场了。不过我能带着我的理论去找你,让你帮忙整理一下吗?”

好长时间,伊娃都没有回信,最后,一条消息终于在戴安娜的IP上闪烁了起来,消息甚至都不是通过伊娃的化身形象发送的,只是一条干巴巴的三点声明:

第一,乔德女士想要扰乱我们的心智,总之,就是这一类的邪恶目的,在MOH家族之间散布混乱与纠纷只会让乌兰诺夫家族受益。这也许只是某个大战略中的一小步而已。这都不重要,别理她。传说中的杰克·格拉斯可能根本就没来地球,而且很显然和这件事没有任何关系。乔德女士只是把他当作吓唬小孩的大灰狼,所以她才会提起,没有其他原因。

第二,“超光速谋杀案”的说法愚蠢至极,一无是处。没有人能够超越光速。“超光速谋杀案”和“不可能的童话谋杀案”是一个意思。

第三,杀死勒隆的肯定是某个仆人,动机可能是某种私人恩怨。这桩可悲事件的本质就是这样。

这就好比在戴安娜的好心情上插了一把刀。这么正式！尽管这里涉及的是一个人的死亡——如此这般,这般如此——但没有理由不能让这件事变得有趣啊！不过,戴安娜还是尽量保持住高昂的情绪。她吃完早餐,然后花了十分钟的时间活动肢体,适应助力器(今天重力的压迫感稍微轻了些),又一条消息出现在了她的

IP上,这次至少是用化身发送的:

妹妹:很抱歉我昨天晚上吵醒了你。我的梦是白天事件的心理反应,由心理随机合成的。你说得对,几百万光年外无法解释的超新星爆发和地球上一个仆人的被杀能有什么现实的联系?别管我了,自己玩得开心。爱你的,伊娃。

不过奇怪的是,这条消息只是让戴安娜的心情变得更差了。伊娃也许是对的。基本上可以确定,这里面没有什么大不了的。就在化身说出这条消息的时候,伊阿古走了进来(同时进来的还有正日),伊阿古似乎被这条消息给震惊了,整个人深锁着眉头,完全迷失在了思绪中。"怎么,老师?"戴安娜强颜欢笑道,"你觉得这桩谋杀案和远处的超新星爆发有关系吗?"

伊阿古重新摆出一张冷漠的仆人脸,"很难说。"他面无表情地说,"您指的是怎样的联系呢,小姐?"

戴安娜不打算轻易放过他,"你之前的表情,就在刚才……"

"什么表情?"

"那种恍然大悟的表情。"

"恍然大悟?"

"对。"戴安娜说,"你的表情就像那种'忽然意识到某件事情原来很重要,还有这种意思'的人一样。"

"非常精明,小姐。"伊阿古说,"我确实忽然明白了生命的真谛,明白了宇宙的意义和解决这整个谜团的关键点。"

于是,戴安娜挽起他的手臂,告诉他今天不用干万能管家的活儿,而是应该去试试当华生医生。不过戴安娜的情绪始终不高,不管她怎么给自己鼓劲儿都不管用。

他们迎着阳光摇摇晃晃地朝仆人房走去。外面已经很热了,天空像香烟的烟雾一样蓝幽幽的,紧紧地绷在头顶。一架超燃冲压飞机正从头顶高处飞过,在天空中划出一道白线。你可以听到远处的轰鸣声，除此之外一切都很静谧。

他们走过干巴巴的草坪，戴安娜在前，伊阿古和正日跟在后面，时刻注意着可能的袭击者。

仆人房是空的（所有仆人都被限制在距离一公里左右的一座安全建筑里，就在油橄榄树林的另一边）。从明亮的室外走进黑暗的屋子里，戴安娜隐隐感到一丝期待，但这期待立刻就消失了。房子里什么也没有。她穿过每间屋子，一间挨着一间，每间屋子都是一样的：一张床——普通的那种床铺，仆人自然是没有凝胶床的。一个球体，没有锁，里面放着微不足道的个人物品。一些数据芯片，房屋人工智能很容易就能扫描里面的内容，通常都是些宗教书籍。还有样式奇特的玩具、吉祥物和饰品。不过她没有查看全部二十间房间，五间后她就厌倦了。于是他们又来到了储藏室。

比起上次来的时候，这里看上去大了许多，也没那么乱了。自然，这也是重力的作用之一：第一次回到它的压力之下时，所有东西感觉都会向你压过来。不，还有其他原因；那时候她整个人都被兴奋感给包裹了起来。现在那种感觉已经消退了。她知道是为什么。真相肯定没什么大不了，显而易见——就像伊娃说的那样，一个仆人用锤子砸死了另一个，因为所谓的妒忌或其他个人恩怨。就在这天之前，她还真心相信会有一个巨大而美味的谜团等她解开，一个可以与她在 IP 中玩过的那些推理游戏相媲美的谜团。可现实并非如此。这就是所谓的“白日冷光”吧。只不过今天的阳光一点儿也不冷，而且还很热。

她看了看库存清单：储物箱、球体；袋子与耕作、园艺工具。bId 标出了每样工具的名称，以及“更多”的标签，以防她对某样工具有更大的兴趣。但她什么兴趣也没有。锤子已经不在了。

//凶器呢？//

//?? ——凶器是可以引起伤害的器物，也可以用来防御他人

的……//

她本打算大声问出这个问题的。她转向伊阿古。伊阿古皱着眉头，整张脸看上去就像一只老乌龟。“凶器呢？”

“警察拿走了，小姐。那是证物，有相关法律要求的。”

“我想看看它有多重。”

“那是个锤子，钉钉子用的。那边还有个类似的。”伊阿古指了指。bId并没有标出储藏室里的所有东西，所以有点难找。不知道是什么的网格状物体挂在墙边，墙上还镶着样式奇怪的宽叶片，屋顶上还挂着一个奇怪的摆状物体。她找到了锤子，握住锤柄，锤柄向她的方向翘了起来，但锤头一点儿离开地面的意思都没有。这东西实在是太沉了。

“太重了，我拿不起来。”

“固体金属的。”伊阿古附和道。

“我不相信有仆人能够在刚刚从失重状态进入标准重力状态后就拿得动那玩意儿。”

“有人确实拿动了。”伊阿古评论道。

“啊，不过我确实有个想法。”

“小姐？”

她指了指墙角的园艺机器人，“我在想：自然，仆人通常是没有操纵贵重的机器人的权限的。但那是个园艺专用的机器人，对不对？而这里肯定有专门负责园艺的仆人！也许有人利用了操纵这种重型机械的工作便利杀死了被害人。”

伊阿古张了张嘴，嘴角的皱纹都皱了起来。

“哦，别那种表情，伊——阿——古。”戴安娜说，“这理论挺好的嘛，不是吗？”

“我只是在想，小姐。”伊阿古没有看她的眼睛，“为什么要让机器人用锤子砸死被害人？直接用机器人去打被害人不就行了？”

“你这是鸡蛋里挑骨头，吹毛求疵。那些机器人——它们吸引了我的注意力。我是说，上次来的时候，它们有吸引人的地方。”

他们走到停放在墙边的大家伙跟前，“这个。”戴安娜用脚在地上画了个圈，兴奋地说，“你知道这是什么吗？”

“地板，小姐？”

“是灰尘！我读过——微小的物质颗粒，通常悬浮在空气中；但在重力作用下，比如在这里，会落下来……积攒起来，看。”知道灰尘在重力下的特性让她很是骄傲。这种细节很可能会起到重要作用。“地上有灰尘，农具上也有。可是看看这儿。”她指了指机器人一动不动的胳膊，又指了指机器人的脑袋。“这里的灰尘都乱掉了！当时我都没意识到自己注意到了这一点。告诉你吧，伊阿古：前一天晚上我梦到了整个太阳系，所有的居住用球体都飘浮在轨道上，那时候我就觉得那看起来好像泡沫，不过现在我知道了，我的梦是想告诉我这个——灰尘！”

“灰尘被扰动了。”伊阿古检查了一下机器人，同意道，“可我不太确定这意味着什么。一定就意味着什么吗？”

“这意味着机器人拿起锤子砸死了可怜的勒隆。也就是说凶手是控制机器人的人。”

“小姐，机器的操作记录很好查。”

那是自然的了。“我希望它能够证实我的推论。”戴安娜说。他们呼叫了房屋人工智能，好进入机器人的日志——机器已经有六个多月没有开过机了。

“六个月？”戴安娜叫道，“我不相信！”

“恐怕这是不能否认的事实。看，机器脚部和地面处的灰尘膜是连续的，说明机器人已经很久没有动过了。”

“这个蠢机器，就这么一直立在储藏室拐角吗？”戴安娜哼哼道，自己的理论这么轻而易举被推翻让她很不高兴，“那有什么意思?”

“机器人是很贵的,小姐。”伊阿古说,“人力很便宜。除了少数特殊工作——大规模建设啊,合同签订时用到的合同书记机器人外,其他地方使用机器人的性价比都不高。”

“那干吗还要造这玩意儿?”

“是挺反常的,我觉得,可能是个古董吧,也许是为了之前的某个特定的,比较大规模的工作买的,后来就封存在这儿了。”

戴安娜深吸了一口气。该死的重力,让呼吸变得这么费劲,“好吧,不是这个。没关系。”她说,“不过肯定有人拿起了锤子砸在了勒隆的脑袋上。”

“我们一开始就是这么认为的。”

“别管了,华生。”戴安娜狠狠地说,“我现在要询问嫌疑人!”

伊阿古说:“我这就去安排车。”

他们来到了外面,在大太阳下等了一分多钟,车来了。“顶棚放下来,我想。”戴安娜一边命令一边坐到了车上。正日坐在她的旁边,手里拿着武器。伊阿古坐在她的对面。汽车发动,一开始在草地上有些颠簸,开到路上后才好了些。上路后,汽车立刻加快了速度。

不一会儿,主建筑群就被落在了后面。右侧的地中海上泛着白色和蓝色的光,早上的太阳还低低地挂在半空。微微有点儿风,很清爽,带着一丝咸腥的凉意。接着他们就驶入了内陆,成排的柏树迅速从车外划过。阳光穿过树枝的缝隙,照在路面上那斑驳的红褐色尘土上。戴安娜看着外面移动的景物,心思已经飘到了一边儿。

“到了,小姐。”伊阿古说。

他们来到了一栋低矮的白色建筑旁,那座建筑没有窗户。正日走在前面,戴安娜摇摇晃晃地从车里爬了出来,先站了一会儿。空气中满是橄榄的青涩气息。柏树枝的沙沙声催促着她。建筑旁有个游泳池,大概十米宽,里面装满了水,看上去就像一杯绿茶。建筑在干草地上投下梯形的阴影,影子的尖端一直深入到水池中。

沙利恩副警督正在建筑物门口的阳光下等着他们。“早上好,阿金特小姐。”他说,“关于那十九名嫌疑人——您问话的时候需要我在场吗?”

“不需要。”戴安娜不耐烦地说。

她的腿在疼,不过从那么热的外面进入凉爽的大厅总是不错的。两名身穿黑色制服的工作人员——根据 bId 的提示,都是警察——正直挺挺地站在那里。“这里,嗯,是警察机构的附属设施吗?”她问沙利恩。当然,bId 就能直接告诉她答案。但她想提醒一下那位警官,这里到底谁说了算。

“不是的,小姐。”沙利恩回答,“这一片都属于阿金特家族——属于您。”

“你们有重点怀疑对象了吗?”

“初步调查显示,一名二十岁的名叫萨芙的女性嫌疑最大。”

“她招认了吗?”

“没有。不过她对死者怨恨很深。”

戴安娜的心里一直有一种紧缩的感觉,她害怕自己一开始就会失望。最大的危险就是,谜团太过干巴枯燥——太过平庸——以至于已经被解决了。“不用再告诉我其他情况了,我想亲自和萨芙谈谈。”

他们来到一间陈设完整的房间,房间的墙上还有扇小窗户。没有其他的光源。戴安娜不知道比起光亮来幽暗是不是更方便审讯,不过最后她还是决定,就让白天的自然光做她解释真相的盟友吧。于是她命令墙壁放大窗户,直到明亮的阳光照亮了屋子的每个角落。

戴安娜叹了口气,坐在软胶质的沙发上。正日坐在了她的旁边,伊阿古微微倚靠在墙上。沙利恩在屋子中间放了一把椅子,另一名工作人员(bId 告诉她这是一级警司阿夫拉姆·卡瓦)把萨芙带了进来。

一看就是个典型的棚户区球体里长大的女孩儿,纤细修长的四肢,没劲儿把头很好地抬起来,稍微一动都会出一头汗。在警官的帮助下她才坐在了椅子上,而且不一会儿整个人就都在椅子上瘫软地蜷缩了起来。她的头发细密整齐,肤色是块状相间的棕黑色。她看起来就像个古董,不过年龄可能还没有戴安娜大。重力把她的脸拉成了老年人的样子。"你好,萨芙。"戴安娜说,"知道我是谁吗?"

萨芙,哦她看起来就像一具疲惫的干尸,真的——下垂的杂色皮肤,肉汁色的眼睛下两个深深的眼袋。不过戴安娜还是发现,尽管重力让她疲惫异常,但这个姑娘某种程度而言还是很有魅力的。她的目光直接,长鼻子的线条也很好,尖尖的下巴看着很结实,下巴尖的形状干净利落。是个漂亮姑娘。她眨了眨眼,恐慌,或者是疲惫,已经占据了她的身体。

戴安娜又重复了一遍问题:"知道我是谁吗,萨芙?"

萨芙微微点了点头,然后就哭了起来,"哦,小姐。"她哭道,"哦,小姐。"

戴安娜很清楚,是 CRF 增强了她的情绪反应。这也是给仆人服用 CRF 的缺陷之一。自然,这能让他们对你忠心耿耿,而且不会影响人体的绝大部分功能——但 CRF 确实会放大人的情绪波动,而且见鬼的是他们的主动性和决断力都给弄没了。

"你认识勒隆,萨芙?"

"认识的,小姐。"

“有人杀了他。有人砸碎了他的脑袋，就像那些闹革命的棚户区泡泡里会发生的事一样！”

哭泣、哭泣、哭泣。

“是谁杀了他，萨芙？”

更多的断断续续的哭泣。“不知道，小姐，我不知道，小姐。我怕死了，我还小，我好害怕，我不想——我不能——哦，小姐，哦，小姐！”

“有点麻烦。”伊阿古抱着胳膊低声说，“在这种重力下，她要怎么举起那么重的锤子呢？她连自己的脑袋都立不起来。”

“萨芙。”戴安娜说，“他们说是你杀的。为什么他们会那么说？”

“他们说我的坏话，小姐，就因为我爱阿金特家，爱乌兰诺夫家。”

“他们告诉我说你恨他，恨勒隆。是这样吗？”

“勒隆和我是同乡，小姐。他是个坏人。就在我们做好准备要到地球上来服侍您的时候，他曾经要把他的——我对您说不出那个词，小姐，太可鄙了，他要插进我的——我说不出口来，太可鄙了。哦，小姐！”她又哭了起来，“我打心眼儿里爱您，小姐！请您不要对我失望！”

这可是个重磅炸弹，戴安娜花了一点时间消化，“你是从哪个球体里来的，萨芙？”

萨芙止住哭泣，“那里名叫西米尔，小姐。”

“你刚才指控说，那个被杀的人是个强奸犯？”

“他是个坏人，非常非常坏的人。”

“你知道是谁杀的他吗？”

萨芙只是哭泣着摇了摇头，“他是个坏人，小姐！我爱您——我爱乌兰诺夫！可他——他的心里没有那种爱。”

“不爱我们吗?”戴安娜被吓了一跳。从反应来看,萨芙也被吓了一跳,“不是的小姐!他当然爱您了。他体内的CRF和我们其他人一样多!可CRF,当然。”她呼哧着鼻子,咳嗽了一声,然后继续道,“CRF只会让你忠于一组人,不是两组。他恨乌兰诺夫家!他是个可怕的家伙,是个坏人,恐怖分子,无政府主义者,废法论者——他曾经说过,他想把乌兰诺夫法系撕成碎片。”

“他是因为这个被杀的吗?”

萨芙眨了眨眼,又眨了眨眼,“他是个可怕的人,小姐。”低声说完这句话后,她就又哭了起来。

一条bId消息提示打扰了戴安娜。可她查看消息的时候,却发现根本没有消息。等一下,怎么回事?她集中注意力,结果又听到了信息提示声。不一会儿她就找到了声音的来源。一只黄蜂!真真正正的生物,头顶着墙面,想要破墙而出。戴安娜着迷地看着那黄蜂。没有什么能让那生物气馁,它只是一次次地飞向窗户。戴安娜探出身子,用bId放大那只昆虫。黄黑相间的条纹让它看上去就像一只卡通版的老虎,铁砧状的脑袋,密合的黑色小球组成的眼睛。翅膀挥动迅速,即使用bId的最慢速度播放也看不清翅膀的运动。她把bId的焦点对准黄蜂的头部——卷曲的、天线一般的触角。砧状的脑袋,真是个怪物。

“它们会蜇人的,小姐。”伊阿古在房间的另一头说,“您不会想要靠近它们的。”

戴安娜瞪了他一眼,“萨芙——萨芙——告诉我:是谁杀了勒隆?”

“我觉得这是正义,不是谋杀,小姐。我觉得他是个坏人。我得说他活该。”

“那些警察——他们说是你杀的他——是你杀了勒隆吗?”

但萨芙的回答只是难以置信的表情和自我怜悯的眼泪,以及一连串听不清是什么的咕哝。戴安娜厌烦了,于是就结束了询问,一级警司阿夫拉姆·卡瓦把萨芙带了出去。

“看起来勒隆死了她挺高兴的。”戴安娜评论道,“你觉得呢,伊阿古?”

“我觉得,小姐。”那个不是家庭教师的家庭教师说,“是我亲自审查的这二十名仆人。我和两位阿金特女士一起面试了他们,得出了结论。他们都是您和伊娃小姐的私人随侍。我们对他们的道德品行审查得非常细。”

“你觉得审查程序不可能漏掉革命者和谋杀犯?”

伊阿古右侧的眉毛由“—”变成了“︿”。只有右边的“!”左眉还是原来的样子。这把戏可真不错。他经常这么做,可是不管戴安娜在镜子前怎么练习,却从来都模仿不来。

“好吧。”戴安娜承认道,“如果他不是革命分子,为什么萨芙要那么说他?为什么要那样败坏他的名声?不,不用你回答……不用回答。再带个仆人进来,我要继续询问。”

“需要我先把黄蜂弄死吗?”正日问。

结果,询问仆人真是无聊透顶。不是一般的无聊,而是彻彻底底的无聊透顶。到处都是眼泪,男人女人,男孩女孩,人人都哭得一塌糊涂,好像最近很流行哭鼻子一样。人人都像背书一样反复保证自己对阿金特家族不变的爱与忠诚,这一切都是因为恐惧,因为高涨的情绪,说到底都是因为 CRF。基本上没有什么有用的信息。

过滤掉越来越多的沮丧和表忠之后,戴安娜收集到的情报基本上只有两类。一方面,有些仆人——bId 提供了那些仆人的名字、个人信息、技能指数、协调能力、胎记以及疾病保险精算等等信息——那些仆人认为勒隆是个坏人。问到具体问题时他们都说了同样的话:他是个恐怖分子,无政府主义者,废法论者,他恨乌兰诺夫家,以及体制内的一切法律制度和秩序。有些人(曼托里尼、塔帕纳特和费伯)还指控他是个色情狂,强迫其他男女和他进行性行为。

另一方面,其他仆人的故事完全是另一个版本——潘四、迪格里斯和奥多兰杜这几个人尤甚。按照他们的说法,勒隆是个思虑缜密的好人,简直就是个太空圣人。根本别提什么恐怖活动,还有以他那么低的地位推翻乌兰诺夫统治什么的,他把全部的精力都投入到了体制内的法律规则上,而且他还致力于曝光别人的不忠诚行为。这些人的说法倒是能解释他的死因。“他被杀前正要揭露她的背叛和革命行径。”一个名叫达奇的仆人说。

“她?”

“萨芙!您询问过她吗?她骨子里就是个叛徒!看看她的眼睛您就明白了!”

“阿金特家族的叛徒?”

和之前一样,一说到这种话题仆人们就本能地露出了震惊的表情,“不,不,不。”她说,“没人能背叛您,小姐。”接着眼泪就又突然冒了出来,“那不可能,小姐!想想我都觉得心疼,想想都疼!”

“那你的意思是——背叛乌兰诺夫的叛徒?”

又等了好久,哭泣才减弱成可以听懂的话语,“对!对!她就是伊甸园里的蛇,她就是毒蜘蛛。她恨法律,恨制度,恨秩序,所有让整个太阳系免受战争侵害的优良品质她都恨。她就是杀人犯!”

“勒隆被杀前正要举报她,是吗?”

“对!对!所以她杀了他。她之前就干过,只不过这次成功了。”

“可是——”戴安娜又看了看bId,好提醒自己这名仆人的名字,仆人们看上去都差不多,“可是,达奇,他之前为什么不举报?

在你们都下来之前,他有几周的时间可以这么做的呀。”

达奇眼中的迷惑毋庸置疑,“可他是个好人。”她说,“是萨芙杀的他,我已经告诉警察了!”

站在门口的伊阿古忽然插了个问题:“你听说过杰克·格拉斯吗?”

这个问题立刻起了作用。达奇睁大了眼睛,黝黑的脸上立刻失去了血色。她睁大了眼睛瞪着伊阿古,就好像伊阿古是血肉制成的魔鬼一样,“杰克·格拉斯?”她重复道,“他可是——无法无天的魔王。”

“他去过你们的球体吗,达奇?”

“不,从没有!对,他确实四处在活动!但我从没有见过他——没见过。他们说他能杀死体制内的任何人,说他要推翻和谐法治的乌兰诺夫政权!”

“如果他能杀死体制内的任何人。”戴安娜尽量理性地说,“那他为什么不直接把乌兰诺夫家族干掉,那不直接就完事儿了嘛。”

说出来之后,戴安娜才意识到,大声说出这种话实在是个惊人之举。如果说听到杰克·格拉斯名字时的达奇被吓了一跳,那么看到有人居然能大声说出这种话的达奇简直就是目瞪口呆了。干掉乌兰诺夫家族——造出这样的句子似乎都是件可以引来执法机构的事。

“不可能!”达奇倒吸一口凉气,“没人做得到!”

一级警司阿夫拉姆·卡瓦带走了达奇,然后又带进来了另一名随侍——卡娜。戴安娜的bld显示了卡娜的基本信息,但没有解释为什么才二十一岁她那干硬的头发就都变成了老成的银灰色;也没有解释她右眼上的那道看起来像下士肩章一样的人字形旧伤是怎么来的。关于后者,戴安娜的感觉是,她那随侍顺从的表象下隐藏着一颗好斗的、不好控制的心。卡娜毫不犹豫地盯着戴安娜的眼睛,不像其他那些仆人,她在问询中并没有哭。不过对于是谁杀了勒隆,她也有自己的想法。

"是她干的。"

"谁? 萨芙吗?"

"就是她。她以前就干过,在眩晕机里。"

"在什么里?"戴安娜问。

"在——"女仆故意放慢语速,一字一顿地念到,"眩——晕——机,小姐。"戴安娜的 bId 弹出了解释:

//大型离心机,可以模拟重力环境,在仆人被由失重状态送入标准重力状态前增强其骨骼肌肉//。

出于好奇,戴安娜又查看了更多的相关数据。除了基本原理外,这机器和戴安娜熟悉的机械都不一样。这机器大得很,而且没有任何文艺装饰。看起来仆人们需要成天到晚地待在这种旋转笼子里。因为一直在快速旋转,所以机器里还有护栏和盥洗室,不像戴安娜用的那种机器。按照介绍,在里面呕吐是很正常的,尤其是在(根据统计)开始和结束的时候。死亡率在 0.07 ~ 0.15 之间,具体取决于装置的不同。骨折发生率在 0.35 ~ 0.45 之间,但大多数都是很容易医治的那种。

戴安娜问:"她以前是怎么干的?"

"小姐,您以前见过眩晕机吗?"

戴安娜笑了起来,"今天之前我连听都没听过!"

"哦,小姐,在那里面想要害人的话办法可多得很。佩德罗就是死在那里面的。"她的脸色更暗了,她眼皮的内侧——眼球与脸之间那一小块可以从外面看到的肉——是黑色的,就像涂了睫毛膏一样,这让她的眼睛看起来深情款款。

"谁?"

"佩德罗是勒隆最好的哥们儿。他俩好多年前就是朋友。不过佩德罗在眩晕机里适应重力的时候弄断了脖子。这可是个沉重的教训。”

“那么说——勒隆最好的朋友在他下来这儿之前死了？”

“对，死了。”

戴安娜看了看伊阿古，“是这样吗？”

伊阿古查看了一下自己的 bId，也许他没有，只是在回忆，从他的表情上看不出来，“脖子断了，对。”

“意外吗？”

“这种引力适应装置确实会发生意外，小姐。”伊阿古说，“有时候意外是致命的。”

“不过，是有人杀了——呃，他吗？”

“您是说佩德罗·格雷纳丁，那个来自西米尔棚户区的仆人吗？”

“对，就是他。”

伊阿古抿了抿嘴，不置可否。“当然，我们作过调查。没有任何迹象表明是谋杀。要说有问题的话，最多也就是没有尽快上报而已。如果他们——我是说机器里的那些仆人——如果他们立刻按响警铃，那么他也许还有救。不过等到被发现的时候，已经错过了最佳时机，他已经脑死亡了。”

“他们为什么没有立刻报警？”戴安娜追问道，“上帝啊，那可是条人命呢！”

“也许他不那么受欢迎。”伊阿古含糊地暗示道。

“他非常受——欢——迎！”卡娜哼了一声，瞪了伊阿古一眼。她又回头看了看戴安娜，畏缩了一下，眼睛也湿润了起来，“我的意思是，小姐——”她说，“没有别的意思——不过他确实是个好人，勒隆也是，他们都不该死。”

“你——”这个问题刺激得戴安娜心里痒痒的，肾上腺素水平也嗡嗡地上升了——她可是调查员！不论多下作的问题都可以问！——“你和佩德罗有性关系吗？”

卡娜一脸惊恐，然后立刻羞得低下了头，“哦，小姐。”她用羞怯的声音说，“小姐您怎么能问这种问题呢！”

“你有吗？”

“小姐，您一定得理解我们的世界是怎么回事，作为棚户区球体长大的孩子——您生活中所有的那些高标准的道德、纯洁、善良和秩序，阿金特家族所有的那些优良品质，在我们那种地方都是很难保持的。阿金特家族就像神一样闪耀着光芒！可是在我们的球体里……”她的声音低了下去。

“我就当你承认了。”戴安娜说，很高兴自己找到了（她认为的）一个关键点。不但关键，而且还是成人的！不过，反正再过两周她就十六岁了，“你和勒隆也是？”

卡娜没有说话。

“明白了。”戴安娜冷冷地说；尽管表面上一副不赞同的样子，但她心里其实高兴得要死。这可是个关键，对不对？她又冷不丁地试探了一下，“后来，他也和萨芙有性关系，对不对？勒隆？”

卡娜抬起头看着她，睁大了眼睛。那表情既像是震惊于戴安娜错误的断言，又像是震惊于她深刻的洞察力。戴安娜并不清楚到底是哪一个，于是她继续施压道：

“是不是这样？是不是因为性嫉妒——你是不是因为勒隆和别人上了床而杀了他？”

“不是。”卡娜倒吸一口凉气，眉毛都拧成了一团，她看起来很疑惑，还是愤怒？是愤怒吗？是因为被发现了而愤怒，还是因为被不公正的指责而愤怒？

“勒隆和……”戴安娜想不起那个名字了；她迅速在 bld 里过了一遍今天的询问，“勒隆和萨芙去储藏室偷欢，你跟着他们进了屋，然后杀了他。”

“不是!”卡娜叫道，“我不是杀人犯。而且您的意思是说我——我——我做了那种我都说不出口的事——那种行为？在这种重力下?”戴安娜这才看明白了她脸上的表情：是难以置信。

最终，戴安娜把所有仆人都问了一遍，不过最后五个问得十分简略。收集到的数据里冗余水分太多，尽管戴安娜像个著名侦探一样进行完了询问，消化吸收了获得的信息，但这并没有让她变聪明多少。大约一半的仆人认为勒隆是个恶魔、叛徒、恶霸、强奸犯、革命分子，总之是个极为可恶的人，死得活该。另一半仆人则认为他是宇宙中善的化身，善良且忠于阿金特家族（那是当然）与乌兰诺夫，体现了人性的正义。后一半仆人倾向于认为名为萨芙的随侍杀了勒隆。至于她是如何拿起一把那么重的锤子砸在勒隆头上的——以及勒隆当时为什么没有躲开——这就没人知道了。

“您已经询问过每个人了。”伊阿古说，“接下来呢？”

此时，询问室里只有他们两个人。警察都很自觉地待在外面。戴安娜懒洋洋地躺在凝胶椅里，呼吸急促。

“还不算所有人。”她说，“我还没询问你呢。”

“我，小姐?”家庭教师说，他又换回了老式的大管家做派，“请容我提醒一句，我在谋杀前后的行踪已经被确认了，这样我就没有犯罪的嫌疑。”

“不是作为嫌疑人，伊——阿——古。”戴安娜慢吞吞地说，“你可真蠢。”

“我很乐意回答任何问题，小姐，当然了。”伊阿古很正式地回答。

“哦，别跟我甩脸子，老色鬼。我只想问问你政治方面的问题。”

“政治?”伊阿古重复道,“您的意思是?”

“我知道你喜欢装糊涂,好掩饰你对这个家的重要性。”戴安娜说,“尽管我很年轻,有时候会犯傻,但我可不是蠢货。我们该怎么称呼你呢——军师?”

伊阿古简直没办法忍住笑! 甚至还轻轻哼了一声,这是他所能做的最接近于笑的动作了,“在您的 MOH 双亲面前我可不会用这个词,戴安娜小姐。”他委婉地说。

“哦?”

“只有帮会才会这么说,您知道的。”

“那又怎么样? 帮会可都是值得尊重的组织。他们在体制内的权力结构中有自己的位置,也是乌兰诺夫法系权力金字塔下的一个部件。”

“很正确。”伊阿古说,“数万亿人,绝大多数都住在贫民窟,没有什么可以失去的——那可是混乱、暴动和破坏的源泉。只有大量动机良好的不同的执法机构才能维持住秩序。帮会在权力结构中自有其地位,正如您所言。不过那可比阿金特家族的地位低好几级呢。如果不嫌使用公司的语言有失身份的话,您也可以用非执行董事称呼我。不过两位阿金特夫人可是对精确性很……”

“我们很优越,我知道。我们只是在乌兰诺夫家族之下,我知道。你以为我不知道吗? 总有一天那会变成我们的家族;我的家族,我和伊娃的。”

伊阿古什么也没说,但很明显对于那种必然性他的信心并没有戴安娜所表现出的那么大。戴安娜透过清亮的空气和重力的迷雾看着他。

“怎么了?”

但伊阿古只是摇了摇头,带着微笑。

“这是个测验,我就知道。”戴安娜说,她忽然感觉很累,甚至都闭上了眼,但现在并不是睡觉的时候,“所有一切都是测验。我不怀疑我们的 MOHmie 爱我们,可是所有的一切都得是测验,是不是? 就为了看我们是不是值得。真是——”她吸了口气,睁大眼睛,然后长出了一口气,“无聊!”她叫道,“无聊,无聊,无聊。”

“您想问我政治,戴安娜小姐。”伊阿古说,“我可以这么跟您说,对于像您这样的人来说,您的家族是数万亿人组成的统治体制中最有权势的家族之一,而您是您家族最重要的成员之一——对于您来说,所有的一切都是政治。对于伊娃小姐来说也是如此,不论她花费多大的精力逃到最遥远的深空去进行她那深奥的天文学研究。您在岛上的出现也是政治。”

“你觉得有人会袭击我们家?”

“是的。”

“从哪个方向?”

“从某个另外的 MOH 家族。”他说。

戴安娜忽然感觉自己的肚子被打了一拳,她想到了自己和安娜·唐克斯·余的非法通信。可安娜是永远也不会背叛他们的爱的。而且也没有人知道这事儿——她的家人不知道,安娜的家人也不知道。就连伊阿古也不知道她曾发过信息,所以很难想象有敌人会通过那个追踪过来。

“哪个家族?”她问。

“还不确定。也许是阿布里塞多家,也许是余家。”

听到那个名字,戴安娜的心微微颤了一下;就像完美的寂静之间飞过了一只苍蝇。战栗过去了,战栗总是会过去的。真是愚蠢啊(她知道这很愚蠢),她和安娜所分享的爱并不在此时此刻,而是长久无间的。这种爱人类几百年才能遇到一次。而他们甚至连对方的真人都没见过!

“我明白军队为什么会……”她低着头,好掩饰眼中的湿润,

"我是说,我明白为什么阿布里塞多家族会觉得他们有机会打败我们。他们也有自己的情报搜集系统——没有我们的有效,当然,也没有我们那种和整个体制内人口的整合度。但至少他们也有。可是余家?"(就连说出这个家族的名字都会让她的心跳加速!)"摧毁我们的情报能力对运输巨头能有什么好处?他们根本没有可以取而代之的东西。乌兰诺夫能容许他们吗?这个局怎么都是输的嘛,不是吗?"

"分析得很对,小姐。"伊阿古说,但他的语气很尖刻,"不过这个分析忽略了某些方面的情况。首先,还把 MOH 家族看成是单一技能的集合体已经过时了。我们已经不仅仅局限于情报搜集和解决问题了,阿布里塞多家族也不仅仅是在操纵军队,孔家也不只是依靠税收。"

"你说我们?"伊阿古的用词让她有些不爽。

这时,她看到了以前从未见过的景象,她看到伊阿古脸红了。或者,至少可以说,伊阿古的脸颊上出现了两坨红晕,持续了几秒钟,然后消失了。伊阿古直视着她,说话的语调还是那么平淡,但戴安娜看得出来,自己刚才的话刺伤了他。

"您说得对,小姐。"伊阿古冷冷地说,"我不该在言谈中把自己当作是您 MOH 家族的一员。我不是,我只是个仆人——一个家庭教师。不过,我相信您会容许我给您的分析进行一些润色。乌兰诺夫治下的和平来之不易,只有乌兰诺夫法系的严刑峻法才使之得以维持。仅仅是执法就已经消耗了他们大部分的能量。其他五个家族对他们没有任何人身依附,对于更低级的公司、民兵、警察部队、帮会、教派、社团或者宗教来说就更没有了。我认为,这些实体是互相保持良好的关系还是一个吃掉另一个对乌兰诺夫家来说没有什么区别,除非这种冲突威胁到了乌兰诺夫法系,以及整个家族的地位。如果没有进入全面战争,他们通常是不会管的。不过一旦变成战争，他们就有了出手干预镇压的理由。事实上，从历史来看，乌兰诺夫家族只害怕一件事。”

“人民起义。”戴安娜轻声说。想到自己刚才羞辱了伊阿古让她觉得有些害羞，因为尽管又老又怪又丑还满脸褶子，但戴安娜确实还是挺喜欢伊阿古的。而且伊阿古的忠诚也无可挑剔。

“就是这样。参与人数的不同会带来可控度的不同。”伊阿古说，“不过直到最近，他们——乌兰诺夫家族，以及他们之下的MOH家族，家族之下的公司，以及各个实体——都还各归其位。贫民窟里人满为患，确实，不过他们内部纷争不断，自身存在大量不同的派别。而且贫民窟的生活是不稳定的，如果任何棚户球体显示出明显的暴动倾向，只要随便弄破一个杀一儆百就好了。”

“你说得好像外科手术一样！”

“事情就是两害相权。”伊阿古回答，语气中没有任何感情，“现实的大量死亡，还是革命后更大规模的死亡。不过情况已经不同了。”

“怎么不同了？”

“乔德女士昨天吸引了您注意力的那三个字。”

“超光速？”戴安娜说，“不可能实现的超光速？”她大笑了起来，“我猜这样余家为什么会感兴趣就说得通了。超光速运输对他们来说可是一条全新的生财之道！还有阿布里塞多家：军队显然很有兴趣让他们的军舰跑得更快。比可能的更快。”她拍了下大腿，“他们以为我们知道那个秘密！他们以为我们有！毕竟，我们就是信息啊。所以他们才突然之间就想要毁掉我们吗？哦，我知道他们很久之前就想毁掉我们了，不过这就解释了为什么这个威胁突然间变得现实了。”

“如果这种技术成为现实的话，不确定因素还有很多。当然您说得也对，它能带来巨大的财富。”

“也许足够刺激一个 MOH 家族挑战乌兰诺夫的霸权?”

“小姐!”伊阿古叫道,“按照乌兰诺夫法系的规定,说出这种话都是叛逆轻罪。”

“好啦,好啦。我可不想煽动革命。不过这也是需要担心的,对不对?如果有那种技术,为了讨论方便我们先假设它的成本相对比较低……那么整个游戏规则就变了。平民们肯定都会蜂拥到遥远的恒星系统去,跑到乌兰诺夫家鞭长莫及的地方。孔家想收税都收不上。”

伊阿古凝视了戴安娜好几秒,然后说:“确实如此。”

“伊阿古——我们真的有超光速技术吗?”

“所谓的‘我们’,小姐,您是指阿金特家族吗?”

戴安娜安慰起了伊阿古,“好啦好啦,你这个多愁善感的老家伙。我不是故意要让你感觉被排斥了的,你知道的啦。你也是家族的重要一员,尽管你的基因不一样。不过你还没回答我的问题呢,我们有吗?”

“没有,小姐。”

“没有那项技术?还是没有能把我们引向那项技术的信息?”

“都没有,小姐。”

“我们当然不会有了!”戴安娜得意洋洋地说,“那根本就是不可能的嘛,物理法则是不会允许的。可是别人都相信我们有?”

“确实有一些线索暗示——”伊阿古谨慎地说,“制造这种设备的有关数据存在于某个地方。”

“在贫民窟,当然了。这就慢慢能说得通了。这大概就是老乔德的目的——如果杰克·格拉斯(跟我念:革命煽动分子)手里有超光速引擎的设计图,暴力革命的可能性就会大得多,成功的可能性也会大得多。这二十个随侍在岛上着陆的时候,你和他们接触过吗?”

“接触,小姐?”

“对:听取汇报,检查工作之类的?”

“他们是和我一起下来的,是的。我,还有其他很多人。我之前和他们打过交道,而且——是的,我确实去过仆人房,就在犯罪发生前的那晚。”

“然后呢?”

伊阿古看了看她,“然后什么,小姐?”

“有没有什么可能会帮我解决这个所谓谜团的信息可以告诉我,亲爱的老师?那里的气氛紧张吗?你有没有撞到他们吵架,或者一个人威胁要杀掉另一个,反正就是诸如此类的事?”看到伊阿古摇头,戴安娜又补充道,“他们有没有小声讨论超光速?”她注意看着伊阿古的反应,可是——在出人意料的脸红之后——伊阿古一直小心控制着自己的举止,不吐露任何多余的信息。“那么杰克·格拉斯呢,有人提到他吗?有没有他的影响存在?”

“这些问题可都不甚高明啊,是不是,小姐?尤其是对您这么——天才的人来说?”

戴安娜瞪了他一眼,“哦,我想我今天已经询问过足够多的人了,非常感谢。”

8　动机之海

借着助力器的力量,戴安娜走到了建筑外,直接经过了等在外面的警察。对于那些干巴巴的“阿金特女士再见”和“需要我们尽绵薄之力您尽管说”,她理都没理。

阳光炙热,众多的蝉鸣声合奏成一曲曲破擦音。

戴安娜先伊阿古一步上了车,“我想去游会儿泳。”她对伊阿古说,“你知道地方。”

海边距离这里很近,汽车的凝胶轮变形成腿状,走下了岩石岬角，只是微微有些颠簸。海滩很大，泛着白色的光泽，看上去很是光滑；自然也冷清得很。戴安娜打开车门，灼热的空气立刻冲进了车里，“神啊。”她呻吟一声，挣扎着从车上下来。下午的天气真是热得要死。贝尔特兹和正日沿着岩石岬角又爬了上去，找了个警戒这片区域的理想位置，戴安娜脱掉衣服，跳进了微微泛起的波浪中，伊阿古则拿着她的衣服，等在半月形的白沙滩旁。海水新鲜清凉，让她高兴得叫了起来。

戴安娜在水中上下翻滚，晒着太阳，享受着海水的浮力。她忽然觉得（理智上，她还不太确定，但直觉上感觉很正确），她已经获得了解决谜团所需的全部数据。但是把这些数据拼合到一起的方法有很多，而她的大脑却拒绝将这些马赛克摆到适当的位置。*审查仆人，砸碎脑袋，超光速，革命，飞船的机翼，机翼？还有什么有翼？鱼也有。*

为什么老是会想起机翼？

她用标准的蛙泳动作朝更远的地方游去。阳光在海面上洒下点点亮斑，好清澈的海水啊！那冰蓝的颜色就像有机玻璃一样，没有太阳反光的地方都可以看清海底的沙子；阳光照耀的地方，则隐约有一种淡黄色的雾蒙蒙的感觉。

不过她很容易累。不一会儿，她就朝海滩游了回来。等在海边的伊阿古将智能浴巾递了过去。伊阿古把脸侧到一边，戴安娜则静静地躺在海滩上，让阳光照耀她的身子，不一会儿，身上的水就晒干了。

远处的鸟鸣声清晰可辨，就像连续不断的长笛声，听起来耳朵感觉还挺舒服的。海风中弥漫着海盐、橄榄树、树脂和热气的味道。*真热！鸟鸣声那么的清晰，但却看不到鸟儿，这可真撩拨人心。*她微微抬起头，可以看到坡顶上的树尖，树木的枝叶十分茂盛，也许鸟儿就藏在那里。

过了一会儿，她问："你多老了，伊阿古？一定很老，对不对？"

"比您老，这是肯定的，小姐。"伊阿古背着身子说。

"可是到底有多老呢？"戴安娜坐了起来，将浴巾缠在身上，"见鬼的，你就不能转过来吗？我可不想对着别人的后背说话。"

伊阿古站直了身子，真是站得笔直，就好像是在立正一样，作为回答，他只是把头转了过来，"您的 bId 里肯定有，小姐。"

"我在问你。"

"我今年四十五岁，戴安娜小姐。"

"哦，那可真老！可你看起来要更老，知道吗？"

"我的大半生都是在上面度过的，那里的时间流逝——和这里不一样。"

"我几乎一生都是在上面度过的！"戴安娜微微提高了嗓门，"说得好像我不知道时间是怎么流逝的一样！"

"哦，我说的上面——"伊阿古回答，他的眼中有意思奇怪的、不可理解的神情，"可能比您所想的要更远一些。"

不过戴安娜对此并不是很感兴趣，"也就是说，你四十五岁，我十六，这就是代沟。我们永远不可能结婚的，这么大的年龄差距是不可能的，对不对？"

"年龄差距确实是个障碍。"伊阿古同意道，他的语调很是冷淡，"另外，社会地位、财富、政治影响还有其他一些条件，我们也不相配。您很漂亮，而我很丑。如果我利用职权谋私，您的父母会杀了我的。别的不说，您是女性，我是男性。我觉得比起嫁给一个男人来，您的父母亲们对您有更高的期望。"

戴安娜耸了耸肩，因为她对此并没有什么强烈的不同看法。这种事儿距离她还很遥远呢，就像宇宙微波背景辐射一样遥远，"你知道我是在逗你的吧，伊阿古？此时此刻我对性、对婚姻、对男孩子甚至是女孩子连一个原子的兴趣都没有，你这种老古董就更不可能了。”

伊阿古淡淡一笑，“正是如此，戴安娜小姐。”

“也许我不该逗你，我逗人的技术挺惊悚的，这我知道。”戴安娜说，“不过你不介意吧？”

“我不介意。”

“你其实挺喜欢的吧。”

“呃——”伊阿古开口道。

不过在他开口反驳之前，戴安娜就先打断了他的话头，“你有没有可能爱我？”

“自然，我是爱您的，小姐。”伊阿古用很正式的语气说。

“你说的那是 CRF！如果你是个自由人，你肯定会恨我。不过我现在有重要得多的事情要担心。我有桩谋杀案要解决！真真正正的谋杀！”

伊阿古什么也没说，他只是抬了抬一边的眉毛。不过戴安娜很了解他，“少来那一套，伊阿古。”

“是的，小姐。”伊阿古温和地回答。

“我的两位 MOHmie 就指望我了。他们知道我能解决。自然他们都很爱伊娃，但我是他们的女儿里更聪明的那个，更了解人性的那个。他们需要我那样。家族的未来都要靠我的这种能力。这是我证明自己的机会，真真正正的证明！”

“证明。”伊阿古淡淡地重复道。

“所以——”戴安娜坐直了一些，今天重力的恐怖压迫感又减轻了一些，再过几天，她就能像只小鹿一样活蹦乱跳了。她不喜欢赞同自己的两位 MOHmie，但他们确实是对的。每天在离心机里待几个小时和地球上浸润在重力中的生活完全无法相比，“所以，你的看法呢？”

“我的看法，小姐？”

“继续——坐下吧。你总是站得那么直！简直就是在显摆，这你知道的吧。我们其他人都是坐着的。你也应该坐下。”

“我该为自己那比其他人更强壮健康的双腿受责备吗？”伊阿古说，他的眼角闪现出两道笑纹。不过他还是坐了下来：在沙滩上盘腿而坐。这样两个人的视角就齐平了，这样更好些。

“警察认为凶手是仆人中的一个。”戴安娜说，“你也这么认为。”

“我也这么认为吗？”

“你当然是这么认为的！这是最明显也是最合情合理的推论了。不过比起是谁干的来，为什么也许更有意思。这里有很多为什么——为什么凶手就要是那个最明显的人？干吗不说是管家干的？”

“确实如此，小姐。”

“不——我的意思是——不——情况应该比那更出人意料。相信我，我知道这类情况都是怎么回事。还有谁比我更了解？别跟我提安娜·唐克斯·余，那个著名的余家丫头，那个我最最可恶的死敌。别提她！”

“您绝不会从我这里听到她的名字，小姐。我只想指出，我们现在不是在思维宫殿里。”

“你觉得答案就应该是平庸而明显的吗？”戴安娜问。

“我只是认为，真实生活也许并没有专为IP所写的推理故事那么的……跌宕起伏。没有其他人进过那间房子——如果不管杰克·格拉斯神奇地传送进储藏室的理论的话——通过消除不可能的选项，凶手一定是房子里的人中的一个。除了二十名仆人外，那里再没其他人了。事实上，这是件很容易的事。其中一个人叫勒隆去后面的储藏室，随便找个借口——比如，去拿个什么装备就行。”

“或者邀请他去性交。”戴安娜说。她喜欢用这种微小的出格之举让伊阿古吃惊。这老家伙可真是正经得让人发闷！

“那个也许也是。”伊阿古皱了皱眉，清了清嗓子，“总之，我们可以想象，他进入了那间屋子，也就是谋杀现场。不过接下来就有问题了。杀死他的那锤子是砸在前面的。”伊阿古指了指自己的眉毛上接近发际线的地方，“锤头正正地砸在中间。您在验尸报告里肯定看过，就在您的 bld 上，在他的鼻子里还发现了木柄的碎屑。”

“嗯，嗯，嗯。”戴安娜无聊地哼哼着。

“自然他本人是不会关心锤柄碎片跑到鼻子里的。”伊阿古说，“事实上，在他被击打的时候，这就是我们要说的……嗯，那时候他是不会有心思关心其他事的，如果您明白我的意思的话。”

“如果你是想用对暴力的描述来吓唬我的话——”戴安娜说，“那你得加把劲儿才行。”

“我的意思是，锤子是很重的。勒隆面对着凶手，可以直视凶手。凶手这么做，高高举起一把沉重的锤子，然后再向下砸到他的脸上。为什么？他为什么不躲开？为什么不和攻击他的人搏斗？为什么什么也不做——就那么呆呆地站着，等着被砸？”

“好吧。”戴安娜说，“这确实是个谜团，我同意。还有个问题，这个问题，聪明的伊阿古，你以前也提过。”

“小姐？”

“所有十九名嫌疑人都是跟我和伊娃同时下来的。在此之前，他们当中的绝大多数从来都没有踏上过地球！你也见到他们第一次去仆人房的时候是什么样子了——摇摇晃晃站立不稳，连走路都困难。没有一个人习惯标准重力。又怎么能有人拿得起那么重的锤子呢？更别提使那么大的劲儿砸碎可怜的勒伊的脑袋了。”

“是勒隆。”伊阿古说，“您觉得单凭这一点就能证明所有仆人的清白？”

“勒隆,嗯。对,我是这么认为的。他们没有那个身体素质,而且他们都接受过严格的审查,你不也是这么说的嘛！他们可都是精心挑选的随侍,他们接受的审查、心理测试和背景检查比体制内的任何人都多。这么严密的网络怎么会把谋杀犯漏过去？我说这话可是真心实意的:一个有暴力史的人,或者一个有谋杀动机的人,怎么可能成为我或者伊娃的私人随侍?”

“确实不太可能。”伊阿古同意道。

“先不提我们的仆人都服用了高浓度的忠诚药。我们严格检查过他们的身心状况。你说过是你亲自负责的。我的两位 MOHmie 也亲自认可了这些人选不是吗？我是说,他们把这些随侍派给了我和伊娃。”

“那是当然的了。”伊阿古说,“审查团和您双亲间的联系就是我亲自负责的,小姐。”

“你亲自负责的——而你还是认为他们当中的一个是杀人犯!”

伊阿古看了看戴安娜,然后低下了头。

戴安娜继续道,“没有一个仆人有那个力气举起锤子,伊阿古!你自己也看到了,园艺机器人几年都没用过。但是地球土著举得起锤子。至于勒隆为什么不反抗,或者不像老式故事里那样逃命,也许只是重力压得他喘不过气没办法做大运动而已。嗯？毕竟,他以前可也从来都没下来过。”

“没有发现房屋附近有地球本地人出现,小姐。”伊阿古指出,“而且谋杀发生后我们也仔细搜查过:没有发现地球本地人。”

“这不正好说明我们的杀人犯在里面有个完美的藏身处所吗?也许他一直在里面等待——直到适合逃跑的时机出现?”

“他要怎样做才能不让房屋人工智能报警呢?”

“我不知道。”

伊阿古考虑了下。“而且为什么一个地球本地人会想要砸碎一个从来都没来过地球的仆人的脑袋?”他问。

“啊。”戴安娜说,“动机！我会说到那的。不过首先是这个问题:为什么要用锤子？我是说:想想看,我们的凶手有那么多方法可以杀死他的被害人。为什么要用锤子?”

“我们不能否认锤子的效力。”伊阿古指出,“事实证明那东西结束勒隆的生命绰绰有余。”

“你没明白我的重点。为什么用那么重的锤子——不是为了造成凶手是个体形巨大的壮汉的印象？壮汉,适应地球重力的壮汉？不能否认这就是它给我的印象。”

伊阿古什么也没说。

“我做了个梦,就在谋杀发生后的那晚。”戴安娜回忆了一下,然后说,“我梦到一艘太空船,就像锤子一样要飞进太阳里——那个太阳就是勒隆的头。我是锤子。”她想了想,然后又继续道,“奇怪的是,我身上全都是机翼。在太空中有机翼,还有尾翼和叶片。”

“有意思。”伊阿古说,语气却没有透露出丝毫的兴趣。

“而且,我的名字就叫超光速。”戴安娜心不在焉地说,“机翼、尾翼还有叶片。”她又补充道,似乎这几个词有魔力一样,“机翼、尾翼。我得睡觉了,伊阿古。”

“在这儿,小姐?”

“不,带我回房去吧。这该死的重力,只有在凝胶床上我才能睡舒服些。”

“很好,小姐。”

正日和贝尔特兹下了岩顶,戴安娜对伊阿古说:“仆人们有没有可能隐藏心中的谋杀企图,通过我们的筛查程序?”

“不可能,小姐。”伊阿古说,“他们做不到。”

“你确定？毕竟,人心可是个很奇妙的东西。”

“他们没有那个能力。整个体制内，我们的筛查程序是最严的。您真以为您的两位MOHmie会让您冒风险吗？当然不会了。我个人可以担保。”

“嗯。”戴安娜坐到了车里，“这更证明了我的理论的正确性，你不觉得吗？”

“您是解决信息问题的专家，小姐。”伊阿古回答，“我不是。”

戴安娜抬起头看了看天空，很蓝，很蓝，很蓝。

“我想回家了。”她说。她感觉很困，做做梦对于理顺自己的理论得出结论将会很有帮助。

她懒得将助力器重新套回到腿上，于是就直接依靠着伊阿古的肩膀走到了车旁。至于老先生，他手臂和肩膀的肌肉还是挺健壮的。

所有人都上车后，汽车又小心翼翼地爬上山坡，回到了来时的路上。加速度像张毯子一样包裹住了她那疲惫的身躯。她的眼皮感觉就像抹了蜂蜜一样沉重。

回去的路上，他们遇到了一个游行队伍：十几个人，走在前面的女人手里举着处女女神的塑像——那是当地人信仰的女神。他们唱着赞美诗。当然，戴安娜什么声音也听不到，汽车的车窗密封性非常好，但她看得到他们嘴部的动作。他们迈着讲究的步伐，每一步都走得很慢，不知是在前往教堂（仪式、祷会）的路上，还是刚从教堂（仪式、祷会）回来。他们的处女女神像样式很新，自然，用的是戴安娜的两位MOHmie的形象，也就是说，戴安娜自己的形象。在这儿看到她的形象并不是非常不可思议。当然，他们崇拜的并不是她，而是她的柏拉图式的化身，女神的形象。不过还是有点……

汽车从队伍旁开过，又渐渐驶远。

"您给我的感觉是——"伊阿古柔声婉言,"您似乎已经解决了这个谜团。"

"你以为你了解我。"戴安娜皱了皱眉,"但你并不真的了解我。"她的脑子里想的还是那些意象——机翼、尾翼还有叶片。

"自然。"伊阿古说。

"好多前后矛盾的数据。"戴安娜闷闷不乐地说,"我知道你想说什么。你想说的是,我与众不同的能力正在于此,它能帮助我在那些连人工智能都处理不了的混乱矛盾的数据中找到出路。可人工智能又不需要睡觉。"

"F 型的就需要。"贝尔特兹忽然插了一句。

"一个人被谋杀了。"戴安娜说,她闭着眼睛,脑袋随着汽车的运动微微摇摆,"现实因素并不是问题。前后联系的背景才是。"

"背景?"伊阿古问。

戴安娜已经站在了睡眠的黑洞视界上,但她坚持住不让自己掉到另一头,"前后联系互不相容的背景。把这桩谋杀放到背景里——比方说——仆人生活的背景;棚户区球体生态习俗的背景;更大一些的,太阳系政治体制,包括但不仅限于反叛乌兰诺夫家族的背景,还有革命计划啊什么什么的……还有乔德女士,毕竟她大老远的下到这儿来可不是为了好玩儿。"在她的脑子里,幼儿园歌谣似的句子在不断地循环:

机翼、尾翼还有叶片……

机翼、尾翼还有叶片……

机翼、尾翼还有叶片……

她预料到伊阿古可能会以为她已经睡着了,于是就又说起了话来,只是为了吓伊阿古一跳,"不过还有其他背景,阿金特 MOH 家族的动态,以及我们和乌兰诺夫家族的关系等等。不过除了前面那些无所谓的东西外,还有超光速旅行。而且据我所知,还有伊娃的香槟超新星爆发研究——尽管很难看出这之间有什么联系。哦，对了，我猜，可能是物理学的背景吧。更别提还有杰克·格拉斯了。所有这些背景信息，不可能都和解决这个谜团有关。不可能都有关系。挑战就在于要找出那些有关系的。”

“所以——您已经有答案了？”伊阿古问。

戴安娜睁开一只眼睛，看了看他，“我当然有了。”她恨恨地说，“不然你以为我太阳系第一谜案推理专家的名号是从哪里来的？”

伊阿古又抬了抬他一侧的眉毛，“那么您的答案是？”

“我亲爱的伊阿古，所有的信息已经都在那儿了，我知道的线索你也都知道。解决这桩谋杀所需的条件你已经都具备了，我不就已经解决了嘛。”

“我的技艺，戴安娜小姐，不在这个方面。”伊阿古又摆出一副全能管家的官样姿态。也许他那可笑的老式自尊又受到伤害了吧，所以戴安娜又稍微坐起来了一些，说：“不要这样嘛，伊阿古，求你了，不要这样！你是这个团队的无价之宝，真的。等到我主持家业的时候，一定会给你留个工人啊、园丁啊、仆役啊之类的职务的。不过我的MOHmie养我不就是为了让我解决谜团的嘛，不对吗？”

“您已经找到解决方法和动机的问题了？”

“动机——”戴安娜边想边说，“是的，已经解决了，对。让我们在动机的深蓝色海洋里畅游吧。”

“我们到了。”正日说。汽车停在了主屋旁，伊阿古帮戴安娜下车进屋。

戴安娜走在最前面，贝尔特兹和正日紧随其后，他俩携带的金属枪支让大门的警铃大作。正日停了一会儿，让主屋人工智能验证了他们的安保权限，好容许他们带枪进去。贝尔特兹在戴安娜房间外的走廊里站起了岗，伊阿古扶着戴安娜躺在了凝胶床上。

叮叮叮叮叮叮。这老门的声音可真响。

“午后小睡。”戴安娜咕哝道，“只睡一小会儿。”

她闭上了眼睛，然后又睁开，“等我醒来后，我要开始准备我的派对。”她说，“听明白了吗？有好多东西要准备呢。”

“是的，小姐。”伊阿古说。

“你那是什么意思？”

“没什么，只不过您也很清楚，我们谁也不能邀请，不管是真人还是虚拟在线都不行，不能冒暴露您所在位置的危险。”

那种不爽的感觉足够驱散她的睡意了，尽管只有一小会儿，“瞎扯。”她说，“瞎扯，瞎扯，瞎扯。任何一个信息代理人都有办法挖出这消息。”

“我很怀疑，小姐。我们可是费了很大劲保护您和您 MOH 姐姐的安全的。”

戴安娜抽了抽鼻子，“你就没想过我可能不需要你的帮助吗？你就没想过可能是我在保护你的安全吗？”

“我的安全取决于阿金特家族的强盛，取决于家族与政治权力中心的距离有多近，从这个角度来说——对，您说的自然都是事实。不过，我们不能拿您的安全冒险。不能让外人知道您的确切所在。”

“那个乔德恶婆就知道我在哪儿。”戴安娜抱怨了一声，又闭上了眼睛。

“自然，乌兰诺夫家族的私人代理完全是另一回事。”

“我睡了。”戴安娜说。

“很好，小姐。”

“我真睡了。走开，你这个可怕的、满脸褶子的老妖怪。”

“既然您已经睡了——”伊阿古边说边朝门口走去。

“我睡了！”

“——那么您肯定不会听到我说，我们刚截获一条来自安娜·

唐克斯·余的消息。”

戴安娜睁开了眼睛，“那个贱货。”她说，“她有什么要说的吗？”

“自然，我们还没有接入信息的内容，万一里面有导引病毒，他们就有可能顺着中继节点找到您的位置。”

戴安娜的心跳加快了一点点，“你扫描了？有病毒吗？”

“重点不在这儿。”伊阿古站在门口，柔声说，“您也知道。戴安娜小姐，您是那么的聪明——比岛上的任何人都聪明——也许只除了您的姐姐之外。您不需要向任何人证明您的天分。”

戴安娜紧紧地闭上了眼睛，“我不知道你要说什么。”

“偷发信息给敌对家族——真的是非常危险的，非常非常的危险。这可不是罗密欧与朱丽叶。”

“我睡觉了。”戴安娜又说，她紧紧地闭着眼睛，“我都不想去用 bId 查那个典故。”

“您很明白我的意思，小姐。我所要说的只是——请您，严肃面对现实的情况。我们的周围充满了危险。如果其他 MOH 家族找到了你——或者其他更低级的组织，公司、帮会、或者民兵——那么……”

“我睡觉了！”戴安娜叫道，“你看不见吗？不知道睡觉是什么样子吗？”

“您睡觉了。”说完，伊阿古离开了房间。

9　伊娃行动

伊阿古——动作有些迟缓地，因为重力压迫的缘故——走过伊娃的房间门口。他在门口向伊娃的 IP 发了个请求，不一会儿，伊娃就有些暴躁地打开门出现在了真实世界。伊阿古走进了她的房间。伊娃坐在她的凝胶沙发上，大睁着眼睛，眼中明显地闪动着愤怒。

“什么事?”她问,“你不是应该围着我妹妹转吗?”

“我是你们两个人的家庭教师。”伊阿古温和地指出。

“家庭教师。”伊娃哼了一声,“真是胡扯,伊阿古。”

伊阿古笑了笑,“您更喜欢——奴才的称呼?”

“管家。”伊娃轻蔑地说,“自然我并不清楚我的两位 MOHmie 做的所有事,但我也不是个需要照顾的小孩子,就像……”她突然停住了话头,“不过你想要什么?我正忙着呢。我还有个博士论文要完成。”

“再过几周,戴安娜就十六岁了。”伊阿古说。

“她还是个小孩。六十岁也还是小孩。她全身上下都充满了孩子气,那是她骨子里的东西。”

“还是让我们盼望——”伊阿古靠在墙上,好减轻重力压迫下双腿的负担,“我们都足够长命,能够享受到她的生日派对吧。”

“自然我们随时都有可能死。”伊娃开口道,“所以我才更需要回去做我的研究。我可不想到死都只留下个半拉子理论。”她突然停住了,“你指的是更确切的事,是不是?你是说有确定的威胁?”

“关于那个,您的 MOH 双亲有足够的线索供他们确信。”

“是——”伊娃想要让语气轻松些,“乔德说的什么来着?传说中的杰克·格拉斯要来杀我们了吗?”

“个人而言,我不相信传说中的杰克·格拉斯要来杀我们。”伊阿古说,他的语调很是平淡。

伊娃叹了口气,“坐下吧,伊阿古。”她说,“我看你最好还是坐下。那个威胁是现实急迫的吗?是不是我们又要走了?”

伊阿古动作僵硬地坐在了椅子上,“不是现在。可能会是下一周,也许是两周。肯定在您的 MOH 妹妹的生日之前。不过两位阿金特家长都同意,很可能会发生袭击。他们怀疑余家,不过私下里说,我觉得攻击有可能会来自另一个方向。”

“那就是乔德下来的原因吗?”

伊阿古微微把头扭向一边,一般而言,他认为最好还是不回答姐妹们向他提出的问题为好。毕竟,他们的存在价值才是回答问题。他们就是为了这个才被培育出来的。

“政治。”伊娃开口道。接着,她突然转换了话题,“我的 MOH 双亲是不是对我很失望,你觉得呢?”

伊阿古想了想,“您得问他们才行。”

不过伊娃抬了抬右臂,又让重力拉着手臂垂了下去。“就算他们真的失望,他们也不会告诉我的。不是因为他们照顾我的感情,当然了,而是因为,是他们把我造成这个样子的,就像他们把戴安娜造成了那个样子一样。对我失望就是对他们自己的失望。尽管在很多方面都很精明,但我那两位亲爱的 MOHmie 对于诚恳的自我批评可不是很在行。可悲的现实啊。”

两个人都沉默了下来。窗外,无尽的阳光正照在地上。古老地球那圣洁的蓝天下,满是无尽的黄色、棕褐色和让人看着发腻的绿色。不远处,一个人急匆匆地从左向右走了过去,穿过橄榄树下已经长得挺高的草地。这种天气还做这么剧烈的运动!靴子踩过草地,惊起一片蝴蝶,闪动的褐色和亮绿色升到空中,消失在了树丛中。

伊阿古吸了口气,说:“戴安娜说她已经解决勒隆之死的谜团了。”

伊娃转动着眼珠,她正在 bld 上回顾自己的记忆,“那个死掉的仆人。我昨天就解决了,我想,另一个仆人干的。”

伊阿古没有回答,于是伊娃继续道,“她?解决了,是吗?”

“她没告诉我答案。”伊阿古说,“她说她还有几个细节需要琢磨,她是这么说的。不过我觉得——是的,她是解决了。”

“另一个随侍。”伊娃说,“除非你相信乔德女士那一套杰克·

格拉斯瞬间传送的蠢话。肯定是这两个当中的一个。"她盯着伊阿古的眼睛,"乔德为什么要说那个子虚乌有的故事?"

伊阿古没有回答。

伊娃眯缝着眼睛,"为什么我会觉得这是个测验?这整件事都是?二选一的游戏,根本没什么关系嘛。不过是死了个仆人而已。"

"一个成年人。"伊阿古说,他的语调有些悲伤,"身体健康,心智健全。"

"贫民窟里有几万亿他那样的人。"伊娃说,"可关键不是这个,对吗?我们都知道不是。那个测验,是选她还是选我,对吗?"

"按照我的理解,您的双亲强烈盼望你们团结协作。"伊阿古说,"听起来像是陈词滥调,这我知道。但他们是真心的,真的是。"

"这只是她通过了测验而我没有的委婉说法。"伊娃闷闷不乐地说。

"你……"伊阿古开口道。但伊娃打断了他,"不要安慰我,伊阿古。我受不了。"

伊阿古点了下头。

伊娃看着景观墙外的景色。那些柏树高耸入云,直得有些不自然,就像狗耳朵一样,竖得高高的,时刻准备接收坏消息。但伊娃知道,那个时刻已经过去了,潮水已经涌过了她和戴安娜之间,而她已经被困在了错误的一边。奇怪的是,此时此刻,她却有种如释重负的感觉。想必这是因为她知道危机和相关的剧痛已经在她身后了吧。不过那即将席卷她的巨大的失望和沮丧还悬在半空。这两样,她知道,是一定会来的。

"是因为什么?"她终于开口道,"政治吗?"

"总是因为政治的。"伊阿古说,"政治就是一切。阿金特家族的未来就取决于每时每刻驾驭政治的能力。"

“我能理解政治。”伊娃说,她的声音中忍不住透出了乞求的语调,“作为体制的政治我是理解的。我不是抱怨什么,可我真的做得来！也许是因为我没有她那种直觉性吧。我就是被造成那个样子的。可我概算方案的能力是……”她停了下来。在伊阿古面前发火一点用也没有。他只是个送信的而已,“我会读完这个博士学位。”伊娃闷闷不乐地补充道,“我不在乎你会怎么说。”

“我知道你会读下去的。”

“不过你和我的两位MOHmie到底什么关系？你对他们可真是老派的忠心耿耿啊,不是吗?”

“我欠他们一个大人情。”伊阿古说,“他们接纳了我。再说了,当然,我们的目标是一样的。风险巨大。”

“真的？不是你平常那套华而不实的政治说辞?”

“不是。”伊阿古看起来非常严肃,“这是冷酷的现实。形势严峻。赌注从没有这么大过,风险也是没有人曾经面对过的。”

“我不想知道细节。”伊娃说。说心里话,她真的不想知道。

“你对死掉的勒隆毫无感觉。”伊阿古说,“而且为什么要有呢?你从来都不认识他。你只把他当作亿万原子中的一个而已——按你的说法——亿万人之一。对于戴安娜来说,她的观点和你不同,你只把那亿万人看作是资源,而她把他们看作是人性的集合。”

“你的口信已经送到了。”伊娃说,“请你离开吧,我要继续我的研究了。”

伊阿古动作僵硬地站了起来,他的膝盖在嘎嘎作响,“等到睡醒后,戴安娜可能会想要向你解释她对谜团的解答。解出这个谜团她很自豪。”

“是,是。”伊娃说,“我们可以聚集到图书馆去,好好听听到底管家是怎么干的——或者是医生。是医生吗？我记得在那些故事里,凶手总是医生。”

快走到门口时，伊阿古又被伊娃叫住了。“既然测验已经不及格了——”伊娃说，“我觉得我有权利知道，那个超光速也是虚拟的饵料吗？”

“不是。”伊阿古说，“很抱歉。”

伊娃不屑一顾地哼了一声，“超光速谋杀案！”她叫道，“凶手，是随侍之一吗，就像我说的一样？还是那个所谓的杰克·格拉斯，就像乔德女士坚持的那样？我的MOH妹妹不会选错答案，这我毫不怀疑。但我总是摆脱不了那种感觉，不管我选哪一个都是错的。”

伊阿古点了点头。

“我就知道！”伊娃说，“两个都不是！”

“也许两个都是。”伊阿古说，“祝您下午愉快，小姐。”

伊娃又回到了自己的IP里。她很失望，但没有必要掩饰。测验不及格很让人难堪，更难堪的是，事后才知道这是测验。当然，她是不会被从家族核心开除出去的。她心里的光明面想要安慰她说，这也不是件坏事——因为这样她就有更充分的时间来进行自己的天文学研究了。她的MOH妹妹获得了胜利，这并没有让她觉得太不爽（戴安娜知道自己已经胜利了吗？），她觉得，自己不爽的是其他事。

她想要专心研究她的香槟超新星，但那个愚蠢的词语——“政治”不断地出现在她的脑海中。“政治！”在绝对的空间和寒冷中，什么都不是。

她进入自己的IP，咬紧牙关，进入（正如显示的）一扇门。那可不是普通的虚拟门，相反，那是IP中精心掩藏的一扇后门。人不能永远被动地等下去。有时候，行动是必须的。

伊娃行动了。

那个人从橄榄林里走了出来，比平时早了些，天气那么热，运动量又那么大，为什么要那么急呢？

戴安娜在自己的屋里。她在墙上开出一扇临时的小窗，舷窗外，可以看到外面那一望无际的蓝天（蓝天！那颜色可真奇怪，想想看——自然的黑色怎么会被稀释到那种程度）。她放大窗户，将舷窗变成了观景窗，同时关闭滤音。已经是下午了。考库拉一片静谧，唯一能听到的声音就是远处看不见的地方海浪的呼吸声，和草丛中慵懒的蝉鸣。没有什么东西在动。天空看上去就像一张荧幕。两根筷子似的白色尾迹直入云霄，两架超燃冲压飞机正飞向一个相同的交会点，至少，从戴安娜的角度来看是这样。尽管屋里的气候经过了严格调控，但她还是莫名地感觉到了外面的热量。

她关掉了窗户，坐回到凝胶床上。

睡意立刻袭来。

她梦到了伊阿古。这可真怪，她很少梦到仆人们。她正站在一座绿色的小山丘上，根据重力判断，是在地球上，不过气温比考库拉更冷，也更多雨。草坪修剪得很整齐，但秸秆还有足够的长度随风舞动。周围全都是绿色的原野，左侧还有一大片青翠的林地，就像一片云朵依偎在草地上。这里很冷。天空是灰白色的，戴安娜能闻到雨水的味道。不知为何，她知道，这座山丘上曾有一座高塔，不过现在已经被毁掉了。她低下头，草地上塔基的砖石依稀可见——那座曾经的高大建筑的残余。

伊阿古站在离她几米远的地方，“我这是在哪儿？”戴安娜问，还没等伊阿古回答，她就又问道，“你在这儿干什么？我从没梦到过你。”

“让梦来解释梦容易形成死循环。”伊阿古用他那沙哑苍老的声音回答。

他的身旁是一台合同书记机器人,粗糙的金属身体在冬天的阳光下散发着微光。“为什么带了台合同书记机器人?我们要签什么合同吗,我们俩?”

“您通过了测试。您的姐姐没有。您将正式宣誓成为阿金特家族的继承人。”

“你都没听过我的解答呢!”戴安娜说,停了一会儿,她又开口道,“姐姐可真可惜。”

“我们希望她能接受她的可惜。”伊阿古故弄玄虚地说。

“我说的可惜不是那个意思!”停了一会儿,戴安娜又说,“废墟。这里——还有你。为什么我会梦到废墟?”

“这得看您的问题到底是要问什么,不是吗?”

戴安娜又试了一次,“好吧。被毁掉的是什么,为什么我要梦到它?”

“这次好多了!”伊阿古说,他那居高临下的态度让戴安娜微微有些不爽。

戴安娜抬起头,天空中布满了风暴云:深紫色、深蓝色和黑色的。都是大块的云,移动起来就像坚硬的固体,如同建筑构件一样。移动的速度超过了自然状态该有的样子。

伊阿古忽然说了句意料之外的话,“星星已经毁了。毫无预兆,它们已经碎成了碎片,爆裂的速度比它们发出的光还快。”真是句奇怪的话!风暴云已经完全占据了天空。周围的光线都变暗了。

“它们发出的光。”戴安娜说。雨滴坠落了下来,就像沉重的金属,打在草地上产生出击鼓般的声音。戴安娜忽然领悟了过来:雨滴,每个雨滴,都是小小的锤子,每根草都是一个人,还有?闪光!那又是什么?闪电!又来了——闪光——戴安娜看了看旁边的伊阿古。她的脸上全是雨水,冷风吹得她瑟瑟发抖。全身湿透!倾盆的大雨中,她都看不清不远处的伊阿古。一道闪电,那鱼骨般的结构在空中闪现了一微秒的时间,但在视网膜上停留的时间却更长。每个闪电都是一颗莫名死去的星星。

“什么被毁掉了?”伊阿古摇着头,雨点打在他的脑袋上,碎成了片片薄雾,“是我们。”

你一定要理解:戴安娜对这种梦并不习惯。坦率地说,这让她不安。更糟糕的是,有人在梦半当中强行叫醒了她——这简直就是对她隐私前所未有的侵犯。她大叫着从梦中醒来,挥舞着双臂想要推开那个施暴的怪物。但重力实在是太强了,她的推搡只能从那个想要唤醒她的人的胸膛上无力地弹开。

“小姐!戴安娜小姐!”

“你怎么敢?”戴安娜喘着气,嘴唇干裂,“你怎么敢打扰我做梦!我需要通过梦来处理我的数据……”

“小姐,我们得走了。”

来的人是正日。尽管怒火还在胸口燃烧,但她自己也知道,一定是出什么事了。“正日。”她用嘶哑的声音问,“怎么了?”

“您在这里不安全,小姐。”她的保镖将她从凝胶床里扶了起来,“我们必须得走了。”

她的怒火消退了。“有时间洗浴一下吗?”她叫道,“还是说必须得挂着身上的胶就跑路?”

“小姐,小姐,请您一定要快。”正日催促道。

她确实很快,洗浴只花了一小会儿时间,穿助力器用的时间稍微长一些,“我们真的遭到袭击了?”她跟着正日走出了房间。伊阿古正在走廊里,看起来(尽管没有雨)和她梦中的版本简直一模一样。

“恐怕是这样,戴安娜小姐。”正日说,“很抱歉吵醒了您,但我们必须马上离开考库拉。”

“是谁干的?”

“还不太清楚,可能是阿布里塞多家,也可能是余家在使用阿布里塞多家的军械。”

“战争吗?”

伊阿古摇了摇头,“我很怀疑,当然,也有这种可能,不过我相信更有可能是一次机会主义的偷袭。他们偶然发现了能够确认你们姐妹俩在这个岛上的信息。他们孤注一掷,赌自己能够一举将你们俩都消灭掉。这会给您的双亲造成极大的伤痛。”

“给我造成的伤痛更大。”戴安娜冷冷地反驳道,“确认了吗?已经在发生了?”

“还没有。不过我们的情报单位报告说将会在未来十二小时内发生。”

“概率呢?”

“综合最优情报,点五七。”

戴安娜点了点头,已经足够作为从岛上撤离的理由了。“伊娃呢?”她问。

“你们俩分开行动。”伊阿古说,“您的双亲特别坚持要那样。他们不能冒险让你们乘坐同一架飞行器。”

很有道理。“那么让我跟她道个别吧,马上行动。”她说。

三个人进入伊娃的房间,两姐妹互相拥抱。两人都是同一副表情,冷静但专注。“很抱歉我不能为你的福尔摩斯做黑斯廷斯了。”伊娃说,“那不是我的菜。”

“没什么关系的。”戴安娜说,“而且,是迈克罗夫特,黑斯廷斯和波洛是一对儿。”

“听说你已经确认是谁杀了那个随侍了?”伊娃问。

“你是对的。”戴安娜说,“是另一名随侍,不然还能是谁?”

“哈!”伊娃笑道,“这么说我也还算是通过测验了? 真有点讽刺啊,考虑到现在的环境。”

“比那个要复杂一些。”戴安娜停了停,又问,“你说的是什么意思?”

“没什么。只不过,也许我也应该多做做谋杀解谜? 我可以挑战一下你的王冠。你和你喜欢的那个姑娘,那个你的秘密情人,也在玩这种东西的,叫什么来着?”

戴安娜畏缩了一下,把脸扭到了另一边,伊娃立刻明白了过来。“别管了。”她真心实意地想要安慰自己的 MOH 妹妹,“危险对我们有好处。就像重力一样——如果一辈子都没有它,你就会变得虚弱。我们会没事的。”

戴安娜的脸红了,“能容许我向你道歉吗?”

伊娃略微考虑了一下,“行啊。”

他们又拥抱了一次,“爱会让你做出疯狂的事情。”戴安娜说。

“我知道。”伊娃说。

“我们必须得走了,小姐。”正日欠身道,“非常非常抱歉,但我们真得走了。”

“我们在岛上有弹道飞船,当然。”伊阿古低声说,“但直接发射——敌人很容易就能知道我们的位置——那就太危险了。我们在地中海沿岸还有六七个等离子舱,乘坐那个上去更安全些。伊娃小姐和正日去托布鲁克,从那里上去。戴安娜小姐,蒂诺和我跟您稍后从意大利的等离子舱上去。”

“我看不出为什么等离子舱就比弹道飞船难打下来。”伊娃说。

“确实不会。”伊阿古点了点头,认可了伊娃的看法。“其实——”他补充道,“等离子舱更大,而且速度更慢,这让它反而更容易被打下来。不过舱里全是价值不菲的货品,还有许多其他乘客,将它打下来毫无疑问就是战争行为。打掉一架私人弹道飞船就是另一回事了。更容易否认,如果需要的话也更好解释。而我们相信,不管入侵者是哪个家族,他们都不想真的发动战争。”

伊娃没有再提出问题,而是和正日立即离开了。

10　重力?有罪?

戴安娜也急着离开,但她接受了建议,等姐姐走后再离开。于是,她来到室外,坐在草坪上的躺椅上,贝尔特兹拿着枪,站在离她不到二十米的地方负责警戒。戴安娜有些不耐烦,她并不害怕。持久的被保镖保护已经钝化了她的恐惧感吗?当然,她对未来还是很有信心的。

她看到伊娃的飞船离开,伴随着低沉的轰鸣,飞船从橄榄树丛上空低低地飞过,树枝在飞船留下的湍流中来回摇曳。

走了。

时间已近傍晚。伊阿古给戴安娜端来一杯冰水和一盘水果片。“我看到伊娃走了。”戴安娜说。

“您的双亲不希望你们俩同时升空。只是个预防措施。等伊娃小姐到达托布鲁克,确认等离子舱已经准备好后,我们就出发。”

“要多久?”戴安娜问。

“不会太久的。”伊阿古回答,“大概二十分钟。”

“能确认是谁背叛了我们吗?”

“还不能确认。”伊阿古说。

戴安娜喝了一口水,吃了片苹果。口感像硬海绵,湿湿的,很美味。她又吃了一片,“我知道你认为是我。”她没有看伊阿古的脸,淡淡地说,“我是说,是因为我联系了安娜。不过至少也应该考虑一下其他人的可能性吧。先不说我们带下来的仆人,岛上也至少有三十多人知道我们在这儿,他们都有可能背叛我们。”

“他们都服用了大剂量的 CRF。这会使他们反应迟钝,剥夺他们的主动性,使他们变得情绪化,所有这些对于——你知道的,让这个地方保持运转都不是理想的条件,但这也保证了他们不能主动背叛你。”

“如果不是主动的呢？比如说无意之中?”

“整个地区都被封锁了,各种形式的通讯都处于监控之中。没有人能一不小心透露您的所在地的,除了是蓄意的。”

戴安娜又想了想,她吃了一片非常甜的梨。味道真好啊！不管颜色、形状还是(据她所知)味道都像极了月亮。她看了看西面的海。乌云渐渐聚集在西方的地平线上,泛红的太阳越落越低。

“那两个警察呢？上次来这里的那两个,就在勒隆被杀之后?自然我们得遵守乌兰诺夫的法律条文,自然我们也不能拒绝乌兰诺夫认可的警察当局。他们可不像随侍们,对吗？他们很容易就能把消息传出去。”

伊阿古摇了摇头,“他们也服用了CRF,对家族很忠心。”

“是吗?”不过回想起来,他们的反应确实都相当的慢,而且一副逆来顺受的样子,CRF的话确实说得通。“不是得需要一周左右的时间才会在大脑生效吗?”她问,“再高的浓度也需要一周左右的吧?”

“对。所有相关人员都提前服用过CRF。”

“天呐！真的吗？这是防患于未然吗?”

伊阿古看着戴安娜,似乎是在衡量她的反应。“现在已经都无所谓了,小姐。”戴安娜知道伊阿古指的是自己偷发给安娜的消息。她的脸又红了。于是她不得不想办法让自己镇静下来。

“我真是个傻子。”她对伊阿古说,尽管说的是实话,但自己听起来都觉得刺耳,“我还不到十六岁,但这不是借口。如果我看错了安娜……那么,呃……”她的声音低了下去。

“您当时只是恋爱了。”伊阿古淡淡地说。

戴安娜紧紧地抿着嘴唇，握紧着拳头，盯着伊阿古。不过那也是事实，愚蠢而屈辱的事实——光荣而美好的事实。她松开拳头，把双手放在桌子上，深吸了一口气，"'当时'两个字用得很好，伊阿古。"

"爱是一种——复杂的情感。"

"你说复杂，是吗？确实如此。"

"复杂。"伊阿古重复道。

"我们还有点时间。"戴安娜说，"把那个随侍姑娘带过来，萨芙。"

伊阿古看了看戴安娜，"为什么？"

"我还有几个问题要问她。"

"我以为您说过您已经解决随侍被杀之谜了。"

"确实解决了。不过是还有一两个细节问题而已。你也知道我的，啊哈。我是完美主义者，不喜欢留下小缺憾。"

伊阿古僵硬地鞠了个躬，"我会派车接她过来，小姐，不过……"

"不过什么？"

"不过我们不能带她一起走，您知道的。"

"我可不想带她一起走！"戴安娜叫道，真心对伊阿古的说法感到惊讶无比。

伊阿古又鞠了一躬，走开了。戴安娜深深地陷在凝胶椅中，看着西侧越来越灿烂的天空。落日打开了冶炼炉的门，炉中的各种色彩都泛了出来，熔岩的红、火焰的橙，华丽至极。云朵低伏在地平线上，一副心悦诚服的样子。戴安娜又吃了一片水果。

四分钟后，车子沿着路开了过来，后面激起了一路黑色的尘土。夕阳抹红了挡风玻璃，汽车开进主建筑群，停在两百米外的地方，车上下来了两个人：一个警察——戴安娜用 bld 放大，是阿夫拉姆·卡瓦警司,以及那个名叫萨芙的随侍。警司架着萨芙一步步前进,两个人慢慢地穿过草地。

伊阿古又出现在了她的身旁:静静地回到自己的岗位,就像那些有趣的老故事里经典的管家形象一样。“请您理解,小姐。”他说,“我们只有十五分钟的时间,不能再多了。”

“足够了,伊阿古。”戴安娜回答。

气喘吁吁的萨芙被要求坐在戴安娜对面的椅子上。卡瓦警司站在她的旁边,就好像在标准重力下站得笔直是世界上最容易的事情一样——对他来说自然容易。戴安娜让他去把车开走——“完事后我们会叫你的。”警察看了伊阿古一眼——然后就转身离开了。

汽车离开了,发动机的轰鸣声隐没在了海浪声之中。

“好了,萨芙。”戴安娜说,“吃水果吗?”

侍女看着她,睁大了眼睛,“小姐?”

“尝尝这个梨吧。真正的梨,地球上长的。我敢打赌,肯定和你在棚户区里见过的那些东西不一样。”

萨芙小心翼翼地伸出颤抖的手(是因为重力,还是因为负罪感?),拿了一片梨,轻轻放到嘴里。

“不错吧?”

“很不错,小姐。”随侍说。她看了伊阿古一眼,一脸的不高兴,然后又看了看她的小姐,说,“我们有猫。”

“猫?”

“在西米尔——我老家那个球体里,小姐,有很多老鼠,都成灾了其实。所以我们养了猫。”

戴安娜点了点头,“你觉得我叫你来就是为了这个?你觉得我就是捉弄老鼠的猫?不是的,完全不是,我们没有那个时间。我只有十五分钟……”

“十二分钟。”伊阿古说。

“十二分钟,我只想和你聊聊,仅此而已。”

左边不远处,贝尔特兹离开了他的警戒位置。戴安娜看了他一眼,心中闪过一丝好奇,不知道是什么打扰了他。顺着贝尔特兹的视线,戴安娜看到了蒂诺,蒂诺正站在海边的公路旁,看着海面。也许他们是准备好带她走了吧,她想。不过,还有时间。

“我在数据中发现了些东西。”她说,“你信仰玛拉。”

“是的,小姐。”萨芙说。

“跟我说说。”

萨芙说,“那不是密教,小姐,是合法的,有关我们信仰的信息到处都可以找到。”

“用你自己的话跟我说说。”

萨芙看了看落日,“玛拉就是太阳,小姐。”她说,“玛拉是宇宙之神,律法、力量、慈悲、善意之源。穆罕默德是他在地上的先知,但我们不是生活在地上的。对于我们来说,神更像是先知,而不是天使。神的光芒,照亮整个宇宙。”

“太阳崇拜?”

“我们崇拜玛拉。我们崇拜真神,唯一的真神,我们认为太阳就是新麦加,新梅塔特隆[①]。”

“乌兰诺夫呢?”

萨芙看着她,目光锐利,“他们怎么了,小姐?他们只是人而已,就和你我一样,小姐。我们不崇拜他们。”

“可是除了服从乌兰诺夫法系的规则之外——”戴安娜看了一眼伊阿古,伊阿古正面无表情地站在她身边,“你们不也觉得乌兰

① 梅塔特隆,神话中的天使之一,天界的书记官,离唯一神宝座最近的大天使,躯体在天使里最为庞大,背生 36 翼,北欧神话中造成众神毁灭的元凶。

诺夫家族是圣洁的、受过祝福的吗？"

“乌兰诺夫家族。”萨芙缓缓地说，“禁止任何人接近太阳的圣颜。”

“他们禁止任何飞船飞入金星的轨道之内，确实是这样——但那只是因为他们想把水星留给自己。为了商业开发，这你也知道。整颗水星基本都是固体的铁，理想的矿源，价值非凡。”

“我们不关心那些。”萨芙说。

“就在我们说话的时候，乌兰诺夫的采矿船正在水星上采矿呢，这你知道的吧？更别提那些为了维持封锁的警用巡逻船和遥控机了。它们可都在金星轨道的内侧飞着呢。你们不会觉得困扰吗？”

“如果其他势力接管了太阳系——”萨芙说，“推翻了乌兰诺夫——您觉得他们还会保持太阳圣颜周围的空间不受侵染吗？我是说，相对的不受侵染，小姐，您说得对，那里并不是完全不受打扰的。不过，我想说的是，情况已经比可能的要好多了。”

戴安娜缓缓地点了点头，“这我理解。”她说，“不过我要问的是：勒隆不是玛拉的信徒，对吧？”

萨芙迅速低下了头，“不是，小姐。”

“他信仰什么？”

“他信引力神。那是种可怕的信仰，都是凶恶的异教徒。”

bId 为戴安娜提供了一些引力神的细节，“可怕是因为他们否认你们的神吗？”

“他们否认神的唯一性。他们认为引力是宇宙的神圣规则。他们认为每个物质粒子都有潜在的神性，但只有当它们聚集超过某个临界点后，神性才会显露出来。他们崇拜黑洞——那种吞噬者——他们把那当作真神，也就是说他们崇拜的神有亿万个。他们相信所有那些邪物最终会形成一个巨大的神，叫做芬里尔，芬里尔会吞噬一切。那是种野蛮宗教,小姐。勒隆相信只有力才能成形,带来秩序,是自然的本质。他认为力就是美。"这是一串快声细语的独白,说完后,萨芙满面通红,一脸的不开心。

"他有没有强奸过你,萨芙?"

"小姐。"萨芙默认了。她闭上眼睛,张着嘴。下嘴唇因为悲伤而颤颤发抖,也许只是因为重力的拉扯吧。

"真奇怪。"戴安娜觉得很有趣,"两个如此对立的宗教居然占据了同一个棚户区泡泡。通常——按照我的理解——每个泡泡里只有一个统一的社区,一种信仰。那里面地方又不大,容不下多少东西。"

"勒隆和他的家人是从另一个球体来的,小姐。"萨芙在椅子上微微坐直了一些,"那个球体被警察的巡逻船毁掉了,他们到我们这里避难。"

"你们可真好心,给他们住的地方。"

"玛拉鼓励慈悲心。"萨芙说,"而且他们也付钱了。"

"警察的巡逻船为什么要毁掉他们的球体?"

"因为——"萨芙看了眼伊阿古,"因为他们都是叛逆的暴徒。他们不尊重乌兰诺夫的权威,不像我们。他们只知道策划革命。他们是杰克·格拉斯的朋友,是那个政治暴徒的追随者。"

"真有意思!"戴安娜说,她也抬头看了看站着的伊阿古,"您亲自审查了那二十名随侍——怎么会容许这种有着危险背景和政治观点的人通过?"

"两分钟,小姐。"伊阿古面无表情地说。

"你当时知道吗?伊阿古?知不知道死掉的勒隆是引力神的信徒?"

"我当然知道,戴安娜小姐。"伊阿古说,"萨芙,这个随侍,夸大了那种信仰的革命性。有些引力神的信徒确实有暴力恐怖倾向,这我承认。但绝大多数信徒并不是那样的。”

“不过——从一个拥有两种对立斗争的信仰的泡泡里招录随侍。”戴安娜说，她若有所指地看着伊阿古，“还真是奇怪，不是吗？”

蒂诺还站在那边，伊阿古看着前方的海面。“不到两分钟了，小姐。”他说。

“萨芙。”戴安娜再次转向随侍，“恐怕我马上就要走了，不过我想让你了解，我知道勒隆对你进行了性骚扰。”

萨芙看起来很平静，“小姐。”

“我知道。我会尽力减小对你的惩罚的。”

“我的——惩罚，小姐？”萨芙颤抖道。

“杀人就是杀人，尽管被杀的那个是个恶棍。自然，乌兰诺夫法系是绕不开的。但我觉得我可以利用我的影响，减轻刑罚。看起来我的影响力，嗯，呃，正在增长。”

萨芙一脸疲惫地看着戴安娜。一开始，她似乎还想否认一切，但那个瞬间立刻就过去了。她又低下了头，用疲惫的声音说，“杀人的刑罚是死刑。”她说，“死刑是不能减轻的。”

“不一定。可以减成监禁的，我想。”戴安娜说，“他强奸过你。我猜你杀他的时候他是想要再一次强奸你？”

夕阳的光芒照在萨芙的脸上，抹平了上面的斑块，整张脸都戴上了一层红晕。“是的。”她说。

戴安娜说：“我查看过储藏室——事发地点——看过好几次。”她是在和伊阿古说话，不过眼睛还看着萨芙，“一开始，我被一个愚蠢的理论给误导了，以为凶手启动了园艺机器人来作案，当然情况并不是这样。尽管一开始我并没有注意，但关键的细节一直在我的脑子里挥之不去，我一直忍不住在想，为什么墙上安了那么多的叶片——机翼啊，尾翼之类的东西。我没有立刻想明白原因，而且一开始也没有太在意。不熟悉那些东西，你看。上面又用不着。

但昨天在车里的时候我一下子明白了。我知道那些机翼、尾翼和叶片样的东西是干什么的了。那是储物架。下面的人用它们来放东西。你可以把东西放在架子上,你看,重力会让东西待在上面的。轻的东西,重的东西,都可以放在上面。”

伊阿古看着戴安娜,但视线的焦点并不在戴安娜身上,他在用bId查信息。

“萨芙。”戴安娜说,“勒隆当时在追你,对不对?”

“他想让我为他做些事,性方面的事,他躺着。”萨芙说,“我不愿意,他就生气了。他要抓我,我就跑开了——尽管很难跑,我们俩都跌跌撞撞的,速度很慢,就像在水里一样,就像个噩梦,都是因为重力。”

“你们跑到了储藏室。”

“是的,小姐。”

“他差点就抓住你了——但你爬到了储藏室里的一个机器人身上。”

“我想躲开他,小姐。”

“一定很难吧,那种重力!不过你还是做到了——一脚踩在机器人的肘部,一脚踩在它的肩膀,然后爬到钉在墙上的架子上。他是不是累坏了,没办法爬上来抓你?”

“是的,小姐。”

“所以我猜,他就站在那里——羞辱你,叫你下来?”

“是的,小姐。”

戴安娜笑了,“也许我们可以告诉当局,后面的事是个意外。很容易弄成意外的,你看。”

“不是意外。我看到了架子另一头的锤子,于是就爬了过去,像老鼠一样。下面的勒隆也跟了过去。他很生气,他在下面骂我,大吼大叫,气喘吁吁。他跟我说:还记得在眩晕机里我和佩德罗是怎么对你的吗？还记得那种疼痛吗？还有血？我该让你更惨才对。他说。”

“所以你就杀了他？”

“我沿着墙到了锤子的地方，伸出胳膊。我当时也在犹豫，小姐。这可一点也不容易。可是勒隆就站在我的下面，于是我让锤子直直地掉了下去——那声音，咚的一声。锤子很重，砸碎了他的脑袋；失重会让骨头变脆。锤子砸中了他，他两腿一弯身子就倒了下去，然后腿也蹬了出去。锤子掉到了旁边的地上。他的脑袋流了好多血——可是并没有像平常那样变成小滴小滴的。而是平平的，深红色的一大片，全都在地上，就像个肿瘤。”

“是的。”

“我沿原路爬了下来。”萨芙说，“我在大叫，浑身发抖，小姐，我的心里既感到害怕又有一点高兴。我跌跌撞撞地回到自己的屋子，倒在了床上。可是没过多久就有仆人过去了。不是因为他喊叫的声音，您看。他骂得兴起，其他人都觉得最好不要去招惹他。不是因为骂声，是因为骂声突然停了。”

“伊阿古。”戴安娜说，“我的两分钟肯定很久之前就已经用完了吧？我们不该出发了吗？”

伊阿古低头看了看她，“情况比我们预计的要糟得多，小姐。”他一本正经地说，“恐怕我们得改变计划了。”

戴安娜看着他的表情，心跳到了嗓子眼儿，“伊娃？”她问。

“还活着。”伊阿古立刻回答，“没有被抓，也没有受伤。不过托布鲁克的等离子舱被毁了。”

戴安娜立刻进入自己的 bId，接收伊阿古发过来的信息。她看到托布鲁克电离舱的双塔，还有黄色的沙漠，蓝色的天。技术很简单，下行舱沿着其中一根等离子柱下降，迫使物质集中到两根成对的柱子的一侧。等离子体在那里发生聚变反应，然后从另一侧推动上行舱。一架满载客人和货物的电离舱从空间轨道下降,就有另一架电离舱被反作用力推上去。整个系统非常经济,只需要在地面端提供一点点额外的能量,就能让上行舱的等离子柱将机舱送入轨道。不过等离子柱的温度和压力都很高,也就是说整个结构很容易遭到破坏,而且一旦被破坏很不好修。

戴安娜的 bId 指出了破损点。柱子的外壳上有个形状不规则的洞,黑色的物质像花朵一样向外翻出——都是陶瓷化了的砂子。机舱在半空中嗡嗡作响,地上有几个人形。

"伊娃还在地上?"

"是的,小姐。"伊阿古说。他招手让贝尔特兹过来,"恐怕最后还是要进行战争了。这招很愚蠢,不管出手的是哪个家族,长远来看,我敢确信我们是占优势的。不过目前,我们必须马上带您离开这个岛。之前的十二小时预计得太乐观了。他们随时都有可能攻击这里。如果是战争,那就要全面摊牌了。"

戴安娜站了起来,感觉有些晕(尽管也许只是因为站起来时脑部的血液流到了腿上)。侍女萨芙眨着眼睛,看着她。

"我已经通知警察来接萨芙小姐了。"伊阿古说,贝尔特兹也正好喘着粗气跑了过来。

"我会被怎么样,小姐?"萨芙问,听起来她很紧张。

"目前而言——"伊阿古回答,"不会怎么样。你在这里的招供都是私下里的。警察会把你先送回之前限制自由的地方。现在还有大事要办,等一切尘埃落定后,你的命运才会被决定。"

"真会开战吗?"戴安娜问。

"很快就会结束的。"伊阿古很有信心,"余家已经没有余力了。其实我很吃惊,他们居然会采取这种策略。如果您和您姐姐能逃过这一劫,我根本看不出他们有什么赢面。不过这个我们现在还不用操心。现在最重要的事就是保护您的安全。"

“我们得……”贝尔特兹开口道。但伊阿古抬起一只手,阻止了他。他指了指,所有人都顺着他指的方向看了过去。

多米尼克·蒂诺朝他们走了过来——不是一个人。

“情况比我预计的要好得多,要么就是糟得多。”伊阿古说。

两个人正穿过草地朝这边走来,蒂诺旁边的那个人一副深不可测的表情,是乔德女士。

11　乔德女士再临

“晚上好啊,我亲爱的姑娘。”乔德女士说,“看看我们!居然都站在室外,就好像重力根本就不存在一样!不过闲话少说——你是谁,亲爱的?”

“这是我的一个随侍。”戴安娜看了看伊阿古和贝尔特兹,说。

“坐在椅子上?”乔德女士咂了咂嘴,“比我对我的仆人都好。你就待在这儿。”她对萨芙说,“你家小姐和我要去屋里聊聊。”说完,她就朝主屋的大门走去。

穿着助力器的戴安娜追上了她,“你来这儿干什么,乔德女士?不是说我不高兴看到你,不过您的时机不太凑巧。有关于战争的传言——托布鲁克的电离舱刚被……”

“我知道,我亲爱的。”乔德女士接口道,“我都知道。进来吧,我们谈谈正事儿,我非常希望听听你的版本。”

戴安娜回过头,贝尔特兹、蒂诺和伊阿古都跟在她的身后,萨芙还坐在桌旁的椅子上,旁边放着那盘水果。“我们就……这么把她扔在外面?”

“警察马上就会来接她的。”伊阿古说,“她哪儿也去不了。乔德女士的到来更重要。”他看起来很疲惫。

“确实,不是吗?”乔德女士说,“进来吧——你先请,我亲爱的。”

戴安娜进了门。她在心里过了一遍,乌兰诺夫家到底有什么理由要把他们的秘密代理人派下来到考库拉,不止一次,而是几天之内就来了两次?破坏阿金特家族的电离舱对他们有好处吗?显然没有!想必这次袭击和乌兰诺夫家族没有什么关系。

伊阿古跟了过去。乔德女士紧随其后。就像上一次一样,大门在她进入时叫了起来——贝尔特兹跟在乔德女士身后,他的武器自然也让警报响了起来,他取出武器,向房屋人工智能表示这是房主认可过的东西。但警报还是在响。

“是我的。”乔德女士说,语气和第一次假装惊奇时一模一样。

蒂诺也走了进来,大门又叫了起来。他取出自己的枪让房屋人工智能检查。贝尔特兹拿出智能收纳袋。“您的枪,乔德女士?”他说。

“必须吗?”乔德从衣服里掏出等离子枪,懒洋洋地说。

“恐怕是这样,女士。”贝尔特兹把袋子递了过去。

“你就不必经历这种有失身份的过程,伊阿古先生。”乔德观察道,“因为你手无寸铁,这不是很奇怪吗?一个没有武装的保镖?”

“我不是保镖,女士。”伊阿古说。

“哦,对了,不是嘛,你是家庭教师。照理说我应该问问你是教什么的。不过我敢说你自己也不知道。不,”她边说边打量着递过来的智能收纳袋,“我不觉得。”

“这是强制性的,很抱歉,小姐。”贝尔特兹说。

“是吗?那么我只能……”她举起枪,手腕一抖,迅速开火,声音不及双手拍巴掌那么大。但那一枪却在贝尔特兹身上产生了戏剧性的效果。

离子团射进了他的右脸,在上面留下了一个红黑色的小凹痕。几乎同时,伴随着一声巨响,他向后飞了起来,眼中充满了惊讶。不过真正惊人的还是他的样子。他大张着嘴,但一点声音也发不出来。不到半秒钟的时间,他就撞在了后面的墙上,他张着双臂,顺着墙壁滑落在地。

戴安娜尖叫了起来。

伊阿古刚上前一步,就又停了下来。蒂诺的武器正指着他。戴安娜看得清清楚楚,那把枪正对着伊阿古,而不是乔德女士。蒂诺!她的脑子在飞转,在巨大的压力下想出答案,这正是她最擅长的事。不过此时此刻就连白痴都能看出这个局。发动袭击的不是阿布里塞多家,也不是余家。戴安娜的爱情密信没有暴露他们的位置(尽管现实十万火急,但她还是感到自己对此松了口气)。情况要糟得多,是乌兰诺夫。乌兰诺夫家要对阿金特家下手了。戴安娜的脑子转得飞快:我那两位MOHmie都安全吗?他们抓住伊娃了吗?都结束了吗?

她的脑子正在做一件所有普通人都会做的事——一遍又一遍地重复——这些肯定都不是真的。

乔德女士看了一眼贝尔特兹斜靠在墙上的尸体,墙上满是红色的细线,"他没有武器。"她指的是伊阿古,接着,她又说道,"抓住他——留活口。过会儿我得和他谈谈。"

伊阿古开口道,"多米尼克,等一下……"可是蒂诺已经开枪了,正打在他的右脚上,正打在脚面正中,整只脚都炸成了碎片。伊阿古被冲力推得转起了圈,四分之一圈后,他倒在了地上,落地时的声音比贝尔特兹响得多。他捂着受伤的腿,脸色灰白,但没有叫出声来。他紧闭着嘴,喘息声有如蝉鸣。

他被打倒了。

蒂诺用枪指着戴安娜的胸口。戴安娜的心不由自主地狂跳了起来,就像颗脉冲星,跳得剧烈而迅速,肾上腺素刺痛着她的皮肤,让她头皮发麻,脑子发晕。

"你不是我们的人。"戴安娜对蒂诺说,"是乌兰诺夫家的。"

"我亲爱的姑娘。"乔德女士看了一眼贝尔特兹的尸体,走到她的面前,"我们不都是吗?我们的人当然到处都是了。这你也不是没有预料到。"

"你们要逮捕我吗?"戴安娜问。

"走法律途径吗?"乔德女士大笑道,"天呐。"她收起手中的枪,抱着胳膊站在戴安娜面前,"风险非常大,亲爱的;而且有时候,事情发展得实在太快,来不及完善那些……繁琐的程序。我们派人在托布鲁克等着你姐姐,结果你们的人炸了主塔逃走了。不过——说真的,他们能跑到哪儿去?"她摇了摇头,"我们很快就会抓到她的。尽管你的双亲在创造你们的时候让你们可以抵抗各种审讯药,但我们总是可以按老派的问话方式来的嘛。不是吗?我觉得,要是我们在你面前把你的MOH姐姐折磨个半死,你肯定会把我想知道的东西都告诉我的。"

戴安娜的脑子里想的都是——*不敢相信这都是真的!这不是真的!*

她的心在狂跳——她知道乔德女士能做出什么来,她知道自己肯定会受不了的。"没必要那么做。"她尽量不让自己的声音因为恐惧而颤抖,"我会尽量回答你的问题的。如果你想要的话现在就可以。"

"很好!"乔德女士竖起一根手指,"不过不许要滑头。"

"要滑头?"

"兜圈子,玩游戏,都不行!你的大脑非常神奇,当然,对我们会很有用。不过你身体的其他部分对我们来说只是能让你产生痛苦的机器而已,而我会很高兴帮你启动机器的。哦!哦,你要是跟我要滑头,我就会让你确切明白我的意思。"

尽管还很害怕,但戴安娜的心跳已经恢复了正常,血液中的肾上腺素水平也降了下去。她的腿很疼。"我明白。"她说,"我能坐下吗？重力太让人难受了。”

“你不能。”乔德女士笑得很邪恶，“我的第一个问题是东西在哪儿？”

戴安娜感觉耳朵在响，“这问题太泛了。”她说。

“蒂诺，瞄准戴安娜小姐的膝盖，劳驾。”蒂诺按照指示放低了手臂，“我再问你一遍，我亲爱的，要么是你回答我，要么是我的多米尼克打穿你的膝盖。会很疼的，我向你保证！——不信可以问问你的管家，就是那边，趴在地上的那位伊阿古先生！我们可只是射中了他的一只脚而已！膝盖要厉害得多。不过，你得更坚强些才行，因为我会再问你一遍。如果你还不回答，我就让蒂诺把你翻过来，从膝盖后面再打一枪。第一枪直接射入髌骨，打个洞，带出点肉。很痛，但髌骨还有救。不过第二枪，你的膝盖骨会碎成碎片，喷射到地上，你的腿就没了。你相信我会这么对你吗？”

“绝对相信。”戴安娜说。

“非常好。东西在哪儿？”

最奇怪的是，戴安娜此时却感觉困了。倒不是说她无所畏惧：恰恰相反，恐惧太过强烈，不断挤压着她的胸口。她急促地喘着气，额头上全都是汗。可是此时此刻，睡意却席卷了她。坏主意，她对自己说。贝尔特兹的尸体就在旁边，就好像在向她证明乔德女士有那个手腕。伊阿古，受伤但还没死的伊阿古，也在附近——她看不到，一定是在身后的什么地方。睡过去只会激怒乔德。肯定是睡不了的，但那种冲动一直都在。

当然，对于戴安娜来说，睡觉是她解决问题的方法之一。也许此时此刻也是如此——回答乔德的问题还是被肢解成残废！——她的脑子习惯性地想要进入解谜模式。当然，这不会有任何好处。她不知道这个问题问的到底是什么，更别提答案了。*什么东西在哪儿？别睡*，她告诉自己。为了不睡过去，她想象着蒂诺枪口射出的子弹,如光子般快速穿过她的腿。她在脑中看到,圆形的膝盖骨在冲击力下变得粉碎,她看到一切发着光剧烈地爆开。

“超光速。”她想到了那个词。她用颤抖的声音说了出来。

“正是。”乔德女士说,“不过,在哪儿呢?”

她有几个选择,但每个都没什么用处。说自己不知道——尽管是事实——会让她的膝盖报销。编个答案可能会让她安全,至少是暂时的,但接下来他们就会问她具体的地点,这她无论如何也编不出来。再说,超光速能在什么地方?乔德问的是某种停在小行星带的星际飞船吗?还是装满方程和技术细节的芯片?“在某某人的脑子里”这样的答案会让她满意吗?戴安娜觉得这听起来一点儿也不可信。于是她只能张口说了起来,脑子里一片空白,然而说出的话让所有人都吃了一惊,包括她自己。透过眼角的余光,她看到有个东西在向上运动。但她没有朝那里看,她只是直视着乔德女士的眼睛,说,“我已经得出了结论,乔德女士,那就是我不怎么喜欢你。”

她支撑着自己,想要支撑自己。*一个人该怎么支撑自己呢?*

该死。

一声脆响,开火了。蒂诺的离子团嗖的一声射入了地面。过了一小会儿,戴安娜才明白了过来,有人按下了蒂诺的手臂,就在开枪之前。

接下来的一切发生得非常快,一连串的连续动作。首先是蒂诺扬起了头,下巴指着天花板,上面有个小红点;接着蒂诺的身体以右脚为轴心整个旋转了起来,飞转着朝乔德女士倒去。乔德女士面无表情,但她已经伸手掏出了武器。蒂诺还看着天花板,红色的液体在他面前喷薄而出。他的身子东倒西歪地撞上了乔德女士。乔德身体一歪,后退了一步,伊阿古出现了,就在她右前方。戴安娜没看清他是怎么过去的,好像是凭空冒出来的一样,而且站得笔直。他一拳朝乔德的胸部挥了过去。拳头打了进去，收回时血从乔德女士的胸口流了出来。

乔德女士头一次露出了不那么自信的表情。她瞪着戴安娜，一脸的愤怒。“我们会再见的。”她说。说到“再”时，血已经从她的嘴里喷了出来，最后几个字淹没在了窒息的抽噎中，她的身体向左倒在了地上。

戴安娜深吸了一口气，又呼了出去。

她的心在狂跳。

她又做了次深呼吸。

她看了看地面，白色的大理石地板上倒着三个人。油腻的红色液体流得到处都是，最近的已经到了她的脚边。她赶紧后退了一步，以免把鞋子弄脏。

戴安娜抬起头，伊阿古就站在那儿。消失的右脚看起来非常的超现实——腿延伸到脚踝就忽然没有了，却没有血。

“伊阿古，你没有枪。”戴安娜说。

“确实没有，戴安娜小姐。”伊阿古说，他跨过蒂诺的双腿，握住戴安娜的手。因为少了一只脚，他走起路来一拐一拐的。但看起来用残留的断肢支撑身体的重量对他来说并没有什么不适。

“如果你有武器的话，门会认出来的。”戴安娜有些傻乎乎地重复道。过了一会儿她又说，“你真幸运，子弹没有伤到脚上的任何血管。”刚说完，她就发现自己的话有多蠢——这话根本无法解释眼前的情况。

“我们得赶紧走。”伊阿古说，语气还是那么的平淡。

戴安娜这才对刚发生的事产生了进一步的理解，“你做了什么？”她叫道，“你杀了蒂诺！天哪，你确实杀了他！”

“难道您更愿意他打穿您的腿吗？”

“腿。”戴安娜盯着伊阿古脚踝处消失的部分，忽然感到一种全新的恐怖，“腿！腿！”

“如您所见，我的腿是假的，戴安娜小姐。”伊阿古说，“两条腿都是。少了一块确实不太方便，不过这机器看起来还没失灵。”戴安娜那善于解谜的脑子又转了起来——所以他才能在这种重力中一直那么站着啊。

不过这都不重要了。

她咽了口唾沫，又咽了一口。“天呐。哦，哦，伊阿古。”戴安娜叫道，她又深吸了口气，看了看眼前的尸体，“你把他们都打倒了。你怎么把他们都打倒的？”

但她已经看到问题的答案了。伊阿古的另一只手里握着一把刀。

“为什么门没有把它当成武器？”她指着那把刀问，“金属刀具应该和金属枪支一样好认啊。”

“金属的，确实是。”伊阿古说，“不过这把是玻璃做的。走吧，小姐。”

12 飞 行

他们回到了外面，考库拉的黄昏芳香四溢。萨芙——那个随侍——还坐在椅子上。她抬起头，惊讶地看着走出来的两个人。

“一切都不同了。”伊阿古边说边将匕首插回套中，“不是家族间的对抗，是乌兰诺夫家族盯上了你。我们得到上面去，阿金特家的任何设施都不能信任。其他 MOH 家族就更不能相信了；面对眼前的机会他们都正在摩拳擦掌呢。事态非常严重，恐怖。”

“我的两位 MOHmie 还好吗？伊娃还好吗？”

“我们只能相信他们照顾自己的能力了。现在我们自己得先逃出去。我们去阿尔安法尔，我在那里有朋友。到那之后，我们会想出更好的法子的。走吧。”

“她和我们一起走。”戴安娜说。

伊阿古看了看那个坐在那里,盯着他们的随侍,“不,那不行。”

“不,她一起走。”

“她会拖慢我们的速度,她在这里更安全。”

“显然这里一点都不安全!”

“别的都不说——”伊阿古牢骚道,“她可是个杀人犯。”

“哦,伊阿古。”戴安娜说,“我们俩都知道那不是事实。”

伊阿古精明地打量了一下戴安娜,“嗯,你确实很厉害。”他承认道,“不过就算如此,我敢打赌你不知道全部事实。”

“确实不知道。”戴安娜承认道,“比如,我就回答不出来乔德女士那个吓人的问题——在里面的时候。你答得上来吗?”

伊阿古摇了摇头。

“她和我们一起。”戴安娜再次说。

伊阿古放弃了争论,“好吧。我们三个一起。”他扶着侍女站了起来。三个人在黑暗中前进,步履蹒跚,速度缓慢。等到他们穿过草坪的时候,黄昏已经变成了实实在在的黑夜。漆黑的主屋被抛在了后面。海湾对面,是城镇的灯光,但昏暗已经吞噬了周围的一切。天上的星星清晰可见。

他们走到了橄榄树丛中,休息了一会儿。但没过多久,他们就不得不又停下了脚步。身后,两道光柱伴随着巨大的噪声低低地指向房前的草坪。

戴安娜藏在树后,看到两架飞船降落在草坪上。舱门打开,下来七八名身材强壮的特工,或者是士兵,也可能是警察(管他是什么人呢),他们一下飞船就迅速冲进了主屋。

“安静。”伊阿古在戴安娜耳边低声说,他轻轻拍了拍戴安娜的肩膀,“不过快点。”

三个人穿过橄榄树林,从另一侧走了出来,前面是一道没有抹水泥的低矮石墙。跨越这个障碍可不容易，尽管它并不大，还好三个人都翻了过去。伊阿古不得不先帮萨芙爬上去，然后再从另一头扶她下来，啪啦、噗、啪啦。黑紫色的天空。前面是一条公路，晒了一天的柏油路还热乎乎的。戴安娜的助力器发出噼啪的轻响。伊阿古一瘸一拐地快速前进，右手臂还扶着萨芙。三个人穿过公路，沿着长满薰衣草的山坡走了下去。这种深色的草味道很大，不过很清爽，很好闻。前方是璀璨的星空，银河在闪闪发光。亿万颗闪亮的星，伊娃努力研究的那个香槟超新星爆发后的遗迹就在其中的某个地方。这个念头让戴安娜胸口一紧，不知道我那MOH姐姐还有没有机会完成研究。

身后，一个东西飞上了天空——之前降落在主屋前的两架飞船中的一架。三个人转过身，飞船亮着光，轰鸣着飞上天空，在主屋周围盘旋。一道探照灯光从飞船腹部射出，逐条扫过地面，协助当局搜查他们，光柱朝海滩扫去，渐渐远离了他们。

"我们得离开这个岛。"戴安娜喘息道。

"同意。"伊阿古说。

薰衣草田对面是另一条公路，伊阿古带着他们沿路走了一百多米，然后又转向一片面积更大的树林。这里的树比橄榄树高得多，那种松树的香气充盈鼻孔，尽管很好闻，但味道有些太强了。天色已经非常暗了，他们什么都看不清，只能伸着手摸索着前进，经过一棵棵树的树干。地上铺满了松针，感觉像海绵一样。戴安娜感觉似乎过了好长时间，他们才从这片伸手不见五指的漆黑中走了出来。

终于，他们来到了旷野中，又看到了天空中闪耀的星星。伊阿古伸手扯下编织网，露出下面的飞车，然后按键打开了车门。

"我不知道你还在这儿藏了台飞行器。"戴安娜说。

三个人爬上了飞行器。车里一股塑料味儿。伊阿古关上车门，打开了内灯——刺眼的黄色光。里面的空间比橱柜大不了多少，三个人勉强挤得下。“等到真正出发的时候，我只能摸黑开。”伊阿古说，“而且不能飞高。也许会有些吓人，提前说一句。”

“这玩具能带我们跑多远？”戴安娜一边系紧安全带一边问。飞车内浅柠檬色的灯光下，萨芙别扭地坐在座位上，缩着身子，大睁着眼睛。

“你得系上安全带——这样的。”戴安娜说。

“谢谢您，小姐。”侍女呆呆地坐在座位上，看着戴安娜帮她系好安全带，“您之前说的是什么意思——在房子那儿的时候，小姐？”

“我说什么了？”

“先生说我是杀人犯，您说，不是。”萨芙看了看正在启动操作界面的伊阿古，“他说得对，小姐，我就是杀人犯。”

“情况不是那么简单的，萨芙。”戴安娜说。这时，伊阿古关掉了内灯，飞车在夜空中升了起来，加速度让戴安娜产生一种不舒服的压迫感。

“你之前说我们要去哪儿，伊阿古？”戴安娜在黑暗中问。

伊阿古将飞车设置成了全透明的，就像游客们喜欢的那样，这样更方便利用微弱的星光导航。戴安娜隐约看得清他的侧影，比周围深暗的背景更黑一些。

“我们去阿尔安法尔利拉。那地方属于塔斯克。”

“这车能把我们带到那儿吗？”

“不能，太远了。但它能带我们离开这个岛，这是我们目前最急迫的需求。”

他们飞过夜空，飞得非常低，松树的树尖时不时地擦过车底，会带来一阵颤动。他们飞出了树林，然后一路下降，距离海面只有不到一米的距离。全透明的车身让人感觉非常不安，戴安娜有一种隐私暴露的脆弱感,不过至少这给了他们一个观看岛上情景的绝佳机会。主屋附近已经是灯火通明了,其中一艘乌兰诺夫家的飞船还停在草坪上。另一艘则在空中,靠近东方,探照灯光精心地来回扫动,像钟摆一样。

海岛西部的港湾里停靠着一艘大船,船上的灯光与天上的星光交相辉映。那里之前并没有船。"也是乌兰诺夫家的?"戴安娜问。他们正静悄悄地从低空飞过,距离那艘船大概五百米的距离。

"应该是。"伊阿古说。

船被他们甩在了身后,伊阿古驾驶飞车绕过岬角。戴安娜的bId忽然弹出一条呼叫请求。她还没想明白是怎么回事就接了起来。

车厢正中,闪出了乔德女士的形象。"我亲爱的姑娘。"她说,"你以为自己在干什么呢?"

"关掉。"伊阿古说。

"别信他!"乔德说,"你难道不知道他是谁吗?"

"我知道!"戴安娜反驳道。

"啊,既然知道他是谁,你怎么还能够相信他?你怎么没尖叫着跑掉呢?"

"我就该相信你吗?"戴安娜回敬道,突如其来的愤怒压过了常识,"你威胁要弄残我!"

"别扯了。你形状完好的价值更大——那只是演戏而已。看看我,可怜的乔德,孤零零的,肺也坏了!可你,我亲爱的,你正独自和全太阳系最危险的人一起在夜空中逃亡!回来吧,这么办:阿金特家族继续保持乌兰诺夫左右手的地位,你继续当你的继承人,不管你的姐姐怎么想——作为交换,我们拘捕格拉斯先生。简单明了。"

"戴安娜。"伊阿古说,"请把那玩意儿关掉。"

"你会后悔……"乔德女士还是一副假得要死的愉悦语调。戴安娜切断了连接。

"他们知道我们要去哪儿了。"伊阿古说，他驾着飞车一个急转弯。戴安娜的胃整个儿飞了起来，"现在要想逃走就只能豪赌一把了。"

"对不起。"戴安娜说，"我不该接的。"

"对。"伊阿古同意道，"确实不该接。"

伊阿古的责备刺痛了戴安娜。"那是下意识反应。"她辩白道。

"恐怕你得关掉你的 bId 了。"伊阿古说，"他们已经侵入了。如果你再使用，即使是微不足道的用途，乌兰诺夫家也能迅速定位。我能请您把那玩意儿关掉清除所有访问数据吗？"

戴安娜想要抗议，这会使她完全孤立——自从懂事起她就没离开过 bId。但她实在是没有争辩的理由。*伊阿古说得对。*所以她只能关闭了 bId，输入了清除的指令。

离开了 bId，她感觉自己更脆弱了。

她问萨芙有没有带 bId。显然萨芙并没有那种东西，她只是个随侍，一个来自棚户区泡泡的小丫头而已。

他们继续飞行，伊阿古一直在沿着海岸飞，终于他们飞向了外海。大概二十多分钟后，戴安娜才开始确信他们确实已经逃脱了。

她睡得很不踏实，坐着，脑袋摆着奇怪的角度，醒来时感觉脖子好酸。不过东方的天空已经显出了华美的橘色。萨芙在打呼噜，她的身上系着安全带，脑袋垂在前面。伊阿古还在驾驶。"你还好吧？"戴安娜问。

"很好。"伊阿古说，"我们马上就要停下来了，我会找个更适合长途旅行的飞船。"

"我的嘴很干。"戴安娜说，"而且我需要减轻一下膀胱的压力。”

“真是个矛盾的状态,想想看。”

“这辆车没有洗手间吗?”

“太小了,恐怕容不下那种奢侈的装备。只是个短途旅行工具而已。再等十分钟。”伊阿古说,“然后就降落。”

他们经过一片暗褐色的峭壁,峭壁上漆黑的洞穴正等待着被东方的光芒慢慢照亮,又一个黎明即将到来了。直到降落前戴安娜都不清楚伊阿古要去哪儿。最后,他们跃过一道山脊,降落在一座大农舍前的院子里。院子里有座浅灰色的七层高的谷仓,上面还涂着星月的标志。旁边停着四辆专用农机,很显然这个地方完全是自动化的。不过院子里有个人正在等他们。“她怎么知道在这儿等?”戴安娜问,他们降了下来。

“是他。而且他知道是因为我提前呼叫了他。”

“为什么你不擦除自己的 bId? 也许跟我的一样也被入侵了呢?”

“我戴的设备不是 bId。”伊阿古说。

伊阿古打开门。他们叫醒萨芙,三个人从车里动作笨拙地爬了出来,黎明前的户外很冷。伊阿古走上前和那个陌生人说话,戴安娜和萨芙活动着身子。“我们这是在哪儿,小姐?”萨芙问。“我知道的不比你多,萨芙。”戴安娜回答。

伊阿古走了回来,“我朋友带了架大飞船来。”他说,“我们没时间浪费。”

三个人绕过谷仓的墙角,看到了一台大小合适的机器,上面到处都是隐形天线。伊阿古打开舱门,三个人登上飞船。戴安娜立刻冲进了洗手间的舱室,接着萨芙也去了一次。伊阿古朝几个方向发射了几十个诱饵无人机。戴安娜查看了一下小厨房,搜出了不少补给。她喝了些糖果汁,吃了个草莓松饼。松饼已经不太新鲜了，不过确实缓解了她的饥饿感。伊阿古进来喝了一大杯水，然后又回到了驾驶舱。戴安娜催促萨芙也过来吃点东西。等到起飞时，黎明的光芒已经将整个东方的地平线照得通红。他们朝东飞去，周围空气澄清，天空越来越亮。

戴安娜从没乘坐过这么简陋的飞船旅行。引擎持续不断地发出噪声，就好像它的功能主要是破坏自己的内脏一样。飞船尾部不断喷出团团废气。戴安娜忍不住想要知道这到底是哪种引擎。说不定是青铜时代的古董，说不定是荷马时代的，说不定。

阳光的颜色看起来就像蜂蜜一样。

从他们的角度来看，下面的景色就像一张简洁的几何图：几道明暗相间的色带。先是数不清的六边形的麦田，然后是一道不太长的小山脉，远处是一大片灰色的作物带——食用棉，戴安娜猜。

他们接近了东方的海岸线。海面向南北两个方向延伸，就像一张巨大的起了皱的蓝布。他们飞跃海滩，远离了陆地，贴着静谧的海面飞行。

他们在海上飞了很长时间。

等到连续不断的海岸线再次出现在下方时，天色已近正午——塔斯克，再往前想必就是他们要去的阿尔安法尔利拉。前方的山脉渐渐升高，山脊都是棕黑色的大理石，山顶上覆盖的雪散发着金色的光。戴安娜心想，太阳总是能指出真正的北方，不管地磁极的方向如何变化多端。太阳是亘古不变的，所有这些不确定中，只有太阳是真实不变的。

她看着视野里不断变幻着的天空，又看了看太阳在地面上投下的阴影。下面的山脉千篇一律，单调得很。上面长不了什么。当然，绝大多数食品都是在太空中生产的，来自于数不清的工厂和球体。只有少数奢侈品和口粮作物是在地上生长的。不过地面上大多数的土地都已经荒废了,要么就是给荒漠化了。

太阳像纸一样白,天空像水一样蓝,她闭上了眼睛,但却睡不着,两位 MOHmie 的形象鬼使神差地出现在眼前,她不得不又睁开了眼。还是在舱室里,她摸了摸旁边的舱壁,用手都可以感受到机舱的震动。

她哭了起来。其实这一点用都没有。

她只能坐下来,告诉自己,没有理由觉得自己的两位 MOHmie 已经死了。没有证据表明伊娃已经死了,也不能确定她已经被乌兰诺夫抓住了。我只好扮演一个角色,一个能够忍受逆境,战胜困难的角色。哭是没有用的。

所以,为了分散自己的注意力,不再自怜,她过去坐到了伊阿古旁边。驾驶舱里看到的风景和机舱里一样:杂色的山脉,从峡谷里来的。同样的天空,同样的太阳。太阳也在悲伤,悲伤就像太阳一样,炙热而又无处可逃。不论有没有意识到,我们的生活都是在围着它转。

“这么说——”戴安娜说,“你就是杰克·格拉斯了。”

伊阿古哼着歌——那调子戴安娜没有听过,四个重复音节,接着是一串下行的旋律,中间还有颤音。哼了一会儿之后,他说:“有些人确实那么称呼我。”

“乔德说那不是你的真名。”

“所谓真名。”伊阿古说,“到底是个什么概念,我想我不是很清楚。”

“而且你杀过人。成千上万人!”

“几百万。”伊阿古看了戴安娜一眼,“如果你相信某些传说的话。”

戴安娜想了想,“你不可能杀掉几百万人。”

“确实没有。”

“几千人呢?”

“也没有。”

“但你确实杀过人,是吧?”

“你自己就看到过我结束多米尼克·蒂诺的生命。真可惜,其实我还挺喜欢他的。我和他一起下过围棋。”

“我还看到你捅了乔德女士,不过你没杀死她。”

“本可以做得更好的,我承认,不过人无完人嘛。”

“我的两位 MOHmie 知道你是谁吗?”

“知道。”

“但他们还是雇了你?你觉得我会相信他们很高兴雇你在他们的女儿身边工作?”

“他们雇用我不为别的,就是因为我的身份。这两条腿也是他们花的钱,他们还花钱给我做了整容手术。他们知道我做过什么,也知道其中的原因。事实很简单,阿金特家族和我的目标相同,保护你和伊娃是达到目的的手段之一。”

“乌兰诺夫家——”戴安娜说。

“正是如此。他们的毁灭。而且,把我放在你和你的 MOH 姐姐身边——嗯,我确实还是有些有用的技术的,就像之前向乔德女士和她的特工展示的那样。技术这个词可能倾向性太明显了,我想。按我说,技术应该都是些建设性的东西。我之前干的事可算不上。”

“不管怎么说。”戴安娜说,“我的膝盖得谢谢你。”

伊阿古笑了起来。

“真不敢相信,我的两位 MOHmie 会策划这么——震撼的事。”

“你不敢相信吗?还是说你不敢相信他们没拉你一起策划?”

戴安娜看着窗外,“我还没到十六岁呢。”她说。

“确实。不过你也看得出来,事关重大,为什么你的 MOH 双亲会想要加快选定继承人的进程。这不是他们的选择,是形势所迫。”

“可是——”戴安娜说,“你是革命分子！我能想象得出我的MOHmie想要推翻乌兰诺夫——可是革命者是要破坏所有权力结构的呀,不是吗？包括MOH家族在内的所有权力结构！我的两位MOHmie为什么要和致力于推翻他们自己的人结盟?”

“革命者也有许多不同的派别,就像宗教一样。”伊阿古说,“确实,有些人想要扫平整个体制。不过也有人乐于与现存的层级结构合作,清除不公和乌兰诺夫的暴政,以便过渡到一个和谐稳定繁荣的社会。至于我本人,我——在个人和理想的层面上都有充足的理由憎恨乌兰诺夫家族。但对于我来说,任何社会体制,即使是乌托邦式的,也是需要高效的公务员的服务的——而MOH家族充当的就是这种角色。”他咳嗽了一声,也许是在笑,戴安娜分不出来到底是哪个。接着他又说,“不过自然,还有些更现实迫切的理由。”

“你说的是什么？什么理由?”

“你的MOH双亲信任我这种人,和我以及我所代表的势力结盟的理由。”

戴安娜感觉头皮发麻,肚子一沉,就好像自己正面临着伟大启示即将揭晓的时刻。“是什么?”

伊阿古看了看她,“新的威胁,足以压倒现实中所有政治参与方的威胁。就连你双亲那样的个体也不例外。”

“什么威胁?”

“人类的终结。”

戴安娜不知道该说什么,听起来实在是太夸张了,尤其是从伊阿古的嘴里说出来,她不禁想要确认,这是不是一个笑话。

“我们得在你的阿尔安法尔利拉待多久?”她问。

伊阿古上下仔细打量了她一番。“不会永远待在那儿的。”他说。戴安娜明白他的意思：很长时间。“如果乌兰诺夫家确实在对家族下手，那么——呃，时局还得动荡一段时间。我是说在上面，以及整个体制内。这也就意味着动荡会一直波及到下边，毕竟地球就像给整个体制冲屎的下水道而已嘛。”

亵渎的语言吓了戴安娜一跳，“伊——阿——古！”她叫道，“注意用词！”

“抱歉，戴安娜。”说完，伊阿古扭头继续看着前方。戴安娜注意到，他不再称呼自己小姐了。

时间已是晌午，伊阿古操纵飞船进入了安纳托利亚中部一条狭窄陡峭的峡谷。

13　众　人

房子很简陋，但很舒适——上下两层，紧贴着峡谷西侧的石壁，从上方基本上看不到。戴安娜完全搞不清楚他们这是在哪儿，而且她也不喜欢(没有 bId)找不出答案。不知道最近的城市在哪儿，他们的补给应该都是从那里来的——这一切都是谜。水都是从井里打上来的，真真正正的井，就像荷马和直立猿人的时代一样，朝青铜色的岩石里打个洞，然后把里面的东西泵到屋里。“你怎么知道这水干净不干净？”戴安娜问。

伊阿古只是回答，“够干净了。”

伊阿古把一个球体固定在脚踝处，那东西比起脚来可是差多了，但伊阿古似乎并不在意。他现在走路只是微微还有点瘸。“你就不能——”戴安娜问，“给自己弄只更合适些的脚替换一下嘛？”她在脑子里想着各种可能的东西。“这两条腿——”伊阿古说，“还有这张脸，这张新脸，都是很贵的，定制的，不可能随便找个商店就换掉。你的 MOH 双亲花了钱，不只是为了买下这东西，还为了保密。保密更费钱。”

戴安娜闷闷不乐地哼了一声，“我之前还在想，你怎么那么多褶子。依你的年龄不该那么老态！”

“我们有许多过人之处。”伊阿古同意道，“不过疤痕组织确实是个顽固的东西，只能把它藏到细小的褶子里，不能像刮腻子一样抹平。”

“真让人讨厌。”戴安娜说。

她的生命进入了一个全新的阶段。一开始，她并没有觉得失去财富有什么大不了，感觉更像是在进行假期冒险，而不是真的变穷了。相比之下不能用 bId 更让人心烦。

这里的空气比岛上更稀薄，天气也更冷，但她很快就适应了。这也是在上面生活必备的能力之一。

萨芙为他们做饭，还负责收拾。她依然不越雷池一步，睡在最小的屋子里（尽管可用的大屋子多的是），不怎么说话。有时候，在戴安娜的巨大压力下，她才同意和他们一起吃晚餐。

第一天，戴安娜除了焦虑外什么也没做。无法接入 bId 真是憋得受不了。没办法查看事实，满足自己的各种好奇心，这非常的不方便，后来她才发现，整栋房子里没有任何数据设备——没有平板，没有终端，就连古董似的合订抄本都没有。她完全没有数据可接收，这种史无前例的情况让她非常的不舒服。缺乏外部数据接入还是个小问题，出于安全性的原因，以前她和大规模新闻数据网就是隔离的。最让她难以接受的是，完全无法知道自己的家族现在到底怎么样了。她不知道自己的 MOHmie 是否安好，是否被乌兰诺夫家抓住了（不知道有没有被控罪，她不禁想道）或者被杀了。她也不知道伊娃是不是还好，更不知道家族的几十万成员和分支的下场。伊阿古告诉她的也不多，尽管他似乎确实能从那个不是 bId 的东西上得到一些信息。

头天晚上她睡得很不好，这间房子里没有凝胶床，她只能躺在床垫上，而且墙壁也不能自动调温，她感觉很冷，最后只能自己起来操纵屋子角落里的一个设备发出更多的热。确实热了些，后来又太热了，她只能再起来调低温度。直到黎明前她才真正睡了过去，尽管中间醒了好几次，但她一直睡到了中午。

新的一天来了，我还活着，她对自己说，这可是个奇迹。

天空上云很多，光线是灰白色的。她给自己冲了些咖啡，吃了点面食。之后，她开始漫无目的地在屋子里转悠了起来。伊阿古正在后面的起居室里，坐在一把椅子上，看着古董窗外的景色，尽管外面什么也没有。

外面淅淅沥沥地下着小雨，无数灰色的小水滴在眼前坠落。

戴安娜坐到他旁边的椅子上，过了一会儿，她开口道，“是你策划的。”

伊阿古看了看她，“很高兴你想明白了。当然我一直认为你能想得出来。”

“是怎么回事？生日礼物吗？”

“是的。”伊阿古说。

戴安娜看了看他。

“你的双亲觉得这是他们的主意，但其实不是。”伊阿古淡淡地说，“是我种下了这个念头的种子。我知道你对谋杀谜案有多热爱。对你来说，解这种谜就是小菜一碟，但你就是喜欢。所以我想，干脆设一个局，来个真实版的，作为生日礼物。”

“我就觉得那个情景有点怪。”戴安娜说，“一个仆人被残忍谋杀了，距离我和伊娃睡觉的地方只有几米之遥！任何其他情况下我们的 MOHmie 肯定会立刻要我们撤离。涉及我们俩的安全时，他们的那种偏执可不是作假的。可这件事却让他们挺兴奋的——暴力谋杀？你们可不能走，宝贝们。”她摇了摇头，“这太不像他们了——说什么仆人血液里的 CRF 会保证我们的安全?"

"那只是其中的一重保险。"伊阿古说,"你一直被严密保护着。至少……"他又想起来多米尼克·蒂诺,"至少我们是这么认为的。而且凶手对你也没有恶意。她的敌意只针对某个特定的人。"

"你是怎么挑上她的?"

"我一直在找类似的场景,结果一点也不难找到。棚户区球体都是拥挤的密闭空间,人际关系紧张。我从几百个有可能的当中挑出了七八组仆人,把他们全部放入了行前的重力训练。那个佩德罗——真是个可怕的家伙,真的——他死的时候,我调查了一下。就是那个时候,我了解了萨芙的潜力。直到那时候,我才做了决定。"

"你不可能确定她一定会杀勒隆。"

"确实。"伊阿古承认道,"但可能性很大。我了解群体互动。而且在你的生日之前,我们还有三周时间呢。勒隆提出要求,萨芙不接受,这种时刻总是会到来的。她也有可能会先发制人。我的担忧主要是谋杀会太直接、太枯燥,对你来说太明显。不过就算是那样,你也还是有更大的谜可以解的。我知道你会指认出萨芙是真正的凶手,但我也想看看你能不能找出真正在幕后策划的人,也就是我。"

"一点也不难。"戴安娜闷闷不乐地说。她积累的愤怒忽然爆发了出来:"生日礼物?这礼物可真是够变态——你不觉得吗?送一具尸体给一个姑娘,当十六岁生日礼物?"

"这个。"伊阿古摊开双手,面对着戴安娜,"这才是关键。"

"这个?我的愤怒吗?"

"对。"

愤怒像火焰一样在她的身体里燃烧了起来,"你就是恶魔!"她叫道,"这是什么关键?一个人死了!虽然不是什么圣人——可话说回来谁又能自称圣人？你肯定不是！天呐，我们都算什么？他可是死了！”说得越多，戴安娜的怒火越是燃烧，“这不是游戏！我差点也死了！”

伊阿古摇了摇头，“乔德是不会杀你的。活着的你对乌兰诺夫很有价值，你姐姐也是。”

“闭嘴！一个杀手可是用枪指着我狞笑呢！我还不到十六岁，但我感觉自己差点就死了。这可不是游戏。你怎么敢——”她大叫着，愤怒和怨恨的毒液源源不断地从体内涌出，她以前都不知道这些东西在自己的身体里！“你怎么敢——把死当游戏？当生日礼物？”

戴安娜实在受不了那张面无表情的脸了。她使劲抵抗着重力，站了起来，气冲冲地摔门而出。萨芙正在门口，叫声将她引了过来。戴安娜也不想和她说话（尽管这根本算不上是她的错），于是她回到自己的屋子，钻进了被窝。她只觉得很冷，尽管是夏末，但真的很冷。这里的一切都不对。自己生命中的一切都脱轨了。

他们住得很高，这里的天气是山上的天气。

从高处往下看，她的愤怒也像鹰一样飞了起来。他怎么敢？这么作弄我，拿人命当棋子。他真以为我会对尸体做的十六岁生日礼物感到高兴吗？

愤怒有个很有意思的地方，你越是关注外界，将火气撒在不公的世界上，它就会越让你感到自怜和怨恨。我是真的在气伊阿古视勒隆的生命如草芥吗？当然不是。稍微一想她就明白了。一个自己根本没有直接认识的人，怎么可能为此而大动干戈？愤怒，可不是那么容易产生的。那么：又是什么呢？是我自己的生活。她就生活在监狱里，由自称保镖的看守把守。什么都不缺也可能会被说成是一种选择自由。也许，并不是伊阿古的错，只不过截至目前他都是某个更大的阴谋的一部分。只不过这确实是他的错，而我气的就是他。

她想到了宇宙中的众人。

数万亿人，像雾一样挤在他们自己的星球上。单是这数量和规模就让人难以想象。不过如果伦理学有意义的话，那它的意义就是不让巨大的人口数量压倒每个人独立的道德思维，即使是几十亿拥挤在一起的人，也不能仅仅被当作是工具。这些人尽管很穷，在漏气的棚户区球体里过着朝不保夕的生活，吃着菌块，喝着循环水，但这只是进一步加强了那个道理，而不是削弱。他们是最没有办法自助的一群人，他们应该获得帮助，而不是被利用。

她生来就是为了解谜，受到的训练也是为了解谜，这让她能够从立体的多维度看清问题，穷尽一切可能性。如今，这种能力正在飞速运转，挑战着她自己的愤怒：你为这数万亿赤贫之人做了什么？还有什么能做的？没有，什么都没有，没有。在此之前，你曾为他们着想过哪怕一点点吗？没有。从来都没有。你的愤怒真的只是道德因素的反应吗？还是因为更简单、更基本、更人性的东西——你觉得被轻视了？你的自尊受到了伤害？

愤怒的戴安娜裹着被子，躺在床上，睡着了，她当然睡得着。

和以前的数千次一样，她又做起了梦。她梦到了：室内。

她的两位 MOHmie 都站在路易二十二风格的大厅里，大厅里镶着棕木板，上面刻着镀铬的纹饰，每面墙上都是通体的大镜子。如雪一样的白光从宽大的窗户里射入，亮得刺眼。光线缓慢地蠕动着，十分怪异。空气中戴安娜一开始以为是灰尘的东西其实是光子，因为某些奇怪的物理原因而减慢了速度，悠闲地飘荡着。因为光速很慢，时间整个都错位了——不知为何，既快速流逝，又慢得吓人。感觉就像一场噩梦，令人不安。她的两位 MOHmie 都在笑。“这是怎么回事？”她问。

两人的回答完美同步，听起来就像一个人的声音一样，“你的怒火减慢了时间。”他们说。

“我不该生气吗？他没有权利那么对我！”

“你？”

戴安娜觉得这是个责备，“不，不是我。是死掉的人——勒隆。他怎么能那么对待别人？就算那人来自贫民窟又怎么样？”她继续抱怨着，不过愤怒已经缩回了心里，“就算是像他那样的坏人，也不应该被那样。人就是人，不是玩具。”

“我们不得不将下面的人当作资源，我亲爱的。”两个MOHmie异口同声地说，“权力就是这样。你只能选择永远放弃权力，或者用它造福人类。”

戴安娜看了看旁边的墙壁，又看了看上面的镜子——镜子——她的两位MOHmie（当然）都反射在镜子里，但戴安娜本人却不在。她环顾四周，想要弄清楚到底这只是因为自己站的角度，还是因为在这个梦里自己就是隐形的。

“如果我们有权力。”她的两位MOHmie唱道，“我们就可以让情况更好，但拥有权力的事实玷污了我们。如果没有权力，我们将仍然是纯洁的，但我们就无法让情况变得更好。”两个人齐声唱和，声音中有一种奇怪的共鸣。

“这是个虚假的两难问题。”戴安娜说。

“确实如此！他想教你的就是这个。这才是你的生日礼物。”

戴安娜上前一步。她心头一动，这才意识到，明亮的大厅中并没有镜子。每一面她之前以为是镜子的东西其实都是一扇大门，她所以为的反射其实都是她的MOHmie，几十个他们的复制体。每扇门里都有新的房间，每个房间里都有她的两位MOHmie，他们的身后还有新的门，门里还有她的MOHmie。她意识到自己看到的是无数多个房间。贫民窟里有亿万人，而这里她的双亲数也数不清。

带着这种认识，她惊醒过来。

她坐了起来,紧紧地裹上被子。还有比被子更原始的技术形式吗?光线有些奇怪,更白了,泛着金属色。过了一会儿她才明白了过来,下雪了。

雪。

她回到起居室。伊阿古还在,萨芙坐在他的对面。看到戴安娜进来,萨芙一脸愧疚的神色,赶紧站了起来,点了下头就离开了。戴安娜进来坐到了萨芙之前坐过的椅子上。椅子还温温的。"她干吗一副犯了罪似的表情?"

"我们之前说的话她都听到了。"伊阿古淡淡地说,"她想知道到底是怎么回事。我觉得,她有权利知道。刚才我在跟她说,她不应该为杀死勒隆负责。尽管出手的是她,但作局的是我。我告诉她我知道勒隆一直在侵犯她,我把她当作伸张正义的工具利用。"

戴安娜想了想,"她信了?"

"为什么不信?她还心里获释似的哭了。我想,这在某种程度上减轻了她的负罪感。"

"伊阿古。"戴安娜说,"对不起,我不应该对你发火。"

伊阿古微微睁大了眼睛,说:"谢谢。"

"你吃惊了?"

"这么说吧。"他回答,"你比我预料的更快达到了目标。"

戴安娜没有理会,"关键点并不在生日礼物,对不对?"她说,"也就是说,确实是生日礼物,但是为十六岁生日特别准备的。关键是成年。对不对?"

伊阿古用他那特有的拐弯抹角的语言说:"自然,想到和你我一样能呼吸有感情有希望的人被当作利用的资源,让人有些难以接受。这很可怕。另一个选择,像隐士一样生活。这个风险太大了。"

戴安娜把这个回答总结为"对。""那么——"她说,"告诉你我的结论吧。你的生日礼物是真人版谋杀谜案。你希望我破解谜题。”

“当然。”

“但这并不是真正的礼物，对不对？你希望我解决谜团，然后揭露幕后的东西——发现你在其中的角色。”

伊阿古看着她，缓缓地点了点头。

“你想要我——”戴安娜说，“愤怒。你想让我产生被利用的感觉，让我因为这个视人命如草芥的游戏而愤怒。你想让我感受到那些，这样我才能面对权力的另一面，认识到掌握权力就是要用这种方式对待其他人。”

“事实上——”伊阿古重复道，“风险确实非常大。”

“推翻乌兰诺夫？”

“哈！”伊阿古的笑声吓了戴安娜一跳，“不，不，那只是权力政治——一个理想的结果，我想，推翻暴政，我真心希望我们能达到那个目标。而且这也是你 MOH 双亲的希望。但那是人类事物运行中最古老的硬通货了，我是说权力政治。实现，不实现，人类都会继续下去的。不，我说的是更重要的事。”

“是什么？”戴安娜问。伊阿古看着窗外——雪花飞舞。每一片都比指甲盖还小，而且又薄又不耐久，但它们的数量越来越多。外面的世界正在变白，这还是夏天！

“我们好好谈谈那个吧。”伊阿古说。

14　字母表上的第三个字母

“乔德想知道它在哪儿。”伊阿古说，“难以想象的危险，价值非凡，那就是……”

“超光速。”戴安娜说。

伊阿古哼了一声表示同意，“更确切地说，是指一件东西，藏木于林,它就在太空中。乔德那是想要大海捞针。"伊阿古看了看自己的指尖,然后继续道,"不,比那还要难找。太空比海洋大得多。"

"太空是很大。那个东西到底有多大——我们要找的是什么?"

"一个人那么大。确实是那么大。知道吗?这让我觉得很有意思。你知不知道,质子质量和整个宇宙质量的中位数就是人类女性的平均体重?听说过吗?这个说法?"

"是人类女性?"戴安娜问。她的胸口痒痒的,心在狂跳。不止这些,她的脑袋似乎也同时又涨又缩了起来,感觉非常奇幻。不知什么地方飘来了烤面包的味道。她不知道自己的身体为什么忽然这么兴奋,但她不需要去想,因为几乎是同时,她就知道了答案——在她失重的脑海里,一个隐藏在重力之井中的声音在悄悄地说着什么。那声音说:他们一直在找的那个东西,那个杀多少人也在所不惜的神器,那个危险之极的东西——就是你。"人类女性。"她又说了一遍,声音颤抖。

"你说什么?"伊阿古看了看她。

"我知道我不是普通的人类女性。"戴安娜说,她的语速很快,"当然,我也看过不少介绍 MOH 技术所能带来的可能性的文章。而且,告诉你吧——我一直都有种感觉……别笑,但我一直觉得自己有独特的使命……"

"是男人。"伊阿古说。

"不,不是的。哦,我不是说要选择独身,我完全没有想要用那种方式处理我的性欲。不过男人什么都不是,比什么都不是还什么都不是,真的。"她立刻止住了话头,因为她忽然想到,跟伊阿古说这些太不近人情了。"我的意思是——"她最后补充道,"老式的浪漫爱情梦——呃,那都是男人的梦想。那是一种对女性的限制……"

伊阿古打断了她，但很委婉，“是我没说清楚。”他说，“是个死掉的男人。”

“死掉的男人。”戴安娜重复道，她终于反应了过来，“死掉的人类男性？乔德找的是那个？”

“我们所有人找的都是那个。他的尸体，飘浮在无尽太空中的什么地方。”

“哦。”戴安娜说，“我觉得自己蠢死了。”

“不要这么想。”伊阿古苦笑道。

“我太莽撞了。”

戴安娜看着窗外的荒野，深深地喘息了一声。不论在底层待多久，不论自以为自己有多适应，呼吸还是件痛苦而费力的事。她想回家，非常非常想回到上面去。人类真的不属于这个辛劳的地方。雪——地球大气中冻住的水被吹成爆米花大小的白色灰烬的气象过程。碎片在玻璃外飘落，忽然间就冒出一大片。它们三心二意地模仿着失重的样子，有时还飘起一下然后再缓缓下落。

室内的光线已经由明黄色变成了氧化银的灰色，然后又变成了冰冷而明亮的银色。伊阿古命令房间加强了内部照明，但戴安娜又让光线变了回去。她喜欢在中午时享受寒冷黄昏的色彩。她就是喜欢。

“抱歉。”伊阿古说，“我提到人类女性只是因为数字的缘故——比人类男性的平均体重要小些。”

“什么平均不平均的，都是废话。几万亿人，绝大多数都还挤在几十亿个简陋的泡泡里，那个平均是怎么算出来的？”这话中所蕴含的敌意听起来比她想象的要大，所以她说：“恐怕我是有点太自大了。那个样子真是太蠢了。听到自己不是——呃——弥赛亚，居然还会失望，真是太蠢了。”她轻笑了两声，嘲笑自己的虚荣，现在她已经能面对了。

伊阿古笑了笑,说:“我得说,你还是非常不自大的。”随后他又补充道,“对于一个富人来说,我的意思是。”

忽然间,周围灰色的光线似乎一下子都怪异了起来,好像整间房屋都被扔进了深海之中。就是这样。她已经厌倦了底层,厌倦了被困在地球重力的深处——而她最不愿意的就是继续这么沉下去。

戴安娜命令房间变得更亮,屋里的照明立刻就增强了,亮得就像新榨的柠檬汁。她又坐直了一些,深深地吸了口气。

“跟我说说那个过世的人类男性。”她说,“风险太大?你老是这么说,一个人的尸体能有多大的价值?”

“他叫姆可可。”伊阿古说,“生前的名字,我是说,活的时候。”

“他是什么人?”

“他是一艘名为长庚星号的飞船上的船员,确切地说,那艘飞船叫长庚星33a10号。对于飞船来说,这个编号可够大的。工程师们从来都没有什么起名字的想象力。”

“他是怎么死在太空里的?”

“他死于飞船上的一场火灾。是被烧死的,很不幸。幸存的船员把他葬在了太空中。”

“葬在太空中。”戴安娜重复道,“听着就觉得浪费了大好的碳资源。”

“嗯,确实。不过工程师们还有个特点,他们基本上都信教,而且是那种老式的信仰方式。局外人可能会觉得——他们的宗教信仰一定会与他们的科技知识产生冲突。但是,他们那执着于神的思维中似乎有某种东西让他们非常擅长于工程。我也说不上来是什么东西。而且,没有他们,各种舰队都无法开动,所以在实践上,他们自有宗教自由的特权。”伊阿古清了清嗓子。戴安娜看了看伊阿古,明亮的灯光更让戴安娜看清了他的老。他那张苍白的脸上布满了皱纹,看起来就像布满裂缝4号的苍白的表面一样。

“那么说,这个姆可可死在飞船上,尸体被排进了真空。”戴安娜说,“知道了,现在告诉我,为什么他那么重要。”

“他不重要。”伊阿古说。

“伊阿古。”戴安娜责备道,“你说话拐弯抹角的,太烦人了。”

“我也不太了解姆可可,其实。”伊阿古说,“关键不是他。而是他身上的某样东西。他的尸体。你看,飞船上服役的还有另一名工程师,名叫麦考利。而他——嗯,现在算是个人物了。”

“谁?等一下。”戴安娜使劲回忆着,“这个名字挺耳熟的。如果我还有bId可以用的话就能查查了。我认识他吗?听说过他?”

“也许没有。不过也没关系。他有项发明,然后又反悔了,仅此而已。”

“他发明了个东西,然后又改了主意?”

“就是这样。”

“他发明了什么?”

“他没说。”

“有人问过?”

伊阿古忽然笑了起来。从他嘴里冒出笑声是非常罕见的,感觉非常奇怪,戴安娜也不禁畏缩了一下。“抱歉。”伊阿古忍住了笑,“对不起。不过确实——有人问过他。他们在这件事上给他施加了很大的压力,以至于他死了。”

“哦。”戴安娜这才明白了过来。

“他们实在是……够蠢的,手脚也不利索,自然也很——”伊阿古看着屋顶的一角,似乎是在想合适的词,“不道德。不过麦考利已经死了,关于他的发明就什么也说不出来了。”

“他什么也没说,在……审讯的时候?”

“他比审讯他的人以为的要顽固得多。宗教信仰,明白了吧,还是老式的那种。他们对此没有准备。他觉得自己应当宁死不屈。知道什么是真空观光吗?”

“不知道。”戴安娜说。

“就是把一个人的脸暴露在外太空的真空中——整张脸。审讯室里有个特制的小——舷窗。非常不舒服。自然,你不能呼吸,而且吓得半死,那种寒冷是常人无法想象的,并且非常疼,你的血管会爆裂,眼珠子会爆出来,嘴唇会冻住。那个——被审讯的人——通常都会挣扎,紧闭双眼,屏住呼吸。过一会儿,等再弄进来后,基本上你问什么他们都会说,尤其是在事先使用了合适的迷幻剂之后。秘诀就在于要尽快从他们口中套出信息,因为过不了多久,伤口就会迅速膨胀,他们就会失去意识。通常,他们的嘴唇会坏死,被冻黑,脱落。他们也会失去单眼或双眼的视力。总之取决于真空观光的时长。”

“我就不问你是怎么知道的了。”戴安娜说。

“哦,我以前就是个审讯员。”伊阿古说,“那玩意儿每次都让我觉得反胃。”

“你?”戴安娜笑了一声,尽管那个“你”字已经让她头皮发麻寒毛直竖了。

伊阿古笑了起来,“伊阿古·格拉斯。”他说,“伊阿古,亚戈,贾克——我知道。我是杀过人,是的。”戴安娜仔细听着他所说的话,但他的声调并没有比以前更加空洞,“我很擅长杀人,这是我人生中的一个可悲特质。但我对伤害别人并没有特别的爱好。杀人干净利落,折磨人就麻烦多了,我讨厌麻烦。杀人是闭合的,是一种终结。但伤害是一种可怕的外露形式——开放性的——基本上就是字面上的意思。就是……让我十分讨厌。”他看着戴安娜,“我说这些不是为了在你面前美化自己。我知道自己是什么样的人。”

“一就是一。”戴安娜说,“反正我敢说你也不在乎我怎么看你。”

“哦，我在乎的！”伊阿古急切地说，“非常的在乎。我不希望你回避我。”

“你当然不希望了。”戴安娜说，“我的两位MOHmie肯定给你服用了最大剂量的CRF。”

“我从没服用过CRF。”伊阿古说，“你的双亲完全信任我，他们也有很好的理由相信。自然其他仆人都是服用了的，不过给我服用那种药会是个错误。你需要我的主动性和独特性。”

“哦。”戴安娜说。

“一就是一。确实。”伊阿古说，“对，我是杀过人，但我向来都是尽量做到干净利落。我并不对自己做的事感到骄傲，因为骄傲就是内疚的另一面，那种感情与我的本性是不相容的。”他双手相并，行了个合十礼，“没有人——我的意思是，没有哪个真正知道我是什么的人——会雇我当刑讯官。被雇用审讯麦考利的都是普通审讯员，他们不了解他。他是个——非凡的人。他们给他注射了你所能想象的最大剂量的迷幻剂，种类你应该也想得出来，结果并没有什么用。于是他们就想，痛苦，对死亡的恐惧，那个能让他开口——毕竟，没有哪具具有意识的躯体能够抗拒得了那种东西。他们折磨他，但他没有招供。他们让他真空观光，他没有挣扎，而是直接排空了肺里的空气。当时他是在歌唱，我觉得。”

“歌唱？”

“赞美诗，用他最大的音量，对着完全无声的外太空歌唱。用他最大的音量，唱一首无声的赞美诗。他们没明白过来。受审者通常是不会那样的。那一定——非常难受。感觉一定就像恶魔亲自将手深入他的气管，伸到肺中，揪出里面的肉。”伊阿古抱着胳膊，摇了摇头，“但他有那个毅力。等到他们意识到他在干什么，把他拽进来的时候，他的三分之二个大脑已经死亡了。”

“他的秘密和他一起死了?”

“啊。这就要再提到姆可可了。你看,麦考利似乎将他发明的细节载入了一块芯片,然后在空葬前藏进了姆可可的尸体。”

“为什么?”

伊阿古微微张了张嘴,摇了摇头,“他总有自己的理由吧,我猜。”

“也就是说,那个秘密就在那儿“——只要我们找到尸体?”

“完全正确。”

“是关于超光速的秘密?”

“我说过的,我们都不知道具体的内容。我们不知道麦考利如何解决了那个阻碍他的困难。不过,是的。他的发明是一种新型飞船发动机的设计图。可以进行超光速飞行。”

“这么说是真的了。”戴安娜寒毛直竖,“真惊人。我是说如果那是真的的话。不过不可能是真的,可能吗?”

“为什么不可能?”

“我的意思是真有办法进行超光速飞行吗?”

“麦考利找到了方法。”

“可那是个好消息啊!”戴安娜大声说,她的心跳得飞快,似乎充满了活力,“令人难以置信的好消息!”

“好消息。”伊阿古用不带感情的语调说,“不,不,我不觉得。”

“你不觉得是好消息?”

“我觉得是可怕的消息。”

“可这就是通往广阔宇宙的入场券啊!整个太阳系社会的限制都会消失!那挤在一起的几万亿人就可以散播到其他星球上去了!他们可以逃脱乌兰诺夫的统治,可以让乌兰诺夫鞭长莫及。可怕?不,这可是黄金时代的开始啊!”

伊阿古靠近了一些,“你很兴奋。”他观察道。

“我当然兴奋了！最后发现这居然是可能的不让人兴奋吗？那可是自由啊！终极的自由！”

“是死亡。”伊阿古说。外面的雪已经停了。外面的窗台也变成了白色，就像一条蛇，外面空旷的院落也盖上了一层软软的被子。

“别扯了。”戴安娜叫道，“留下来才是死亡呢。长远来看，留下来只有停滞和死亡！”她顿了顿，“麦考利肯定和其他人说过他的发明。他拒绝告诉审讯员，可是朋友呢？同事？”

“没有。”伊阿古说，“你得理解，麦考利是个天才。他有自己的疯狂之处，那就是他的宗教狂热。但那其实进一步刺激了他的发明能力，而不是阻碍。我的一个朋友曾说过：麦考利有自牛顿以来最好的头脑。我觉得他说得对。”

“也就是说他发明了这个非凡的东西，发明了帮助人类逃离牢笼的密码，最后却宁愿死也不和别人分享？”

“我猜——”伊阿古说，“刚想到这个主意的时候，他确实很兴奋。也许他也想到了人类的美好未来，翱翔于宇宙星际之间——就像你刚才说的。限制啊，什么的。也许就是这些想法让他打起精神开始完善细节。但很快，他就改变了主意，他认为，让别人发现他的发明将会是一场灾难。于是他就毁掉了数据。”

“可——”戴安娜说，“为什么？”

“哦，其实他也没有毁掉所有的拷贝。而且，真的，他为什么没有都毁掉呢？这才是个最具挑战性的问题。他清除了一切数据，只除了一块芯片，那块他藏在朋友姆可可身上扔进了太空的芯片。”伊阿古继续道，“按照我的猜测，他是在提供一个机会。他想让他所信仰的神来作最后的裁判，决定那具尸体该不该被发现。也许，他只是不忍心完全摧毁自己——很显然是——最大的成就。那可是人类梦想了几百年的东西。他的骄傲足够让他留下一份幸存的拷贝。”

“不。”戴安娜说,“我还是觉得我的问题才是正确的。为什么他不想人类获得这个赠礼?是钱吗?——我敢说只要他开得出价,这技术怎么都能卖得出去!”

“不是钱的问题。他也来自富裕家庭,但他放弃了自己的产业——去当飞船上的二号工程师。钱他是不会看在眼里的。这也是他的宗教信仰的一个信条。”

“那又是为什么?”戴安娜说,她颓废地靠在椅子上,“这可太神奇了。就在几分钟前我还完全不知道这种东西是可能的!超光速!天呐。”

“你还没想深入。”伊阿古温和地说。

这话刺痛了她,“好吧,我好好想想——教授。我要考虑所有的负面影响。可你看?我知道,我就是知道,这些负面影响最终都会被开放整个宇宙让人类定居的优势给抵消。”她用拇指顶着下巴,“所以我猜,这项技术会被人争夺。也许会有争斗,甚至是战争。已经统治了这么久,我们都快忘记全面战争是什么样子了。我对此毫不怀疑。你说的是不是这个?”伊阿古还没回话,戴安娜就自问自答了起来,“不,那太疯狂了。有谁会下力气争夺呢?把数据传播出去,在IP上到处都放上拷贝,复制个几万亿次。把它弄成免费的,就没有争夺的价值了。还有什么?难道那个推进器的污染很大吗?”

“据我所知不会。”伊阿古回答。

“那又是什么?让人类在星际间散播开又有什么坏处?难道你在担心遭遇外星人吗?”

“完全不是。”

“那我就不明白了。就是这样。不明白。”

伊阿古看着窗外。“又下雪了。”他说。确实,雪又下了起来。

这次的雪花更薄，量也更少。其中一些还像飞蛾一样敲打在窗户上。两个人看了一会儿，伊阿古说，“麦考利最后的行为，他的赞美诗，已经成了个神话一样的东西。一个传说。只有少数人知道，极少的人，我是说，知道他到底用最后一口气唱了什么。”

“我们又怎么可能知道？”

“确实。”伊阿古说，“确实。但是人都会猜。我所认识的一个人就精心发展出了一套理论——他把那个理论写成了故事。他认为，麦考利觉得，他的骄傲是一种罪过；神已经将光速设成了常数，超越它是对神的一种亵渎，这种信念折磨着他。”

“真的？”戴安娜说，“听起来可不怎么样。”

“你这么说是因为你没有麦考利的那种信念。不过，确实，对，我同意你的意见，也许，这确实是一个原因，但这只是推测。我们不需要推测。我们不应当将他不愿意宣传他的超光速技术归咎于他的宗教信仰。因为尽管我和他信仰不同，但我理解他的迟疑。”

“你理解？”戴安娜吃了一惊，“是吗？”

“你还没想深入。”伊阿古又严肃地说。

“我看不出来。”戴安娜同意道，“我看不出有什么不好。”

“我们马上就要走了。”伊阿古说。停了一会儿之后，他又说：“当然，你肯定在幼儿园就学过爱因斯坦。但是像很多在幼儿园学过的东西一样，我们总是会倾向于忘掉它的意义，广义层面上的意义。我们会把它当成是理所当然的。”

“忘记什么意义？”

“忘记‘光速是我们所能达到的最快速度’这句话的意义。这不是一个任意的限制，不像路标上的限速标志那样。它是宇宙基本原理的表达。”

“你说话就跟伊娃一样。”戴安娜说，“她总是强烈坚持说超光速是不可能的。”

“为什么呢?”

“如果我的 bId 还在,我会引用所有相关的……”戴安娜顿了顿,接着又说,“不是说我必须要有 bId! 好吧,我试试看。时空中的所有矢量都是同一个矢量在不同方向上的映射——一个表示运动的箭头,映射到八个方向——东/西、南/北、上/下以及时间上的前/后,这八个坐标共同构成了我们的时空。如果你一动不动,那么你的箭头就只是在时间上指向前,因为你在以每小时一个小时的速度沿着时间的方向前进。如果向东走,越来越快地向东走,那么箭头就会微微向东偏转,沿着时间向前指的那个矢量就会变小一些。这就是爱因斯坦所发现的时涨效应。继续向东加速,箭头就会继续向东偏转,相应地你沿着时间向前进的箭头就会急剧缩短。最终,箭头会直指向‘东’,那时候你将以光速向东前进,而在时间方向上完全静止。要想‘超光速旅行’,你就得比水平还水平地翻转箭头。听听这有多蠢。说什么‘超光速’,这就好比是说‘比直线还要直’。找寻超光速就好比是在找寻三角形的第四条边。找寻超光速,也就是说你根本就没搞明白三角形是什么。这就是,你所说的,幼儿园里的玩意儿。”

“然后呢?”

“什么意思?”

“我是让你深入思考一下这其中隐含的意义。”

“超光速的? 你是说——假设一下? 我猜,超过光速后会产生一种全新的,变化了的时空物理学。”

伊阿古居高临下地挥了挥手,“显而易见。不过那不是我的意思。”

“好吧。”戴安娜忿忿地说,“你到底想说什么?”

“光速不可超越,就好像角不可能超过三百六十度一样。所以,唯一的选择就是:改变光速。而那将意味着……”戴安娜刚想说是“自由”。但她忽然一下子明白了过来，真相让她吃惊不已，“哦。”她表情扭曲，“哦！”

伊阿古点了点头，“去造你的麦考利机器去吧。没问题。然后呢？你也许能把它发射到空中，飞向猎户座；也许，你会把它变成……”

“炸弹。”戴安娜喘息道。

她终于明白了，明白了他们到底是在拿什么冒险。

“把它扔进太阳里。”伊阿古同意道，“想想 $E=mc^2$。假设你的麦考利机器把光速提高了一百万倍，对于星际旅行来说那种速度还算合理：毕竟，一百二十光年够光跑一百万小时呢。所以，你把光速提高一百万倍。代入爱因斯坦的方程。想想对于我们的太阳的能量输出来说，意味着什么。”

“炸弹。”戴安娜重复道。

“有史以来最大的炸弹。这种弹药完全是超光速的副产品，是这种技术的必然产物。”

“天呐。”戴安娜低声说。

“现在明白为什么我会说风险巨大了吧。一条命，甚至几十条人命，对于拯救几万亿人来说，是可以付出的代价。现在你明白了吧。”

戴安娜打了个寒战。

“我敢说在发明这项技术的时候，麦考利想的也是打开牢门，让人类遍布全宇宙，就像你说的一样，也许那种想法蒙蔽了他，但他可不是傻子。我告诉你他真正发明了什么，他发明的是增加光速的方法。自然，这也就意味着他发明了一种把 $E=mc^2$ 变成太空杀戮武器的方法。”

“没人敢那么用的。”戴安娜说，“疯子才会那样！没有人会疯到那种程度的。”

“我们能冒那个险吗?”伊阿古问,“你觉得让这个技术落入乌兰诺夫家族手中是个好主意吗? 或者,落到其他什么人手中?”

“哦,天呐。”

整个下午,这个问题都占据着戴安娜的脑海,在她心中嗡嗡作响,也许是因为,问题的答案非常明显,只能是“不”。

她在楼下找到了一堆衣物,有羊毛和合成纤维混纺的毛衣、大衣、帽子还有围巾。她穿上了那些衣服(尽管对于她那上层空间的长腿长手来说,衣服太短了些),到外面走了走。真冷啊。她走得很慢,步履蹒跚,脚下的地面一点也不平。小路向上延伸时,爬坡非常费劲,她气喘吁吁,不由得担心起了自己是不是有哮喘。不过下坡似乎更难,那种困难和上坡完全不同——她的脚步总是处在绊倒的边缘,一旦摔倒的话一定很疼,很有可能还会摔断骨头。空气似乎一点儿也不干净通透,冷得要冻冰,还点缀着懒懒地向米白色地面飘落的雪花。另一方面,待在群山之间,而不是像她平常那样从高处俯瞰,让她对山又有了种全新的认识,明白了为什么历史上有那么多人痴迷于群山。它们那惊人的质量和规模给人一种神圣的冷漠感。它们的外观代表着一种绝对。根本无法想象它们会消失。不过——戴安娜还是提醒自己,不仅仅是山,整个地球,连同月球,还有火星,以及那数万亿居住在各种大宅、房屋和棚户区泡泡里绕着太阳旋转的人——所有一切都可能瞬间烟消云散,如果伊阿古说的是真的的话。

巨石上的霜冻看起来就像鱼鳞。她继续前进,挑战着自己的极限。那简直不可想象,但她又忍不住去想,结果就只能在脑子里一遍又一遍地想。

最后,她像条狗一样喘着粗气,走到了院子的边界:一堵有她两个人高的砖墙,以及一扇老旧的铁门——棕色的金属上满是番茄色的锈。她坐在一根老石柱的断面上平顺呼吸,不知道那石柱是不是古希腊庙宇的一部分,或者是现代建筑上的构件,或者只是一块岩石,被自然的随机作用造就了现在的形状。没办法知道答案。透过门上的栏杆,她看到一条路一直顺着一条阴冷干燥的石头浅谷延伸了下去。

她赶在晚饭前回到了房内。“很好。”她爽朗地笑道,萨芙正在把碗摆在桌子上,“运动后我的食欲会大增的。”

不过那天傍晚,他们三个人的情绪都很阴郁。在黑暗的群山中,只有几根灯柱为屋内照明,让人感觉非常空虚。

“我想到了一件事。”戴安娜说,“就在我刚才在外面散步的时候。”伊阿古和萨芙看着她,非常耐心,一脸期待。戴安娜心想,这才是我的工作。他们就期望我这样。看穿秘密纠结的核心。“我意识到伊娃是对的。”刺痛感穿过了她的全身。

“对?”伊阿古重复道。

“在她的一个梦里,她认识到这个谋杀谜案和她的研究直接相关。她最近的这个博士学位研究的是‘香槟超新星’,一种非常遥远的星星,它们会爆发到超新星的亮度,但却没有形成超新星所必需的质量。”

“嗯。”伊阿古缓缓点了点头。他的脸色慢慢发生了改变,“哦。”他用一只手摸了摸脸,“原来如此。”

灯柱的光芒中,他看起来非常苍老。

戴安娜说:“他拒绝相信自己,但他是对的!每颗香槟超新星,每一颗——都是一个外星文明的坟前篝火。他们每一个都进化到了那一点,发现了麦考利发现的东西。然后,然后,因为意外,或者是战争的故意,因为恶意或者是宗教信仰的误导,那种技术转化了那些生命自己的星球。能量输出暴增一百万倍,就像你说的一样!上天保佑。”

几个人一言不发。过了很久,伊阿古才苦笑了一声,“不得不说，这一点我没想到。”

“你觉得不对吗？”

“我确信你是对的。它解释了伊娃小姐研究的那些例外的超新星。我敢说它也能解释一些更传统的超新星。不过想想看！整个文明瞬间灰飞烟灭。在古地球上，人们曾经担心核武器会毁灭全人类。不过和这个比起来，核武器只能算作是烟火而已。”

“太可怕了。”萨芙说。戴安娜看了看她，又看了看伊阿古。她现在正和两个货真价实的杀人凶手在一起，全人类都可能灭亡的可能性让这两个人心里震动不已。而她，一个这辈子从没杀过人的人，在思考这个问题时，心中却空空如也。

“这让我觉得——”戴安娜搜寻着合适的词语，“好老。”

伊阿古微微点了点头。

“这也许是不可避免的。”戴安娜小心翼翼地说，“那个麦考利——他发明了这种技术。而那些，那些，不管他们是什么，那些未知的外星科学家他们也发现了。就算我们找不回麦考利研究的遗存，那个芯片，那个人人都在寻找的东西——呃，就算那样，我们这亿万只聪明的猴子中的另外某一只最终也会重现他的研究的。也许我们已经……注定了。”

“费米悖论。”伊阿古说。

“什么？”萨芙问。

“想想看。”戴安娜同意道，“生命在宇宙中是普通现象，技术发展到某个特定水平后，超光速将不可避免地被发展出来。但这种发现将不可避免地带来毁灭。大概正因为如此我们才从来都没遇见过外星人吧。”

萨芙缓缓摇了摇头。“神会保佑我们的。”她说。

“确实不是那么令人安慰的想法。”伊阿古同意道，“但这并不意味着我们就应该放弃。相反，我倾向于认为，任何努力，任何代价，都是有价值的——只要能让人类远离这个威胁。”

“就算代价是让整个体系内的所有人都以为你是个怪物？”戴安娜问。

“这代价很小。”伊阿古说，“考虑到我们所冒的风险。再说——还是有人了解真正的我的。”

萨芙收拾了所有餐具，在厨房清洗了起来。伊阿古说：“我们不能再待下去了。得到上面去。”

“他们要来了吗？”

“密切关注着外部世界的动向，却不让乌兰诺夫的势力知道我在这么做，这也挺难的。不过我有种感觉，他们正在缩小范围。毕竟，为了找我们，他们投入了巨大的资源。因为他们相信我们有图纸。他们相信你知道那东西的下落，或者知道我——杰克·格拉斯的下落，也就是说，他们认为我知道。”

“那你知道吗？”

“当然不知道了。不过那不重要，重要的是乌兰诺夫家这么认为。为了抓住我们，他们会用尽各种手段，真真正正的各种手段。”

“他们想要得到，首先是因为不能让任何其他人得到。”戴安娜下意识地说，“其次是因为他们认为超光速旅行将带来获得惊人财富和权势的全新机会。你觉得他们意识到其中的毁灭潜质了吗？”

“你意识到了，刚了解这种技术的特点之后没多久就意识到了。”伊阿古说，“你觉得他们不会得出相同的结论吗？我们谈论的可是大规模提高光速，而且，$E=mc^2$ 可不是什么不知名的小方程。一了解到那种可能性我立刻就明白了。我没有想到你姐姐的研究，不过经你这么一说，那确实是个非常可怕的证明。”

“我可不天真。”戴安娜说，“自然，意识到那种破坏力只会让他们更想得到。自然，比起带来财富和权势，毁灭的吸引力更大。能有钱很好，能保持住权势更好——而越是掌握住那种惊人的武器，你才越能做到头两点。”

伊阿古点了点头,“地球表面很大。”伊阿古说,“我在上面也交了不少朋友。不过最好的藏身地点还是在绿带里。”

“你是说,贫民窟吗?”

“几万亿人,藏木于林,是的。明天就出发。”

“萨芙也去?”

“她可以和我们一起走,到上面后我们也可以让她自己走。不过最重要的还是——先逃出去。”

“明天。”戴安娜说,她的脑子里想的还是伊娃的香槟超新星——每颗都是一个外星文明坟头的蜡烛——甚至是好几个外星文明,好几颗行星,一击全灭。她感觉胸口很紧。“明天。”她又重复了一遍。

第 3 部

不可思议的枪

就这样结束
正如它这样开始
我们爬上爬下
没有赢家

托姆·冈恩《跷跷板》

1 被侵入的合同书记机器人之谜

“我们要回到从前,回到民主统治的时期!我们要回到从前,回到一人一票的伊甸园!”那些直接聚集在演讲人身边的人开始了念诵,声音低沉,像是在进行宗教活动,而不是政治集会,“OHOV,OHOV。”当然,演讲人并非只是在跟他们讲话,通过技术手段,她的话被传播到了这个大球体的每个郊野住宅区——也传到了通过隧道连接的七个泡泡,以及附近的所有社区和居住点。

演讲是在现实的露天环境中实时进行的。自然,想要向大量的观众发表讲话,有效的方式还有很多,可用的安全虚拟实景就有不少。不过,模仿老地球的民主狂热也是这场表演的有机组成部分之一。

“民主是我们与生俱来的权利!”演讲人叫道,她提高音调,压过了人群的低吟。“公司、MOH 家族,最最重要的,还有乌兰诺夫家族!他们偷走了我们的民主!”听到这儿,下面的低吟变成了高声的欢呼。说 MOH 家族的坏话可能并不明智,但却是合法的;不过说乌兰诺夫家族的坏话,那就是违法的了,是叛逆罪。但这正是人群想要听到的话,在这贫民窟的深处,他们并不觉得公然藐视有多危险。

“他们说那是革命!”演讲人叫道,背景中仍然可以听到 OHOV 的吟诵,“他们说那是革命!说那是违法的!我说这就是法律!我说这就是革命——行星和各个世界在绕着太阳旋转,它们绕过一圈后又会回归原点,所以人类也应该回归自己真正的遗产！古希腊！罗马元老院！英国议会！美国革命！天鹅绒革命！茉莉花革命！回归我们与生俱来的权利!"

一大群人聚集在失重空间共同癫狂是个很惊人的景象。一开始人们松散地聚集在一起,用导引绳和壁架保持静止,从而尽可能地保证最大量的人来到现场参加演讲获得最大的观赏效果。随着人群越来越激动,大部分人都松开了固定装置,自由地飘浮在空中,就像鱼儿一样。演讲人被遮住了,低吟声也越来越大,一些人开始高声呼喊起了"密特拉！密特拉!"摄像头都被——漫不经心地,或者是因为其他原因——撞到了一边,整个集会现场逐渐陷入了混乱。如果你喜欢的话,也可以说,是从刚硬死板变得更能体现人类民主的真正流动性。

现场的另一端,不到两百米远的地方,很多人都在观看,有的赞同,有的感兴趣,有的则觉得厌恶。不过在那群人中,有三个人特别值得我们注意:其中两个是年轻女性,都是黑色的头发,还有一个可以说是位一脸憔悴的老男人。如果靠近些看,你可能会注意到他头发根部的锈斑——就好像头发弄脏了没时间洗一样。不过事实上,弄脏他头发的不是别的东西,而是血。

而且不是他自己的血。

他们的身后站着一台合同书记机器人——那种见证和确认合同的机器人。为什么他们要把这种机器带到这种到处是人的地方呢？随便看一眼都知道,整个现场都被狂欢民主和革命的人给占领了。

两位女性中的一位对那个男人说:"这地方的人都疯了。"

男人回答,"他们都是忠实的信徒。"

"你也是啊,杰克。"女人顿了顿,又说,"我能叫你杰克吗？听起来怪怪的。”

“还是用你最熟的叫法吧。”男人建议道。

“他们最后还是找到你的房子了。”女人说，“你觉得他们会发现我们到了这儿吗？”

“我们不能在这儿待太久，那是自然。但我们需要燃料，得尽快找到艾什瓦尔雅，还要把这台合同书记机器人照看好。然后我们就出发。”

“查明是谁杀了巴勒杜克。”戴安娜说。

“巴勒杜克，”另一个女性说，“体制内最著名的警察，结果却落得个让我们来调查他死因的下场。”她唏嘘道。

“比起他的死因来，萨芙——”伊阿古说，“我更关心这台合同书记机器人的完整性。”

“这台机器人身上有巴勒杜克之死的答案。”萨芙回答。

“如果它还完整的话。如果……走吧。”

来的时候，他们驾驶了一架私人小型飞行舱：块状，和集装箱差不多大，风格也和集装箱差不多，不怎么优雅。飞行舱的名字叫红色朗姆2020。接驳区挤了大概一百多架飞船，到处都是：他们尽可能地停到了距离球体最近的地方，但最后还是自己放出了二十多米的管道才连上了一个可用的接驳点。对于戴安娜来说，这是一种全新的生活体验，而且她发现自己对此很难适应。作为一个特权家族的女继承人，她向来习惯于通过特权通道来回，从飞船到房间对她来说只是跨过一道门槛而已。不过现在是在贫民窟，她发觉自己似乎总是在穿过一条又一条简陋的通道，每一次，她的心中都会冒出一个念头——墙壁只有几毫米厚，却隔离了真空，分隔了生死。而几天前在丹伦尼恩的经历更加深了她的恐惧。

这个棚户区球体集束名叫花环400。位于贫民窟深处，是反乌兰诺夫运动和非法民主风潮的老巢，只是因为地处偏远，警察才没有盯上它——这个原因，再加上革命阴谋本身的低调性。警察每年都会炸掉几千个球体，这是对反抗的典型惩罚。不过花环400属于那种尚未引起注意的犯罪社区中的一个，那样的社区足有几百万个。

很难想象他们居然没有被盯上。伊阿古、戴安娜、萨芙以及他们的合同书记机器人沿着主球体的导引绳前进，而他们的周围全是欣喜若狂的革命者——沉醉于酒精或大麻素中，沉浸于脑皮质乌托邦的喜悦中。前后左右上下，到处都有人在吟诵“OHOV！OHOV！OHOV！”或者在吟唱密特拉的赞美诗，或者在高唱马赛曲（或其他类似的东西）。许多人都赤身裸体，有些人在拥抱，甚至是群聚。简直就像个人声鼎沸的障碍赛训练场。也许演讲人还在讲，如果还在讲，那么其他人也没办法听清她在讲什么。一个老得不成样子的老妇赤裸着上半身，飘在他们身旁，不停地要他们把机器人卖给她。还有些人试图给他们戴上徽章。

他们终于穿过了人群，通过通道进入了第二个球体：更小，也更安静。很明显，集会只在主球体中进行。头顶上有些人正在作乐：一个长吧台，两端都连接在曲线形的墙面上，正在售卖酒水，有几十号人正用胳膊勾着吧台，一边喝酒一边通过屏幕或IP接口观看隔壁的热闹场面，并与朋友们讨论、歌唱。

“这里？”戴安娜问，她很高兴自己终于离开了喧闹的空间。

“下一个。”

“警察居然没有关闭这个地方。”戴安娜叫道，她必须提高声调才能盖过周围的喧嚣。

“如果他们知道的话，是会被关闭的。”伊阿古说。

“这种似曾相识的感觉让我不寒而栗。”萨芙说，“混乱、毫无信仰——我就是在一个这样的地方长大的。玛拉不会对醉鬼露出笑脸。是他点亮了葡萄中的糖,藏在他视线之外的葡萄只能用来造酒。"

他们脚下一蹬,朝十几个出口当中的一个飞了过去,伊阿古凭借记忆在前面带路,也许靠的是他那个不是 bld 的神秘数据装置。他们穿过一条短隧道,来到了一片绿色的空间,周围全都是蔬菜,不是直接在接受阳光的照射,就是聚集在日光管周围。过了一会儿,戴安娜的眼睛才适应了这里的光亮,认出了隐藏在绿色之中的各个小屋。

"艾什瓦尔雅。"伊阿古伸手一指,说。更确切地说,是向那个正在缓缓飘过来的女性招了招手。欢呼声不时传来,这里仍然可以听到最大的球体里的声音,不过不知为何,那喧嚣并没有惊扰这里的平静。一张张脸出现在木屋门口,随即又消失在了门后。木屋之间连接着导引绳,上面缠着藤蔓。挂在枝条上的西红柿看上去就像巨型捕蝇纸上的红苍蝇一样。

"杰克·格拉斯。"艾什瓦尔雅飘到了近前。听起来见到眼前的这个人并不让她感到高兴,"你看起来不一样了。"

"脸上作了点小调整而已,不过眼睛没动。"伊阿古说。

"确实。"艾什瓦尔雅打量了一番伊阿古,同意道,"眼睛还是原来的眼睛。"

她的年龄很大,头发已经花白,而且剪得很短,可以看到下面深色的头皮;她的四肢修长,躯干也很苗条,皮肤上有许多相互连接的线条、漩涡和槽状线团,看起来就像放大的指纹一样。显然,她至少已经很久没有下到有重力的地方了,如果不是从来都没下去过的话。她的鼻子是一个很大的喇叭状的凹陷,只有粉色的皮肤,看起来应该是曾经做过肿瘤切除手术(在上层人中很普遍)。不过真正吸引人注意力的还是她的眼睛。尽管眼窝深陷,周围全是密密麻麻的皱纹,但她的目光却非常的明亮——就像古代水手的眼睛一样。

“艾什瓦尔雅。”伊阿古说，“请让我向你介绍，这位是戴安娜。她是我在这几十年中遇到的第一位可能比你还聪明的人。”

艾什瓦尔雅摆出一副臭脸，“她？她还小着呢。你多大了，小鬼？”

“十六。”戴安娜说。

“真正的智慧是会随着年龄增长的，我亲爱的，不过——啊！哦！等一下。你是戴安娜·阿金特？”

戴安娜先看了一眼伊阿古，不过她还是承认道，“是我。”

“天呐！我原谅你打扰我，杰克·格拉斯，看在你居然能把我介绍给这样一个人的分上！你呢？你是她的仆人？”

“我叫萨芙。”萨芙的语气微微有些不爽。

“知道了，不是仆人吗？”

“萨芙已经有几个月没有服用过CRF了。”伊阿古说，“自从我们都不得不匆匆离开地球后。不过她仍然忠于阿金特家族。对不对？”

“当然。”萨芙闷闷不乐地说。

“中断使用CRF会对情绪产生复杂的影响。”老妇人深以为然，“不过体内没有那些药还是更好些，亲爱的。它们会削弱你的主动性。而我们都需要有主动性，不是吗？毕竟，我们生活的这个时代很有意思。”

“显然他们确实是这么认为的。”伊阿古用大拇指指了指身后。

艾什瓦尔雅不屑地哼了一声，“都是些蠢货。通常，我是不介意蠢货的飘但他们实在是蠢得有些过分了！他们会给我们所有人带来灭顶之灾。我已经准备了一架飞行舱，一有警用飞船出现的迹象我立刻就走。”

“你觉得会到那一步？”

老妇人哼了一声，“也许不会。不过他们可不是一般的蠢！现在他们可都喝多了，觉得革命的时机已经到来。等到明天一清醒过来，他们就又都会回到以前的状态，只知道抱怨，偷窃他们的邻居——虽然也没什么好偷的。毫无意义的帮派火并，野兽一样的生活……我花了一个星期的时间种了些特别的西红柿，上个月，全被一群十几岁的小屁孩给毁了！他们既没有偷，也没有吃，更没想到要偷走卖回给我，像一般聪明些的小流氓那样！他们只是毫无目的地把我的西红柿全给砸碎了！”

“贫穷使人退化，这是事实。”伊阿古说，“不过有一件事他们也许还是对的，我们至少应该考虑一下这种可能性。”

“什么事？”

“时机。也许革命的时机确实已经到了。”

老妇人哼了一声，“显然还没到！怎么你觉得近期的政治不稳定会滋长系统性的反抗吗？不，不。我们看到的只是——恕我冒昧，亲爱的——时有发生的体制内斗争，而这种斗争恰恰是这种统治结构的特点。阿金特家族的两位巨头都隐藏了起来，其中一位继承人不知所终，另外一位……在这儿，就在我的眼前，真是荣幸！其他 MOH 家族——是这个词吧？——当然会争权夺利。乌兰诺夫家族当然会以大欺小。这可不是革命，只是正常的事务发展而已。可那些蠢货——他们以为密特拉即将显灵，将用野火烧过整个体制！”

这时候，一群鸭子飞了起来，它们嘎嘎叫着拍打着翅膀扭呀扭呀地从艾什瓦尔雅旁边的墙上飞起，在失重的空中笨拙地飞过球体中间，落到了另一边。

球体里的净化器都被设计成了树枝和灌木的样子，球体的一部分还种着假树林。黄绿色的一大片，散发着塑料那种不自然的亮绿色。

“我还以为你是信徒呢。”伊阿古说，“至少以前是。”

“密特拉的信徒？”老妇人尖叫道，她一巴掌拍在伊阿古的胸口，自己也因为反作用力弹出去了半米远。她头也不回地钩住导引绳的脚索，“不要侮辱我，杰克·格拉斯。你知道我信仰阿弥。”

“不是同一个人吗？”直到此时戴安娜才明白了过来，伊阿古是在故意逗老妇人。

“这简直就是亵渎。”艾什瓦尔雅笑道，“那些信密特拉的蠢货根本不了解历史。他们居然以为罗马人是民主派！还把罗马元老院当作典范……说得好像那些罗马元老是选举出来的一样！他们可一定得想想清楚，要知道密特拉最早可是罗马神。阿弥就不同了，他反抗罗马人，罗马人就相当于那个时代的乌兰诺夫家族。阿弥知道，真正的民主始自民主的精神，并由共同的信仰散播出去。亿万神祇，都在阿弥组织的民主议会当中！”

“很好。”伊阿古说，“不过现在正在集会的却是那些人。”

“他们应该更谨慎些。”萨芙说，“密特拉信仰可是被禁止的。”

“哦，他们知道，我也知道。”艾什瓦尔雅说，“人人都知道。他们只是觉得不需要再低调行事了而已。吟诵OHOV并不违法——那只是因为乌兰诺夫不知道这几个字的意思——不过大声呼喊‘密特拉、密特拉、密特拉’就太过了。嗯，我们还是先盼望警察都很忙，顾不上这里的破事儿吧。你们以为我会请你们进屋吗？”

“是的。”伊阿古说。

“哦，我不会的。又不是我请你来的。你只是忽然冒出来了而已，你到底想怎么样？”

戴安娜又看了看伊阿古。伊阿古还是一脸的笑容。

“这是台合同书记机器人。”伊阿古说。

“我知道这是台合同书记机器人。”艾什瓦尔雅拍了伊阿古的肩膀一把，用力过猛，伊阿古整个人都旋转了起来，不过他在四分之一圈内稳住了自己。“你这是在冒险,杰克·格拉斯,你总是会吸引死亡。为什么要给我带台合同书记机器人?你不是来确认合同的吧,我猜。”

“这台可能已经被破坏了。”戴安娜说,“它的封印看起来还完好——不过我不是专家。但它的数据乱七八糟的。”

“我需要确认它的封印是否完好。”伊阿古说。

“啊哈!”艾什瓦尔雅叫道,似乎觉得最后的这句话非常有趣,“而你不能把它带到权威机构去鉴定!啊!哈哈!”她自顾自地笑了一会儿,“好,好,我看一看。你打算付多少?”

“你打算收多少?”

“一百点。”

“八十。”

“九十。”老妇人说,“篡改合同书记机器人可是严重的违法行为。”

“我们又不要你篡改什么。只是检查一下封印而已。”

“狡辩!我不是官方法律授权的合同书记机器人检查代理人,你让我做的事就是违法行为。”

“听听那吟诵。”伊阿古说,“隔壁正在实实在在地煽动革命呢。你却因为要对合同书记机器人非法检查而担心?八十点。”

“八十五。”

“八十。”伊阿古重复道。

恶魔般的愤怒浮现在老妇人的脸上,“陨石砸坏你那颗邪恶的脑袋了吗?忽然为了五个点和个老婆子讨价还价!”不过怒火迅速就过去了,老人又笑着说,“八十就八十。”她轻快地说,“过来吧。”

艾什瓦尔雅领着他们与合同书记机器人朝木屋走去。她先进了屋子,过了一会儿再出来时,她的右手上多了一只手套。她用套着手套的手抚弄着设备。机器人则是一副机器特有的冷漠而又耐心的样子。“封印似乎没事。”她说，“机器是好的，真东西，哦！这机器是著名的巴勒杜克的呀。”

“你认识他？”戴安娜问。

“当然认识了！他可是乌兰诺夫高级警察中最著名的一个！啊，你的意思是私人层面上的认识？其实，真是太巧了，几天前他还来过这儿。不过这个问题你该去问你的同伴，对不对啊，杰克·格拉斯？这么说他的合同书记机器人到你手里了。老巴最近怎么样？”

“死了。”伊阿古说。

艾什瓦尔雅脸上的笑容消失了，“真的？”

“真的。”

“什么时候的事？”

“两天前。如果你想知道死因的话我也可以告诉你。他被劈成了碎片。”

“他被劈成了碎片？”艾什瓦尔雅重复道。每当皱眉头的时候，就像现在这样，她脸上的褶子就会重叠到一起，眼睛几乎都要被遮住了。

“气化，崩溃成了原子。他被一把不可思议的枪击中了。”

老妇人想了想，说：“你说不可思议的枪——杰克·格拉斯，是什么意思？”

“某种发射子弹的武器。”戴安娜说，“只不过子弹消失了，非常不可思议。”

“要么就是枪手消失了。”伊阿古说，“可以这么说，当时的环境很——神奇。这也是我们需要获取他的合同书记机器人里的数据的原因之一。这个机器人是现场证人。”

“可是——谋杀？”艾什瓦尔雅喘息道。

“是啊，谋杀。不过还有其他的事。”伊阿古说，“在巴勒杜克被杀前，他和我达成了一项协议，一份具有法律约束力的合同。所以他才带了他的合同书记机器人——去确认合同。那份合同授予了我的同伴，也就是这位戴安娜小姐，免受起诉的豁免权。我需要确保那份合同依然有效。”

“他有那个权力做这种交易吗？”艾什瓦尔雅以惊叹的语气问。

“他有乌兰诺夫的直接授权。”

“天呐。萨拉斯瓦蒂[①]保佑！他之前还来过这儿！就在一周前！之后一定是直接就去你那儿了！还好那时候那些蠢货没有再大声叫嚷‘密特拉－密特拉’什么的，现在我才弄明白，他那时候是带着乌兰诺夫的官方任务的啊！”

“他来这儿干什么？”伊阿古问。

“来追捕你，杰克·格拉斯。”

“你告诉他在哪儿能找到我了？”

“我没有！我怎么会知道？不过看来他最后还是找到你了。”

“整个太阳系里有那么多地方可以找。”伊阿古的皱纹拧到了一起，“那么多的相关点，他却来了这儿？而且之后直接就去了我的房子？不得不说，还是挺蹊跷的。”

“和我没关系。我猜他只是在搜寻你的踪迹，挨个拜访你的老朋友。”艾什瓦尔雅耸了耸肩。

“我的老朋友有很多。”伊阿古说，“分散在各处。”

“而现在，他死了。”艾什瓦尔雅说，“说真的，死亡可真是与你如影随形啊，杰克·格拉斯。”

“哦，可是杀他的不是杰克。”戴安娜说，“事情发生的时候杰克就站在我旁边。合同书记机器人也在：你可以看看，就在数据库

① 印度教徒的知识女神。

里，我们三个在一起，都溅上了他的血。不论是谁干的，一定能同时看到我们三个人，但她只是杀掉了巴勒杜克。”

“她？”

“也可能是男的，当然。”

“为什么？”

“我不知道。”戴安娜说，“我们也不知道她/他是谁——为谁工作。自然，我们已经分析了合同书记机器人的公开数据库，希望能为我们提供些线索。但那只是让情况变得更复杂了。特别是因为，那些数据看起来像是被侵入了一样。可是如果封印完整，数据怎么可能被侵入呢？有没有可能是产品缺陷？”

“如果封印确实完好，那么至少在法庭上它的证明力还是站得住脚的。”伊阿古说，“至少合同还会继续有效。尽管我猜法庭可能会搞不明白它在说什么。”

“数据有什么问题吗？既然你们怀疑被侵入过。”艾什瓦尔雅问。

“事情的先后顺序……错了。”伊阿古说。

“你是说它的记录和你的记忆不符？”艾什瓦尔雅问，“如果是那样，我建议你考虑一下自己记错了的可能性。”

“它的记录和物理法则不符，和因果律不符。”伊阿古说，“不过这还不是最主要的，真的。整件事都是那么的不可思议。巴勒杜克死在一个密封的球体里。确切地说，是一个小型居住球体，我自己的房子。不论是谁干的，那个人在犯罪时一定也在球体里。犯罪后他们根本没有逃走的可能。那是个很小的球体，只有一个气闸舱。自始至终气闸舱都在合同记录机器人的视线内，没有人从那里出去。房子也没有其他出入口，球体的外壁依然完整。因此，不论是谁杀了巴勒杜克，那个人在事后一定仍然在球体里。但我们仔细搜查了球体，没有其他人。看上去就好像凶手凭空蒸发了一样。”

“密室奇案啊。”艾什瓦尔雅点了点头。她深深地皱了皱眉，然后大笑了起来，“哦，我挺为老巴勒杜克遗憾的！尽管我一直在心里提醒自己，他把他的一生都献给了乌兰诺夫家族！而你说的事实又让我不那么遗憾了，甚至还有些高兴。不过，我还是挺想知道是谁杀了他的。”

“那是自然。”伊阿古同意道，“这确实是个奇特的谜团。如果合同书记机器人的记录可信的话，那就更奇特了。”

“这台合同书记机器人没被侵入。”艾什瓦尔雅说，“我会再检查一遍封印，当然，但我现在就可以告诉你，这是一台完整的机器。你要是愿意的话我们可以一起检查数据。戴安娜·阿金特，我可以用我的灵魂担保！就在我的前院里。所以亲爱的，杰克·格拉斯曾说我是太阳系最聪明的女人。现在，他说你比我更聪明。嗯，你不觉得靠我们两个一定能查出结果吗？”

2　基甸梦魇

我们得先回到之前，才能搞清楚事情的来龙去脉。从死亡到死亡——从勒隆、从贝尔特兹、从蒂诺在地球重力下的死亡说起，再到巴勒杜克横死太空，把前因后果弄清楚。

事情是这样发生的，请注意——戴安娜和伊阿古到处漂泊，从小行星雕刻的大宅，到棚户区的泡泡串，甚至还有距离任何其他居住点几千公里远的孤立球体。萨芙一直与他们在一起，一路祈祷她的神——玛拉，保佑他们所有人。至少，在那段时间，祈祷看起来还是应验了的。

所有那些他们去过的地方里，至少都有一个伊阿古的朋友。和他相处的时间越长，戴安娜越是惊叹于自己对他了解的肤浅。每个环境中，他都是个不同的人，而所有这些角色都和存在于戴安娜之前生活中的那个无处不在的顺从的仆人毫无相似之处。

之前的生活。当然，戴安娜经常会想起之前的生活。自从她的生活天翻地覆之后，六个月已经过去了，之前的生活已经蒙上了一层遥远的、历史般的铜锈。她之前真的那样活过吗？每次的镜中一瞥都会让她想起自己的姐姐，或者还有她的双亲，但那些念头总有一丝疏离感。“我不是应该更想念他们吗？”一天，在又一班为期两天的球体间航班上，她问伊阿古。“你会再见到他们的。”伊阿古回答。直到稍晚些时候，将自己裹在毯子里，用带子固定在墙上，准备入睡的时候，她才发觉，伊阿古根本没有回答她的问题。

她也会想起考库拉上那突然发生的暴力事件。在她的记忆里，那一切感觉都不像是真的，不像真的，更像是虚拟现实。

她做了自己的第一个噩梦。

当时他们正在一个名叫基甸的球体集束里。那是一个混合型社区，居住着几千人，其中的大多数都崇拜他们称为阿弥的神。伊阿古去采购补给，戴安娜和萨芙都很高兴他们终于摆脱了红色朗姆 2020 的束缚。

这个球体集束的神学解释权掌握在一位老妇人的手中，她戴着蓝色的头巾，上半身穿着一件长袖上衣，但下半身只穿了一条热裤。她的腿上有好几处明显的圆形疤痕，都是肿瘤切除术留下的。她的名字很奇怪，叫做德菲妮厄姆・贾斯厄姆[①]；很显然，她和伊阿古是老相识。他们一起吃了顿饭——处理过的菌块和球体里生长的水果，德菲妮厄姆与他们聊得很开心。

“我们的信仰认为——时间不是虚幻的——别管我们的敌人怎么说！”她说。“我绝对没有这么想过。”戴安娜严肃地向她保证，尽管半个小时前她才刚刚听说这个教派。

---

① 英文原文姓名合到一起后的样式很像植物的拉丁文学名。

“不!”德菲妮厄姆继续道,“我们不认为时间是虚幻的! 我们相信时间只存在了三十三年,就是神自己落入时间元素的那些年。神飞升入天堂后,时间就终结了。”

“之前不存在吗?”

德菲妮厄姆解释了她的胸针代表的意思,胸针的形状是圆环形的,里面有个十字。“圆是女性身体的开口,阿弥就是从这里来到这个宇宙的,十字架是他最后被钉上去离开这个宇宙的地方。合在一起是一个钟面。在阿弥那里,时间永远都是正午、三点、六点和九点,正如永远都是那几个小时的整点、一刻、半点、三刻。这就是时间,所有的时间,都在阿弥里。”

“这样啊。”戴安娜说。没有 bId 的帮助,她只能在脑中使劲回忆古董钟面的样式。

他们一起喝了当地产的酸甜味的葡萄酒,戴安娜喝得有些晕晕乎乎。不时有基甸当地居民飘过,加入他们的讨论。看起来,对于阿弥被钉上十字架死去又复活后的时间,当地人间也存在教义上的分歧。有些人声称时间实际上已经停止,但最近又开始了运行——又一次,将过去两千五百年虚幻的背景故事嵌入其中——他们认为这是第二阿弥再临的证据。还有些人坚持认为,时间仍然没有再启,我们仍然生活在没有时间的宇宙里,所谓的时间流逝只是一种幻象,某种阿弥在世时代的遥远回声,在存在的介质中留下的某种驻波。戴安娜发觉她很喜欢梳理这些相互矛盾的神学理论中的神秘意义,探索这些虚幻的概念结构自我支持、不可证伪的极限。这也是一种解谜。之后,他们一起唱了歌,在猴面包树的枝杈间玩了人类的弹球游戏。等到最后将自己固定在树枝上准备睡觉时,戴安娜的脸上还带着笑。

因此,噩梦是完全意料之外的事。她又回到了充满压迫感的地球重力中,站在考库拉大宅大理石的地板上。乔德女士也在,她的旁边隐约还有一个实体——不知为何,戴安娜很清楚——那个也是乔德女士,尽管看起来她没有一丝乔德女士的特征。伊阿古倒在地上,已经死了,血流得到处都是,触目惊心,那摊血就像一只巨大的扁虫,闪着红黑色的光。忽然,那摊血又转头爬回到了伊阿古的尸体上。看上去那摊血是要吞噬他,那画面让人有一种说不出的反感。戴安娜看了看乔德,意识到自己其实并不在考库拉的大宅中。一想到并不清楚自己在哪儿,戴安娜吓了一跳。

乔德女士开口说话,就在她这么做的时候,火星和火苗舔舐着她的嘴角。"羽毛还是铅?"她问,"你必须得选一样儿,我亲爱的,羽毛还是铅?"

戴安娜知道,不管选哪个,对她来说都会有可怕的后果,"哦,求你了。"她叫道,预感到恐怖未来的戴安娜流出了眼泪,"求你了,我能两个都不选吗?"

可乔德只是又重复了一遍:"羽毛还是铅?"她的手里拿着一把刀,是用未抛光过的粗玻璃做的,刀子紧挨着戴安娜的脸。

在她身后的什么地方,刺耳的尖鸣正越来越响,就像下行电梯在制动,噪声越来越响,声音越来越可怕,戴安娜想:*这个问题不能不回答,不管选哪个都是对错各半的概率。所以,尽管这和我熟悉的、和我做的事都不一样,但我必须要猜一个。只能猜。*她张开嘴,准备回答这个不可能回答的问题时,她忽然意识到了那鸣叫声到底是什么。那是她自己死亡的声音,不知为何,那声音穿越了时间,来到了事情真正发生之前。伴随着一声鞭响,那摊血从伊阿古的尸体上一跃而起,扣在了她的脸上,钻进了她的嘴里。

她突然醒了过来,急促的呼吸中夹杂着剧烈的咳嗽和沙哑的尖叫。她的整个肺都烧乎乎的。萨芙正在她的身旁,"怎么了,小姐? 出什么事了?"

恐惧已经刺穿了她的灵魂,她根本没法控制自己。好长时间,她只能一遍又一遍地重复,"血!血!血!"尖叫出的话语间还夹杂着咳嗽。这几个字引起了萨芙的警觉,于是她跑去叫醒了伊阿古。伊阿古端来一球古柯液,帮助她止住了咳嗽。

"怎么了?"伊阿古问,"做噩梦了?"

戴安娜点点头。

"那只是噩梦。"伊阿古故意用安抚的声音说,"不是真的!"

"你不明白。"戴安娜喘息道,"做梦是我做……做我能做的事情的一个关键环节。这种梦……死亡!是死亡,毁灭马上就要发生了。"说话时她的声音还有些颤音,但说出来有助于她理清自己的想法——乔德那张可怕的脸、那奇怪的黑血生物,那窒息的感觉,一切都是那么的栩栩如生。"我从没做过噩梦。"她说,"从来都没有!梦境就是我的工作间。"

整个球体内亮如白昼,尽管几乎所有的居民都在睡觉。

"可能是甜酸酒喝多了。"这是伊阿古的意见。

萨芙把自己固定在戴安娜的树枝上,两个人拥抱在一起,这确实帮戴安娜镇静了一些。没过多久萨芙就又睡着了,但戴安娜怎么也睡不着。她发觉萨芙的四肢慢慢地越收越紧,于是只得轻轻从萨芙的怀抱中挣脱出来。经过长时间的烦躁、折腾,她才又睡了过去。

第二天一早,伊阿古花了一个小时的时间和十来个基甸人密谈。戴安娜和萨芙则在德菲妮厄姆的陪同下探索了这个世界的边界。戴安娜还在为昨天晚上的梦而不高兴,她的情绪很低落。"那个梦的意思就是死亡。"她对萨芙说,"意思就是死亡即将到来。"

"死亡总是会来的,小姐。"萨芙说,"玛拉容许我们知道这么多,他只隐瞒了时间。"

"时间。"戴安娜小声说,"就快到了。"

从球体里的主帐出来时,伊阿古的表情看上去有些困扰。"怎么了?”戴安娜问,“革命。”

伊阿古回答,“他们现在就想开始。他们不愿意听什么时机不对。”

“他们希望你来发动?”萨芙一脸难以置信地问。

当天下午,为了一块燃料的价格进行过讨价还价后,他们就离开了基甸。在贫民窟,讨价还价是一项基本生活技能。通常是通过口头的形式进行的,整个过程富于激情。不过在基甸,当地人会用颂歌来回应伊阿古提出的价格,虽然很迷人,但谈判的力度丝毫没有减弱。

该离开了。所有人都在机舱内固定好自己,飞船沿着一道螺旋线加速离开。最初的加速后,戴安娜来到了舷窗边,看了看外面的虚空。从那里应该能看到各种飞船的尾迹,看到散落在太空中的数十亿个球体。但除了一片鲜有星光的漆黑外,她什么也没看到。

“接下来去哪儿?”她问伊阿古。

“去见几个我的好朋友。”伊阿古说。不过经过一天半的航行,他们却发现他们的目的地已经是一片废墟了,而且没有任何线索能告诉他们居民们都去了哪里。那是一个由四个球体组成的集束,其中的三个都已经破裂,里面空空如也。照明带还亮着,但植物都已经被冻干,已经成为真空的半空中还有碎石在缓缓转动。

“这里出什么事了?”红色朗姆飞过废墟时,戴安娜问。

“警察,我猜。”伊阿古回答。

第四个球体结构还很完整,里面也亮着光,但等到飞船停泊好打开舱门后,他们只看到没人照管的蔬菜在到处疯长,里面一个人也没有。那里的空气氧含量很高,让人亢奋。

“我猜,警察故意破坏了另外三个球体,把人都逼到了这个球里。”伊阿古说,“当你的球体破裂时,这种情况时有发生,你就会像老鼠一样匆匆穿过管道,逃进下一个球体。警察只要按顺序依次毁掉球体,就能把人集中到一个地方,方便逮捕,用船运走。”

“为什么?”戴安娜用手捂着鼻子,这个球体里的味道有种惊人的刺激感,而且奇怪的是,比起蔬菜来闻着更像是动物的味道。也许是基因改造过的水果吧,她猜测道,为了弥补菌块风味的不足,“我的意思是,他们这么做有什么目的?”

“谁知道呢?官方的说法肯定是处理政治异议人士。不过也有可能是因为贸易欺诈。贫民窟易货贸易市场的规模很大,严格意义上说,易货贸易是违法的,这就给了警察一个借口,需要的时候随时可用。”

“可为什么要费那个劲儿?”

“也许他们确实有这么做的理由。也许他们只是为了找个靶子,为监狱或者某种契约服务寻找劳力。说到普通警察,他们经常会抱怨说他们的生活就是被各种指标驱使的。另外,有时候没收房屋中的物品也是件有利可图的买卖。尽管这种概率很低。这里的人都太穷了,很难有什么值钱的东西。”

伊阿古缓缓点燃发动机,驾驶飞船驶入一片开放空间。几个人都被加速度拽着,躺在加速座椅上。推进结束,他们又能再次解开安全带自由活动了。“我收到了一些消息。”伊阿古宣布道,“呃,说是小道消息更确切些。不过这两者应该是一回事吧?”

“什么消息?”戴安娜问。

“首先,你的双亲都没事,这是我的推测,因为他们都还没有被当局发现,尽管有一些激烈的冲突。其次,乔德女士——你还记得吗?”

戴安娜闷闷地笑了笑。

“嗯。”伊阿古说,“她因为没有逮住我们而受到了惩罚。乌兰诺夫家族对她很不满意。”

这个消息让戴安娜很是高兴，“真的？他们要处死她吗？”

“不是。不过她被一路降职到了统治秩序的底层。”

不过噩梦还是又来了。那天晚上，她又在潜意识用乔德女士的形象制造的血与死的梦境中醒来。这一次不像第一次那么可怕了，不过还是让人十分的不快。

通往下一个目的地的航程又花了他们两天的时间。那是一间轨道工厂。伊阿古向他们保证，工厂是合法的，尽管它的位置距离警察通常的巡逻路线非常遥远。伊阿古是这么说的，工厂只是打点擦边球，事实上绝大多数的业务都还是合法的。

那间工厂是一串连在一起的加过压的椭圆球体，里面的半意识培养板上长着肉。伊阿古向全体工作人员问了好——十几个男性，没有女性，所有人的额头上都有玛拉那太阳光芒四射的纹饰。萨芙笑着和他们打了招呼，并和他们一起唱了一首太阳的圣歌。所有人一起喝了美酒，玩了麻将，整顿饭局充满了欢声笑语。

“那条‘百分之七十’的规定对我们伤害很大。”萨姆说，在这群农民中他算是比较活跃的。

“百分之七十的规定？”

“乌兰诺夫法系假定贫民窟里的交易有百分之三十都是欺诈。”说话的人名叫奇利。他那纸一般洁白的皮肤上布满了肿瘤切除的粉白色疤痕。“这是向现实妥协，我想，但规定得太随意了——如果用自己种植的无花果和西红柿与邻居交换烤甲虫和尿素粉都算是违法的话。贫民窟深处的所有交易几乎都可算得上是贸易欺诈。不过对绝大多数人来说，贫民窟的生活只是活着而已、菌块、阳光，根本没有多余的东西可供贸易。另一方面，这里，接近地—月体系的地方——呃，如果没有百分之三十黑市交易的条款，我们会很高兴的。不过我们也没办法。我们生产的绝大多数肉都是严格按照合同进行的，钱都经由官方账户周转，税费都由人工智能自动扣除。我们基本上是完全合法的,真遗憾。"

"不过这样不是很好吗?"戴安娜问,"我是说,至少不会吸引警察的注意。"

萨姆皱了皱眉头,"百分之七十是法律的规定。"他说,规定这两个字被特别加上了重音,"乌兰诺夫法系就是这样,连违法的比例都要规定。所以,等于我们不是在为自己货品的全部交税,而是全部的143%。因为我们也被假定参与了黑市贸易。这意味着我们的税务负担比本来应该的水平要高得多。"

"还是有利润可赚的吧?"

"微薄得很啊。"奇利说,"我也是合伙人,本来我也应该像其他行业的老板一样,畅游在奢侈品的海洋之中,喝着小酒,保养身体。结果呢,我只能睡在自己的店里,吃着菌块,省吃俭用地给火星上的老婆和丫头寄钱。我女儿正在阿瑞恩学院上学呢,你看。那个费用可是——先不说我的烦心事了吧。"

"事实上,想把我们翻个底朝天的话警察完全做得到。只不过他们没兴趣而已,我们太小了,不值得。我们只能撑下去。"

"直到?"

"直到我给家里攒够钱。"萨姆说。

"等我达到目的后,我就把它卖了,搬到档次更高的轨道去。"奇利说,"不过那还得等好多年呢。"

最后,工厂的人给了伊阿古三包预处理过的肉,还有一些其他食物;作为回报,伊阿古给了他们一块一米见方的平板,平板的来源与功能都颇为神秘。易货贸易——人类最古老的贸易方式,如今又复活了过来,因为所有真正的钱的流动要经过银行账户或类似的数据库,能够被追踪,因而也就必须要交税。回到红色朗姆2020后,戴安娜发现伊阿古还用交易或其他的方式取得了一大块冰,拴在飞船的外面,"看来下一趟旅行挺花时间的。"戴安娜推断道,“我这么说是因为——嗯,那块冰可真大。”

“说得不错。”伊阿古笑道。

“我们要去哪儿?”萨芙问,“就这么在泡泡间飞来飞去吗?”

“我要带你们去我家。”伊阿古说,“之前从来没有人去过,当然我是说除了我自己之外。那是我最私密的地方。不过在那之前——我得先借用工厂的数据系统发条消息。”

“消息?”戴安娜问。

“我确认你姐姐的位置了。”

戴安娜的心狂跳了起来,“她现在安全吗?她在哪儿?”

“她在火星上——或者至少是在去那儿的路上。她已经出发几个月了,应该快到了,而且是的,她很安全,她很小心,一直在不停转移。我们也应该那样。恐怕还得过段时间才能让你们俩真正重聚。你的双亲为此作了充分的准备,阿金特家族相当一部分的势力成功逃出了乌兰诺夫的天罗地网。不过现在情况非常不容乐观——其他家族都在争着上位,乌兰诺夫为了镇压阿金特家族投入了巨大的资源——真的,惊人的大笔金钱。”

“我能和她通话吗?”

伊阿古挠了挠头,“很危险啊。”他略有保留地说,“建立通讯连接,当然,都是有风险的。如果惊动了当局,他们肯定会来抓我们。抓住你姐姐,他们就抢得了先机,抓住你们两个,游戏就结束了。”

“到底是能,还是不能?”

“能。你的bId被侵入了,我敢说她的也是,不过我们可以用我的网络——那东西不是标准配置的,是我专属的产品,应该还是干净的。而且信息是通过这里发出去的,通过这家工厂。这个地方足够我们设立连接,如果有迹象表明系统被侵入了,也能让我们从容撤离。”

戴安娜在线上待了一个小时,进行那种老式的“面对面”谈话。

交流的延时一来一回足有十五分钟,非常难熬,因为总共的时间真是太短了。而且这也不是虚拟实景,她根本没办法拥抱自己的MOH姐姐。不过她能看到伊娃,和伊娃说话,这已经足够让他们两个人喜极而泣了。

伊娃告诉了戴安娜自己这段时间的情况——赶去托布鲁克的等离子舱,结果却发现自己差点闯入了一场交火,"还好我们及时脱身向南去了。最后我终于从伊瓦尔乘坐一艘老式的弹道飞船飞上了轨道。"

"真惊险啊,是不是?"戴安娜流着眼泪笑着说,"我和伊阿古在阿伯拉山还被大炮打了!飞船发动机乱颤的时候我还以为我们要摔成碎片了!"

"看到你没事我真是松了口气,我亲爱的!"伊娃说,"我们得先藏起来,等风头过去一些。我们的MOHmie都没事,我见过他们,真人,他们都没事。不过他们也藏起来了,我也要藏起来,你也应该藏好。我不会问你要去哪儿。谁也别告诉更好,就连我也别告诉——尽管我非常非常爱你。"戴安娜用衣角擦了擦眼泪,"我会的,我会……"

干扰噪点冻结了伊娃脸部的形象,无数条杂乱的霓虹线划过画面,"就这样了。"伊阿古说,"连接中断了。"

3 丹伦尼恩

之后,他们又坐在红色朗姆机舱内那狭窄的加速安全座椅上(虽然机舱里有四个座位,但他们三个人坐着都嫌挤)出发了。戴安娜被加速度挤压在座位上,尽管一脸苦相,但想到姐姐没有事她还是忍不住喜极而泣。这会儿,她正在打盹——加速度让人睡得很不踏实。睡梦中,一道亮光忽然在心头一闪。她想,也许是一千光年外的香槟超新星吧,也许只是近在眼前的念头一闪,伸手就能触及，谁知道呢？她手臂上的肌肉收缩隆起，但在这种加速度下根本无法抬起手臂。这时，她忽然听到了在噩梦中听到过的那种杂音，那渐渐增大的音响让她害怕了起来。是大爆炸的声音，但似乎是在倒放，所有声音慢慢聚集成一个高潮，而不是在巨响后渐渐消退。黑暗中有些东西让她感觉很不舒服。就像刀刃上的闪光，直冲她的眼睛而来。杂音非常地响，周围震颤得厉害，她全身的肌肉都紧绷了起来，但却无法叫出声。她醒了过来，还在因为加速度而被压在座椅上，也许她还在睡，这也只是噩梦的一部分。

这时，加速度逐渐减弱，并最终完全消失，她睁开眼，发觉自己正大声喘着气，一遍又一遍地咕哝着"疼"。

萨芙帮她解开安全带，红色朗姆在失重空间静静地自由滑行。"还有三天时间才能到。"伊阿古说，他正倒挂在天花板上，就像只蝙蝠。"又做噩梦了？"

"我没睡好。"戴安娜喘息道。她全身大汗淋漓，由于失重不利于汗液挥发，感觉很不舒服。她的脸红红的，"我不明白。我以前从没做过噩梦，这辈子都没做过。"

"你的这辈子还长着呢。"伊阿古笑着说。

"可我看到——我不知道。"

"看到了什么？"

"死亡，麻烦，疼痛。"

"要不要吃片镇静剂？"萨芙建议道，"帮助睡眠。"

"我不能吃镇静剂。"戴安娜条件反射般地说，"做梦是我解决问题的关键。我不能死睡下去，不能让药片把梦都毁了。"

"反正未来三天内也没有什么问题需要解决。"伊阿古说，"在到我家之前我们只是消磨时间而已。"

"哦，伊阿古。"戴安娜用未成年人向长辈撒娇的那种语气说，"总是会有些问题要解决的嘛。"

整个旅途中，只要处在失重状态，噩梦就不会再次出现。如果是在自由航行中，她就会睡得很香。可一旦他们出于谨慎的需要，在加速座椅上固定好自己，开启引擎在路上拐几个弯，那种深入骨髓压迫胸口的加速度就会唤起她的恐惧。最后减速航行的那段旅程对她来说简直是神经崩溃、幽闭恐惧（她以前从未经历过幽闭恐惧症！）、惊慌失措、可怕之极的三十分钟。总而言之，还是和重力有关，或者说是联想到了地球重力下那忽然的、惊人的、不好的暴力事件。

除此之外，整个旅途都如预期般平淡无奇。有段时间伊阿古曾以为他们被跟踪了，但仔细解读数据后，他断定那只是传感器回波而已。"不可能是警用飞船。"他说，"不仅仅因为他们不可能知道我们的位置，还因为读数表明跟在后面的飞船和我们的一模一样。我是说，一点不差的那种。就像是复制体，克隆的。"

六小时后，复制体从传感器上消失了，这更证明了伊阿古的理论。

终于到了，那个小球体在黑色的太空中闪着绿光，他们把飞船停在小球体唯一的舱口。

"戴安娜、萨芙。"伊阿古介绍道，"这就是我家。现实意义上的我的退路。除了我之外，你们是第一批到达这里的人类。我希望，这里会是一个安全的处所，至少在一段时间内是。当然，乌兰诺夫有些大型人工智能专门监控绕太阳运行的几十亿个物体，不过我可是花了好多钱来确保丹伦尼恩看上去和那几十亿个贫民窟小农场没什么差别。在当局看来，这就是个非常普通的住所，住在这里也是非常普通的那种人，靠菌块和阳光过活，种植各种可以种植的蔬菜，信仰各种奇奇怪怪的神。我们要藏木于林。"

"丹伦尼恩？"戴安娜问。

“我起的名字，算是个笑话吧。我觉得是。总之，这房子不大——但比起红色朗姆2020来肯定是大多了，所以我们还是从木马肚子里出来活动活动手脚吧。”

里面确实很小，直径大概一百米，墙壁不是低成本的磨砂板就是透明面板。他们在靠近金星轨道的地方，太阳明显要大得多，也亮得多，球体内的阴影清楚地随着球体的自转慢慢移动。里面有蔬菜培养架，但培养架的托盘里除了杂草外什么也没有。“我也好多年没回来过了。”伊阿古说，“不过我们可以把它清理出来，很快就能长出蔬菜，我想，我们可以先放下一些冰。看看那些果树！种它们就是因为它们被基因改造过，长得慢，因为我也不会经常来修剪，不过就算长得慢，这个头也比我上次见的时候翻了两番了！”

要不是伊阿古说，戴安娜根本想不到那些纠结在一起的荆棘状黑色枝条是果树，枝条舌头般大小的尖端上还开着橡胶般的白花。“别的先不说，上面根本没水果嘛。”她抱怨道。

“我可以打开结果的基因，既然我们现在都在这儿了。”伊阿古说，“储物箱里有个小玻璃瓶，把里面的东西撒在根上，不出几周我们就会有新鲜水果了。”

他们卸下了红色朗姆上的东西，这并没花多少时间。之后，戴安娜在这个新家里转了转。出于结构和易用性的考虑，里面安了八根导引绳，没有一根经过球体的中央。一百米的直径，这样房屋的表面积，按内曲面算——大概超过三万平米。有些人可能觉得应该够大了，查看各个不同的区域也花了戴安娜不少时间，蔬菜种植区、居住区——卧室、洗手间、各种储藏室以及运动区。

“我知道你住惯了大房子。”伊阿古飘了过来。

“这里够大了。”戴安娜说，“我的意思是——我会习惯的。不过说实话，伊阿古，我更担心的是无聊。”

“没有bld。”伊阿古回答，“我理解，储藏室里有些书，还有老式的封闭式虚拟实景系统。不过恐怕我们有大把的时间需要消磨。我觉得消磨时间最好的方法就是整理花园了。不用着急,三公顷的土地可是很大的工作量呢,尽管这里的植物都是改造过的,不需要怎么维护的类型。清理干净大概就能花费一周的时间,打个比方,更别提还有补种、铺草皮、种植新作物之类的。"

"我不是想显得不知好歹。"戴安娜飘过来给了伊阿古一个拥抱,"我还在习惯离线的过程中,你知道的,我会适应过来的。"

"时间有的是。"伊阿古说。

不过他没说对。事实上,时间很少。他们只有一天一夜的时间。当然,白天黑夜都一样亮。所有时间都被花到了打扫、吃补给、聊天、玩上。第二天一早,当局就找到了他们。

花了六个月逃难,逍遥法外,终于找到个安全的落脚点,却立刻就被当局逮住了。

真是挫败。

戴安娜、萨芙和伊阿古先是看到了一道闪光,非常清楚,就在墙外。当时他们正在除草,三个人都停下手中的活。"那是什么?"戴安娜问,她几乎是下意识地感觉到,情况不对。

伊阿古查看了一下房屋人工智能,"距离很近,在二万到三万公里之间。"他说,"这可不是好消息。"

"是什么?"

"不知道。"

"肯定不是好东西。"戴安娜说。

"会不会是飞船加速的尾迹?"萨芙问。

"有点太亮了。"伊阿古一脸的疑惑。他看着手掌,好像那上面会写着答案一样,"也太近,近得过分。"

"是什么东西爆炸了吗?"戴安娜猜测道。

伊阿古又仔细查看了一下那个方向的细节。相对而言，这个人工智能速度很慢，但还是很快锁定了飞船。

“是架飞行舱。”他叹了口气，“警用飞行舱，正向我们这边过来。伪装得很好的那种，不过仔细看还是能看得出来。肯定是朝这边过来了。”

“怎么会？”戴安娜叫道，“你说过这个地方……”

“我说的是事实！”自尊心让他的声音尖利了起来。

“那他们怎么可能找到我们？”

“我不知道。但他们已经来了。如果不是那道闪光，我都没有注意到。”

“他们为什么要那样暴露自己？”

“我不知道。”

“三万公里，你刚才说。”戴安娜继续道，“够不够让我们撤离？红色朗姆——如果我们全速冲刺的话，他们追不追得上？”

“很容易被抓住的。”伊阿古说，“再说，他们已经快到了。飞船和闪光没关系，至少我不觉得有关系——方向不一样。”伊阿古咒骂道，“时间不够我们逃跑。”

“那道闪光是什么？两者之间肯定有联系的。”

“要说是巧合的话有点太不可思议了。”伊阿古说，“不过很难看得出联系。”

“是……开火了吗？”

“警用飞行舱不会经常开火吓唬猎物的。”伊阿古说。

“那么——肯定是其他飞船，可能是友好人士想要警告我们——帮我们——有其他船在附近吗？”

“没有。”伊阿古又检查了一下房屋人工智能，“没有其他东西了。只有警用飞行舱。”他闭上眼睛，“我感觉自己好老。”他说，“这真是个坏消息。我们不能就这么落入乌兰诺夫手中。如果你被抓住了对你的家族来说将会是个大灾难，戴安娜。如果我被抓住了——呃，对全人类来说都是个大灾难。"

"别夸张了。"戴安娜冷冷地说。

"不!"伊阿古忽然怒吼道，"这么些年来为了不被乌兰诺夫抓住，我无所不用其极。我做过许多可怕的事，不是为了救我自己的命——我自己的命又算得了什么？那是为了全人类！不是个人问题。事关种族兴亡。在我心里没有什么能比得上那个，没有。"他环顾四周，"在此之前都没有。"

"我们怎么办？"

"我们的选择有限。"伊阿古低声说，"不能硬拼，也不能跑。"

"我们死定了!"萨芙叫道。

伊阿古飘浮到半空中。"我们需要更多信息。"他说。

但除了飘向水龙头，在珍珠般的水珠中洗了洗手，又擦干外，他什么也没做。戴安娜和萨芙有样学样。随后伊阿古脱离导引绳飞向门口，激活房屋的防御功能。"条件有限。"他说，"只有两门电磁炮，对于警用飞行舱那么大的东西来说起不了什么作用。"

萨芙和戴安娜飘到他的身后，他向那艘船发出了通讯请求。

一张脸出现了：那是一张阴郁的长脸。"杰克·格拉斯，终于见到你的活人了。"那张脸用平淡无奇的声调说。

"巴勒杜克。"伊阿古回答，"是你!"他的声音非常激动，戴安娜不禁觉得，也许这个新来的人并不是威胁呢。不过这种印象并没有持续多久。

"我本打算说好久不见呢，杰克。"巴勒杜克慢慢地说，"不过时间这个概念太不可思议了，尤其对你来说——不是吗？"

"你是来抓我的。"伊阿古说。

"是的。你已经在当局的手心里了，我的朋友。他们会折磨你，也可能会杀了你，你的这辈子就这么完了。不过他们知道你的行踪已经很久了。这点功劳我可不稀罕。”

“你还没抓到我呢,老巴。”伊阿古说,但他的声音里一点气势也没有,相反,倒是充满了疲惫。

“确实!尽管我们之间的距离越来越近,但你似乎比预计的稍早了一点发现我们。我原计划登上你的球体,给你来个惊喜——直接在应急出口上烧个通道出来抓住你。但被你发现了!干得好。”

“不想被发现为什么要开火?”

“开火?”巴勒杜克说,“我们没有开火!你以为我们是白痴吗?我还以为那是你干的,为了让我们知道你已经发现我们了。我对于你是怎么发现我们的更感兴趣。我们本来很低调的,非常小心,再过几分钟就能抓住你。”

“是运气青睐我们。”伊阿古说。

“总之,还是祝贺你。”巴勒杜克说,“这点肚量我现在还是有的!因为我就要抓住你了!”

“自从我们上次见面,老巴,你的职业生涯没有遭受什么不测吗?”伊阿古故作关怀状。

“什么?”

“我以为我们上次的相遇可能会危害到你的事业。也许你听过乔德女士的事?她以前是乌兰诺夫的红人。不过因为没抓住我,她被贬到遥远的黑暗中去了。”

“我听说过她,是的。”巴勒杜克带着一丝崇敬的语调说,“真可惜。从一人之下万人之上的人物忽然变得不名一文,对谁来说都会难以接受,对她来说更是如此。不过,谢谢你的关心,我的朋友!让你从我的手中溜走当然不会对我的晋升有任何帮助。”他故意用缓慢而抑郁的语气说,就好像与人进行任何形式的沟通都是一项悲哀的职责。“不过,我现在就要抓住你了。”他淡淡一笑,补充道。

“这人是谁?”戴安娜问。

“你没听过著名的巴勒杜克吗?”著名的巴勒杜克的全息影像哀声叫道。

“他是警察,仅此而已。”伊阿古说。

“是吗?”全息影像抗议道,“远不能算是‘只是警察’的吧?”

“他为乌兰诺夫工作。他对逮捕最有心得——搜索抓捕。之前他曾经试图抓我,不过那次他失败了。”

“不止一次的吧,伙计。”巴勒杜克说。

“失败也不止一次。也许这次会继续失败。”

“我可不觉得。”巴勒杜克低声说,“这次不一样。你跑不了,也不能反抗。你什么也做不了。”

“抓住我的赏金是多少? 我可以付更多。”伊阿古建议道,“这么办吧——三倍怎么样?”

“不怎么样。”巴克杜克回答。

伊阿古的精神支柱有一部分崩塌了,这从他的脸上就看得出来,“哦,还有一个选择,我可以不让你进来,随你在外面怎么折腾。”

“我觉得你会让我们进去的。”巴勒杜克悲伤地说,“从我现在这个角度看,你这个泡泡真是吹弹可破。”

“爆破吗?”伊阿古说,他透过窗户看了看,瞥了飞行舱一眼,“你那么做我们就会死,如果死了你就什么都得不到。”

“我有自信能在真空中活捉你,不过对你的朋友们我就没那个把握了。或者我们可以用鱼叉,这架飞行舱用的是快子推进器,你知道的吧——功率足够把你拖回拉格朗日去了。”

“你敢那么做,我就自己把这里炸掉。”伊阿古警告道。

“我相信你敢。”巴勒杜克用他那特有的悲伤而缓慢的语调说,“你对生存的定义太狭隘了,杰克,在这方面就像个孩子。你的心里一次只能想一件事,呃? 哦,对生命真是太无知了,当然对于死亡没有什么你不知道的。当然你有胆量自杀,不过——她呢?”

伊阿古看了她一眼,戴安娜感觉胃里一紧。她忽然想到,这一切都是真的——出人意料,最近她的生活中充满了这种奇怪的会面和意料之外的发展,她花了一点时间才说服了自己,这次不一样。突然间,戴安娜意识到自己这次可能真的会死——大家都可能会死,就在此时此地。这里可能就是一切的终结。她想要在心里想出一条出路——这可是她的专长,当然了——她想不出来。只有两种可能性,她想道,要么是警察逮捕我们,让我们面临谁知道是什么的可怕下场;要么是大家一起死,就在此时此刻。

哪个选项都不好。

“你是怎么找到她的,话说回来。”伊阿古突然问,“你是怎么找到我的住所的? 你是怎么做到的,老巴?”

“我有自己的秘密。”巴勒杜克说,“这个不用你担心。不过你必须跟我们一起走,我的小伙计,你没得选了,很遗憾,我只能这么说。”他的声音听起来确实很包含遗憾和得意之色。

伊阿古看看自己,又在半空中转了个身,显然是在巡视自己的领域。但这里没有什么东西能够帮到他,“来这里可真是个愚蠢的决定。”他说,很可能是在自言自语,“我们本应该就那么在一个又一个泡泡间穿梭——我们应该一直旅行的。如果有再来一次的机会我一定会换个法子。”

“就连你也没办法让时间倒流。”巴勒杜克说。

伊阿古又转向了全息影像的方向,“这个要说清楚。”他下定了决心,“只要你保证不碰她——让她活着,自由地活着,我就跟你走。”

“伊阿古!”戴安娜叫道。

“如果,她能自由离开的话。”伊阿古看也没看戴安娜。

“自由。”巴勒杜克重复道,仿佛完全不理解这个词的意思。

“你知道我的意思。能去她想去的任何地方,意志自由。”

“为什么我要答应你?”

“因为不答应的话我就把我们所有人都杀掉。”

“要是我同意让她走?”

“那么——”伊阿古说,“我就自愿和你走。”

全息图权衡着眼前的选项,最后,巴勒杜克微微一笑,“如你所愿。”他说,“如果这对你——对她——真有什么意义的话,那就这样吧。不过毕竟,我们可都是生活在监狱里的。曾经有一首老诗说得不错,整个太阳系都是个监狱,里面都是监牢,存在就等于生存在核桃壳子里。这是谁的诗来着——莎士比亚的?通常都是莎士比亚的。”

“不要含糊其辞。”伊阿古说,“我很愿意同意你的意见,广义上说太阳系就是个监狱。但你必须同意,戴安娜有选择进入哪个监牢的权利,这个权利不能受到干预。”

“很好,不过你知道吗,我的朋友?”

“知道什么?”

“如果他们说的关于你的事都是真的——那么用不了多久整个太阳系就不再是监狱了!你能打开一扇门,人类全都可以涌入宇宙的各个角落!”

“我可不会相信别人胡编的那些关于我的传言。”伊阿古低声说。接着,他又大声说道,“我该怎么相信你?你的飞行舱里有合同书记机器人吗?”

“当然有了。我可是乌兰诺夫法系认可的高级官员。机器人可以见证我们的合同。不过,让一名通缉犯逍遥法外的合同?我不太确定这种合同完全合法。”

“法律问题我不关心。”伊阿古说,“我要留下记录。这样,以后，就不会仅仅是我们俩的言辞对质了。”

就连巴勒杜克的笑声听起来都是悲哀的——一串缓慢的噪声。“你以为还会有以后吗？你的以后？我可怜的朋友。”

“别废话，带着你的合同书记机器人过来。”

“我们先把话说明白。”巴勒杜克说，“我放过你那位阿金特家族的朋友，让她自主行动，作为回报我能把你交给当局，他们将把你的器官一个一个地摘下来，化验你的每一滴血液，只为了挖出你脑子里的东西。你确定这就是你想要的结局？看在旧情分的面上我再问你一次。”

伊阿古深吸了一口气，“把你的合同书记机器人带来就行了，剩下的我会处理。”

“处理！”巴勒杜克重复道，他又哀伤地笑了笑，“我亲爱的朋友，我一生的相当一部分时间都花在了追捕你上！这种结局我都觉得有些遗憾了。”

“你会熬过去的，老巴，带上你的机器人。这个球体只有一个入口，我的飞船已经停靠在那儿了，你只能接在我的后舱门上，通过我的飞船进来。我会让人工智能解锁的。”

“很好。”

“只能是你自己进来，老巴，你和你的合同书记机器人。”

“不，我亲爱的伙计，不行！独入虎穴？你以为我不知道你杀过多少人吗？不行。我要带四个人一起，好保护我那脆弱的肉体不被你的玻璃刀刃伤害。”

“两个人。”伊阿古说。

“四个。”

全息图消失了，对话终止。

“伊阿古。”戴安娜说，“杰克。我——你不会真的想要跟他们走吧？你也听到他是怎么说的了！”

“此时此刻只有两个选择。”他看了萨芙一眼，“要么我跟他走，要么我们都死。”

“只有玛拉能救我们了。”萨芙说。

“我得知道他们是怎么找到我们的！”伊阿古说，“我费了那么大的精力隐藏踪迹，结果——他们却跟到这儿来了。”他看了看自己的两个同伴，“别为我担心，我以前也越过狱，不过是再做一次而已。”

4 巴勒杜克之死

巴勒杜克的飞行舱比红色朗姆要大得多。戴安娜、萨芙和伊阿古看着飞船笨拙地将一扇舱门对准小飞船的后舱门。这活儿干得并不漂亮，飞船侧翼甚至都撞上了这座房子的墙壁，整个结构都剧烈颤抖了起来，谐振轰鸣和震动震得树叶和碎片在球体中到处乱飘。

“稳点儿！”伊阿古咕哝道。

不过巴勒杜克最后还是做到了。长剑形的警用飞行舱遮挡了房屋几个窗户外的风景，犹如一条与球体相切的巨大切线。红色朗姆后舱门打开的声音在空间里回荡。

“他们要来了。”伊阿古低声说。

最先从气闸舱里出来的是合同书记机器人，银中泛蓝的圆脸面无表情，卵形的躯干上连接着四根灵活的凝胶肢体。机器人爬进球体，沿着导引绳又爬了一段，然后停在了半空中。巴勒杜克紧随其后，他的个子很高，算是个美男子，他的长发在失重空间中乱飘，对于那张略显苍白的棕色的脸来说，他的五官似乎也略略大了一些。不过他那楔形的大鼻子确实很有贵族的味儿，让人印象深刻，他的目光像老鹰一样锐利。他的手里握着一把枪，从气闸舱出来进入到球体中时，枪口一直准确无误地对着伊阿古。“杰克！”他笑着说，但表情依然严肃，“三个人？我还以为只有你和阿金特女士。”

“你的消息来源也不怎么可靠。”伊阿古说，“知道这个让我很高兴。这位是萨芙，她对你没什么威胁。”

“玛拉保佑。”萨芙低声喃喃。

“没有威胁？”巴勒杜克重复道，“呵呵，也许吧。不过我还是得要求你，萨芙女士，靠边站，到那边去，紫色的灌木那边。待在我能看得到的地方，劳驾，立刻从我眼前闪开，你要是有什么突然的动作，我会打爆你的头——请你相信这一点。”

“我相信。”说着，萨芙就沿导引绳飘了过去，一直飘到巴勒杜克左侧对面的墙边。一直到感觉足够远了，巴勒杜克才让她停了下来。

与此同时，巴勒杜克带来的四个人（全是男性）也一个接一个地进入了球体。戴安娜的心跳得更快了。真的发生了，这一切都是真的。她没有武器，而且也丝毫看不出伊阿古如何能打败五名武装人员。看起来他真打算被抓走了。然后呢，怎么办？巴勒杜克不是说过吗？当局会把他的器官一个接一个地摘掉，就为了挖出他脑子里的东西。“伊阿古。”戴安娜急切地说，“我们该怎么办？”

“我们得镇静。”伊阿古语调平淡地说。

“这个建议不错，阿金特女士。”巴勒杜克说，他轻轻一蹬，脱离导引绳，向他们飘了过来。左侧十米，稍低些的地方，合同书记机器人站定位置，开始记录。

“我把机器人带来了，你看到了吧。”巴勒杜克说，“尽管我们都已经在这儿了，但我还是不确定是不是真的需要它。”

“这是笔交易。”伊阿古说，为了让机器人听清，他的声音很大，吐字清晰，“采用合同的形式。你，巴勒杜克，同意，经由法律的授权，让阿金特女士获得自由。你将让她和她的伙伴，萨芙，留在这儿，那艘功能完整的飞行舱，正停泊在这里的这艘——红色朗姆2020号，也要留下。他们两个，还有这艘飞船，是合同特别约定的客体。你同意在离开时保持球体和飞船的良好状态，并且同意让阿金特女士和她的朋友不受干扰地留下来，并清除他们在法律上的污点。作为回报，我同意自愿跟你离开，不加反抗。”

“不加反抗？”巴勒杜克又低沉地重复了一遍。

“不加反抗。我在合同中保证不会侵犯你、你的部下，也不会毁坏你们的装备，自愿跟你们到你所挑选的地方。”

“我也可以直接把你带走，杰克。”巴勒杜克竖起一根手指摇了摇。

“你可以试试。”伊阿古，“但我要是死了你可承担不起，你还需要我知道的东西呢。而对于杀人，我是很在行的，也就是说一路上你的麻烦会……很多。”

巴勒杜克看了看他，醒目的蓝紫色眼珠一眨不眨，“如果我同意你的合同呢？”

“那我就跟你走，并且像之前说明的那样，完全自愿，不加反抗。具体内容合同书记机器人都记录下来了。”

“合同书记机器人是可以被毁掉的。”巴勒杜克说。

“如果出现那种情况，那么阿金特女士的法律豁免权就也被破坏了。相信我，这可是我最不希望发生的事。所以我没有任何给你或机器人造成伤害的动机。我的提议就是把我的良好表现和她的豁免权挂钩。这就是合同，你同意吗？”

巴勒杜克顿了顿，然后说：“同意。”然后，为了机器人的方便，他又更大声地重复了一遍，“我，安德烈·巴勒杜克，与杰克·格拉斯同意签订合同，条款如前所述。”

“伊阿古。”戴安娜说，“你不能和他走。你这是在找死啊！”

“看上去真是英勇的姿态啊，是不是？”巴勒杜克说，他的声音里没有嘲笑，只有庄严和悲哀，“自我牺牲。不过我对杰克的了解可比你多多了。他正在计划着什么呢——他还有后招。是不是，杰克？”

“我只关心戴安娜的法律豁免权。”伊阿古的视线从巴勒杜克带来的四个人身上依次扫过，就好像要掐住他们一样。但他还能做什么呢？那几个人都是全副武装，对他们的主人忠心耿耿——这种忠诚还有CRF的促成。

“好了。”巴勒杜克说，“合同书记机器人已经把合同记录下来了。不得不说，杰克，事情比我预想的要顺利得多。”

戴安娜的恐慌感越来越强。“别离开我。”她说。

“你自由了，戴安娜。”伊阿古说，但说话时却不敢看戴安娜。

巴勒杜克摇了摇头，“你这就不对了，杰克——这么玩弄女孩子的感情！”

“哦？你什么意思？”伊阿古叫道，“别瞎说。”听起来他真的被惹恼了。

巴勒杜克对戴安娜说，“阿金特女士，我亲爱的，请相信我下面要告诉你的这些话。”他说，“杰克·格拉斯看人时就像艺术家或建筑师在看自己的原料。他对他们——对你——都不感兴趣，唯一让他感兴趣的就是他能把他们——把你——怎么办。现在，他可能会觉得自己要对那些人，对那几万亿人类做的事是值得的，是好的，是为了大局着想的。也许他是真心这么认为的！不过在我看来，这丝毫不能成为他行为的借口。为达目的不择手段是不对的。人类不能被当作工具利用。他们必须被当作是人。”

“你真打算把我当做是人吗？”伊阿古说，很显然，对这番长篇大论很恼火。

“那不一样，你知，我知。我是正义、法律与秩序的守卫者，如果对于犯罪没有严格公正的惩罚,那么我们……”

就在这时,巴勒杜克被劈成了碎片,当场毙命。

球体里一片混乱。爆炸减压,空气迅速泄露。

戴安娜被气流拖拽到了一边,头晕眼花。她在空中不停地转着圈,迅速的转动让她不由得张开了双臂双腿,看上去就像一只海星。

一片混乱。

混乱,黑夜。

尽管这一切突如其来,但戴安娜还是一下子就明白到底发生了什么事。她被气流推得狠狠地撞在球体的内壁上又弹起来,撞得气都喘不上来。她意识到,是球体的外壁裂开了;她意识到,巴勒杜克的身体已经变成了一团红色液滴组成的云。

啊!

*还有其他东西,就在爆炸前。那句原话是怎么说的来着?——是莎士比亚说的吗?*她在没有 bId 帮助的记忆中搜寻着,*应该是莎士比亚——都乱成一锅粥了。*她觉得这句话描述现状最合适不过。她感到一种奇怪的阻塞感,别说是处理问题,就连解析现实都让她感觉有些困难。一时间,整个现实都带上了一层不容置疑的虚拟实景的气息,随后真正的现实才忽然冒(几乎是字面意义上的冒)了回来。一起一缩,恐惧攥住了她的脑子。*也许,她想,这只是自己的感觉,这么的鲜明,这么的真实。*她已经获得过信息,知道这一切将会发生,结果就真的发生了。

有人用重型军火轰了巴勒杜克,他的身体被轰飞出去,真是字面意义上的烟消云散,真可怕。子弹射入了球体的外壁,停泊在舱口的警用飞行舱也被劈成了两半。天知道是什么先进武器,有人用那东西从球体外面锁定了巴勒杜克,用速度超快的子弹射穿了墙壁,也射穿了巴勒杜克的身体。

比起谁干的,几乎同样重要的问题还有一个——怎么干的?不过更重要的问题是,要怎样才能阻止空气泄露?

戴安娜看到自己正在被吸向球体的泄露点。她看到巴勒杜克的三名部下正手舞足蹈地飘向同一个方向,第四个人已经不知所终。那个人当时正站在距离破洞不远的墙边,戴安娜回忆道,所以很可能已经被吸出去了。

旋风。

合同书记机器人也在向那个方向倾斜,尽管它已经自动铆定在了一根导引绳上。

萨芙正沿着切线方向飞向戴安娜,她身体的一侧布满了诡异的小红点。戴安娜看到她掉进了灌木丛中,她挥舞着双臂,好减轻撞击的影响,然后挣扎着抓住灌木不让自己再飞起来。

冲击力将伊阿古抛向了泄露点的相反方向——戴安娜看到他消失在了迷你丛林里。和萨芙一样,他的身上看上去也像被喷枪喷了一层红雾一样。

不久之前,那红雾只是巴勒杜克的一部分。

戴安娜忽然想到,伊阿古一定是被第二个洞吸过去了,和射入点相反的方向一定还有个洞。子弹射入后一定会从另一头再射出去,伊阿古一定是被吸到那个方向去了。也就是说,他死定了。伊阿古消失了,肯定已经被吸进了没有空气的真空中。这也意味着另外两个人的死期——这种大小的球体是无法在两个大泄漏中幸存下来的。空气会像流过筛子的水一样迅速跑光,他们只有一小会儿时间了。

*我们都会死。*这个念头一下子出现在戴安娜脑中——*伊阿古说这是两个选项!要么和巴勒杜克走,要么大家都去死。*

她在球体内壁上弹来弹去,冲击力让她气都喘不上来。天旋地转,她看到巴勒杜克的一名部下消失在了子弹射入的那个洞中。

那人挥动着双手，一脸惊恐，紧紧抓住洞口的边缘，想要坚持住。但边缘很滑，曲面不利于抓握，而且气流也太强了。他挣扎了一会儿，然后就消失了。在空中弹过洞口的方向时，戴安娜匆匆一瞥，看到洞内到处都是飞船残骸那飞转的金属碎片，洞外更是一片黑暗。

这个世界的墙上有个洞，所有的氧气、热量和生命都在通过洞口喷涌而出。

周围所有的人都在大张着嘴，高声尖叫。她甚至还能听到他们嘴里含混不清的“哇哇”声，空气流失的巨大噪声几乎压住了所有的声音。

戴安娜又撞到了墙上，这次有树丛的缓冲，她抓紧枝杈，感觉整棵树都朝着墙壁的方向倾斜了过去。但树枝一直保持着那个样子没有再移动，她就用尽全力，不敢放松。巴勒杜克剩下的两名部下也找到了类似的可以抓住的地方。

戴安娜回头扫视着一片混乱的球体内部，空中飘着一团巨大的分叉的东西，不知道是什么，那东西撞上了其中一个人的头。碰撞只让那东西微微转了转方向——显然那东西的质量很大——它正慢慢朝泄露处飘去。

如果就这么直飘过去，那东西肯定会从洞口飞出去。不过，命运，也许是上天，让那东西转了个角度，卡在了洞口上。尖利的气流发生了变化，音调又升高了一些。墙壁鼓了起来，但障碍物卡住了，没有鼓出去。

风还是很大，吹着戴安娜想要把她拉扯出去，让她去死，不过现在洞已经被堵上了一部分，风力有所减小。

而且，出人意料的（等一下！他不是已经死了吗？）——伊阿古出现了。还活着！没有被射出去的洞吸走，而是手拿凝胶板从远处飞了过来。

他飞到泄露处，把整片区域用凝胶板盖了起来，动作非常流畅。凝胶板自动展开，边缘寻找着周围的间隙，丝毫不受中间堵着的那个大家伙的影响。

不一会儿，漏洞就被封住了。周围安静到只能听到戴安娜的耳鸣声。

她大口喘着气，但肺部剧烈的运动似乎一点作用都没有。

伊阿古再次出发，飘向对面墙上一丛石楠花中的储物柜。不一会儿，他就接通了储备的氧气，伴随着巨大的喷涌声，泡泡里的压力开始上升。

白噪声，这回喘息似乎变得容易些了。

呼吸。呼吸。

戴安娜使劲吞咽着，两侧内耳啪啪作响，周围的声音降了个调。她的心脏在胸腔里狂跳。

她终于恢复了一点精神，开始检查损失。伊阿古的“丹伦尼恩”内部就像个被摇过的雪花玻璃球，到处都是飘动的碎屑和叶子（啊！）还有在空气中缓缓飘动的小血滴。

萨芙抱着远处的一丛灌木。至少她没事！巴勒杜克的四名部下中有两名已经不知所终，不过屋子里还剩下两名。一个挂在距离戴安娜不远处的树枝上，另一个还在远处乱飘，手里拿着武器。

自然，他们都是全副武装的。戴安娜的心又狂跳了起来。

还有伊阿古，他的脸就像一张燃烧着愤怒的面具。戴安娜从没见他这么愤怒过。伊阿古双脚在储物柜上一蹬，直冲戴安娜飞了过来。他抓住戴安娜的肩膀，“你没事吧？”他催问道，“没受伤吧？”

“我没事。”戴安娜喘息道，“你是怎么把第二个洞堵上的？”

“第二个洞?”

“子弹的出口啊——哦,伊阿古。我还以为你被吸出去了!我还以为你已经被从另一头吸出去死掉了!”

“没有出口。”伊阿古一脸的疑惑,说完,他脚下一蹬朝近处的那个人飞去,一把抓住那人的脖子,而不是肩膀。

“怎么回事?”他叫道。戴安娜从没见他这样情绪失控过——他们一起生活过,满打满算,有好多年了——而且是朝夕相处——她从没见伊阿古这样发过脾气。身上沾满了黏腻的红色血滴让他的样子更加吓人。“怎么回事?他是怎么找到我的?”

“他知道你有超光速。”那人喘息道。

伊阿古一下子瞪大了眼睛,“什么?”

“他说过的,他说的!乌兰诺夫还不知道,他们还没派兵过来。先生希望自己抓住你,去向他的上司邀功领赏。”

这个人就是被那一大块东西砸到脑袋的那个——先不管那是什么东西。他的额头上有道很深的口子,鲜血不断地从口子里渗出,并最终分裂成一个个的小液滴加入到飘浮在空中的那一大团红色液滴中。看起来,那人已经被血流给吓住了。他看了看对面自己的同事,他的同事一只手勾着树枝,另一只手握着枪,但看起来似乎不太确定该拿那把枪做什么。

伊阿古没有松开那人的脖子,“你叫什么名字?”

“我叫什么名字?”那人呆呆地重复道。

“对!你的名字?”伊阿古叫道。

“马哈亚迪·庞加贝安。”那人说。

“印度尼西亚人?”

“我来自一个定居地。”马哈亚迪·庞加贝安口齿不清地说,“叫做阿克西17,轨道……”

“你是蠢货吗?”伊阿古叫道,“你知道我的意思。你有印度尼西亚血统?”

那人想要擦掉眼睛上的血,结果却把血涂得满脸都是。他皱着眉头,呜咽了起来,“我知道你要问什么。”他说,“我知道。很多印尼人都为余家工作,这是事实。但也有些印尼人是为其他家族和公司卖命的。”

伊阿古的举止就像野兽一样凶猛,看着眼前的一切,戴安娜不由得畏缩了一下。伊阿古抓着马哈亚迪·庞加贝安的脑袋,摇晃着他的整个身体,就像在摇晃一个浮在半空中的洋娃娃。马哈亚迪·庞加贝安呜咽着,大量的鲜血从头上的伤口里流了出来,“是运输巨头的行动吗?”伊阿古叫道,“是余家想独占超光速吗?这就是你们来的目的?”

“苏加诺!”马哈亚迪·庞加贝安哀鸣道,显然是在叫他的同事。但他的同事什么也没做,只是拿着枪朝墙上的那丛树木中又缩进去了一些。

“他不会开枪的。”伊阿古喝道,“他不会开枪打我,因为他接到的指令是,要么活捉我,要么他自己就得死。我说得对不对,苏加诺?”他朝对面喊叫着,“他们要抓活的,不然后果很严重。他们想要活的我,想要得到他们以为我知道的东西。苏加诺是不会开枪的,因为他知道。”伊阿古大叫道,“他知道他要是开枪了——我就会——真真正正地——把他处以极刑。我会用我的玻璃刀把他杀了。”苏加诺缩得更深了,“告诉我这次行动是谁赞助的?”

“不要……”马哈亚迪·庞加贝安哭叫道。

“是不是余家?告诉我。”

“是阿金特家!”马哈亚迪·庞加贝安尖叫了起来,就好像这几个字是被硬挤出来的,“告诉你这些他们会处决我的!是他们!”

伊阿古松开了他。马哈亚迪·庞加贝安在空中缓缓打着转,他用手捂着脸,根本没有做出任何改变飞行方向的努力。

“阿金特家。”伊阿古淡淡地说，举止中的愤怒一下子都消失了。

“一切都乱套了。乌兰诺夫任命了新的家长——两位老家长都失踪了，有传言说他们都死了。”马哈亚迪·庞加贝安抽噎道，“太危险了，新武器——关系到人类的生死存亡。先生就是这么说的！既然不可能把那个发明再变回去，先生，那么哪种环境才更适合保存这么可怕的东西？新家长会支持乌兰诺夫，尽管他们会下狠手镇压。但总比内战的混乱要强，还有革命——这么可怕的武器流通出去？如果乌兰诺夫被废，那肯定是全太阳系的战争。如果在混乱之中，这个或那个派别得到了……这个东西呢？”

“这个东西——”伊阿古重复道。

“超光速。”马哈亚迪·庞加贝安喘息道。

伊阿古小心翼翼地擦掉脸上和手上的血，环顾自己那被毁的房子。

“苏加诺先生。”他头也不回，看也没看那个藏在树丛的人就叫道，“你现在可以出来了。我不会伤害你。”

“我有枪，格拉斯先生！”苏加诺颤抖的声音从树丛中传了出来。

“我知道你有。但那改变不了什么。”

“我以前杀过人，格拉斯先生！”

“但你今天谁也不会杀的。”伊阿古回答，“出来吧。我不会杀你。我不得不留下你，留你在我的房子里，我是说，至少几周时间。不过这里有很多菌块，而且环境也还不错，再过一两周水果就能吃了。我向你保证，我会警告当局，让他们来救你的。不过他们可能已经知道你们在哪儿了。”

“我不觉得他们知道。”苏加诺说，“巴勒杜克先生想亲自抓住你，独占赏金。我不觉得他会告知当局你的具体位置。”

“那样的话，我会告诉他们你们在这儿。”

一阵停顿后，苏加诺回答，“知道巴勒杜克先生死了他们是不会高兴的！”

“确实。”伊阿古说，“他们是不会高兴的。”

苏加诺从树丛中露出头，脚下轻轻一蹬向他们飘了过来。半空中到处都是血，他根本躲不开。

“很抱歉给您的房子造成了这么大的损失，先生。只不过巴勒杜克先生说他确信你有超光速技术。”马哈亚迪·庞加贝安说。他那受伤的脑袋在脖子上来回摆动着，“他对此非常确信。”

“他告诉过你们我们的关系了吗？”伊阿古问。

“他说过，先生。”

真是令人印象深刻啊，戴安娜想，这两个人这么容易就臣服于她的伊阿古了。潜意识里她仍然觉得伊阿古是她的仆人，这就让眼前的一切变得更奇怪了。但她当然知道这是怎么一回事。巴勒杜克给这些人都服用过CRF，这会让他们忠心耿耿，同时削弱他们的自主性和独立性。主人死了对他们来说就相当于失去了主心骨，通过激烈的行动，伊阿古在他们的脑内建立了新的链接。

“格拉斯先生。”苏加诺架着马哈亚迪·庞加贝安，止住他的旋转，“请容许我问一句。您真的有超光速吗？”

伊阿古的脸上又闪过一丝愤怒，“如果我有能用的超光速设备，你真以为我会这么干坐着吗？你以为我会冒被乌兰诺夫折磨至死的危险吗？如果我真有超光速技术，我肯定已经弄了艘其他速度更快的飞船了，不是吗？没有哪个警用飞行舱能追得上我。我肯定会跑掉。整个太阳系就像灰尘一样会被我从靴子上抖掉，我现在肯定在探险整个银河了。不是吗？你们不觉得吗？”

两个人都低着头，看着他们的靴子。

“你真会那么做吗？”戴安娜问。

“这不是一举两得吗?”伊阿古回答,“如果我有可用的超光速设备,以及制造这种设备的技术。飞到遥远的星球上,这样既能保证我的安全,也能阻止全人类陷入危险,一石二鸟。”

“你没有超光速。”戴安娜说,“为什么巴勒杜克会觉得你有呢?”

“更吸引我的是另一个问题。”伊阿古回答。

“什么?”

“是谁杀的他?”

当务之急是清点损失。伊阿古打开一个巨大的过滤扇,开始过滤球体里的空气。一开始很慢,但后面效果就明显了,空气中的血滴被一扫而光。呼吸时也再也不会被碎叶和(可怕的)一股铁锈味的血滴给呛到了。事实上,在整个清洁过程中,过滤扇的滤网堵塞了不止一次,而是三次,可见球体里的环境有多么的混乱。每次堵塞,伊阿古都会卸下滤网,从上面刮下一层黑乎乎的东西,倒进一个塑料袋里。同时,萨芙帮马哈亚迪·庞加贝安在脑袋上的伤口上缠上了绷带,绷带特地绕过了他的眼睛,看上去就像一顶巴拉克拉法帽[①]。

裂口周围密封得很好。距离洞口不到十米的气闸舱打不开时,所有人都恐慌了一下。他们费了好大的力气,才最终打开了气闸舱。“金属铰链有点变形了。”伊阿古像握着一把剑一样地握着撬棍,“考虑到当时的冲击力,一点也不令人惊讶。”

还好他们最后还是打开了气闸舱。也就是说,他们可以看到远端未被损坏的红色朗姆号了。气压正常,电力系统也还能工作。

---

① 巴拉克拉法帽本来仅是供登山运动员和滑雪者在寒冷的天气围戴的羊毛头罩。后来,人们把所有遮住脸部只露眼鼻的头罩都统称为巴拉克拉法帽。

不过巴勒杜克来时坐的那艘船就完全被毁了。那致命的一枪——先不管它是什么——射穿了巴勒杜克的飞船,也射穿了巴勒杜克的身体,整个飞船都被撕成了碎片,残余的部分都爆裂了开来。整个飞船已经解体,结构破坏是毁灭性的,没有一个生还者。

五个幸存者挤在红色朗姆里,都被眼前的废墟惊得目瞪口呆。伊阿古让房屋人工智能检查了外面的动静,回报是什么也没有。“那只能说明向我们开火的那艘飞船很能伪装。只能说明这个问题。”戴安娜说。

“巴勒杜克的飞船和我们的连在一起。”戴安娜一脸惊恐地看着外面,“红色朗姆号没被从气闸舱上拧下来真是运气,不然我们就都被困在这儿了。”

“对红色朗姆的结构压力肯定不小。”伊阿古说,“我们在出发前得仔细检查一下。不过我现在最担心的并不是那个。”

“那你担心什么?”

“看看这损伤。”伊阿古指了指,“没看出来吗?”

戴安娜一开始还不明白,又看了看之后,她才明白了过来,“哦,天呐。”她低声说,接着,她又扭头看了看身后的气闸舱和球体。

苏加诺、马哈亚迪·庞加贝安和萨芙都在这里。“我们得马上离开。”苏加诺说,“不管是谁开的火,他随时都可能再来一发的。”

“傻瓜。”萨芙说,“他们肯定能打中飞船,移动的也能打中,就跟打中棚户泡泡一样简单。”

马哈亚迪·庞加贝安缓缓地说,“也许那个对你的球体开火的飞船已经飞走了?因为,如果它还在的话,为什么不再开火呢?”

“仔细想想。”伊阿古说,“看看证据。武器射出的射线,或者子弹,威力大到能打碎你们的飞船,击穿我的球体,然后还把你们的前雇主打成了一团血雾。这么大的威力完全可以从另一端击穿球体。事实上,完全有那个能力射穿。”

“可是并没有啊。”萨芙有些明白了。

“也许正好能量耗尽了。”马哈亚迪·庞加贝安说,“就在它……呃……我感觉……不舒服。看什么都有两个。”

“得了吧!看看它把巴勒杜克怎么了。”戴安娜说,“可不仅仅是射中,完全都气化了。击中时能量离耗尽还差得远呢。看看对球体造成的伤害——还有你们的飞船。看到材料弯曲的方向了吗?那是向外的伤口。”她停了下来,“我说的是伤口吗?我觉得确实是伤口这个词。”

“也就是说——”伊阿古说,答案已经很明显了,“不是有人从球体外侧射击。相反的,是从球体内侧向外射击,也就是说……”

“也就是说不管是谁开的枪,都还在房子里。他们不可能离开,肯定还在里面。”

五个人让红色朗姆号的内舱变得更拥挤了,他们五个人都扭头看着舱口的方向,一副提心吊胆的模样。

5 搜索

“恕我冒昧,先生。”苏加诺说,“我们现在就该离开,不能拖延。直接锁上舱门,开这艘飞船走,赶在里面的那个什么人再次开火之前。”说完,苏加诺又掏出枪,指着气闸舱的舱口。

“不可能。”伊阿古回答。

“哦,求你了,先生,再冒昧地问一句——为什么不行?”

“首先,没有合同书记机器人我是不会走的。其次,飞船上没有补给。就算全速前进,到达距离最近的友好的房屋也需要三天时间,到达能够给我们补给的球体集束至少需要一周。看看周围,苏加诺。五个人,四把加速座椅。如果按照你的建议,那么我的加速度绝不可能超过几个 G——那样的话到达任何地方都需要好几周。不可能。”

不过苏加诺并没有放弃，“也许会有不便之处。”他说，“但那个杀掉我们主人的人还在里面啊。如果我们现在就走，那么他，或者她就被困住了。我们可以通知当局来逮捕那个罪犯。”

“我们来时舱口没有停泊任何飞船，而那个罪犯——按你的说法——已经在里面了。你觉得他是怎么做到的？”

“肯定有人送他来的。”萨芙说。

“只有这样解释才合理。”戴安娜同意道，“如果他们不是传送进去的话。不过如果是有人送他们来的，那么那个送他们来的很可能还会来接他。所以所谓的把他们困在这儿是不成立的。”

这段话让戴安娜咳嗽了起来。也许是因为血腥味的缘故，也许是因为其他难闻的东西在刺激她的鼻孔。

“他们是怎么把这个人放下来的？”伊阿古飘到舱口处，把头探了进去，“我的门锁都是特制的，经过仔细的加密，所有加密信息都还是完整的。如果真有人放下来了个杀人犯，那么他们在这么做的时候怎么可能毫不触动我的安全措施？”

“那人聪明到能骗过你的锁子？”戴安娜问。

“那些锁只对我有反应。”伊阿古继续道，“而我已经好多年没来过了。”

“也许不是通过门进来的？”苏加诺提议道。

“那是怎么进来的？也许，等到抓住这个人的时候，不管是谁，我们可以问问。”

“你是说要搜查整个房子吗？”马哈亚迪·庞加贝安惊恐道，他的声音都颤抖了起来。

“先生。”苏加诺说，“恕我直言，回到那个封闭空间里对我们来说风险太大了，简直是自杀！去追踪那个凶手，显然是，拥有非常厉害的武器的杀人犯？您不能这样要求我们的吧？”

“这个人,不管他是谁,要想杀我们的话他早就动手了。”伊阿古透过舱门看着里面自己的房子,“他之前并没有这么做。如果之前没动手,那现在为什么又要呢?”

“可是,再恕我直言,先生。”苏加诺说,“之前我们可没有搜索。面对搜查人的反应会不一样的。”

“没区别。”伊阿古说。

“你说得对。”戴安娜说,她脚下一蹬,穿过机舱来到伊阿古身旁,“不管他们是谁,他们都有能力杀掉我们所有人,但他们没有。我不觉得他是随意行动的。他一直等到你快被带走的时候才出的手,伊阿古。我相信是他在关键时刻出的手。我觉得他挺关心你的切身利益的。”

“或者说是全人类的切身利益。”伊阿古说。

“这习惯可不好。”戴安娜说,“把自己的个人安全和整个太阳系的命运等同起来。”

“我会静思其中的区别的。”伊阿古说,“等到有时间的时候。”戴安娜看了看他,他的神情很严肃——脸上的血污差不多已经都擦掉了,但衣服上还沾得到处都是。他笑了笑,“你是靠直觉解决问题的专家,你认为是什么人?”

戴安娜也不清楚那几个字是从哪里来的,但她还是灵光一闪脱口而出:“乔德女士。她不希望巴勒杜克抓住你——因为她想亲自动手,好赢回主人们对她的青睐。”

“为什么可能是她?”伊阿古看着舱口,心不在焉地问。

“我也不知道。”

“那就只能算是毫无根据的猜测。你的能力比那要强得多。我们去找凶手吧,也许能多获得些答案。走吧。”他双脚在舱口边沿一蹬,直穿过自己房屋的中心。其他人赶忙跑到舱口,向里张望。伊阿古抓住一根导引绳,那根导引绳沿着向下的方向直穿过舱口。

“好吧。”戴安娜说，“走吧，伙计们。”

所有人都同意，马哈亚迪·庞加贝安身体太过虚弱，不适合活动。他就待在舱口，负责监视室内的一切。合同书记机器人也移到了那里，安静有效地记录着一切，牢牢地在视野中锁定着四个人。伊阿古对机器人进行了设定，如果在房内发现第六个人，机器人就会报警。

“走吧。”伊阿古说。

球体的特点之一，就是在内壁的任何一个地方都能毫无阻碍地看到内壁上其他各个方向的情况。四个人从门口出发，沿间隔九十度角的四条路线开始搜索。“我们不带武器吗?”萨芙看着对面方向的苏加诺紧张地问。“不用。”伊阿古大声回答，好让自己的声音传遍整个空间，“我们不打算伤害任何人。我们只想知道是谁和我们共处一室——也许大家还能再谈一谈。”

没有人回答。

事实上，枪手所能隐藏的地方从一开始就很清楚——确切地说，是他在开枪的时候所藏的位置——那就是一丛两米多高的灌木，大小大概有几百平米，位置大概在舱口的对面。当然，已经过去了这么长时间，他可能已经转移了，于是几个人沿着不同的方向，自己搜索着可能的藏身地点。果树是个不错的隐藏地点:戴安娜爬进树枝最浓密的地方，钻过每一根枝杈。但没有任何收获。等到从树丛另一头钻出来时，其他人已经来到了灌木丛的边缘。她穿过空荡荡的蔬菜培养架，追上了其他人。

“他肯定还在里面。”伊阿古指了指灌木丛，“如果还没离开的话。”

“除非他会远距离传送。”戴安娜说。萨芙看了看她。“远距离传送那种事根本不存在。”感觉到刚才说的那句话有点蠢,她又补充了一句。

“出来吧。”苏加诺对着灌木丛大叫道,“我有枪!”

“苏加诺先生。”伊阿古没有看他,“恕我直言,你太热衷于喊‘我有枪’了吧。”

“如果他们在那儿——我是说那个人,枪手,我们相遇的话——该怎么办?”萨芙问。

没有人回答。过了一会儿,戴安娜又叫道:“不管你是谁——我们不想伤害你。你帮了我们的忙,没让伊阿古被抓走。我们只想和你谈谈!”

还是没人回答。血滴和碎片还在空中缓缓盘旋。

所有人都看着那片灌木丛。“我能看到入口的一段。”戴安娜说,“后面就看不清了。”

“我们肯定得进去。”伊阿古说,“把你的枪拿开,苏加诺先生。很容易误伤自己人。”

苏加诺哆哆嗦嗦地把枪收回皮套。

“很好。”伊阿古吸了口气,“我们进去看看吧。”所有人都进入了灌木丛。

尽管从外面看起来,灌木丛的面积十分有限,但走进去后戴安娜才发现,里面十分的广阔。她钻进了一片迷宫一样的空间,里面的植被表面很光滑,尽管长得很干硬,但表面都有一层蜡保持水分。叶片大多数都是坚硬的多肉质。灌木丛中可以过人的通道多得数不清,对于戴安娜来说很容易通过。抓住枝干时,其他人经过时产生的震动也传了过来。整个空间都是一片暗绿色的。

一条腿忽然向她伸了过来。她一拳狠狠地打在那条腿上,传来的却是清楚的金属撞击声,她也被一下子弹进了暗绿色的围墙中。“嘿！是我。”伊阿古叫道，“是我——你没事吧？”

戴安娜喘着气，“我知道是你。”她喘息道，“你和你的铁腿。”

“比铁要贵一些。”他边说边飘过L形的转弯。

萨芙倒吊着(从戴安娜的角度来看)探出了头，“小姐?”

“抱歉。”戴安娜说，“我被伊阿古吓了一跳。”

所有人都不说话了。过了一会儿，伊阿古说：“这里没人。灌木丛里是空的。”

“我发现——一根管道。”萨芙有些不确定地说，“不是真的管道。不是东西，是东西留下的印子。”

“听不懂你在说什么!”伊阿古说，“到底是什么?”

“我是说通道。”萨芙说，“砍掉枝杈弄出的路。通过那里你就可以看到，是直指向大门方向的。”

“让我看看。”伊阿古说。他跟着萨芙走了过去。戴安娜强迫自己平静呼吸，也跟了上去。她穿过一道U形的弯曲道，脑袋探入一片宽广的空间，里面很大，萨芙和伊阿古两个人都待得下。不一会儿，苏加诺也冒了出来。

正如萨芙所说，茂密的植物丛中有一条烟囱似的通道。“子弹应该就是从这射出去的。”伊阿古说，他看着通道绿色的边沿，“也有可能只是自然形成的。”

“边缘似乎——有点焦？没有吗?”

“很难说。”说着，伊阿古把手伸进了空洞，“不热。恰恰相反。”

“如果凶手就坐在这儿，那他现在也已经跑了。”苏加诺说。

“如果是那样的话，马哈亚迪·庞加贝安应该看得到。”伊阿古说，“我能透过这个洞看到他：就在舱门口。马哈亚迪·庞加贝安!”他叫道，“有没有看到有人从这片灌木里出来?”

没有人回答。几个人跑出灌木丛，脚下一蹬朝舱门口飞去，到达之后，他们才发现马哈亚迪·庞加贝安已经睡着了。“他受伤了。”苏加诺歉然道，“很容易觉得累。”

“他是睡着了，还是昏迷了？”伊阿古问。他们又是晃又是拍，马哈亚迪·庞加贝安醒了过来，他瞪着眼睛，说：“我太累了。”

他们又让他继续睡觉去了。

“合同书记机器人。”萨芙说，“它不会睡的。”

“我们去看看它看到了什么。”伊阿古说。

让机器重放录制的视频很容易。当然，访问其他非视频文件要麻烦得多。而且任何试图触动设备复杂的封印系统的行为都会使整个设备的数据被标记为损坏。不过他们并不需要做比播放视频更复杂的事。设备读取了苏加诺的 DNA，认可了他的授权用户身份，开始了播放。

视频的质量很高，不论解析度还是帧数。很显然，这是一部顶级配置的机器，很贵。苏加诺倒放了最近的文件。明亮的图案迅速而稳定地从画面上移过，但方向是反的。他们看到自己倒退着消失在灌木丛中，不一会儿，又很怪异地从另一头冒了出来。

“我们没找到任何人。”戴安娜看着画面说，“里面根本没人让我们搜。”她渐渐意识到了问题，“从头到尾都没有人。”

“那么是谁开的枪？”萨芙问，“隐形人吗？”

“那个开枪的人不知道用了什么法子离开了房子。”苏加诺说，“尽管我不知道他是怎么做到的。附近也没有其他飞船——有的话我们会看到的。”

“墙壁都完整吗？”戴安娜问，她还在心里想着各种可能性。

“根据房屋人工智能的信息，除了气闸舱，整个房屋的外膜都很完整。”

“看起来，这是一个半的密室杀人嘛。”戴安娜苦笑着看了看伊阿古，“有人没有通过唯一的入口就进入了这里，而且既没有损坏墙壁也没有被人看见。他们藏在那丛灌木里，打死了巴勒杜克，然后又离开了球体，同样没有穿过入口，没有破坏墙壁，也同样没有被看到。”

“那不可能。”萨芙说。

“合理的推论应该是他们还没有离开。”伊阿古说。

“那么——人在哪儿？”

“我们还有哪里没有找？”伊阿古问。

他们又在房子里绕了一圈，打开了每一个储物柜，不管有多小，形状和可能藏人的地方相差有多大。戴安娜忽然想起，他们还没有检查空荡荡的蔬菜培养架——里面狭窄的夹层大概也能藏下一个人，非常瘦的人，不过苏加诺、伊阿古和戴安娜三个人查看了每一层，里面除了黑色的人造土外什么也没有。

两个小时后，他们终于确定，除了他们五个外，这里没有别人。

“把合同书记机器人的数据再往前倒一倒。”戴安娜说，“谋杀的过程肯定拍下来了。说不定会有凶手的画面。”

苏加诺照做了。画面快速地倒放，看着非常诡异——所有的人，他们自己消失在前门处。房屋整个安静了下来。他们又都冒了出来，倒着，上下左右前后到处跑，显然是在用网兜和海绵清理球体内的垃圾和血迹。所有人聚集到了一起，又分开，随机飘浮到各个地方。伊阿古离开马哈亚迪·庞加贝安，抓住戴安娜，又到门口，突然整个场景都充满了布朗运动的混乱。“放慢些。”伊阿古说，“爆炸就发生在这时候。”

“先生？”苏加诺问。

“退到谋杀发生前，然后正向播放！”

图像继续倒退，然后静止。所有人都在，一动不动：巴勒杜克在中间，看上去阴郁而又自满。长长的嘴唇微微上扬，似乎带着一丝笑意，就像斜体的字母。他的右手微微向前，左手垂在身旁。他正直视着伊阿古。身后，远处的墙边，萨芙清晰可见——抱着胳膊，飘在空中。戴安娜正紧靠在伊阿古身旁。伊阿古微微侧着头，听巴勒杜克说话，一脸怀疑的表情。他的双手垂在身体两侧，没有握拳，双手大概离身体两侧十厘米左右的距离。最后，是巴勒杜克的四名部下，分散在球体各处。马哈亚迪·庞加贝安在萨芙旁边，苏加诺在球体另一头。另外还有两个正站在门口，戴安娜不知道他们叫什么名字，而且显然再也不会遇见他们了。

苏加诺开始播放。死亡就是在这一刻发生的。巴勒杜克消失在了一片红云之中。一切发生得都很突然——前一秒还是固态的人，忽然间就气化了，非常令人迷惑。屋里一片混乱。碎叶和血滴飞溅。所有人都被气流卷了起来。

“停。”伊阿古说，“倒回去，这次慢点放。”

苏加诺照做了。他把画面倒到开始的地方，然后再次正放。巴勒杜克又一次消失在了红云中。“他被击中了。”伊阿古说，“力量很大。也许是一道热光束。可以再慢些吗？”

“我把它调到设备允许的最慢挡了。”苏加诺说。

同一段画面看好几遍很有催眠的功效。从鲜活的生命到一团乱七八糟的东西，死亡就发生在一瞬间。

不过第三次实在是太慢了，戴安娜都无聊了起来。但有些事情还是很清楚的。有人开枪导致了巴勒杜克的惨烈死亡，不是机器人清楚录到的那七个人干的——巴勒杜克的四个保镖、伊阿古、戴安娜以及萨芙都在录像当中，事情发生时都什么也没做。其中一个保镖确实拿出了武器，但指的并不是巴勒杜克所在的方向，而且很清楚，也没有开火。

他们看着画面，把整个过程又看了一遍。就在墙壁开裂的同时，巴勒杜克的身体也变成了一片红色，画面静止。

“高速子弹。”伊阿古说。画面上的伊阿古还注视着巴勒杜克那一脸讽刺的表情，根本没有注意到有什么不对劲。他们终于看清了事情的经过。就连巴勒杜克自己似乎也没有意识到自己的身体发生了什么——真可怕,也真奇怪。他一脸的平静,身子却蒸发了。似乎他的神经冲动的速度根本赶不上事情发生的速度。

录像还在继续,红云吞没了巴勒杜克。过了一会儿,伊阿古和戴安娜的面部表情才同时发生了变化,两个人一脸的震惊和厌恶。戴安娜看着画面中的伊阿古——那种畏缩感是做不了假的,伊阿古跟自己一样,都被眼前恐怖的画面给吓了一跳。

“检查一下灌木丛那边的画面。”伊阿古说,“我们至少应该能看到枪口火光之类的东西。”

“我看不出灌木丛里有什么东西。”萨芙说,“移动、火星,任何类似的东西都没有。”

“我也是。”苏加诺说。

戴安娜感觉头皮发麻,有些事情不对,“再倒回去。”她对苏加诺说。

苏加诺又把画面倒了回去,一点一点地,红云收缩,露出了巴勒杜克的头和脚,然后是手臂和臀部。“尽量停在子弹击中他的那一瞬间。”戴安娜说。

画面继续回倒,红云继续收缩,收缩,最后缩成了横膈膜下方的一个点。红色消失了,就在这时,苏加诺暂停了画面。

“看。”戴安娜说。

“可是,这怎么可能?”苏加诺看着画面说。

他们看到的是巴勒杜克被杀前仅仅一点点时间的画面。球体远端的灌木丛里看不到人。其他七个人都悬在各自的地方,什么也没做。巴勒杜克还没有被射中,距离被射中只有非常非常短的一点点时间。就像芝诺的悖论中兔子与乌龟间的距离[①]。然而，一条清晰可见的淡红色的线已经将他的腹腔神经丛与入口旁边的墙壁连在了一起。而且那面墙已经泄露了。

“所以我们才没在灌木丛里发现凶手。”戴安娜说，“看来巴勒杜克还是被从外面杀死的。那是子弹的轨迹。”

“看起来像是一道波束。”苏加诺说。

伊阿古看着画面。“可这怎么可能？”他说。

“有人跟踪了你——有飞船跟踪。都有谁知道这里的位置？”戴安娜问。

“我。”伊阿古坚持道，“除了我没有别人。”

“那就是你跟踪自己。”萨芙说。

戴安娜摇了摇头，“巴勒杜克找到了你。如果他能找到，那么别人也能。外面的飞船，哨兵，看到了你有危险，然后决定扫除危险——杀掉巴勒杜克。”

不过伊阿古摇了摇头，“可这不能解释外面那些裂口的折弯方向。那艘飞船的外壳裂口处是向外弯曲的，不是向里。而且为什么子弹没有从我家的另一端穿出去？子弹去哪儿了？”

“消失的子弹该如何解释，确实是个问题，是的。”戴安娜说。

---

① 这个悖论应该是阿基里斯追乌龟：阿基里斯的速度是乌龟的10倍，乌龟在前面100米跑，他在后面追，但他不可能追上乌龟。因为在竞赛中，当阿基里斯追到100米时，乌龟已经又向前爬了10米，于是，阿基里斯必须继续追，而当他追到乌龟爬的这10米时，乌龟又已经向前爬了1米，阿基里斯只能再追向那个1米。就这样，乌龟会制造出无穷个起点，它总能在起点与自己之间制造出一个距离，不管这个距离有多小，但只要乌龟不停地奋力向前爬，阿基里斯就永远也追不上乌龟。

6 消失的子弹

伊阿古建议大家都先吃点东西,“空着肚子是解决不了问题的。”说着,他打开一个储物箱,热了点蔬菜。“应该还有些酒在什么地方。”他对萨芙说,“你可以去用一下浴袋,穿着衣服或者不穿都行——穿衣服的话,浴袋会将衣服也洗干净,不过那样人就不会洗得太干净了。而且只有一个浴袋,所有人都用的话可能会过载的吧。这里本来应该是单人住宅。”

“每个人都洗不太干净又能怎么样?”萨芙说。

她把浴袋先裹在马哈亚迪·庞加贝安的身上,只露出脑袋,这样就能在不弄湿绷带的前提下帮他清洗身体了。接下来,另外四个人轮流用了浴袋,伊阿古是最后一个。那时候浴袋已经很脏了,有些部分也发生了堵塞,所以他洗的效果一般。不过每个人看起来都比之前要干净多了。马哈亚迪·庞加贝安喝了整整一瓶的果汁。其他人都咂着红酒,吃着热过的即食面。

萨芙最先打破了沉默,“这到底意味着什么?”

“意味着我们的灌木搜索徒劳无功。”戴安娜叹了口气,“枪手一开始就不在房子里。图像上显示,墙壁到巴勒杜克身体间的弹道轨迹在子弹射中巴勒杜克前就有了——就是那条暗橘红色的线。子弹是从外面射进来的。”

“我再重申一遍,如果那是真的,那么为什么墙壁上的裂口是向外的?为什么巴勒杜克的飞船在那股摧毁它的力量的作用下向外扭曲了?最最重要的是——子弹去哪儿了?你也看到它气化可怜的老巴时的力道了。”

“也许是个奇迹吧。”萨芙小声说,“玛拉有时候也会出手惩罚恶人。”

“先别说什么奇迹。”伊阿古说,“先想想该怎么解释。一颗能把整艘飞船都撕成碎片的子弹，还能把一个人的身体气化成红雾——这样的子弹从球体外射入后是不会凭空消失的。一定会再穿出去，在球体另一侧再打出一个洞飞出去。但这并没有发生。”

“我没办法解释。”戴安娜一脸不爽地承认道，“不过这个问题可以有两种解释——要么是子弹消失了，要么是一个人消失了。”

“一个人？”

“我们在灌木丛里找的那个人！”戴安娜说，“理论一认为是子弹消失了。理论二认为是未知的杀人凶手杀了老巴，然后又凭空消失了。奥卡姆剪刀定律表明，前者对逻辑的公然冒犯要比后者小得多。”

“奥卡姆剪刀。”伊阿古嘲笑道，“思想史上最可笑的隐喻应用。”

戴安娜摇了摇头，“我们不能舍弃逻辑。我们只剩逻辑了。合同书记机器人的数据显示，杀死巴勒杜克的不是我们中的某个人。我们当时都在那儿，什么也没做，就看着他在眼前消失。球体里也没有其他人。我们搜得很仔细。唯一合理的解释就是凶手从来都没在球体里。”

伊阿古盯着戴安娜。“还有一个可能的解释你没有考虑过。”

“什么？”

“如果记录有误呢？”伊阿古说，“巴勒杜克说这台合同书记机器人完好的时候我相信了。可万一不是呢？万一机器被损坏了呢？也许它的数据都是假的，更可能是机器人的算法莫名其妙地扭曲了数据。如果是那样……嗯，如果是那样，我和巴勒杜克达成的协议，就在他死之前，那个合同就没有法律效力了。”

戴安娜轻轻哼了一声。“我已经忘记那个蠢合同了。”她说。

“你不应该忘掉的，戴安娜小姐。”伊阿古严肃地说，“那是你未来自由的法律保证。你还不能那么快就抛弃它。”

没有人说话。

“肯定很容易分辨的。”萨芙用智能布擦了擦嘴，“我是说看合同书记机器人有没有被侵入。”

“看起来是完好的。”伊阿古说，“但我不是专家。不过，我倒是认识一个专家。”他伸了个懒腰，擦了擦脸，“反正我们也要离开这里，这里已经不安全了。”他说，“我们得走了，戴安娜，还有萨芙。”

“我是不会怀念这里的。”戴安娜说，“没有鼻子里的血腥味儿我会睡得更安稳。”

伊阿古对此也很同意。

“先生?”苏加诺一副悲哀的表情，“我猜可能是体内大量的CRF让我这样的——不过我求您考虑一下带我和马哈亚迪·庞加贝安一起走吧。”

“不行。”伊阿古说，“我们不能。你们必须留下，等别人来接。我会让当局知道你们的位置。不过如果情况像我预料的那样——嗯，当局的人应该马上就要到了。”

“我理解，先生。”苏加诺的眼中闪着泪光。旁边的马哈亚迪·庞加贝安已经轻声哭了起来。

萨芙和伊阿古往红色朗姆上装了不少补给。戴安娜没有帮忙。她拨开一些植物，透过透明的墙壁看着外面。一片漆黑，群星璀璨。随着球体的转动，太阳冒了出来，漫天群星立刻钻回到了它们自己黑色的窝里。

看着太阳从天空中扫过，她试图集中精神，好好想想这个问题中隐藏的秘密。太阳是明黄色的，中间隐约有一条暗带，散发着淡绿色的光。周围一片黑暗，什么都没有，吞噬一切。

集中注意力，她对自己说。这个问题似乎只有两种可能——要么是凶手消失了，要么是子弹消失了。真正的答案肯定能解决其中的一个不可能,但哪个可能性更大现在根本看不出来。她让脑子自由想象了起来,巴勒杜克的突然死亡。那条隐约的红线。怎么能消失呢?

爆炸了?气化了?

他们没有去找老巴的尸体碎片,因为他们确信尸体都已经被炸碎了。

她感觉胃里一沉。有——问题。她的寒毛都竖了起来。

如果这两个问题——消失的人和消失的武器——互为表里呢?她还不清楚具体是怎么回事,但她有种感觉,答案就在这个方向上。

她接着想道,被炸碎的有两样东西——巴勒杜克和球体的表面。如果后者不是前者之死的副产品——而是起因呢?假设武器被植入到了房屋的构件里,火力朝两个方向不均等传递,向内的力量刚够把巴勒杜克炸碎,向外的力量更大,足够把巴勒杜克的飞船撕碎。有没有这种可能?

合理吗?

不过感觉不对,如果把这当作是一种解答的话,不完整,或者说,只是一个更精准答案的一部分。不过也不完全错,她想。其中有对的部分。有一件事戴安娜还是很擅长的,那就是凭直觉找出答案中对的部分和错的部分——即使是在让支持答案的具体证据各就各位之前。

顺着这个思路,她自然又想到了另一个问题。有谁能把这样的武器植入到房屋的墙壁中呢?

除了房主外还能有谁?

伊阿古飘到她旁边停了下来,“失去这个房子可真让人舍不得啊。”他说,“估计是再也不会回来了。”

“真可惜。”戴安娜回答。

“我们该出发了。”他的语气中有一种不同寻常的迟疑，“还得在不同的地方间迁移一段时间，戴安娜，如果这让你感觉不爽的话，我先向你道歉。”

戴安娜看了看他，然后又看着外面，“别扯了。”她有些生气地说，“我为什么要生气？我没生气。”

“马哈亚迪·庞加贝安之前说的话你听到了吧？”

戴安娜把脸扭到一边，感到一阵烦闷疲惫，“巴勒杜克的这次任务是我自己的家族授权的。我听到了。不过这也不是什么特别让人吃惊的话，不是吗？权力真空需要填补。乌兰诺夫是不可能把整个家族从体制内清除出去的。他们挑选了自己的傀儡来掌权——或者，某些有所图的家族成员篡夺了权力，然后和乌兰诺夫达成了协议。只要双亲和姐姐没事，我就无所谓。”

“戴安娜。”伊阿古开口道。

“我想一个人待一会儿，伊阿古。”戴安娜打断了他。

伊阿古没有再说什么，而是回去继续给红色朗姆号打包了，只留下戴安娜一个人。

最后一个被装上飞船的是合同书记机器人，简短地与马哈亚迪·庞加贝安及苏加诺作别后，萨芙和阴郁的戴安娜上了船，关上了身后的舱门。

不过他们的出发时间还是被推迟了，因为要和巴勒杜克的飞船废墟断开连接也不是件容易的事。那艘飞船就连接在红色朗姆号的后舱门上，但摧毁飞船的力量也让连接口变了形，两扇门的连接口至少变形了五度。用动力扳手折腾了半个小时，飞船的弹性金属壁才恢复到原来的样子。当然，完全复原是不可能的了，不过至少还是恢复到了可以让两艘飞船脱离的状态。伊阿古在整个舱口处铺了几层密封材料，最后，他们终于脱离丹伦尼恩，以三分之一G的加速度向黑暗的太空飞去。

7 花环400

去往花环400的旅途花掉了他们整整三天时间,这个住满废法论者的球体集束里有一个(伊阿古保证)合同书记机器人专家,可以帮他们一劳永逸地确定机器人有没有损坏。伊阿古决定,先沿其他方向全速飞行六小时,以便误导追踪者,所以一开始的旅途中,他们都坐在加速安全座椅里,非常不舒服。然后是一小时的失重飞行,大家利用这段时间吃了点东西。再然后,为了赶时间,又是缩在加速座椅上的四小时全速前进。戴安娜难受极了,一路上都在半睡半醒之间,非常的不舒服。她的思维一直被困在一个循环中——*巴勒杜克死了,巴勒杜克没死,巴勒杜克死了,巴勒杜克不可能死。羽毛还是铅?她想。羽毛还是铅?是巴勒杜克被武器气化了,还是巴勒杜克气化了武器?不是这个就是那个。必须不是这个就是那个吗?每个双选问题的答案肯定都不是这个就是那个!羽毛还是铅?羽毛还是铅?*

等到踏上真正的航线后,加速度渐渐消退,戴安娜满脑子胡思乱想,疲惫至极。她晚饭吃得很少,饭后一个人静静地看书,也不加入伊阿古和萨芙的谈话。萨芙想要学习如何驾驶这种类型的飞船,伊阿古正在跟她讲解操作界面、推杆曲柄、燃料-冰比等等东西。

最后,戴安娜把自己固定在一旁,准备睡觉。伊阿古减弱内部照明,自己也准备睡觉,萨芙也是。

但戴安娜睡得非常不踏实,总是突然醒来,只能无所事事地盯着一动不动的机舱:看骨白色的仪表片上闪着的光,听舱内机器的嗡嗡声。她又睡了过去,接着又醒了过来,然后又睡了过去。

她做起了梦。那是一个结构复杂环环相扣的连环梦,充满了哥特式的华丽与恐怖——不过细节她几乎都不记得了，只记得梦非常复杂。这本身就很让人困扰。她总是能记住自己的梦。记住自己的梦境是她的解谜能力的必要条件。但这个梦里，只有最后的部分她还记得。梦里有三个人：戴安娜、乔德女士以及另一个人，在她身后，她看不到，也认不出来。他们都站在一片红色的海边，那片海是亮红色的，就像西红柿一样红，是一种人工的红色。全都是血，那片海，一片重力作用下的血海。细小的波浪破碎在她脚边的海滩上，声音就像可怕的痴笑。沙子很硬，压得很实。“稍稍加点热量。”乔德女士说，“知道这些沙子会变成什么吗？加上一点点原子爆炸？我们会爆炸的，我们会爆炸的。”“但我们得先有时间跑才行啊。”戴安娜感到一阵紧张，生怕一不小心就会引发灾难，“海浪之下，我亲爱的。”乔德女士说，“那就是我们要去的地方！你得学会在那里面呼吸。在子宫里就是这样，对吗？呼吸你妈妈的生命汁液——只不过就像回到那时候一样简单。你——会——想——起——来——的。”“不。”戴安娜叫道。红色的巨浪升起，向她扑来，将她包裹了起来。她惊恐地挥舞着四肢，液体钻进了她的嘴。

她猛地醒了过来，大汗淋漓，喘息不止。她的心在狂跳，根本不可能再睡下去了，于是她松开安全带飘过舱室，喝了点水，然后——因为觉得可以帮她平复惊恐的心理，她喝了点大米伏特加。但那只是让她觉得想吐而已。主窗外的图像一动不动，怪诞悚然，太空旅行的乘客看到的通常都是这样的景色。尽管一秒钟就飞几千公里，但看上去就好像一动不动一样。戴安娜又想到，*我把气化了的巴勒杜克吸到肺里了。我们都吸了。我把他的一部分吸收了。无意识的吃人。我梦到的就是这个。*

她哭了起来。

感觉就好像根本无法控制自己的哭泣一样，但她最后还是停了下来。当然会停下来，她飘回自己的位置，把自己固定住，静静地躺好。时间移动的方式真是神秘而又不可测量。

第二天过得非常之快，晚上她感觉非常的累，一觉睡了11个小时，尽管中间也醒了几次，但一个梦也没做。

8　戴安娜的愤怒

猛地从红色朗姆机舱里那寂静低调的日常交往进入花环400第一个球体里那疯狂迷醉的气氛对谁来说都是个刺激。他们离开飞船，然后穿过吟诵、豪饮、裸奔的人群，穿过比邻的一个个球体。就是在这儿，伊阿古将戴安娜介绍给了艾什瓦尔雅，然后让老妇人仔细检查了合同书记机器人的封印，确认了机器人完整没有损坏。

也就是说里面的数据是可信的。

四个人每人都喝了一球又黑又冰的古柯液，戴安娜感觉兴奋剂在沿着她的血管流动。"这么说，杀死巴勒杜克的那一枪还是从外面来的。"伊阿古说。

"那个闪光。"萨芙提醒道，"我们都看到闪光了，那个肯定和这个有关。"

"也许吧。"伊阿古说，"不过那闪光距离枪击的时间可有点远。"

"也许，闪光和巴勒杜克先生的死一点关系也没有。"艾什瓦尔雅说，"量子波动。陨石击中冰块。可能性有十几种。经验告诉我，我们经常会把毫无联系的事情联系到一起。天生想要找到规律，你看。大平原猿人就是这样，你看。"

"可这个，这个，这个——我是说，合同书记机器人的记录——它的数据，确凿无疑。"伊阿古说，"我们不能驳倒那个数据，那一枪是从外面开的。"

"确实。"艾什瓦尔雅同意道。

“那么子弹去哪儿了?”伊阿古追问道,“它的能量强到能把整艘警用飞行舱撕裂,击穿半米厚的房屋外壁,气化巴勒杜克。但是,却没有从另一头射出去,而是……消失了?这个你怎么解释?”

他们喝着饮料,吃着东西,谁也没说话。

“我能说说我觉得什么最有意思吗?”戴安娜说,“是时机。巴勒杜克的飞行舱避开了你的早期预警系统,就要着陆,烧穿舱壁,来个奇袭。这时一道神秘的闪光——量子波动,就算是吧,或者小行星燃烧,不管它是什么——但它的出现就像伯利恒之星一样,正好警告了我们。”

“巧合。”伊阿古说,“就像我的这位好朋友说的……”

戴安娜没有接茬,“接着巴勒杜克进入了房子,带着随从,而你通过谈判所能得到的最好条件只是在法律上赦免我。”

“无论我说什么巴勒杜克都不可能放过我的。”伊阿古说,“他想抓我已经好多年了。我就是他职业生涯上的终极猎物。”

“你就不能和他对打吗?”艾什瓦尔雅问,“你肯定没忘怎么打吧?”

“如果我和他打,那我们就都死定了。”伊阿古说,“肯定会是那种结果。进入时他带了四个荷枪实弹的手下。而且我和他达成的协议——让这位阿金特女士获得法律豁免权——交换条件就是我束手就擒。这个协议很重要,所以我没有反抗。”

“正是我的观点。”戴安娜说,“这个时机可真是绝了!你正要跟他一起走——就在那个时刻,一个不明人士飞过房子外,把他炸成了一堆血雾碎片。艾什瓦尔雅相信这是巧合,我也很尊重她的人生经验。但在我看来,作为巧合,它的时机实在是太精巧了。”

“精巧。”伊阿古淡淡地说。

“你没说出全部实情,杰克。”戴安娜说。

“是吗?”伊阿古说,“我一直觉得这是个不错的策略。”

“哦,我知道你没杀它。”戴安娜说,“我就在你身旁——合同书记机器人记录得很清楚。但尽管你没有亲手开枪,但我还是忍不住想,你是不是那个幕后的策划人。”

“戴安娜小姐!”萨芙被惊得大声抗议,“你怎么能那么说?”

但伊阿古只是又笑了笑,“你也在那儿,戴安娜。你就是我的人证。如果我的证人也觉得我有罪,那么我还有什么机会……”

“合同书记机器人也是。”艾什瓦尔雅说。

“什么?”

“它也是你的人证。”

“它也是。万无一失的人证。啊,这机器可是价值非凡。”伊阿古说,他来到机器人旁边,拍了拍机器人的金属表面,“你看,别的先不说——如果我杀了老巴,那就是拒捕,这样合同就会无效。你的法律豁免权就不存在了。”

“我的豁免权!”戴安娜轻蔑地重复道。

“相信我。”伊阿古急切地说,“我会尽一切努力保证你的豁免权有效的。”

戴安娜实在忍不住了,尽管已经忍了这么久。*这就是最后一根稻草*。她受够了,她脚下一蹬,一声不响地就离开了。当然,这可是相当无理的。但她根本不在乎。

伊阿古有意识地没有追上去,而是让戴安娜独处了一段时间。戴安娜穿过绿地,来到对面的曲面形墙边,然后又花了半个小时看外面的太空。各个枝头,各个窗口门前,当地人都探出头来看她,把她吓得不轻。没有人接近她,更别提实施暴力了,但这种静默的监视还是让她产生一种压迫感。“戴安娜小姐?”说话的是萨芙。

“他惹我的。”戴安娜说,“他刚才惹怒我了。”

“杰克吗? 他向来都是为你着想的。”

“你怎么还能替他说话?”戴安娜对萨芙叫道,“考库拉上的那个局就是他做的。他把你和那个想要强奸你的人弄到了一起。对他来说都是游戏!”

“是公正。”萨芙颇有尊严地反驳道。

如果是平常萨芙这样说出这句话的话,戴安娜肯定就闭嘴了。但这次她自己就气得不得了。“公正? 那简直太可怕了——让我做噩梦! 血、死亡、残害。可怕!”

“你觉得对我来说就不可怕吗?”萨芙的脸红了,“是我用锤子砸碎了他的头,对我来说也很可怕,只不过在我以前生活的那个世界,人们不像富人一样能和恐怖绝缘。”

“萨芙!”戴安娜惊叫道,“你太无礼了。”

萨芙那深暗的脸色变得更深了,她的手也在颤抖。“他知道什么是公正。”萨芙说,“你不知道,你根本不理解他。”

“神呐,萨芙——你这是CRF的戒断反应吗?”

“你的神都是骗人的。”萨芙反驳道,“玛拉会用圣光将她烧成灰。”过了一会儿,因为体内的CRF还没有完全排尽,也因为如此反抗阿金特家族的一员违反了她所受到的全部教育,萨芙大哭了起来,“小姐,对不起——对不起,对不起!”

“真是的,萨芙!”戴安娜睁大了眼睛,“你这样真不像你自己。”

“确实,确实。对不起小姐——对不起。我这就回红色朗姆去。我这就回红色朗姆,等到能控制住自己时再出来。等到恢复过来,小姐。”说完,萨芙脚下使劲一蹬,飞过球体朝出口飘了过去。

戴安娜还没从刚才的余怒中恢复过来——仆人们从来都没这么和他们的女主人说过话。任何一个服用过CRF的人都不会,但也没有人愿意把药物当作是忠诚的唯一理由。

伊阿古飘了过来,“刚才是萨芙出去了吗?”他问,“她去哪儿了?”

戴安娜叫了起来，“想知道我为什么生你的气吗？”她说。

伊阿古一脸的惊讶，但还是点了点头。

“不是因为你在当我的守护天使。”她说，“拥有一个守护天使，帮你远离监狱、打倒敌人——显然这都是非常有用的东西。不是因为这个。”

“戴安娜——那是怎么回事？”

“是你看待事物的方式——你非得用一种天使的高度来看待一切吗？太不像人了。”

“你得——呃，再给我解释一下。”伊阿古好奇地说。

“是吗？那你听好——在考库拉，你拿现实版谋杀谜案给我当生日礼物。你知道我喜欢推理。不仅如此，你知道我热爱谋杀谜案。所以你就给我弄了个死人。”

她的唐突让伊阿古也有些火了起来，“我怎么了？我只不过是让强奸犯的受害人结果了强奸犯而已。我设置了一个让受害人能够报仇雪耻的场景。你要告诉我这么做不对吗？”

“我不打算假装他……”戴安娜下意识地在心里命令 bId 告诉她那个被她忘掉的名字，当然，她的外设都已经去掉了。结果她只能停顿在那里，在搜索记忆的过程中渐渐失去了愤怒的火力……“勒隆，勒隆，我不打算假装他是个无辜的圣人。但也轮不到你去安排他的死亡吧？这和你有什么关系？没听说过有种东西叫乌兰诺夫法系吗？强奸罪是有法律制裁的，你只需要向当局报告就行。”

“真的吗，戴安娜？”伊阿古回答，“你以为乌兰诺夫法系会对贫民窟深处的小小违规感兴趣吗？”

“强奸可不是什么小小违规！”

“现实点吧，戴安娜！你知道乌兰诺夫法系下大部分的公诉案件都是关于什么的吗？商业欺诈。再下来就是企业、帮会以及少数个体经营者的逃税,交易税、消费税什么的。在贫民窟,易货贸易是主体,警力捉襟见肘,他们更关心的是对'百分之七十规则'的违反。每隔一段时间他们就会组织大搜查逮捕所有物质财富与经过合法账户流动的钱款不相符的人。其他犯罪只有在侵犯到权利人士时才会受到处罚。你真以为警察会对萨芙这种下等人的痛苦感兴趣吗?"

"你把那个人的死当作礼物送给了我!我才是个十六岁的姑娘!你就觉得这么做合适?"

伊阿古失去了冷静,"别假装你不爱谋杀谜案!你解决过成千上万个,谋杀是你的最爱。"

"我爱的是其中的谜。"戴安娜大叫道,"不是里面的死。我不是变态,伊阿古。我喜欢解谜!解谜是我出生的目的。"

"如果真是那样,你就会花时间去解决皇家钻石被盗之谜或者继承人绑架案之谜之类的玩意儿了。"伊阿古叫道,"你会像伊娃一样,去解决纯粹的智力难题,比如香槟超新星什么的。但你没有。你一次又一次地解决同一种类的谜题。当然,你喜欢其中的解谜元素——但你清楚事实不只是如此。吸引你的是其中的死。通过解决个体的死亡之谜,你离最大的谜题——死亡本身——就又更近了一步。"

戴安娜看着伊阿古,她的怒火熄灭了下去,她只是用不服气的语调缓缓地说,"不对。"

"得了吧,戴安娜!你真认为解决谋杀带给你的满足感与解决盗窃或者挪用公款是相同的吗?你真觉得这句话是真话吗?听说勒隆被杀了的时候,你是怎么想的?没有哪个女人是一座孤岛?每个人的死都会让你伤心难过?还是说你感到兴奋了?"

"不可能。你把死亡当作我的十六岁生日礼物。"戴安娜又说,"你就没发觉这有多荒唐可笑吗?"

“你生气完全是智力上的反应。”伊阿古说，“不是心理上的。巴勒杜克曾说过，我吸引死亡。那从来都不是我的选择，但他说的可能是对的。现在，我也要对你说——这句话对你也成立。”

“不。”戴安娜回答，“不——可——能。”

“我们是同样的人。你不是变态，你并不盼着别人死。但你是一个有权有势的大家族的继承人，死亡就是权力的通货。如果你太娇气，不愿意在情感层面上面对，那么……”

“那么怎么样？我就不应该继承我的MOH家族吗？”戴安娜摇了摇头，“对于我来说这是可以选的吗？”

伊阿古的怒火也平息了下去。他用左手挠了挠头，右手摸着下巴。这姿势很奇怪，看起来就像猿猴在思考。“体系内还是有很多可以藏身的地方的，我想。”他说，“不过那将是流放，是逃避。个人层面而言，死亡永远都是暴力的，是一种破灭。但总体而言，死亡就是让宇宙能够取得平衡的钟形曲线。没有它，就没有什么能行得通，所有一切都会崩溃、堵塞、停滞。死亡是流动的。它是宇宙运动的润滑剂。它，就其本身而言，既不值得赞赏，也不应该受到责备。”

“死亡永远都是个体的事。”戴安娜低声抗议道，“对于那个要死的人来说。”

“你说得对。”伊阿古同意道。他把两手背在脑后，手指交叠，“我们需要同时在这两种层面上看清死亡，你说得对。如果只看到大的方面，你就会成为怪物。不过同样地，如果只看到个人的方面，那么政治，这种统治着这个数万亿人口规模的体系的东西，跟你就绝缘了。”

“太无情了。”戴安娜说。

“没有人可以通过比法西斯独裁者更仁慈来推翻法西斯独裁者。因为从定义上看，每个人都已经比法西斯独裁者更仁慈了。”

“我还太年轻，领导不了革命。”戴安娜说。

“哈！”伊阿古笑道，“年龄不是问题，心理状态才是。关键的是……坚韧性，当然了。所以，我有个消息给你，我觉得你应该能接受得了，但我不太确定。”

“什么消息？”

伊阿古没有立刻回答，而是先看了看四周的情况。艾什瓦尔雅，或者居住在这里的其他人，在墙面上排列了大量的棱镜和透明球体，摆成了字符或星座的形状。随着球体的旋转，透进窗户的阳光在晶体中投下道道彩虹和亮带，从血红到黄绿到蓝青再到真空的宇宙蒸馏过之后的颜色。这些斑点和色带在球体内的绿野上移动着，感觉出神入化。

“巴勒杜克直接去了我的房子。”伊阿古说，“我们刚一停泊好卸下补给他就到了。他知道我们在那儿。他是怎么知道的？我没有说，萨芙不可能说。就算想说她也没有能和巴勒杜克联系的通讯工具。”

“我肯定没有说！”戴安娜抗议道。

“不，你说了。”伊阿古说，“不过你不是故意的。你和伊娃说过话。她利用那次谈话在飞船的人工智能里植入了跟踪代码。确实是非常高明的玩意儿。也就是说，我早预料到她会这么做，于是在飞船里先放了代码猎手，最强的那种。结果她的病毒分裂了八百多万份，跑得到处都是，非常难清除。我还以为我都清除掉了，不过显然——没做到。”

戴安娜盯着伊阿古，“你是在说笑话的吧，是不是？”

“是真的。”

“你说的可是我姐姐。”

“我……”伊阿古环顾四周，周围是各种的建筑物、支架和绳索，一百多种深浅不一的绿，以及透过主窗缓缓移动的弧边梯形光斑，“对不起。”他说。

“跟踪代码还有效吗？”

“没有了。我是说，我希望没有了。我的意思是，我真心认为已经没有了。它挂进了红色朗姆的标准数据筛选包。通常我会让那个程序一直运行，因为——嗯，因为给飞船断开连接显得太可疑了，比起连接通用数据筛选包来，大多数飞船都是连着的。不过我已经找出了全部的痕迹，而且也断过连接了，所以我觉得他们现在没办法再追踪我们了。”

“伊娃。”戴安娜一字一顿地说，就好像害怕伊阿古听不清一样，“那可是我姐姐，不只是我姐姐。她为什么要这么做？如果真是她做的话。”

“假设的语气。”伊阿古道，“不过，你看，我要说的就是这个。体制是残酷无情的。如果你不接受它的条件，它就会毁了你。所以问题就是——你的心需要多快的速度来适应这种冷酷无情？这才是我送给你的那个礼物的本质，就是你的生日礼物。看看在假设变成现实后，在亿万个虚拟世界中的可能的谋杀变成家门口真实的尸体后，你的数据处理和解谜能力会怎么样。”

“伊娃为什么要这么做？”戴安娜用平静的声音问，“她是我姐姐，我姐姐。”

“为什么？为了权力吧，我猜。毕竟，炸掉托布鲁克的等离子舱不让伊娃离开，乌兰诺夫这么做总感觉有点奇怪。为什么不直接逮捕她？那是烟幕弹。烟幕就会引起我的怀疑。”

“你一直在怀疑她？”

伊阿古点了点头，“我觉得你也在怀疑，尽管你不让自己有意识地明白这一点。”

戴安娜说：“可她是我姐姐。”

“你是她妹妹。而她面临的前景是在你的双亲退位后做你的后备。”

“伊娃对她的学术研究很满足。”戴安娜说，“她对权力不感兴趣。”戴安娜抱着膝盖补充道，“刚一说出口我就觉得这些话全是错的。是不是？她当然会对权力感兴趣了。”

“她也是人。”伊阿古同意道。

“她当然不会只满足于学术研究了。”戴安娜说，“所以，她做了什么？”

“我猜她和乌兰诺夫达成了协议。他们对协议内容很满意，我猜，如果协议能保证阿金特家族在权力结构中的忠诚的话。但他们已经不信任你的双亲了，他们也不相信你。伊娃，找个内奸自然比随便找个外人要强。我猜乌兰诺夫家族会觉得她更简单，更容易预测，尤其是在政治上，比起你的双亲和你。她肯定答应了他们把你和你的双亲上交——我想不出乌兰诺夫还会提出什么不同的条件。说不定她也答应交出更多的利税，增加他们对阿金特家族数据库的访问权，以便换取他们承认她对家族的领导权。”

戴安娜隐隐感觉有些眩晕，就在太阳穴的地方。很不舒服，但也不是很虚弱。

“我不相信。”她说。不过她其实已经信了。她打心底里理解这种逻辑。于是为了表达的精确，她又修正道，“也许，我想我是相信的。不过我看不出……”她说不下去了。她已经看到了真相。看到了摆在眼前的整个戏码。

伊阿古帮她说完了这句话：“你看不出她为什么会伤害你？我确信她也不喜欢这样，如果条件容许的话她是不会这么做的。但我也看不出她有什么放你自由的可能。”

戴安娜的愤怒已经变成了压抑在胸口止不住的眼泪。她暗自告诉自己不能哭，于是她开口说：“我的整个人生都被颠覆了。”她压抑住想哭的冲动，“这又是为了什么？阵营实力对比的结构调整？昂贝肯德家族上升阿金特家族下降？最让人不爽的就是这种随机性。”

“超光速就是这一切的催化剂，或者说超光速的传言。”伊阿古说，“一种可能破坏太阳的武器，还有逃离太阳系的前景，怎么可能会不动摇现状？”

“可那不是真的啊！”戴安娜叫道，想要揍人的愤怒冲动取代了想哭的念头，“理论上不可能，根本不可能是现实存在的！他们在抓捕你，只是因为他们相信你的脑子里有麦考利的设计图……但你没有，对不对？”

“是的。”伊阿古说，“我没有。”

“乌兰诺夫家族已经习惯了通过扭曲乌兰诺夫法系来维持治安，他们好像觉得物理法则也是这样可以变通的。真是——令人深思！”

戴安娜注意到了伊阿古看她的眼神，忽然，没来由地，她忍不住笑了起来，“我知道！”她掩口笑道，“他们相信——这才是关键。是不是真的并不重要。可是因为一个谣言就要被追逐威胁毁灭，真是太扯淡了。”

她大笑着，伊阿古也微笑了一下，她的愤怒感终于完全消退了，两个人拥抱了一下。

“当然，关键是面临的风险。”伊阿古说，“不在于是否可行，而在于如果可行的话。如果那是个强有力的政治手段的话。”他脚下一蹬飘浮到半空伸了个懒腰，“我要先回红色朗姆那里一下，去看看萨芙怎么样，看看她向玛拉祈祷完了没，确保球体里那帮狂欢的家伙没有惊扰到她。你来吗？”

戴安娜犹豫了一下。她确实感觉心里轻松了许多，尽管自己也不太清楚到底是因为什么，不过至少，愤怒和悲伤已经离开她了，就好像蜗牛的角缩了回去一样，“我过会儿就到。”她说，“我想在这儿再待一会儿。”

“很好，小姐。”伊阿古故意模仿自己以前的礼节。

“毕竟，有人杀了巴勒杜克。”她说，“我还看不出是怎么做到的，更别提是谁干的了。这让我挺不爽的。”

“啊，阿金特家族的戴安娜小姐，生来就是解谜高手的人，如果你都解不开，那就没人能得出答案了。需要我把合同书记机器人带过来吗？”

“行。我想再看看它的记录。”

“结束后把它带到红色朗姆上，好吗？我宁愿把它锁到安全的地方。按照艾什瓦尔雅的说法，隔壁那帮狂欢的家伙一旦清醒了过来意识到这东西的价值，他们很可能会想办法偷的。”

说完他就离开了。

9　解谜

边缘锐利的一块阳光光斑缓缓地移动着晒在叶子和长满青苔的草皮上。藏在树丛中的鸭子嘎嘎地叫着。戴安娜呼吸着氧气，尽管前景有些黯淡，但只要她还能解决问题，那么她就不会有事。*未来是什么？不就是一连串未解的问题嘛。*

另一方面，并非每个谜团都是有解的。

她还是无法从心中看出其中的模式。有什么东西阻碍了她。刚刚恢复的好心情又要一点点消耗殆尽了。

她又看了一遍合同书记机器人里的数据。截至目前，她还是认为树木丛里没有其他人。杀死巴勒杜克的那一枪不可能来自那里。巴勒杜克的手下也没有开枪，伊阿古、萨芙以及戴安娜本人更没有可能。截至目前，这些都是确定的。可是不管怎么播放画面，她都看不出那致命的一枪到底是从球体外射入的，还是来自球体壁本身。

艾什瓦尔雅飘了过来看她在做什么,"又在看巴勒杜克生命的最后时刻吗?明白了。"

"我想弄明白这到底是怎么回事。"戴安娜说,"杀死他的人,不管是谁,都不可能在房子里。那一枪一定是从外面发射的。既然力道大到能够射穿整艘飞船,撕破房子的墙壁,把巴勒杜克气化成血雾,那么为什么没有从另一头射出去?"

艾什瓦尔雅耸了耸肩,"你觉得这是个有意思的问题?"

"这个……"戴安娜有些谨慎地回答,"确实是个问题——子弹去哪儿了?"

"也许运气好,又沿原路弹回去了。"艾什瓦尔雅说,"也许是某种特制的子弹,遇肉体即化。"

"有那种子弹吗?"戴安娜睁大了眼睛。

"我怎么知道?"艾什瓦尔雅说,"我又不是军械师!那种技术细节会把我无聊死的。东西可不像人那么有意思。"

"好吧。"戴安娜说,"我们来讨论一下。谋杀发生的时机很有意思。巴勒杜克正要逮捕伊阿古——我是说杰克。我觉得,要么就是个完美的巧合,要么凶手就是特意挑选了那个时刻,好阻止他被带走。"

"可是有谁想要阻止杰克·格拉斯入狱呢?"艾什瓦尔雅问,"那可是他该去的地方。"

"确实,谁会那么帮他呢?"戴安娜说。她的头皮有些发麻,那种感觉一直顺着脖子传了下来,看来她已经接近某个重要的东西了,"是他的朋友吗?革命同志?"

"如果是的话,为什么要保密呢?假设一艘废法论者的飞船正好经过,看到——天知道他们是怎么知道的,不过先让我们这么假设吧——看到杰克正要被乌兰诺夫最著名的警察逮捕。所以,他们从他们那不可思议的枪里发射出神奇的子弹,杀死了拘捕杰克的警官。事后他们为什么不现身呢？‘嘿，杰克，我们救了你一命’之类的？”

“那种情境，感觉不对。”戴安娜说，发麻的感觉消退了，“感觉不合理。”

艾什瓦尔雅又耸了耸肩，“显然感觉不对。不过也是种假设嘛，对不对？巴勒杜克和杰克以前是朋友，你知道的吧？很久很久以前。但老巴为乌兰诺夫工作也有很久了。”

有个东西她还没有意识到，就在意识的边缘。就快要想到了，就快要！但那个东西又消失了。不可思议的枪，她想道。不可思议的子弹。有东西她还没注意到。巴勒杜克死了。她很确信这一点，因为——因为什么？

她怎么能确信？

“伊阿古的头发上还有他的血。”戴安娜大声说。

“你说什么？”艾什瓦尔雅问。

“我一直以为巴勒杜克已经死了。看起来他确实是死了。不过只有傻瓜才会相信表面现象。告诉我，艾什瓦尔雅小姐，你能用干掉的血液分析DNA吗？”

“我能，如果有设备的话。”艾什瓦尔雅回答，“不过这个棚户区破泡泡里的小流氓早在多年前就把我的试剂盒都偷走了。知道你该去找谁吗？诺菲思。她是我的朋友。你去找她吧——1G的加速度两天的路程。她住的那个泡泡名叫‘竹篙巷’。不过和她联系的时候要小心，她不太喜欢杰克。当然她还是会帮你检验DNA的，只要价格合理。”

“谢谢。”戴安娜说。

戴安娜操纵合同书记机器人经过舱口进入相邻的球体，然后又进入主球体，那里的狂欢还在继续。高谈阔论的阶段已经过去。好多人已经喝得烂醉，四仰八叉地飘浮在半空，人事不省。还有几对正在做苟且之事，不过人数比之前已经少多了。戴安娜操纵着机器人经过所有这些人，朝对接舱口走去。

通向红色朗姆的舱口是关闭着的，可以理解，这大概是因为萨芙的小心谨慎。戴安娜用手掌拍了拍曲面形的飞船金属面，敲击的回声从飞船内部传来。

机关打开，舱门开了。

萨芙在里面，正在哭，整张脸红红的，扭曲成了一团。通常在这种情况下戴安娜就直接走开了，但今天大家的情绪起伏都很大，因而她也没觉得有什么大不了。“萨芙。”她说，“能麻烦你把这个合同书记机器人放到储藏间吗？”

戴安娜推了机器人一把，自己跟在后面。红色朗姆的机舱内，伊阿古正在伸手够东西。或者说从戴安娜的角度看，伊阿古的身体变得比以前更长了。不过这个印象只持续了不到一秒钟，因为她忽然发觉那根本不是伊阿古。萨芙关上了舱门，紧紧地抱住了戴安娜。“哦，小姐！”她叫道。

舱室里的那个人是乔德女士。“你好啊，亲爱的。”她说。

“你怎么在这儿？”戴安娜问。

“自然是因为忠诚了。”乔德女士说，“毕竟，我现在可是在为你姐姐工作了。这位萨芙，宁愿死也不肯背叛家族！而你的杰克·格拉斯可不是那个家族的一员——对吗？”

“你为伊娃工作。”戴安娜消化着这个新消息，“你把伊阿古怎么了？”

“杰克？你担心他了呀？嗯，我还没有杀他，不管怎样。暂时还没有。不，我只是用我带来的小玩意儿刺了他一下而已，肌肉瘫痪。那东西对目标具有特异性，我忘了它瞄准的是哪节椎骨了，不过他还能呼吸，还能说话。我把他固定在一个座椅上了，安全起见。”

戴安娜抓住墙上的把手转过身:伊阿古就在那里,躺在其中的一个加速座椅上,看起来就像棺材里的死尸。

“我就直说吧,从今往后我可不想浪费时间。”乔德女士说,“就在刚才——这位年轻的萨芙——上天保佑她的忠诚——向我解释了巴勒杜克如何差一点儿就抓住了杰克。巴勒杜克也是为伊娃工作的,这你知道的吧?你自己的MOH姐姐!当然,我也在为她工作。我只不过是在追随巴勒杜克的脚步,双重保险。”

“我不相信伊娃会雇你!”

“这话可真伤感情,亲爱的姑娘!确实,因为考库拉上发生的事儿我被降了职。事情是这样,我本来会被送到绿带去,某个低级别的外交岗位。都得谢谢你!不过我之前的地位已经足够高了,能够看得清将要发生什么,于是我在最后时刻抓住了机会。我接近了你姐姐,并被她雇用了下来。她可真是个精明的女人,伊娃·阿金特。比方说,她就很清楚自己现实的地位是多么的脆弱。不过——啊,如果能够染指超光速技术……那样的话,她的力量就不可限量了。”

“伊阿古的手里没有超光速。”

“他当然有了!毕竟,他自己就认识麦考利。他肯定已经告诉过你了吧?没有?也许是他还不够信任你。自己就不可信的人是很难信任别人的。”

无数的信息穿过戴安娜的脑海,她感觉天旋地转,“让巴勒杜克抓住杰克不合你的心意。”戴安娜对乔德女士说,“对不对?你想亲自把伊阿古带回给我姐姐,好巩固你的地位。”

“你还得谢谢我呢,亲爱的。”乔德女士说,她对戴安娜露出一个她那种招牌式的冰冷微笑,“超光速落到你家人的手里总比落到乌兰诺夫家的手里强,是吧?即使掌管家族的人不是你。不过我想,流放对你来说应该不会有太大妨碍。有些监狱还是非常舒适的。”

戴安娜说:“是你杀了巴勒杜克。巴勒杜克来抓我们,你跟踪了他。那道闪光,房子外的那道:那是你!你用……什么东西?瞄准了他,把他炸碎了。然后你又跟踪我们的飞船到了这儿。但你是在冒险,对不对?要是你的武器撕裂了整个房子该怎么办?如果我们没有控制住泄露呢?如果我们都死了——你就不能拿伊阿古当讨价还价的筹码了。不过你觉得这个险值得冒?”

“亲爱的。”乔德女士一脸的无聊,“我完全听不懂你在说什么。现在,你是自愿跟我走呢,还是说我也得刺你一下?不管怎样,你都得坐到座椅上,我们得全速前进。我得把我的飞船固定到杰克的飞船上,直到他的燃料耗尽。路程遥远——要一直飞到火星呢!——我们得尽快动身。你看起来挺不开心的啊,亲爱的!也许你姐姐会对你网开一面的。当然,她会把你关起来,至少得关几年,直到她的地位更加稳固一些。不过,不杀你应该比较符合她的利益。”

“永远不要低估 MOH 姐妹间的纽带。”身后的伊阿古用虚弱的语气说。

戴安娜立刻来到了那个座椅旁。里面的杰克·格拉斯胸口绑着绷带,一脸病容,皮肤上泛着蓝色的光。看得出来,他已经瘫痪了,就像只被困在蜘蛛网上的虫子一样,被固定在座椅中,完全没有逃跑的希望。就算戴安娜能帮他解开安全带,他全身的肌肉也毫无力气,根本动不了。“我还活着。”伊阿古艰难地张嘴说道。就连他的脖子和额头上也缠着绷带。

“真不敢相信就要这样完蛋了。”戴安娜说。

乔德女士冷冷一笑,“坐到加速座椅里吧,亲爱的。”她说,“还有你,萨芙小姐。”

“照她说的做。”伊阿古喘息道。

“对。听听他的建议吧，亲爱的，照我说的做。”

“如果你不照做，她也会刺你的。”伊阿古喘息着说，“相信我，那感觉可不好。不但瘫痪，而且……还烧得厉害。我希望你坐到加速座椅里，我希望她来开船。”

“你希望?”乔德女士重复道。她也飘到了座椅旁，右手里正握着一个钢笔一样的东西，“那我们就满足你的愿望吧！只要它们符合我的需要，我很肯定我们能达成共识。”

根本没得选择，戴安娜只能坐到一把空座椅中。她一边坐进去，一边在脑中飞速思索，想要把每一个要素都连接起来。但那是不可能的。伊阿古不可能逃得脱。神经毒素导致的瘫痪可以让肌肉丧失活动能力好几天。而且还被捆在加速座椅里。飞向未知的目的地，那里，自己家族的人正在等着。

她躺进座椅里，乔德女士倚着座椅的边缘靠了过来。她的手飞速动作，精准地将戴安娜的身体和手臂都捆了起来。她捆住了戴安娜的左腿，然后是右腿，接着用带子绕在戴安娜的脖子上，然后是脑门。

“嘘——”乔德女士说，两个人的视线交会到了一起，一些奇怪的念头从戴安娜的脑袋里冒了出来。这女人多大了？她已经活了多久了？

一些未来的画面闪过戴安娜的脑海，弄得她头晕目眩，她仿佛看到了未来的乔德正在沾沾自喜——她带着我们兜圈子，从一个世界跑到另一个世界，穿过无数的泡泡——但我们逮住了她。我逮住了她。我刺中了她，把她捆了起来带了回来；我们就能在她死之前从她那里弄出超光速的秘密了。现在，家族已经有了可以敲诈乌兰诺夫的炸弹，我们可以勒索全人类！那样的结果只能是灾难。

“这么做一点也不光彩，乔德女士。”戴安娜说。

“光彩转瞬即逝。”老女人回答，“是与非在相互作用中迸出火花相互抵消。”她一脸死神般的笑容，接着就从戴安娜受限的视野中消失了，大概是去捆萨芙了吧。从躺着的地方，戴安娜只能看到窗户，窗外是花环400主球体的曲面，阳光正洒在它的表面上。

什么也做不了了。

不一会儿，戴安娜就感觉到了飞船脱离时的震动和拉力。绿色的曲面在窗框内渐渐退却。耳朵和胃隐约感觉得到飞船的运动，她看到另一艘飞船的一部分出现在了窗框内，然后又消失在了窗外。大概是乔德女士自己的飞船。嘶嘶声，咣当声，金属的震动声，红色朗姆号的尖端与乔德女士单人飞行舱的尖端连接在了一起。

“乔德女士？”伊阿古在座椅里气喘吁吁地说。

“如果你再坚持要打扰我，那就是挑战我的忍耐力。”乔德女士的声音从戴安娜看不到的地方传了过来。主推进器的声音响了起来，戴安娜能够看到舱壁上阴影方向的变化。此时此刻，感觉从来没有这么鲜活过。“你最好有更重要的事情要说，年轻人。”

“我有。”伊阿古喘息道。

“什么？”

“我想说的是……”伊阿古叹了口气，然后又继续道，“我已经准备好了。”

接下来是一片的混乱。加速座椅的防护盖咔嚓一声关上了。戴安娜可以感觉到剧烈的晃动，尽管她被绷带紧紧地固定在加速座椅中。震动非常的剧烈，她感觉自己的四肢都快被从身体上给晃掉了，眼球都快被晃进了脑子里。一直过了好长时间，摇晃才渐渐减弱，并最终停止。她只能躺在那儿，座椅内的灯已经关闭，耳朵里自己的呼吸声都听得十分清楚。时不时地会有什么东西剧烈地撞击在她的加速座椅外壁上，在狭小的空间内引起一片轰鸣。除此之外，周围安静得可怕。

就这样在黑暗和寂静中过了好长时间，她只能听到自己的呼吸声和（竖起耳朵的时候）自己的心跳声。这两种声音渐渐变成了一种稳定的频率。她忽然想到，尽管没有什么明显的预警，但自己也许已经死了。很可能，自己的身体已经死了，只有意识还在这个小匣子里，因为——尽管这个念头很虚幻，但却吸引了自己——自己的灵魂逃不出去。最终，匣子是会打开的，她想，也许那时候才是一切终结的时刻。我的灵魂会飞到另一个世界。伊娃背叛了我，背叛了双亲。整个世界都被颠覆了。但这种说法是很蠢的，因为太空中没有上下之分。

她的大脑一直在飞速转动，毕竟，她就是为了解决问题而生的。

麻烦的是，问题总是不断地自我分解成不可能的对立面。一个不可能出现的凶手杀死了巴勒杜克，或者是一把不可能的武器干的。超光速违反了物理法则，因而是不可能的，但伊娃研究的香槟超新星就像遥远彼岸的蜡烛一样，告诉他们这种技术不仅仅是可能的，而且还非常——疯狂、危险——被十几个不同的外星文明独立发明过。

她应该是很擅长解决问题的。现在，她正在解决问题。

黑暗中，整个宇宙都向她收缩了过来，缩进了她的脑子。

黑暗让她镇静了下来，她睡着了。梦中，她并不在加速座椅里，而是在巨型的枪管中。伊阿古和她在一起。“这是世界上最大的枪。”她说，“比所有其他的枪都大。”“大小只是个相对的概念。”伊阿古回答，“我们必须这么问，和什么比显得大?”

枪管的直径比她一开始以为的还要大——超过一百米。她站了起来，伊阿古站在她的旁边。枪口处传来明亮的光。身后投下的两个人的阴影就像两根图腾柱，戴安娜透过枪口那完美的圆形看着太阳。“对准那个目标是个好主意吗？”

“真奇怪。”伊阿古回答，“月有阴晴圆缺，而太阳没有！”他的声音不是他自己的。他在用乔德女士的声音说话。

戴安娜在心里想道，他学乔德女士的声音可学得真像！接下来，她又想，可我又怎么能确定是伊阿古在模仿乔德女士，而不是乔德女士在伪装伊阿古？

“很对。”一个声音在黑暗中说。光亮消失了，周围一片黑暗。她醒了过来，但那个声音还在，“一个人模仿另一个人，结果只能处在两个人的中间，一条不可能的渐近线！”

她又醒了过来。“有人吗？”她叫道，没想到这种封闭空间中自己的声音能有这么响。

没有出路。

很难说得清她到底什么时候是醒的，也不知道她在什么时候是睡着的。她觉得自己好像听到萨芙在说：“解决谜团所需的所有信息你都有了。”但听起来那不像是萨芙会说的话。

她一定是还在睡梦中，因为周围的黑暗似乎正在溶解成刺眼的亮斑：绿色和青色，白色和黄色，亮斑聚集成一个巨大的沉积物，每一个颗粒都是一个人的生命——每一个颗粒都是许多人的生命，全都聚集到了一起。

就在这时，她听到了艾什瓦尔雅的声音：“你是不是犯了个错误，低估了我的杰克·格拉斯？”

“没有。”戴安娜说，“我没有。”

但那个声音继续说道，“这里的人相信鬼魂，或者说是鬼魂一样的精神体，他们管那叫做魔。没有征求他们的同意之前，你不能去给魔增加数量！”

“我什么也没增加。”戴安娜有些害怕地回答。

“不。”那个声音说，“你不是凶人的人，你是……”

“你是吗？”

“你是吗？”

“是？”

“吗。”

“吗。”

光亮变成了一道刺眼的利刃。戴安娜眨着眼睛，那是真实的光。加速座椅的防护盖被掀开了。有人正在解开绑她的绷带，那个人正是艾什瓦尔雅，活生生的艾什瓦尔雅，足有平时看上去两倍那么大。

“出什么事了？”戴安娜开口说，或者说她想要开口说，但她的嗓子很干，发音很不清晰。

“出什么事了？”

“你在这儿啊，我的宝贝。”艾什瓦尔雅说，语气尽管很粗鲁但并没有恶意，“出来吧，你真是个幸运的富人，一点错都没有。”

10　登上巴布洛米卡4号

花环400里的人从头一天的狂欢中恢复了精力，他们的问题比戴安娜以为的要少得多。有几个人亲眼看到红色朗姆的尖端发生了爆炸，把几艘停泊在附近的小飞船炸成了金属碎片。不过爆炸并不是太剧烈，或者至少对于那些刚被迷药和酒精刺激过的神经来说，并非太过不寻常。有人问的时候，戴安娜和艾什瓦尔雅就说是对接口发生了故障，造成了灾难性的减压事故——当然算不上是个太过合理的解释，不过已经足够让他们摆脱别人的纠缠了。自然，花环400里的人都不希望警方介入。幸运的是，爆炸时红色朗姆的尖端没有指向球体，所以也没有造成太大的损害。

“这和幸运一点关系也没有。”伊阿古说。

萨芙没有受伤，不过她的情绪很激动，很容易哭。伊阿古——著名的杰克·格拉斯本人——情况就不那么好了。他的人造假腿膝盖以下的部分已经被完全炸毁，膝盖以上的部分也失去了功能。合理的行动应该是将假腿移除，不过假腿用非常复杂的方式连接在他的神经系统上，艾什瓦尔雅根本没办法弄，即使她有能将假腿去除的机械，她也没有相关的专业知识。倒不是说伊阿古需要那双腿，毕竟现在是在失重空间里，只不过那样子看起来实在是一团糟。

更令人担忧的是，他下半身上还有冻伤和暴露在真空中造成的伤口。艾什瓦尔雅表示，他的肾脏很有可能也损坏了。但现在还很难确定，乔德女士的神经毒素还麻痹着他的肌肉系统。

艾什瓦尔雅让他待在自己家——一个家徒四壁但还算舒适的地方，并亲自喂他水果吃。过了差不多整整两天，瘫痪的症状才消退，直到第三天快结束时，他的行动敏捷度才基本恢复到了以前的水平。

合同书记机器人没有受损，这让伊阿古很高兴。

红色朗姆号已经不可修复，他们没有其他手段离开花环400了。艾什瓦尔雅自己的飞船——她就是用那艘飞船出来带他们回花环400的——（她语气激烈地告诉他们）不能交由他们使用。无所谓，伊阿古说。

最后，他们搭了一个游医的顺风车。那是个女医生，名叫丽迪雅·季诺维耶夫，她的业务就是在房屋和房屋间、球体集束和球体集束间巡游，提供医疗服务。“大部分都是肿瘤。”她说，“富人买得起移植体，因而可以避免最糟糕的情况。在贫民窟就完全是另外一回事了。这么高的辐射，人们会得皮肤癌和各种其他癌症，基本上他们只支付得起肿瘤切除术的费用。你见过那些皮肤上都是卵形圆形疤痕的人吧——那还是容易处理的！体内肿瘤才麻烦呢。

自然他们都想获得最好的医疗救护，但他们支付不起。”

她的飞船名叫巴布洛米卡4号。飞船上没有加速安全座椅，季诺维耶夫大夫说她从来没有用超过一两G的加速度飞行过。确实，他们的这趟旅程从花环400出发，经过两个大的独立房屋球体，最后到一个由十二个球体组成的名为太阳极的集束，一共花了将近两周的时间。不过这艘飞船的内部比红色朗姆号更宽敞，而且这位好大夫大部分的时间都花在了飞船内置的IP系统里，那个系统连接着脑皮层，所以萨芙、戴安娜和伊阿古在里面有充足的隐私保障。

他们也把合同书记机器人带上了。

飞行的路上，伊阿古借了些工具削掉（或者是剪掉）了他剩余的残腿底部最破烂的部分，（按他的说法）只是为了整洁的缘故。“这么说你的枪是藏在那里的？”戴安娜问。

“确切地说并不是把枪。”伊阿古回答，“应该说是枪，但看起来一点也不像。一个小球体，只有七叶树的果实那么大。而且它发射的子弹非常小：大小超不过一簇原子。造成那么大损害的不是子弹，而是子弹的速度。”

“不可思议的枪。”戴安娜说，“哈！我的双亲知道你有那玩意儿吗？”

“我已经没有了，事实上。”他更正道，“已经被粉碎了。不过回答你的问题——他们不知道。他们知道我曾是麦考利的朋友，他们相信他把秘密透露给了我。这个，某种意义上而言，他确实告诉我了。不过他们不知道我还有这么个已经实现了功能的机器。”

“你一直随身带着它！”戴安娜羡慕地说，“一直以来，乌兰诺夫都在追逐一个幽灵，一个子虚乌有的东西。所谓的超光速。但你随身就带着一把真正的、具有实际功能的超光速手枪。”

“一旦超过光速——”说着，伊阿古把指头大小的自封胶贴在右残肢上,一道白色的火花从残肢尖端朝舱室内喷射了出去。“哦,物理规律就会变得奇怪。随着物体运动速度越来越快,时间——从那个物体的角度来看,相对于外部观察者来说——时间就会变慢。越接近这一绝对速度,时间的流逝就会越慢。对于光子来说,它在用光速运动,时间就根本没有流失——对于我们来说,仙女座星系的光经过几百万年的时间才到达了我们这里,但对于光本身来说,从那里到这里根本没有时间的流逝。那么如果用比光速还快的速度运动呢? 自然,时间就会倒流。在两倍光速的时候,时间会以每秒钟一秒的速度倒流,如果你明白我的意思的话。一定是这样,部分保留了一般的因果律。但这也会产生一些——奇怪的现象。”

“比光速还快的子弹会在时间中倒流。”戴安娜说,“幼儿园物理学的水平都能理解,当然。”

“至于人类是否能用这么快的速度旅行……说实话,我不知道。麦考利觉得可以。但我怀疑强迫一个人在时间中倒退会不会让他意识崩溃。毕竟,我们的意识是和不断向前运行的时间紧密结合在一起的。”

“我们不能用这种技术逃离太阳系。”戴安娜说,“但我们可以用它把我们的太阳变成香槟超新星。”

“非常的危险,确实。”伊阿古说。他折弯了残肢上凸起的帮状物,然后松手弹飞出去。“这种技术要通过改变光的速度——就像它所显示的那样——才能成立。如果扔进太阳,就会产生一连串的连锁反应。至于能不能用它来传送人类——也许能吧。我不知道。”

“你的那把不可思议的枪是从哪里弄来的?”

“麦考利那里,不然还能是哪儿?”

“他造的?”

“反正我造不出来。”伊阿古飘到一个储物抽屉旁，将工具放了进去，“知道有趣的是什么吗？瞄准巴勒杜克并不是我的选择。确切地说，我认为这并不是我的自由意志决定的。也就是说，我不知道，可能是我必须得这样做吧。”他挠了挠头，“他在我眼前爆成一团红雾的时候，我和你一样吃惊。球体的外壁泄露了，我被抛到了远端的灌木丛中。那把枪就在我手里，在我意识到之前它就在我手里了。那时候，我看起来还有得选择吗？我不知道。那颗不可思议的子弹已经被打出去了。然后我才扣了扳机，但事情早就已经发生了。”

“开枪让你躲开了抓捕。”戴安娜指出，“这么做符合你的利益，而你也确实做了。这不就等于是你的选择吗？”

伊阿古轻轻皱了皱眉头，“我觉得对这个行为本身来说，讨论这些已经都没意义了。毕竟，老巴已经死了。”

“还有乔德女士。”

“嗯。”伊阿古面无表情地看着戴安娜，“那个，更——有预谋一些。其实对于那种情况下将会发生什么我也不是很清楚。这次冒的险更大。她处心积虑地把我弄瘫痪。我猜她应该是以为控制我假腿的神经连接在脊椎底部吧，其实那是直接连接在我大脑里的。看来，她也不懂现代假肢技术。不过，用一只脚伸到另一条腿里去够武器还是挺有难度的。讽刺的是，这都是因为乔德之前轰掉了我的右脚——要不是那样，我是不可能拿到武器的。”

“万一在你的腿里走火了，你和我们所有人，以及整艘船都会被炸成碎片的。”戴安娜说。

“确实有可能。但我还是活着用左脚趾把那东西钩了出来。确实很危险——我们当时颠簸得很。但我还是活了下来。所以，你看，我知道我们都会活下来的。因为扣动扳机是超光速手枪开火的最后一步，而不是第一步。”

“真怪。”戴安娜说。

“确实。我杀巴勒杜克的时候,我们看到的第一样东西——距离巴勒杜克到达还有很久的时候——就是那道闪光。”

“原来是这样!”戴安娜说,“那道闪光。”

“那是不可思议的子弹刚刚衰退回到了亚光速状态。类似于光子爆发的现象。那时候还很安全:它只是一小束速度很快的粒子。如果我们重新排列一下事件的先后顺序,从我们的角度来看,它的顺序就是反的。首先,我们看到了闪光。接着,在很短的时间内连续发生的,就是巴勒杜克的飞船被击碎,我房子的侧壁泄露,巴勒杜克自己被击中,最后,是我在树丛中,扣动扳机。”

他们停止了交谈,因为季诺维耶夫大夫退出了虚拟实景,来给自己泡茶。她也给各位乘客们泡了一些,并和他们聊了聊。她称赞了伊阿古对残肢所做的工作,说他弄得很整齐。“非常炫的假肢。”她看了看之后说,“肯定花了你不少钱。”

“确实是一大笔。”伊阿古附和道。

不一会儿,他们的好医生就又回到她的虚拟世界里去了。

“杰克——我不想显得任性。”戴安娜说,“也不想显得太女孩子气。不过,为什么你不告诉我?”

伊阿古深吸了一口气,“你得理解,戴安娜。”他说,“我们手里的这台合同书记机器人就是个无价之宝。对于确保你的安全来说,这是一个很有力的筹码。但只有在合同没有被违反的情况下这一切才成立。如果我违反了合同条款,那么协议就失效了——完全没了用处。”

“而且——”戴安娜点了点头,“你确实违反了合同条款。你拒捕了。”

“但只有你我知道。”伊阿古低声说,“不能让任何其他人知道真相,这其中的重要性不需要我跟你说吧。只要没人知道是我杀了老巴——嗯,那么合同就是有效的。”

戴安娜忽然感觉心很累,“伊阿古,或者说,杰克。杰克,我感觉我一点儿也不了解你。”

“我也没那么难理解。”伊阿古回答。

“是吗?”

伊阿古没有说话,过了好长时间,他才用低沉、安静而又紧迫的声调继续说,“我的整个人生都献给了一件事,那就是革命。只有等到生活在贫民窟的无数人民能够对他们的未来有发言权的时候,他们的苦难才会终结。只有等到代表乌兰诺夫专制的狱卒被消灭,等到贫困的监狱本身被拆除,人类才能实现自身的潜力。到那时候,我们才会做好飞向群星的准备——在那之前不行!如果麦考利的技术现在就被传播了出去,人类那数不尽的敌对群落中的随便哪一个都有可能用它将我们全部消灭。不过一旦我们获得自由……一旦我们进化到超越了中世纪的权力结构和这种结构滋生的中世纪似的暴力残杀,到那时候,我们就能负责任地使用这种技术了。所有一切都要靠这个。我杀过人吗?杀过。但那只是为了实现更高的目标。”

“我还是难以相信我的两位MOHmie雇了你,还是在知道你是革命分子的情况下。”

“你的双亲比你想象的要高明得多。”伊阿古说,“他们知道在现行体制下,阿金特家族不可能获得绝对的权力,不可能独享——而就算其他MOH家族和他们结盟,他们也不会完全信任这些家族。不,一旦乌兰诺夫倒台,一切都会发生变化。你的双亲在其中看到了危险,也看到了机遇。他们看到——更确切地说,是他们预计到——乌兰诺夫最终会开始对付他们。”

他又顿了顿,然后说:“很多年前,在你的MOH双亲雇用我,给我一个新的身份之前,在那之前很久,我就生活在贫民窟。”

“作为杰克·格拉斯?”

“哦,完全不同的化名,当然。总之,那时候我在构建自己的网络,从一个球体集束转移到另一个球体集束,为革命编织长期计划,规划了十几种不同的叛乱形式。我非常注意隐藏自己的身份。但我还是被出卖了,不知为何……我到现在都没想明白。警察派来了七艘巡洋舰。我在一个叫做‘神之皮囊’的地方,那是个废法论者的独立球体。自然,也是个反乌兰诺夫的地方,通常在不需要太深入贫民窟的地方,这种事情就能近似于公开地进行了。尽管如此,警察还是来逮捕了这里的所有人——一共八百九十人。因为有人向他们报信,说杰克·格拉斯在这八百九十人当中,所以他们才来了。我确实在其中。你知道是谁在领导那些警察吗?”

“巴勒杜克?”

“正是他。他们人数很多,他们戳破了球体外壁,泵入麻醉气体。这是一场奇袭,我们无力反抗。他们烧穿了接驳舱口,戴着面具冲了进来。所有人都被抓了起来,并被威胁就地处决——除非著名的杰克·格拉斯现身,并自愿被带走。一个名叫恰格·萨米琦的人举起了手,我没和他商量过,没和任何人商量过。但他们都知道我不能被带走抓起来,因为我所知道的东西。所以我也没有阻止他那么做,他就这么像斯巴达克斯一样英勇地站了出来,巴勒杜克把他带上了自己的私人飞行舱。”

“他们就没测他的 DNA 吗?”

“当然,他们测了我们所有人的 DNA,但没有一个数据库里有杰克·格拉斯的数据。那时候根本没有。而且恰格也没有腿——当然,在上层人中这并不十分奇怪。所以他们就信了。至于其余的人,嗯,我们都被判了刑,当场宣判,每人十一年,政治煽动罪。每个人都是。我们被装上运载飞船,一家名为‘344 第一人’的公司竞拍得了囚犯的使用权,把我们运送到轨道上,开凿小行星别墅赚钱。三个月的艰难时光，加速飞行，到达小行星带，拘留在一个叫做‘弗洛拉八号’的机构。自然，囚犯都经过了随机抽选，好降低串联的风险。最终，我和另外六个人一起被扔到了一颗名叫‘拉米306’的小行星上，那颗小行星只有几百米宽，上面却待着我和另外六个暴力分子。”

“不过他们肯定很快就会意识到他们抓住的不是杰克·格拉斯吧？”戴安娜问，“他们难道不会很快发现，这个恰格·萨米琦什么都不知道吗？”

“当然。那时候我已经在监狱里了，在‘拉米306’上挖掘石屋。那段时间我一直都在考虑这个问题——过不了多久，他们一定会发现那个恰格是个冒牌货。到时候，他们的下一步行动肯定是把在‘神之皮囊’里抓住的另外八百八十九名囚犯都再过一遍。他们不需要着急——毕竟，我们又跑不了。但他们也不会就此停止。公司的数据库里有所有囚犯在各个小行星间的分配记录，他们肯定会找到我所在的那颗小行星上来的。一旦被他们抓住，那一切就都完了。他们会抓住我，给我的心理施加不可能承受的压力，人类的历史将就此终结。所以我必须逃走。”

“在考库拉的时候乔德说过。”戴安娜低声说，“你的逃脱方法令当局百思不得其解。”

“那是她的说法。我已经尽量快地行动了，但那需要时间。最终，我不得不杀掉了我的狱友，好完成我的越狱计划。我对此并不开心。”

“六个人，你把他们都杀了？”

“没有。”伊阿古马上回答，过了一会儿，他又补充道，“其中有几个早就死了。那个小团体里……也有冲突。其中一些人杀掉了另一些人。不过最后我把剩下的人都杀了。我对此并不感到高兴。这么做只是因为这一切迫不得已。如果我留下，如果决定服完刑期，那么乌兰诺夫肯定会抓住我。对于整个人类来说那都将是个灾难。”

“因为你有那把枪？”

“那时候东西并不在我身上，但我知道它藏在哪儿。他们肯定能从我身上问出来。”

“可是，等一下。”戴安娜说，她正在脑中组织着已知的各个元素，挑出不合适的部分，“巴勒杜克再次追上你，在你自己的球体里的时候，你愿意跟他走。但你面临的危险是同样的呀，甚至更糟，因为真正的枪就在你身上，那个会危及到全人类的东西。为了避免落入他的魔掌，你不是应该自我牺牲吗？”

认识伊阿古这么多年，戴安娜从没想过伊阿古会有这种反应——他脸红了。他的脸颊颜色变得更深，更红，眼神也躲开了戴安娜，“那不一样。”他说。

“不一样？”

“正如我告诉艾什瓦尔雅的那样，和他对抗不但会让我死，也会带来你的死亡。”

“所以呢？你说的不一样是什么意思？怎么就不一样了？我们在拿全人类的未来冒险，你自己说过的呀！巴勒杜克出现在你家门口时的风险又有什么区别？你个人的生命，或者我的、萨芙的，和全人类又怎么能相比？”

“我和巴勒杜克达成的协议作为合同记录在合同书记机器人里。它将保证你的安全，这是最重要的。”

“神呐，为什么？为什么你会为了那个把自己交出去？”戴安娜追问道，“你的意思是说值得为了那个蠢合同让整个太阳系陷入危险，让数万亿人都陷入危险吗？”

伊阿古想要说些什么，但是又改了主意。他挠了挠头，闭上眼睛，终于开口道，“是的。”

“你疯了吗？全人类——整个体系内的人？数万亿条生命，就换我的安全？”

伊阿古说：“因为我爱你。”

听到这话的戴安娜忍不住生起了气。她想立刻用“别扯了”、“白痴!”或者其他相同性质的话来反驳。但看着伊阿古的脸，她又觉得自己不能就这么简单地指责他。宝剑出鞘，突然刺入了戴安娜的心，但那只是怜悯，不是爱。哦，太不舒服了，太突然了，而且这个时机真是糟得不能再糟。戴安娜心想，*我只有十六岁啊！他比我整整老一辈呢。知道分寸的应该是他，不是我。*戴安娜想把话题从情感问题转移到不是那么危险的方向，但她很清楚，自己怎么做并不会有什么分别，她说：“你对我们家的忠心非常值得称道，伊阿古，可是不管怎么说……”

“这和忠心一点关系都没有。”

“别傻了。”戴安娜含糊地斥责道。

“都是因为你。”伊阿古说，“我爱你。”

“你跟我说过你的身体里一点CRF都没有。你跟我说过我的MOH双亲没有给你服用过，因为他们需要你的主动性，并且相信即使没有那些东西你也会对他们忠心。”

“这些都是实话。我说我爱你的时候——你看——这都是我的实话。”

戴安娜看着他，想要找出一种比较中性的说法，但强烈的反感迅速占据了她的心，让她的五官都扭曲了起来。她强作镇静道，“哦，还是不要的好。”

伊阿古的脸上闪过一丝微笑，“恐怕这不是我能用意志控制得了的。”

“嗯——”戴安娜说，“你知道我对你没有那种感觉的吧？绝不可能有。不仅仅因为你是个男性，也不仅仅是因为年龄的差距——说实话,这两个因素都有一定的影响。但我不想让你以为我们俩之间的,呃,障碍,嗯,是那种细节问题。尽管很喜欢你,但我们之间并没有那种心灵上的默契链接。”

“我知道。”伊阿古淡淡地说,“这是没有希望的爱。但爱情的火焰并不需要希望的氧气才能燃烧,那是一种不同的燃烧。我无法改变自己对你的感觉。”

戴安娜张了张嘴又闭上,这就是另一个不同的问题了。她想要探寻自己心底对此的感受,但却发现自己并不知道自己有什么感觉。忽然想到的事让她脱口而出,“是性方面的原因吗?”

“不是。”伊阿古回答,“不,不是。”

“你肯定会这么说的。”戴安娜说。但她看着伊阿古,明白伊阿古的话是真心实意的。而且因为性在她的生活中几乎不占什么地位,所以她很愿意相信这并不是一个需要人类考虑的大问题,并不像艺术作品和闲话所暗示的那样。不过至少,她可以用“性”来给伊阿古对她的感情的本质进行归类。与直觉相反,没有性,伊阿古对她的感情并没有让她放心,反而是更让她不安了。于是她又说:“你肯定会这么说的,是不是?”

伊阿古满脸通红,没有看她,戴安娜从没见他这么脸红过。

“为什么?是因为我的地位吗?”

“因为你就是你。”伊阿古说,“这就是原因。不是因为你的聪明美丽——尽管你确实很聪明美丽——但聪明美丽的人太多了。只因为你就是你。”

“我觉得你应该看看卵细胞基因改造技术的相关资料。”戴安娜说。但她自己很清楚,那并不算是答案。“杰克。”她觉得在这种时候叫出真名是个正确的选择(尽管她发觉自己忍不住地在想:我怎么知道这是不是他的真名?),“你已经简要介绍过你的意思了,我想我也明白了。所以请允许我简要回答一下,可以吗?”

“你的回答是，拒绝，我猜。”伊阿古说。

“是的。”戴安娜说，“我的意思是拒绝。”伊阿古的脸更红了，过了一会儿，那阵红晕才消退了一些，“神呐，我都不知道我是什么意思了。”

“我理解。”伊阿古说。

在那之后，杰克·格拉斯就去睡觉了，他还在休养中——他的伤不算轻，残留的神经毒素也让他一直觉得很累。

戴安娜想了想他说的话。她当然会想。离开伊阿古后，她和飞船的人工智能下起了围棋。四局后她就知道，让八子的情况下她一定能下赢机器，但让七子以下机器就会赢。

巴布洛米卡 4 号终于来到了一个叫做乔达萨勒姆的地方，那是一长串连接在一起的球体，伊阿古说他在那里有可以信赖的朋友。他们终于和那位好医生道了别。经过查询后，萨芙为他们三个人租了一个房子——一座简单的贝壳状建筑，紧贴在第三个球体的内壁上。伊阿古给医生付了旅费，也为那座房子付了房租。

傍晚，他们在一间餐馆吃了饭——鱼。店主吹嘘说，那些鱼都是乔达萨勒姆的水族馆自产的。萨芙没有待太久就回去睡觉了，她还没有从戒断效应中恢复过来。不过戴安娜觉得，她的整个心情都好了起来。她已经很久没有接触这么文明、这么(至少在某种程度上)依赖法律和秩序的社会了，这让她顿时思念起了自己以前的生活。

他们把腿塞进吧台下，吃了起来。鱼是用树叶包裹起来的，搭配球装的酒。他们面对着球体弯曲的内壁，上面点缀着各种绿色的植被区和蓝色的居住区。

戴安娜问：“杀人是什么感觉？”

“这算什么问题!”伊阿古回答,显然是被吓了一跳。

“我是真心要问的。我感觉自己就像个外人。萨芙杀过人,你也杀过人,可能杀得还不少。”

伊阿古想了一会儿才回答道,“挺不爽的。”他说,“我的一部分自我适合做这种事,许多人都是这样的。但我一直把那一部分自我锁在意识深处。感觉就好像有个——匣子。在我的意识深处,有个匣子。”

“匣子里呢?”

伊阿古看着她,“烈火。”他说,“你要告诉我,我们必须分开了,是不是?”

伊阿古的直接吓了她一跳,但她还是不动声色。毕竟,她提出那个问题本来就是为了让伊阿古吃惊的。“为什么?”她结结巴巴地说,“为什么要这么说呢?”不过刚一出口她就觉得,跟伊阿古绕圈子完全没有必要。“嗯,你说得对,我是一直在想。我一直都在想这些。”

“为什么?”

“哦,伊阿古。”戴安娜说,她感觉眼泪正在她体内的某个地方积聚,随时准备喷涌而出。但她还是先忍了下来,“因为你告诉我的事,在季诺维耶夫医生的飞船上,我非常喜欢你。”

“喜欢比爱的档次要低一级。”伊阿古指出。

“也许是吧!我觉得是。我们之间有……默契,我想,你可以这么说。我欠你的太多了。但你和我是永远也不可能——真的,永远——哦,亲爱的伊阿古!就算我们都年轻,那又怎么可能呢!”

“就算我们都年轻,那又怎么可能呢。”伊阿古用平淡的语气重复道,“又是假设的语气,你很喜欢假设。”他又叹了口气,“唉,好吧,亲爱的。”说着,他举起那球酒,“我会按你希望的做的。”听到自己被称作亲爱的,戴安娜似乎感到了微弱的电流,很难说得清那是种舒服的还是不舒服的感觉。“那么你要去哪儿?”他问。

“我不知道。萨芙会和我一起走,当然。”说完,她忽然想起了一件事,“我想,我可能需要钱。”

“这个我可以帮得上忙。”伊阿古说。

“我会去找我的双亲,我想。”戴安娜的视线越过伊阿古,指向了远处球体内壁上的绿野。“自然,他们都藏起来了,要找到他们也不容易。但这也不算什么,不就是个需要解决的问题嘛。而我呢,不就是个善于解谜的人吗?我也许还会去看看安娜·唐克斯·余,见见真人,干吗不呢?”

伊阿古把头扭到了一边,从戴安娜坐着的角度很难看清他的眼中是否含着泪花,“这一切会让我伤心的。”他用平淡的语调说,“如果我还有心的话。”

“不要这样嘛,伊阿古。虽然说绝不,理智也认为不可能,但绝不并不是心灵字典里的词语。”

听到这话,伊阿古的情绪稍好了一些。他点了点头,甚至还笑了笑。但他还是不去看戴安娜的眼睛,“还有个更大的问题,我想,比起你双亲的藏身处来。”他停了停,又继续说道,“那就是整个体制的问题——革命。历史上,我想革命都是由绝望驱动的,如果人民已经沉沦到底,再没有什么可失去,那么革命就会发生。不过菌块和太空居住体已经让人很难沉沦到那么低的水平了。问题就是:我们如何能让人们将他们自己的生活过得更好?”

“希望。”戴安娜说。

“正是如此。”伊阿古说,“当然,我明白其中的危险。风险巨大都是保守的说法。如果超光速手枪落入乌兰诺夫手中——或者落入你的MOH姐姐之手,或者被其他派别得到,那很容易就会导致灾难,而且是最大的灾难。也许直接把这东西毁掉在政治上会更安全些。但我不会这么做,我不会。因为它代表了希望的种子——人们终于可以离开这个体系,去他们自己选择的地方。”

“自由。”戴安娜说,他们喝着自己球体里的酒,戴安娜感觉激动而又哀伤,对于自己那未知的未来,既惊惧又兴奋。那种感觉越来越强烈,是这样的吧。“如果我们要把希望散播到整个太阳系,那么给你散播一点希望肯定也是非常必要的嘛,你不觉得吗?”她说。

伊阿古又笑了笑,但还是没有看她的眼睛,“那样不错。”

“你说你没有心。”戴安娜字斟句酌道,“我不相信。你有一颗伟大的心。你足智多谋、思维敏捷,你让我真正体会到了生命的意义。这可能也是希望产生的原因之一。你不觉得吗?”

“我不觉得吗?”杰克重复道,“这个假设条件用得更好,这个‘不觉得’。”

两个人都沉默了下来。

“你理解——”戴安娜顿了顿,“我为什么要离开吧?”

“我接受。”伊阿古回答,他还是没有看戴安娜,“这样更好。”

尾声

不过,萨芙拒绝和戴安娜·阿金特一起走。这让戴安娜很是吃惊,但其实她根本没有吃惊的必要。萨芙——应该说,是我(一直为你们充当华生医生角色的就是我,我想你也许早就已经猜到了吧)——更愿意和杰克·格拉斯一起走,作为他的伴侣和助手。他和我有很多共同点,血液内的 CRF 浓度越低,我那种对戴安娜和她的家族的忠诚感就越低。倒不是说我希望她出事。相反,我帮助杰克尽可能地为她的旅途作好了准备:我们雇了一个保镖——当然,这是必不可少的——然后在一艘贸易飞船上订了舱位。最后,她终于走了,带着那个合同书记机器人(以防万一,杰克是这么说的);分别的时候我还哭了,她也哭了,只有杰克没有,不过我觉得他是希望自己能哭的。但我已经作了决定,那就是待在杰克的身旁。去听他讲述他丰富的经历,讲述他自己的故事。

去把他的故事讲给你听。

术语表

废法论者：各种反乌兰诺夫法系或反乌兰诺夫统治的团体的总称。

bId：生物数据接口，能够链接各种大规模的人工智能数据库。

美肉酒：一种肉基酒精饮料。

球体/泡泡：在绕日轨道上运行的人造聚居地，规模大小、奢侈程度各不相同。通常使用硅酸盐—碳基织物制造（原材料采自小行星或月球，并用太空轨道工厂生产的经过基因改造的海藻衍生分子进行增强）。围绕太阳运转的轨道上，运行着几亿个这种透明或半透明的球体。

脑皮质乌托邦：一个广泛存在的药物诱导性“心灵公民”社团。这一理想主义社区的成员很少关注他们的物理生存状况，他们相信人类社会的和谐只能通过特定的大脑改造方案来实现。脑皮质乌托邦中的不同派别对改造方案的具体实质存在争议。

CRF：改性促肾上腺皮质激素释放因子。一种改性药物，经常由各种组织分发给其成员，用于维持成员对组织的忠诚度。在需要对某个特定的家族或（最好是）特定的人忠诚时，药物的效果最好；不过即使是低剂量的CRF也会大幅度降低人的主动性和独立情感。

公司:达到一定规模、拥有一定财富,通常在某一领域具有垄断性的商业组织。任何商贸机构或制造业组织,只要达到一定经营规模,都可以被称作“公司”。(参见“商业行会”)

IP:思维宫殿的简写。一种数据模拟环境或虚拟实景,在IP中,用户可以建立模型方程、进行试验模拟、发送书面或语言交流、进行游戏,或模拟任何他感兴趣的东西。IP与一般虚拟实景的不同之处在于,它是一个封闭的安全环境,只有用户本人才能接入。

乌兰诺夫法系:三年战争结束后,乌兰诺夫家族在体制内取得了绝对优势,建立了一套新的法律规范,称作乌兰诺夫的法律或乌兰诺夫法系。这套法律体系取代了过去数以百计的地方法律法规,而且比以往的绝大多数法律都要严格:执行法律,惩治犯罪,成为了一项主要产业,很多第三层组织正是因此才崛起的。

商业行会:MOH个人与公司商业组织的战略联盟。最早乌兰诺夫家族就是一个商业行会,不过在商人战争后,他们获得了统治权,打破了旧有的社会秩序。

MOH:卵细胞基因改造技术。

等离子舱:一种地面到太空(或太空到地面)的大规模交通运输系统。机舱浮在半相干激光聚焦等离子柱中,下降时下压力压迫系统地面站内的原料,产生的能量用于将对侧的机舱抬升到太空轨道中。比起传统的空地电梯,这种系统效率更高,成本更低,空地飞船与之更是无法比拟。

警察:现行体制内的警察系统十分复杂:警察的功能与军队及合同执行部门重叠,负责执法的是几股互相独立的势力,尽管名义上都是在执行乌兰诺夫的法律,但在实践中这些势力存在相互竞争的关系。一般而言,“警察”通常指的是太空执法机构的执法人员,“警员”(最早这个称呼带有蔑视的性质)指的是行星上的执法人员,“民兵”则广泛涵盖了各种武装人员。

平民:人民,普通人。

合同书记机器人:一种机器人设备,可以记录储存各种个人信息或商业合同信息与法律信息。合同书记机器人链接着加密数据库。完整性是它们功能的关键,如果有人怀疑一台合同书记机器人已经被侵入篡改,那么这台机器人也就完全失去了它的作用。

社会层次:非官方的社会权力等级结构。乌兰诺夫家族占据顶端,是整个体制的“领导”。下面是五个 MOH 家族,阿金特家、余家、孔家、阿布里塞多家和昂贝肯德家。每个家族都是一个巨大的组织,利益广泛,不过按照惯例,每个家族都有自己特别擅长的领域(分别是:信息、运输、税收、军队和警察),并在这一领域中执行乌兰诺夫的法律,维持社会现状。第二层之下是第三层,这一层被各种大规模的商业贸易机构(称为“公司”)所占据;第三层之下是第四层,占据这一层的是各种教派、部族、团体,绝大部分都被认为具有执法的功能:警察、民兵、教派、帮会、家族等等;再往下是平民,各种拥有不同财富水平和不同独立程度的人的大集合,其中的绝大多数人在法律或事实上都依附于第三层或第四层的组织。最后是贱民——这是个严格意义上讲并不属于权力等级一部分的层级。

虚拟实景:一种数据环境,通过计算或其他数据处理技术产生的仿真世界。虚拟实景通常有两种形式:一种采用多向互联云环境,可以进行多用户交互;另一种则是独立封闭的“思维宫殿”(参见“IP”)。

致谢

“香槟超新星”是一种真实存在的现象，现实中的天文学家对这种现象也迷惑不已。不过很抱歉地告诉各位，这个名字确实是来自绿洲乐队（Oasis）的一首歌。感兴趣的人可以自己去看相关的维基百科词条。至于“超光速旅行”呢，文中已经在许多地方清楚地表明，那是不可能的，远距离传送同样也是不可能的。

我要谢谢史蒂芬·巴克斯特对本书第一部分提出的意见和建议，谢谢保罗·麦考利同意我用他的名字来命名太阳系最聪明的科学家（这个人物的原名麦克·安德鲁，正如事实所证明的，没有足够多的元音来满足我对音韵和谐的追求）。这本书实际上包含了两部作品，其原作《玛丽·安娜》（*The Mary Anna*）和《麦考利的颂歌》（*McAuley's Hymn*）最早发表在其他地方，我要感谢原版作品的编辑，尤其是伊恩·惠茨。我也要谢谢我的妻子雷切尔，她就像无价的珍珠一样。我还要感谢我那天才的编辑西蒙·斯潘顿，当然还有“创战记”似的电子编辑戴伦·纳什，他们两位都在 Gollancz 工作。

这本书的初衷源自于我想将“黄金时代”科幻小说与“黄金时代”侦探小说的部分规条碰撞在一起的冲动，当然在这个过程中我的热情更偏重于后者。我对现在这一版故事的引入方式显然受到了以下这些名家的影响：玛格瑞·艾林罕（Margery Allingham）、奈欧·马许（Ngaio Marsh）、多萝西·L. 塞耶斯（Dorothy L. Sayers）以及迈克尔·英尼斯(Michael Innes)。为此,我要感谢我的母亲梅丽尔·韦恩·罗伯特。她读过的这类图书比我吃过的晚饭还多。这本书就是献给你的,我亲爱的母亲。

个包厢，这儿说说，那儿指指，然后自己才入了座。卡尔幸好坐在靠窗的位子上，并且拉着吉亚柯莫坐到自己身旁。他们相互挨得紧紧的，个个都打心底里为这次旅程而感到高兴。在美国，他们还没有这样无忧无虑地旅行过。当火车开始起动时，他们向窗外挥起手来，而坐在他们对面的那些小伙子相互捅来捅去，觉得这样很可笑。

他们行了两天两夜……

他们的列车行驶了两天两夜。卡尔现在才见识了美国的辽阔。他不知疲倦地望着窗外,吉亚柯莫也挤过来凑在一起。坐在对面的小伙子一路上忙于玩扑克。等他们玩腻了的时候,便自愿将靠窗的位子让给吉亚柯莫。卡尔向他们表示感谢——吉亚柯莫的英语并非人人都能听得懂。随着时间的推移,他们变得友好多了。同在一个包厢里,这也没什么好奇怪的。但他们的友好也往往让人讨厌,比如说,每当他们寻找掉在地上的牌,总少不了狠劲地拧一下卡尔或吉亚柯莫的腿。吉亚柯莫只要一受惊,就大喊大叫,然后把腿收得高高的。卡尔偶尔也踩一脚去回敬一下,但其余的都一声不吭地容忍了。凡是发生在这个即便敞开着窗户也烟雾缭绕的小小包厢里的一切,都悄然无声地消失在窗外映入眼帘的景色中了。

头一天,他们驶过一座高山。那深青色的山石犹如尖峭的楔子直伸到车厢边。人们把身子探出窗外,徒劳地寻视着那悬崖峭壁的顶峰;黑洞洞的、狭长的、撕裂而成的深谷顿然张开,人们只能用手指比划着它们消逝的方向;宽阔的山间河流奔泻而来,在连绵起伏的丘陵上掀起一排排大浪,夹带着千千万万个浪花;它们擦着火车驶过的桥下奔腾而去,卷起的一股股寒气拂面而来,让人战栗。